Norbert Radler

Der Hellseher

Bibliografische Information der Deutschen Nationalbibliothek
Die Deutsche Nationalbibliothek verzeichnet diese Publikation in der
Deutschen Nationalbibliografie; detaillierte bibliografische Daten sind
im Internet über http://dnb.ddb.de abrufbar.

ISBN 978-3-95954-019-3

Verlag Jörg Mitzkat
Holzminden 2016
www.mitzkat.de

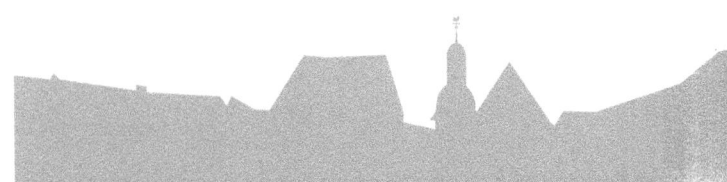

Norbert Radler

Der Hellseher

SOKO HX

Kriminalroman

Verlag Jörg Mitzkat
Holzminden 2016

Inhalt

Prolog

Liebe Mama, lieber Papa,

es tut mir leid, wenn ich Euch einen so großen Schrecken eingejagt habe. Aber Ihr braucht Euch keine Sorgen um mich zu machen. Ich habe es in dem kleinbürgerlichen Mief einfach nicht mehr ausgehalten, und jetzt geht es mir so gut wie nie zuvor in meinem Leben. Hier habe ich einen netten, jungen Amerikaner kennengelernt. Wir werden zusammen nach Australien oder Neuseeland gehen und dort ein neues Leben beginnen. Bitte sucht nicht nach mir.
Ich werde mich wieder bei Euch melden.

Alles Liebe, Eure Alex

„Endlich ein Lebenszeichen von ihr. Und das nach so langer Zeit. Schatz, unsere Tochter lebt. Und vielleicht kommt sie sogar zu uns zurück. Ich habe es immer gewusst." Alexandras Mutter kann ihre Freudentränen nicht zurückhalten. Sie ist überglücklich. Ihr Mann nimmt sie sanft in den Arm und streichelt ihr zärtlich über das Haar. Er sagt nichts, aber sein Gesicht wirkt grau – wie versteinert. Auch er hat die Zeilen gelesen, und er ist sich jetzt ganz sicher, dass er seine Tochter niemals wiedersehen wird.

Die Neue

„Jou, ich werd mich drum kümmern. Jou, sofort. Se könn sich drauf verlassen, Herr Kriminalrat", bellt Brixmeier, dann knallt er wütend den Hörer auf den Apparat.

„Verdammte Hacke", poltert er weiter, dabei rennt er wie ein angeschossener Tiger im Büro hin und her. „Wir ham hier weiß der Deiwel Wichtigeres zu tun. Jetz solln wir auch noch für irjendwelche verzogenen Luxusblagen dat Kindermädchen spieln. Solln die hohen Herrschaften doch besser auf ihre verwöhnten Bälger aufpassen. Aber nein! Bloß weil der Herr Versicherungsfuzzi mit dem Landrat Cholf spielt, wird chleich die Kavallerie in Alarmbereitschaft versetzt. Ich brauch jetzt ersmal chanz dringend frische Luft, sonst platzt mir chleich der Kragen."

Kriminalhauptkommissar Brixmeier von der Kriminalpolizei Höxter wendet sich ab und hetzt zur Tür hinaus. Dabei rennt er fast eine junge Frau um, die ein paar Augenblicke zuvor unbemerkt das Büro betreten hat und unfreiwillig Zeugin von Brixmeiers Wutausbruch geworden ist.

„Tach", würgt Brixmeier hervor, wobei er sich keine Mühe gibt, seine schlechte Laune vor der Besucherin zu verbergen. „Der junge Kolleje da wird sich um Sie kümmern." Dann fliegt auch schon die Bürotür krachend hinter ihm zu.

„Ist der immer so?", fragt die junge Frau.

Ihre Frage richtet sie an Kriminaloberkommissar Antonius Allwisser, der von seinem Schreibtisch aus die ganze Szene sichtlich vergnügt beobachtet hat.

„Nein, nicht immer", antwortet er grinsend, „hin und wieder hat er auch mal schlechte Laune."

„Uups …, dann muss ich wohl froh sein, dass er heute keine schlechte Laune hat", gibt die Besucherin – die, wie Toni Allwisser erfreut feststellt, verdammt gut aussieht – lachend zurück.

„Da haben Sie recht. Wenn er schlecht gelaunt ist, ist er wirklich unausstehlich. Aber darf ich fragen, was Sie zu uns führt?" Das Gesicht des Oberkommissars nimmt plötzlich einen dienstlichen Ausdruck an.

„Oh, Entschuldigung, ich habe mich ja noch gar nicht vorgestellt. Mein Name ist von Sternberg, Katja von Sternberg."

„Und was kann ich für Sie tun, Frau von Sternberg?"

„Kriminaloberkommissarin Katja von Sternberg. Ich bin – wie sagt man so schön – die Neue."

Oberkommissar Allwisser guckt etwas ungläubig. „Aber wir dachten, Sie würden erst …"

„… morgen anfangen", fällt sie ihrem zukünftigen Kollegen ins Wort. „Ja, das ist richtig. Eigentlich trete ich erst morgen den Dienst hier an. Aber ich bin schon fast zwei Wochen in Höxter. Die habe ich damit verbracht, die Stadt ausgiebig zu erkunden. Außerdem habe ich ein paar Ausflüge in die Umgebung gemacht. Es ist wirklich sehr schön hier. Heute habe ich mir gesagt: Guck dir doch mal deine neue Dienststelle an – und hier bin ich."

Nach dieser unerwarteten Information schaut Toni noch einmal genauer hin. Ihm bleibt glatt die Spucke weg. Die neue Kollegin sieht ganz und gar nicht wie eine Polizeibeamtin aus. Sie hat eine Figur, die jeden Mann ins Schwärmen bringt, ein Gesicht wie eine griechische Göttin, lange schwarze Haare und braune Augen – ein südländischer Typ. Kurz: Sie ist einfach der Hammer.

„Und mit wem habe ich das Vergnügen?", unterbricht sie die vorübergehende geistige Abwesenheit ihres Gegenübers.

„Allwisser, Antonius Allwisser, Kriminaloberkommissar. Die meisten hier nennen mich Toni", stellt sich der Beamte hinter dem Schreibtisch vor.

„Allwisser!? Ein ... ungewöhnlicher Name." Katja von Sternberg kann nicht verhindern, dass ihr ein spitzer Lacher rausrutscht.

„So heiße ich nun mal. Meine Eltern hießen auch Allwisser und meine Großeltern auch", erklärt der Oberkommissar achselzuckend. „Aber nehmen Sie doch Platz, Frau Kollegin."

„Danke!" Katja setzt sich auf einen freien Bürostuhl. „Ich weiß ja nicht, wie Sie es hier halten, aber in meiner alten Dienststelle haben wir uns geduzt ..."

„Ähm ... das halten wir hier eigentlich genauso, also ich bin Toni."

„Freut mich. Ich bin Katja."

Die beiden stehen auf und geben sich über den Schreibtisch hinweg die Hand. Für einen Moment herrscht abwartendes Schweigen. Katja nutzt die Gelegenheit, um sich ihren neuen Kollegen ein wenig genauer anzuschauen. Groß, sportlich, ein markantes, aber sympathisches Gesicht, ein gewinnendes Lächeln und betörend grau-grüne Augen. Ein Typ, bei dem Frau schon mal weiche Knie kriegen kann.

„Sag mal, Toni, wo finde ich eigentlich ...", Katja kramt einen Zettel raus und wirft einen verschämten Blick darauf, „... Kriminalhauptkommissar Brixmeier?"

„Ich fürchte, du hast ihn schon gefunden", antwortet Toni mit einem seltsamen Unterton in der Stimme.

Die Oberkommissarin schaut sich um. Ist außer ihnen noch jemand im Büro? Nein. In ihr keimt ein fürchterlicher Verdacht. „Lass mich raten – groß, etwas korpulent, silbergrauer Lockenkopf?", beginnt sie ihre Personenbeschreibung.

Toni nickt zustimmend.

„Eine Stimme wie ein Presslufthammer und heute Morgen fast gut gelaunt ...?"

Toni nickt wieder.

„Hat mich eben beinahe über den Haufen gerannt, um an die frische Luft zu kommen, weil ihm sonst der Kragen platzt?"

Toni mimt den Wackeldackel.

„Toni!"

„Katja?"

„Hör bitte sofort auf zu nicken und sag mir, dass das nicht wahr ist." In Katjas Stimme schwingt eine Spur Resignation mit.

„Es tut mir aufrichtig leid ...", sagt Toni mitfühlend. „Weißt du", fährt er nach einer kurzen Pause fort, und es hört sich an, als sollte nun ein längerer Vortrag folgen, „Hauptkommissar Erwin Brixmeier ist ..."

In dem Augenblick wird die Tür geöffnet und ein Mann von etwas gedrungener Gestalt und mit Halbglatze betritt das Büro. Sein tadellos sitzender Anzug sowie sein ganzes Auftreten lassen vermuten, dass es sich um ein höheres Tier handelt.

„Guten Morgen", grüßt er freundlich.

„Guten Morgen, Herr Kriminalrat", grüßt Toni zurück.

Auch Katja erwidert den Gruß freundlich lächelnd.

„Wo steckt Brixmeier?", will der Kriminalrat wissen.

„Der ist draußen – braucht frische Luft, hat er gesagt", gibt Toni bereitwillig Auskunft.

„Wenn er wieder hier aufkreuzt, sagen Sie ihm bitte, dass er sofort in mein Büro kommen soll. So, nun will ich nicht weiter stören. Sie haben zu tun, wie ich sehe."

„Einen Moment, bitte, Herr Kriminalrat." Toni muss sich beeilen, weil der Angesprochene die Türklinke schon in der Hand hält.

„Ja?"

„Darf ich bekannt machen", Toni deutet mit einer dezenten Handbewegung auf seine Besucherin, „Kriminaloberkommissarin Katja von Sternberg – unsere neue Mitarbeiterin."

Der Kriminalrat guckt zunächst etwas verdutzt, doch seine Miene hellt sich sehr schnell auf.

„Oh, Frau Oberkommissarin. Ich bin hocherfreut, Sie hier in unserer bescheidenen Hütte begrüßen zu dürfen." Über das ganze Gesicht strahlend, geht der Kriminalrat auf Katja zu und schüttelt ihr ausgiebig die Hand. „Lange, Cornelius Lange. Ich bin hier der Dienststellenleiter. Sie sehen mich allerdings etwas überrascht. Wir haben eigentlich erst ..."

„... morgen mit mir gerechnet", wirft die Oberkommissarin lachend ein. „Ich weiß, aber ich habe mir gedacht, es kann nicht schaden, wenn ich mich heute schon mal hier umsehe."

„Das dürfen Sie natürlich gern", meint Kriminalrat Lange. „Und ich würde Sie ja liebend gern auf ein Tässchen Kaffee in mein Büro einladen, aber leider ... dringende Termine ... Sie verstehen?"

„Selbstverständlich, Herr Kriminalrat. Wenn man unangemeldet erscheint, sollte man nicht mit einem roten Teppich rechnen", antwortet Katja gut gelaunt.

„Sie sagen es, Sie sagen es. Aber morgen holen wir das nach, das mit dem Kaffee, versprochen!"

„Ich freue mich darauf."

„Ich freue mich auch. Ach, Frau von Sternberg, haben Sie auch schon Hauptkommissar Brixmeier kennengelernt?" Kriminalrat Lange schaut die neue Kollegin nun mit einem forschenden Blick an.

„In gewisser Weise schon", antwortet die Oberkommissarin mit süßsaurer Miene.

„In gewisser Weise also ... verstehe." Der Kriminalrat nickt nachdenklich. Mit deutlich leiserer Stimme fährt er fort: „Unser lieber Brixmeier ist ein ganz hervorragender Ermittler, aber er ist auch – wie soll ich sagen – etwas speziell. Sein Umgang mit Menschen ist gewöhnungsbedürftig. Kollege Allwisser kennt ihn recht gut. Er kann Ihnen sicher ein paar ganz brauchbare Tipps geben, wie Sie am besten mit diesem ostwestfälischen Dickschädel klarkommen. Und wenn es gar nicht geht, kommen Sie einfach zu mir."

„Ich denke, das wird nicht nötig sein", erwidert Katja selbstbewusst. „Auch wenn ich nicht aus Ostwestfalen komme: Ich kann auch ein ganz schöner Dickschädel sein – verlassen Sie sich drauf. Und wenn er beißt, dann beiße ich zurück."

„Bravo, das ist genau die richtige Einstellung. Also, willkommen an Bord. Und jetzt muss ich mich leider für heute von Ihnen verabschieden – die Termine." Der Kriminalrat dreht sich um und verlässt eilig das Büro.

„Ich glaube, bei dem hast du mächtig Eindruck gemacht", bemerkt Toni mit einem verschmitzten Grinsen.

Katja verzieht das Gesicht, sagt aber nichts dazu. Sie weiß aus Erfahrung, dass ihr Anblick bei leicht ergrauten

Männern in Führungspositionen nicht selten einen zweiten Frühling auslöst. Ab heute ist ihr klar, dass auch kleine Männer mit Halbglatze zu diesem Personenkreis gehören.

„Sag mal, Toni", wechselt sie das Thema, „wolltest du mir vorhin – bevor Kriminalrat Lange reinkam – nicht etwas über Hauptkommissar Brixmeier erzählen?"

„Ja, das wollte ich tatsächlich." Toni macht eine kleine Pause und denkt nach. „Ich weiß gar nicht, wo ich anfangen soll. Über Erwin Brixmeier und seine Macken könnte man stundenlang reden, ja, sogar Romane schreiben. Ich fürchte aber, dass er schon sehr bald wieder hier reinschneien wird. Deshalb erstmal das Wichtigste in Kürze. Also, Erwins Frauenbild ist – könnte man sagen – nicht gerade zeitgemäß. Das schlägst du am besten in einem Geschichtsbuch nach. Spätes neunzehntes bis frühes zwanzigstes Jahrhundert."

„Verstehe, die Frau zu Hause bei Herd und Kind. Abends, wenn der Herr des Hauses fix und foxi von der Arbeit kommt, das Essen auf den Tisch und die vorgewärmten Pantoffeln vor die Füße", bringt es Katja auf den Punkt.

„Besser hätte ich es auch nicht sagen können."

„Was noch?"

„Eine Frau ist weder physisch noch mental in der Lage, ein Kraftfahrzeug sicher durch den immer unübersichtlicher werdenden Straßenverkehr zu bewegen."

„Das ist jetzt nicht dein Ernst." Ein Lacher bleibt Katja im Halse stecken.

„O-Ton Erwin Brixmeier", bekräftigt Toni.

„Ich glaube, wir werden viel Freude miteinander haben." Katja lässt einen Stoßseufzer los. „War das alles zum Thema Frauen?"

„Leider nein!", antwortet der Gefragte. „Frauen haben im Polizeidienst nichts zu suchen. Nun ja, bei Schreib- oder Reinigungskräften sieht es der Herr Hauptkommissar nicht ganz so eng. Aber im Außendienst ..." Toni schüttelt den Kopf. „Und bei der Kriminalpolizei schon mal gar nicht. So, und wenn dir das noch nicht reicht, kommen wir zum vielleicht heikelsten Punkt."

„Mach hinne, Toni, ich ekel mich vor nichts."

„Wie du willst. Kommen wir also zu Erwin Brixmeier und seinen Partnern: Bis vor ungefähr einem halben Jahr hat er mit Hauptkommissar Riepschläger zusammengear- beitet. Die beiden waren ein Arsch und ein Kopp – wenn du verstehst, was ich meine. Und das seit mehr als fünfzehn Jahren. Zwei westfälische Dickschädel pur, stur, kauzig, unausstehlich, aber überaus erfolgreich."

„Und was ist aus Hauptkommissar Riepschläger gewor- den?", fragt Katja neugierig.

„Tja, der hat das Mindesthaltbarkeitsdatum für den ak- tiven Polizeidienst überschritten und wurde in den wohl- verdienten Ruhestand versetzt", erklärt Toni. „Seitdem ist Brixmeier durch den Wind. Mehrfach wurden ihm neue Partner zugeteilt, aber keiner von den männlichen Kolle- gen hat es lange mit ihm ausgehalten, und die holde Weib- lichkeit hat sich aus bekannten Gründen von vornherein geweigert, mit ihm zusammenzuarbeiten. Lieber hätten sie sich nach wer weiß wo versetzen lassen."

„Sieht ganz so aus, als hätte ich exakt den Job gefunden, den ich mir in meinen verwegensten Träumen schon im- mer gewünscht habe", stellt die attraktive Oberkommissa- rin mit einem dezent sarkastischen Grinsen fest.

„Tut mir wirklich leid." Toni zuckt mit den Schultern.

„Bist du ihm denn auch mal als Partner zugeteilt worden?"

„Nein, ich bin nämlich ..."

Weiter kommt Toni nicht, denn in diesem Augenblick wird die Tür schwungvoll geöffnet, und Hauptkommissar Brixmeier tritt ein. Die frische Luft scheint ihm wirklich gut getan zu haben, denn der Polizist macht einen deutlich entspannteren Eindruck als vorhin.

„Wird höchste Zeit, dass du kommst", quatscht ihn Toni gleich an. „Der Chef hat Sehnsucht nach dir, sollst sofort in sein Büro kommen."

„Hat sich erledicht", knurrt Brixmeier. „Hab chrade mit ihm jesprochen. Is höchstens 'ne Minute her."

„Und, was wollte er?"

„Cheht um diese verschwundene Göre. Ich fahr mal zu ihrer Familie raus. Mal sehn, vielleicht chibt es irjendwelche Hinweise", erklärt Hauptkommissar Brixmeier. „Ach, Toni ..., der Chef hat mir jesacht, dat unser neuer Kolleje schon da is. Ein Oberkommissar Stein... Steinbeiß oder so ähnlich. Er meinte, ich würde ihn hier bei dir finden. Wo isser?"

„Erwin ..." Toni spricht nun sehr langsam. „Ich fürchte, du hast da was falsch verstanden."

„Wieso?"

„Hier gibt es keinen Oberkommissar Steinbeiß oder so ähnlich."

„Also, ich werd ja wohl noch wissen, wat Lange mir chrade eben vor eine Minute jesacht hat", poltert Brixmeier los. „Oder chlaubst du, dat ich schon verkalkt bin?"

„Nein, Erwin, das glaube ich nicht. Aber darf ich dir deine neue Partnerin vorstellen?" Toni deutet zu Katja hinüber.

„Frau Oberkommissarin Katja von Sternberg." Bei den letzten Worten gelingt es Toni trotz größter Anstrengungen nicht mehr, sein schadenfrohes Grinsen zu unterdrücken.

Brixmeier steht da wie vom Blitz getroffen. Er guckt wie ein Neandertaler, der sich ein komplettes Wildschwein am Stück in den Hals geschoben hat und nun unter massiven Schluckbeschwerden leidet.

„Wollt ihr mich verarschen?", dröhnt er lautstark los.

„Es freut mich auch, Sie kennenzulernen." Katja gibt sich betont, ja schon fast provokativ freundlich.

„Ne neeeee, Leute ... So nich ... Nich mit mir ..." Die Züge des Hauptkommissars verfinstern sich zusehends. „Dat kläre ich ... jetz sofort ... auf der Stelle ... Dat könnt ihr mit mir nich machen. Mit mir nich ...!"

Brixmeier dreht sich auf dem Absatz um, und eine Sekunde später fliegt die Bürotür ein weiteres Mal krachend ins Schloss.

„Das ist wohl der Beginn einer wunderbaren Freundschaft", meldet sich Toni zu Wort.

„Ja, sieht ganz so aus", bestätigt Katja.

Die beiden Beamten sitzen eine Weile schweigend im Büro und harren der Dinge, die da kommen. Es dauert gar nicht lange, da ist auch schon Brixmeiers dröhnende Stimme auf dem Flur zu hören – und sie kommt schnell näher. Offenbar wird er von jemandem begleitet, dem er unüberhörbar sein Leid klagt.

Dann fliegt die Tür auf.

„... chrade mal vonne Polizeischule jekommen und meinen, se können schon bei den Chroßen mitspielen", ereifert sich der Hauptkommissar mit hochrotem Kopf. Obwohl die erste Hälfte des Satzes nicht zu verstehen war, ist unschwer zu erraten, wovon Brixmeier redet.

„Erstens", entgegnet Kriminalrat Lange forsch, „kommt sie nicht frisch von der Polizeischule, und zweitens spielt sie schon eine ganze Weile bei den Großen mit – und das äußerst erfolgreich. Ihre Beurteilungen sprechen eine eindeutige Sprache."

„Ach, chehn Se mir doch wech mit Ihre Beurteilungen. Die sind nur Papier, und Papier is cheduldich", keift Brixmeier zurück.

Kriminalrat Lange reagiert nicht auf den Einwand. Mit einem freundlichen Lächeln wendet er sich an Katja. „Frau Oberkommissarin, Sie sind heute ja noch nicht im Dienst. Hätten Sie vielleicht dennoch Lust, Hauptkommissar Brixmeier zu einer Befragung zu begleiten?"

„Mit dem allergrößten Vergnügen." In Katjas Gesicht zeigt sich ein durchaus dämonische zu nennendes Grinsen.

„Kommt char nich infrage. Ich erledige dat allein", lässt Brixmeier die Umstehenden wissen.

„Frau von Sternberg, Sie werden Hauptkommissar Brixmeier begleiten", stellt Kriminalrat Lange klar.

„Abba ..."

„DAS IST EIN BEFEHL!", würgt der Kriminalrat Brixmeiers Widerspruch eiskalt und lautstark ab.

Katja bemerkt, dass in diesem Moment ein Ruck durch Kriminalrat Langes Körper geht. Der gerade mal einen Meter fünfundsechzig große Vorgesetzte steht nun dem fast dreißig Zentimeter größeren Untergebenen gegenüber und schaut ihm direkt in die Augen. Eigentlich ein fast absurdes Bild. Aber Kriminalrat Langes Körperhaltung, seine Mimik, sein stechender Blick, seine Stimme – überhaupt sein ganzes Auftreten lassen ohne jeden Zweifel erkennen, wer hier das Sagen hat. Nie hätte Katja gedacht, dass ein so kleiner Mann eine derartige Autorität ausstrahlen kann.

Sie ist zutiefst beeindruckt.

Brixmeier grummelt etwas Unverständliches in seinen Bart und verlässt missmutig das Büro.

Katja versteht es als Aufforderung, ihm zu folgen. Sie geht mit ihm zum Parkplatz und nimmt kurz darauf auf dem Beifahrersitz von Brixmeiers Dienstwagen – einem alten Ford Granada – Platz.

„Fahren alle hier so extravagante Einsatzfahrzeuge?", versucht Katja einen Smalltalk zu beginnen.

„Ne!", grunzt Brixmeier und gibt Gas.

„Was für ein Baujahr?"

„Sechsunsiebzich."

„Sind Sie immer so redselig?"

„Ja."

„Soll ich besser die Klappe halten?"

„Ich wäre Ihnen außerordentlich dankbar."

Was für ein unerwartetes Erfolgserlebnis: Er hat einen ganzen Satz gesagt, denkt Katja und hält die Klappe.

Wenig später hält der silbergraue Wagen in einem der vornehmsten Wohnviertel Höxters. Die Polizeibeamten steigen aus und gehen auf eine prachtvolle Jugendstilvilla zu. An der Haustür angekommen, drückt der Hauptkommissar auf den Klingelknopf, worauf sich der schwermütige Ton eines Gongs im Haus ausbreitet. Es dauert fast eine Minute, bis sich etwas rührt. Dann öffnet ein hochgewachsener, gut aussehender Mann mittleren Alters die Tür. Er ist auffallend elegant gekleidet – Typ erfolgreicher, aalglatter Geschäftsmann – und hat etwas Überhebliches an sich.

„Herr Franz-Josef Bering?", fragt der Hauptkommissar.

„Ja, wer will das wissen?"

„Hauptkommissar Brixmeier, Kriminalpolizei Höxter."

Beide Polizeibeamten zücken ihre Dienstausweise. „Ach ja, und dat is meine Kollejin Fräulein Sternberch. Chuten Tach. Wir kommen wegen Ihre Tochter."

Katja fühlt sich, als hätte ihr jemand eins mit dem Baseballschläger übergezogen. Sie kann gut damit leben, wenn jemand das von in ihrem Namen vergisst. Selbst das abfällige „Ach ja" könnte sie großzügig als Ordnungswidrigkeit durchgehen lassen. Aber dass Brixmeier sie als Fräulein Sternberg vorgestellt hat, kommt einem Kapitalverbrechen gleich. Katja muss spontan daran denken, dass die Todesstrafe vielleicht doch keine so schlechte Erfindung war. Aber ihren Vorgesetzten unmittelbar vor den Augen eines besorgten Vaters, der seine Tochter vermisst, abzumurksen, würde nicht gerade den besten Eindruck hinterlassen. Sie beschließt, ihr Vorhaben auf später zu verschieben und gute Miene zum bösen Spiel zu machen.

Herr Bering bittet die beiden Kriminalbeamten, näher zu treten. Er führt sie in den Salon, wo eine kleine, etwas füllige Frau mit langen, lockigen Haaren und einem sympathischen, puppenhaft wirkenden Gesicht sie bereits erwartet. Herr Bering stellt sie als seine Frau Gisela vor.

Komisches Pärchen, denkt Katja. Außerdem fällt ihr auf, dass Frau Bering offenbar wesentlich besorgter über das Verschwinden ihrer Tochter ist als ihr Mann. Sie hat dunkle Ringe unter den Augen, und ihr ist deutlich anzusehen, dass sie geweint hat.

Herr Bering bittet die Beamten, Platz zu nehmen. In dem mächtigen englischen Ledersessel, der eher für Menschen mit der Statur eines Erwin Brixmeier gemacht worden ist, fühlt sich Katja ein wenig verloren. Sie muss unwillkürlich an ihre Kindheit denken, an die Besuche bei den Großeltern. Die hatten auch so gewaltige Sessel. Nicht ganz so groß wie dieser. Aber damals war sie selbst noch viel kleiner – in etwa so klein, wie sie sich jetzt in diesem Sitzmonstrum fühlt.

Brixmeier beginnt unverzüglich, Fragen zu stellen. Katja, in der es immer noch brodelt wie in einem Vulkan unmittelbar vor dem Ausbruch, hält sich ganz bewusst zurück. Soll doch erst mal der hervorragende Ermittler zeigen, was er drauf hat. Doch schon nach wenigen Minuten bekommt sie ernsthafte Zweifel an seinen so gerühmten Fähigkeiten.

Was macht der da?, fragt sich die Oberkommissarin. Selbst ein mittelmäßig begabter Polizeischüler im ersten Semester könnte das besser. Die Erklärung für Brixmeiers unprofessionelle Vorgehensweise liegt klar auf der Hand. Er hat einfach keinen Bock, das merkt sogar ein Blinder mit Krückstock. Auch Herr und Frau Bering sind höchst irritiert. Um Schlimmeres zu verhindern, würde Katja eingreifen müssen, ob es Hauptkommissar Brixmeier nun passt oder nicht. Sie wartet auf den richtigen Moment.

„Ham Se mal ein Foto von Ihre Tochter?", will Brixmeier nun wissen – die erste vernünftige Frage, die ihm über die Lippen kommt.

„Ich hole Ihnen eins", sagt Frau Bering, springt auf und verlässt den Salon. Knapp eine Minute später ist sie wieder da und reicht dem Hauptkommissar das Bild. Er wirft nur einen kurzen Blick darauf und will es einstecken.

„Darf ich auch mal sehen?", meldet sich Oberkommissarin von Sternberg.

Etwas widerwillig reicht Brixmeier das Foto an seine junge Kollegin weiter.

Die betrachtet das Bild eingehend. „Ein sehr hübsches Mädchen", stellt Katja fest. „Hat sie einen Freund?"

„Das wüsste ich aber", antwortet Herr Bering sichtlich aufgebracht. „Sehen Sie sich doch mal diese kaputten Typen an, die überall rumlungern. Saufen, kiffen, rumpöbeln – was anderes können die doch nicht. Wenn meine Tochter mit so einem hier ankommen würde ... Mit der Schrotflinte würde ich ihn vom Grundstück jagen. Und das weiß Alexandra auch."

„Ham Se denn 'ne Schrotflinte?", hakt Brixmeier ein.

„Ich habe sogar mehrere. Vorschriftsmäßig weggeschlossen in einem Waffenschrank, und einen Waffenschein besitze ich auch. Das können Sie gern überprüfen."

Brixmeier winkt ab.

Katja hat den Eindruck, dass Frau Bering bei der Frage nach dem Freund etwas sagen wollte. „Aber es sind doch nicht alle Jungs so. Da gibt's doch bestimmt auch ein paar ordentliche Typen." Für diesen Eingriff in das Gespräch erntet die Oberkommissarin einen giftigen Seitenblick von Brixmeier.

„Das mag ja sein", meint Herr Bering nachdenklich. „Aber leider scheinen gerade die gescheiterten Existenzen eine besondere Anziehungskraft auf Alexandra auszuüben. Und so was kann auf Dauer nicht gutgehen, wenn Sie mich fragen."

„Verstehe. Könnten wir mal ihr Zimmer sehen?" Katja ist drauf und dran, ihrem Vorgesetzten die weitere Befragung aus der Hand zu nehmen, was dem überhaupt nicht recht ist.

„Ja, natürlich. Bitte folgen Sie mir." Es ist wieder Frau Bering, die aufsteht und die Beamten ins Obergeschoss führt.

Brixmeier beeilt sich, um vor der für sein Gefühl übereifrigen Kollegin im Zimmer der Vermissten anzukommen.

In der geöffneten Tür bleibt er jedoch stehen und lässt seinen Blick hilflos durch den Raum schweifen „Mädchenkram", knurrt er leise. So leise, dass es niemand hören kann. Niemand außer Katja, die direkt hinter ihm steht und der er den Zugang zu Alexandras Zimmer mit seinem massigen Körper versperrt.

„Ach", meldet sich Herr Bering, der den Beamten mit etwas Abstand gefolgt ist. „Da gibt es noch etwas im Garten, das Sie sich unbedingt ansehen sollten. Womöglich hat es etwas mit Alexandras Verschwinden zu tun."

„Vielleicht sollten Sie …?", haucht Katja ihrem Chef ins Ohr. „Mit Mädchenkram kenne ich mich nämlich besser aus."

Auch wenn er es wirklich sehr gern getan hätte, hier kann Brixmeier seiner Kollegin nicht widersprechen. Also wendet er sich widerstrebend dem Hausherrn zu. „Dann lassen Se mal sehen, wat Se im Charten entdeckt haben. Meine Kollejin wird sich inzwischen im Zimmer Ihrer Tochter umsehen."

Den bin ich los, denkt Katja. Erleichtert atmet sie auf, als die beiden Männer die Treppe hinuntergehen. Sie betritt Alexandras Zimmer und schaut sich kurz um. Dann wendet sie sich an Alexandras Mutter, die in Gedanken versunken am Fenster steht.

„Frau Bering, als ich unten im Salon danach gefragt habe, ob Alexandra einen Freund hat, hatte ich den Eindruck, dass Sie etwas sagen wollten."

„Sie haben eine gute Beobachtungsgabe."

„Das bringt mein Beruf so mit sich. Also … hat Ihre Tochter nun einen Freund?"

„Ich denke, ja."

„Sie denken?" Katja schaut Frau Bering fragend an.

„Ja, ich denke. Genau weiß ich es nicht. Alexandra sagt mir in letzter Zeit nämlich auch nicht mehr alles. Das war früher ganz anders. Und ihrem Vater sagt sie erst recht nichts. Sie haben ja gehört, wie er zu dem Thema steht."

„Dass ein Vater seine Tochter vor schlechter Gesellschaft schützen will, finde ich gar nicht so ungewöhnlich."

„Ich auch nicht. Aber, Frau Kommissarin, in den Augen meines Mannes ist jeder Junge, gleichgültig, wer er ist und woher er kommt, schlechte Gesellschaft."

„Verstehe." Katja nickt. „Sie hat aber sicherlich eine beste Freundin?"

„Yasmin, Yasmin Gärtner."

„Wenn Sie mir jetzt noch verraten, wo Yasmin wohnt ..."

„Maybachstraße 37, hier in Höxter. Die beiden gehen in dieselbe Klasse", gibt Frau Bering Auskunft. „Und wenn Sie mich fragen ..."

„Ja?", fragt Katja neugierig.

„... ist Alexandra vielmehr bei Yasmin in schlechter Gesellschaft", ergänzt Frau Bering. „Das sieht mein Mann zwar ähnlich ... aber er ist in dem Fall sehr tolerant."

„Und wieso?"

„Herr Dr. Gärtner, Yasmins Vater, ist Anwalt – ein sehr erfolgreicher Anwalt und ein guter Kunde meines Mannes."

Katja wirft einen Blick zum Fenster raus. Unmittelbar links neben dem Fenster ist eine Holzkonstruktion angebracht, an der sich üppiges Grün bis zur Dachrinne emporrankt und den märchenhaft-romantischen Charme des Hauses unterstreicht.

Stabil genug, um daran herunterzuklettern, denkt Katja.

Genau unterhalb von Alexandras Fenster stehen Herr Bering und Hauptkommissar Brixmeier. Sie schauen sich das Blumenbeet direkt an der Hauswand an, das – wie Katja von hier oben erkennen kann – völlig zertrampelt ist.

„Sagen Sie, Frau Bering, stand das Fenster an dem Morgen nach der Nacht, in der Ihre Tochter verschwunden ist, offen?", fragt Katja, und sie glaubt, die Antwort schon zu kennen.

„Ja. Alexandra schläft allerdings meist bei offenem Fenster. Natürlich nur, wenn es draußen nicht zu kalt ist."

Nachdenklich schaut sich Katja noch ein wenig im Zimmer um. Ihr Blick bleibt an dem Computer hängen, der auf Alexandras Schreibtisch steht. „Darf ich den Laptop Ihrer Tochter mitnehmen?"

„Wozu?"

„Vielleicht finden unsere Spezialisten irgendetwas, das uns weiterhilft. Eine E-Mail, eine Internet-Verbindung ..."

„Nehmen Sie mit, was Sie brauchen. Nur finden Sie bitte meine Tochter."

„Wir werden unser Bestes tun, Frau Bering. Das verspreche ich Ihnen."

Die beiden Frauen verlassen das Zimmer und gehen die Treppe hinunter. Die Haustür steht sperrangelweit offen und Katja hört sofort Brixmeiers dröhnende Stimme. Was gesprochen wird, kann sie jedoch nicht verstehen.

Die Oberkommissarin verabschiedet sich von Frau Bering und gesellt sich einige Sekunden später zu ihrem Vorgesetzten, der anscheinend schon auf sie gewartet hat.

„Können wir endlich?", fragt er brummig.

„Von mir aus, ja", antwortet Katja.

„Wie jesacht, Herr Bering, wir melden uns, sobald wir wat wissen", verspricht der Hauptkommissar. Dann verabschieden sich die beiden Polizeibeamten und machen sich auf den Weg zurück ins Präsidium.

Kaum hat Katja die Autotür zugeschlagen, spürt sie das frostige Klima, das von ihrem Vorgesetzten ausgeht. Er sagt zunächst jedoch nichts. Aber auf halben Weg zum Präsidium kann Brixmeier sich nicht mehr zurückhalten. Er bollert lautstark los: „Sach ma, Fräuleinchen, wat hat dich eijentlich jeritten, dat du dich unaufjefordert in meine Befragung einmischt?"

Das ist definitiv zuviel. Die Oberkommissarin torpediert ihren Vorgesetzten mit einem Blick, als wolle sie ihm im nächsten Moment die Augen auskratzen. Gleichzeitig packt sie die Handbremse mit beiden Händen und reißt sie fast aus der Mittelkonsole. Die heftige Verzögerung sowie das energische Quietschen an den Hinterrädern zeigen, dass die Bremsen des alten Ford Granada noch funktionieren wie am ersten Tag. Brixmeier wird von der plötzlichen Attacke derart überrascht, dass er nicht in der Lage ist, schnell genug die Kupplung zu treten. Der Motor wird abgewürgt und der Wagen bleibt mitten auf der vielbefahrenen Straße stehen. Den Fahrern der nachfolgenden Autos wird eine brutale Vollbremsung abverlangt, was diese unverzüglich mit einem entrüsteten Hupkonzert quittieren. Eine ältere Dame in einem BMW zeigt Hauptkommissar Brixmeier den Vogel, während sie langsam an dem Sechsundsiebziger Verkehrshindernis vorbeifährt. Der nächste nutzt den Stinkefinger, um seiner Verärgerung Luft zu machen.

„Biste jetz total meschugge jeworden, Mädchen?", brüllt Brixmeier wie von Sinnen. „Willste uns umbringen?"

„Erstens: Ihre so genannte Befragung war ja wohl ein schlechter Witz. Jeder drittklassige Streifenpolizist hätte das besser hingekriegt", hält eine wütende Katja ihrem Vorgesetzten vor. „Wenn Sie schon keinen Bock darauf haben, die kleine Bering zu suchen, ist das eine Sache. Aber wenn die Eltern der Vermissten bemerken sollten, dass Ihnen das Schicksal ihrer Tochter schlicht und ergreifend am Arsch vorbeigeht, ist das einfach nur eine ganz große SCHEISSE. Zweitens kann ich mich beim besten Willen nicht daran erinnern, dass wir beide schon per du sind. Drittens bin ich weder Ihr Mädchen noch Ihr Fräulein und schon gar nicht Ihr FRÄULEINCHEN. Wenn Sie mich noch einmal so ansprechen oder jemandem so vorstellen, sollten Sie vorher Ihre Knochen durchnummerieren, damit Sie wissen, wo was hingehört, wenn ich mit Ihnen fertig bin. Viertens bin ich heute eigentlich noch gar nicht im Dienst, und deshalb ist für mich hier und jetzt Feierabend, denn ich brauche fünftens ganz dringend frische Luft, damit MIR sechstens nicht der Kragen platzt. So, und jetzt können Sie ins Präsidium fahren und sich beim Dienststellenleiter über mich ausweinen."

Ohne Rücksicht auf Verluste reißt Katja die Tür auf. Ein Taxi auf der Rechtsabbiegerspur kann gerade noch bremsen und so verhindern, dass Brixmeier ein Originalersatzteil für seine Beifahrertür benötigt. Der Taxifahrer bedankt sich laut hupend, was Katja veranlasst, ihrerseits den Stinkefinger zu zeigen. Mit schnellen Schritten überquert sie den Rest der Straße, um dann auf dem Bürgersteig ihren Weg fortzusetzen.

„Dumme Kuh", brüllt ihr der Hauptkommissar noch hinterher, aber die Angesprochene ist bereits außer Hörweite.

Damit er weiterfahren kann, muss Brixmeier die Beifahrertür schließen, die sperrangelweit offen steht. Um jedoch an den Türgriff zu kommen, muss er sich abschnallen, was einen weiteren Wutanfall bei ihm auslöst.

Als er endlich seinen Weg fortsetzen kann, ist Brixmeier noch so von der Rolle, dass er seinen Granada ein weiteres Mal abwürgt. Wieder erntet er ein verächtliches Hupkonzert, und wieder muss er das ganze Alphabet jener Gebärdensprache über sich ergehen lassen, mit der genervte Autofahrer einem aus ihrer Sicht unfähigen Fahrzeuglenker mitteilen, was sie von seinen Fahrkünsten halten.

Schimpfend wie ein Rohrspatz kommt Brixmeier zehn Minuten später am Präsidium an. Er betritt polternd sein Büro, wie immer, wenn er schlechte Laune hat. Toni merkt sofort, dass mit seinem Chef etwas nicht stimmt, und er ist sich ziemlich sicher, dass es etwas mit Oberkommissarin Katja von Sternberg zu tun hat.

„Hallo, Erwin, wo hast du unsere neue Kollegin gelassen? Hat sie es schon nach dem ersten Einsatz nicht mehr mit dir ausgehalten?", fragt Toni mit spöttischem Unterton.

„Hör bloß auf ...! So welche wie die sollten se mitm Kopp inne Jauchechrube stecken ... Und denjenigen, der se uns aufn Hals jehetzt hat, am besten chleich mit", macht der Hauptkommissar seinem Ärger Luft.

„Was denn, so schlimm ...?" Toni muss innerlich grinsen.

„Jemeinchefährlich is die, wie 'ne lebende Kalaschnikow. Für die brauchste 'n Waffenschein."

Toni hatte gleich bemerkt, dass sein Chef einen Gegenstand in der Hand hält, der so gar nicht zu ihm passen will. Ein willkommener Vorwand, das Thema zu wechseln und so für ein wenig Entspannung zu sorgen.

„Wie ich sehe, hast du dir endlich einen eigenen Laptop zugelegt. Das wurde aber auch allerhöchste Zeit", sagt er.

„Is nich meiner. Hat unser Oberkommissarin Zimtzicke im Wagen liejen lassen", erwidert Brixmeier grantig.

„Ach, dann ist das ihrer. Hätte mich auch gewundert ..."

„Is auch nich ihrer. Chehört Alexandra Bering; dat ist die verschwundene Göre. Unser Fräulein Neunmalklug meint, wir könnten darauf möchlicherweise einen Hinweis finden, wo die Kleene abcheblieben is." Brixmeiers Stimme hat mittlerweile fast schon wieder eine normale Lautstärke erreicht.

„Keine schlechte Idee. Ich werd ihn mir gleich mal näher ansehen. Vielleicht finden wir wirklich etwas."

Der Hauptkommissar mustert seinen jungen Kollegen mit einem langen Blick. „Chiebs zu Toni, dir jefällt se ..."

„Wer? Alexandra Bering ...?" Toni guckt seinen Chef an, als ob der einen Lattenschuss hat.

„Neee, die Sternberch, du Hornochse!" Und weil Toni nicht schnell genug antwortet, fährt Erwin Brixmeier mit einer abwinkenden Handbewegung fort: „Lass ma stecken ... ich kann mir dat schon lebhaft vorstellen. Lange Haare, dicke Titten, da rutscht euch jungen Schnöseln doch sofort der Verstand inne Hose."

„Nun mach mal halblang, Erwin", entgegnet Toni verärgert. „Ich gehöre nicht zu den Typen, die bei jeder Frau sofort Stielaugen kriegen, bloß weil sie lange Haare und ... außerdem ... so eine gewaltige Oberweite hat sie nun auch wieder nicht."

„Soso, dat ist dir jedenfalls aufjefallen." Jetzt ist es Brixmeier, der von einem Ohr bis zum anderen grinst.

„Ach, vergiss es!" Toni wendet sich dem Laptop zu.

„Wenn mich einer suchen sollte, ich bin da, wo der Kaiser zu Fuß hincheht", verkündet Brixmeier. Dann verlässt er das Büro, und wieder fliegt die Tür krachend hinter ihm zu.

Katja macht zur gleichen Zeit einen Spaziergang an der Weser. Während sie beobachtet, wie das Wasser mit einer beachtlichen Geschwindigkeit an ihr vorbeifließt, lässt sie ihren ersten Einsatz mit Hauptkommissar Brixmeier Revue passieren. Sie weiß nur zu gut, dass sie extrem schnell explodiert, wenn man sie bis auf's Blut reizt. Aber hat sie eben im Auto vielleicht etwas zu heftig reagiert? Katja weiß es nicht. Andererseits sollte man frauenfeindlichen Typen wie Brixmeier sofort unmissverständlich klarmachen, dass es so nicht läuft.

Egal wie sie es betrachtet. Es ist nunmal passiert. Leid tut es ihr jedenfalls nicht. Und was morgen ist, wird sich finden. Der Dienststellenleiter wird ihr schon nicht gleich den Kopf abreißen – und Brixmeier ...?

Jetzt genießt Katja erst mal das schöne Frühlingswetter und für den Nachmittag hat sie sich einen Besuch in der Maybachstraße vorgenommen.

Lösegeld

„Schönen guten Morgen!" Oberkommissarin von Sternberg ist am Tag ihres offiziellen Dienstantritts bei der Kriminalpolizei Höxter bestens gelaunt.

„Guten Morgen, Katja!", erwidert Toni den Gruß.

Hauptkommissar Brixmeier scheint noch nicht da zu sein. Kein Wunder, Katja ist heute sehr früh dran. Sie wollte an ihrem ersten Tag auf gar keinen Fall zu spät kommen. Ihr fällt auf, dass ein Schreibtisch, auf dem sich gestern noch Aktenberge türmten, leer geräumt worden ist. Ein nicht mehr ganz neuer Schreibtischstuhl steht davor, ein Telefon darauf.

Mein neuer Arbeitsplatz, denkt sich die Oberkommissarin. Fehlt nur noch der PC.

Mit ausgeprägtem kriminalistischem Scharfsinn folgt Toni zunächst ihrem Blick und dann ihren Gedanken. „Der PC kommt heute Nachmittag", sagt er. „Hier auf dem Land geht alles etwas langsamer als in der Großstadt."

„Und die bösen Buben ...?", fragt Katja.

„Was meinst du?"

„Laufen die bösen Buben hier auch etwas langsamer?"

Toni sagt nichts. Sein Grinsen hingegen sagt alles.

„Wusst' ich's doch", gibt Katja lachend zurück. „So eine Postkartenidylle und dann auch noch fußkranke Kriminelle – wäre auch zu schön gewesen."

Toni lacht nun nicht mehr. Er scheint Katjas Blick auszuweichen und schaut auf seinen Bildschirm – er wirkt plötzlich etwas seltsam.

Habe ich etwas Falsches gesagt?, fragt sich Katja. Ihr ist Tonis merkwürdige Reaktion nicht entgangen. Bevor sie ihn jedoch darauf ansprechen kann, klingelt dessen Telefon.

„Guten Morgen", meldet er sich freundlich. Dann redet einen Moment lang der andere Gesprächsteilnehmer.

„Sie ist bereits hier. Ich werd's ausrichten", sagt der Oberkommissar, dann legt er auf.

„Kriminalrat Lange wünscht dich zu sehen. Du sollst in sein Büro kommen", teilt Toni seiner neuen Kollegin mit.

„Jetzt sofort?"

„Ja, jetzt sofort."

„Und wo ..."

„Den Flur rechts runter bis ans Ende. Die letzte Tür auf der rechten Seite", fällt Toni ihr ins Wort.

Mit den Worten „Na dann, bis gleich" verschwindet Katja aus dem Büro.

Sie ist noch keine fünf Minuten weg, da reißt Brixmeier die Tür auf und kommt polternd reingestiefelt. „Moin, Toni", dröhnt er in einer Lautstärke, dass es den Kollegen fast vom Schreibtischstuhl reißt.

„Guten Morgen, Erwin."

„Wo is denn unser Fräulein Oberkommissarin?", will der Hauptkommissar wissen. Mit dem Blick eines Aasgeiers, der die Beute schon vor Augen sieht, fügt er hinzu: „Die wird doch wohl nicht chleich am ersten Tach verpennt haben."

„Die ist beim Chef", antwortet Toni knapp.

„Schon klar, offizielle Bechrüßung, Käffken schlürfen und jede Menge dummes Zeuch quatschen." Es ist unverkennbar, dass Brixmeier nicht viel von derartigen Zeremonien hält. „Hasse dir die Kiste da mal näher anjeguckt?", fragt der Hauptkommissar und deutet auf Alexandra Berings Laptop.

„Ja, habe ich. Auf den ersten Blick – nichts Auffälliges. Nur das Übliche: belanglose E-Mails, Schulkram und so'n Zeug. Sie hat aber jede Menge Freunde bei Facebook und ist auch sonst viel im Netz unterwegs. Wird 'ne ganze Weile dauern, das auszuwerten."

„Na dann, viel Spaß dabei." Brixmeier dreht sich um und verlässt das Büro, ohne zu sagen, wo er hin will.

Toni begibt sich wieder an seine Arbeit und fährt fort, die Internet-Kontakte von Alexandra Bering zu überprüfen.

„Was verschlägt Sie eigentlich in diese Provinz, Frau von Sternberg?", fragt Kriminalrat Lange. Die beiden sind inzwischen beim zweiten Käffken angekommen. „Die meisten jungen Beamten zieht es doch eher in die Großstadt."

„Persönliche Gründe", erklärt die Oberkommissarin. „Mein Freund wohnt in Beverungen. Wir haben uns vor ein paar Jahren beim Karneval in Düsseldorf kennengelernt. Am Anfang haben wir eine Wochenendbeziehung geführt – ich kann Ihnen sagen, das kann ganz schön anstrengend werden. Dann habe ich mich zunächst nach Bielefeld versetzen lassen. Das war schon mal ein ganzes Stück näher. Und als ich erfahren habe, dass hier eine Stelle frei wird … Außerdem liebe ich das Weserbergland. Es ist einfach wunderschön hier."

„Aber nicht unbedingt der Ort, um eine steile Karriere zu machen", wirft der Kriminalrat ein.

„Ich bin wirklich sehr gern bei der Polizei – es war ein Kindheitstraum von mir", gesteht Katja. „Aber ich bin nicht der Karrieretyp. Ich brauche frische Luft, Freiheit und Abwechslung. Ich brauche die Arbeit im Außendienst. So ein Schreibtischjob, das wäre nichts für mich."

„Kann ich gut verstehen. Ich erinnere mich gern an meine Zeit im Außendienst. War eine sehr schöne Zeit – wahrscheinlich die schönste in meiner ganzer Polizeilaufbahn." Gedankenversunken schaut der Dienststellenleiter zum Fenster hinaus und, ein leicht wehmütiger Ausdruck legt sich auf seine Gesichtszüge.

„Apropos Außendienst", beendet Kriminalrat Lange seinen kurzen Ausflug in die Vergangenheit. „Wie war gestern Ihr Einsatz mit Hauptkommissar Brixmeier?"

„Ging so ...", antwortet Katja.

„Ging so?", wiederholt der Kriminalrat. „Ich habe gesehen, dass Brixmeier ohne Sie zurückgekommen ist. Und er sah ganz schön geladen aus – als ob es zwischen Ihnen beiden ordentlich geknirscht hätte."

„Halb so wild. Wird sich alles finden. Spätestens, wenn wir geklärt haben, wer von uns beiden die Titanic ist – und wer der Eisberg." Katja kann sich ein verschmitztes Grinsen nicht mehr verkneifen.

„Das ist gut, Frau Oberkommissarin. Lassen Sie sich von Brixmeier nicht alles gefallen." Dann wird Lange ernst. „Aber denken Sie bitte auch immer daran, dass er Ihr direkter Vorgesetzter ist."

„Ich werde es nicht vergessen", verspricht Katja.

„Ach, und noch was, Frau von Sternberg."

„Ja?"

„Erwin Brixmeier ist nicht nachtragend. Wenn mal richtig die Fetzen fliegen, hat er es spätestens am nächsten Tag wieder vergessen."

„Gut zu wissen. Ich frage mich allerdings, wann bei ihm eine Frau das letzte Mal die Fetzen fliegen lassen hat."

„Das kann ich Ihnen leider nicht sagen. Dazu fehlen mir die Erfahrungswerte", gibt Kriminalrat Lange lachend zu.

„Nun ja, ich denke, die werden wir bald haben. Aber machen Sie sich keine Sorgen. Wir raufen uns schon irgendwie zusammen. An mir soll's jedenfalls nicht liegen."

„Sehr schön. Und nun, Frau Oberkommissarin, werde ich Sie den Kollegen vorstellen, die sie bisher noch nicht kennengelernt haben." Lange erhebt sich, und beide verlassen das Büro.

Am Ende des Rundgangs – während dem Katja den Eindruck gewinnt, dass hier ein überaus angenehmes Betriebsklima herrscht – landen sie schließlich in dem Büro, das Katja von heute an mit ihren Kollegen Allwisser und Brixmeier teilen wird.

„Guten Morgen, meine Herren", begrüßt der Kriminalrat die Kommissare. Brixmeier, der auch wieder anwesend ist, guckt griesgrämig aus der Wäsche und erwidert den Gruß, indem er ein unverständliches Brummen von sich gibt.

„Ihre neue Kollegin muss ich Ihnen ja nicht mehr vorstellen", beginnt Kriminalrat Lange das Gespräch. „Sie haben sie gestern bereits kennengelernt. Und Sie, mein lieber Brixmeier, hatten sogar das Vergnügen, gemeinsam mit ihr eine Befragung durchzuführen."

„Jou, hat sich ja nich vermeiden lassen."

„Na na, Herr Hauptkommissar, ganz so schlimm wird es wohl nicht gewesen sein."

Brixmeier antwortet mit einem wenig aussagekräftigen Grunzen.

„Und wo wir gerade beim Thema sind", fährt Lange fort. „Haben Sie etwas herausgefunden?"

„Nix Konkretes", antwortet Brixmeier gelangweilt. „Eine siebzehnjährige Göre, die sich wohl chern mit zwielichtijen Jestalten rumtreibt, und ein Vadder, dem dat nich passt. Und ein plattjetrampeltes Blumenbeet im Charten – dat aber nix mit dem Verschwinden der Kleenen zu tun haben muss."

„Und Sie, Frau von Sternberg, wie sehen Sie die Sache?", will Kriminalrat Lange von Katja wissen.

„Fest steht, dass Alexandra Bering einen Freund hat, von dem weder die Mutter noch der Vater etwas wissen. Ich war gestern noch bei ihrer besten Freundin, einer gewissen Yasmin Gärtner. Sie hat dies bestätigt, will aber angeblich keine Ahnung haben, wer er ist und wie er heißt.

„Sie glauben ihr nicht?", fragt Lange nach.

„Nein, die weiß einiges mehr, als sie zugibt. Vielleicht weiß sie sogar, wo Alexandra steckt. Sie gehört aber zu den Leuten, die der Polizei – gelinde gesagt – nicht unbedingt wohlwollend gegenüberstehen."

„Verstehe."

„Was Herrn Bering betrifft", fährt Katja fort, „der hält jeden Jungen, der sich Alexandra nähert, für einen schlimmen Finger. Daher ist das Verhältnis zwischen Vater und Tochter nicht das beste. Die Ehe der Berings scheint mir auch nicht gerade glücklich zu sein – und ich bezweifele, dass sie es jemals war."

„Wie kommen Sie darauf?" will Kriminalrat Lange wissen.

„Die beiden passen einfach nicht zusammen."

„Weiß doch jeder in Höxter, dat der Versicherungspinkel se nur wegen der Pinunse cheheiratet hat", dröhnt Brixmeier dazwischen.

„Das ist allerdings wahr", bekräftigt der Kriminalrat mit leichtem Kopfnicken. „Und welche Schlüsse ziehen Sie daraus, Frau von Sternberg?"

„Ich sehe das so", folgert Katja. „Alexandra will mit ihrem Freund Urlaub machen. Da sie weiß, dass ihr Vater das niemals zulassen würde, muss es eben anders gehen. Sie und ihr Freund planen das gemeinsam. Vielleicht ist Yasmin Gärtner auch irgendwie beteiligt. Alexandras Freund wartet zum vereinbarten Zeitpunkt im Garten der Berings. Sie klettert aus dem Fenster und beide verschwinden. Das würde auch die Spuren im Garten erklären."

„Sie denken also, dass Alexandra Bering mit ihrem Freund durchgebrannt ist?", hakt der Kriminalrat nach.

„Ganz genau!"

„Liegt ihr Zimmer denn im Erdgeschoß?", fragt Lange.

„Nein, es befindet sich im Obergeschoß", klärt Katja ihn auf. „Aber unmittelbar neben ihrem Fenster gibt es eine Holzkonstruktion für Kletterpflanzen. Ein Erwachsener kann ohne Weiteres daran hoch- und auch runterklettern – es sei denn, er wiegt deutlich mehr als zwei Zentner."

Dass ihr Blick ausgerechnet in diesem Moment in Richtung Brixmeier wandert, ist ihr nicht wirklich bewusst.

„Und Sie meinen tatsächlich, die kleene Bering hat auf diesem Weg die Biege jemacht?" Der Hauptkommissar scheint mit Katjas Darstellung nicht einverstanden zu sein. Womöglich zieht er die Nummer aber auch nur deshalb durch, weil er nicht zugeben will, dass sie mit ihrer Vermutung recht haben könnte.

„Sie haben doch Ihr Foto gesehen. Auf mich macht sie einen sportlichen Eindruck. Ich bin mir sicher, dass es für sie kein Problem war, da runterzukommen." Um ihre Annahme zu stützen, geht Katja zu Brixmeier und legt ihm das Foto, das sie gestern eingesteckt hat, auf den Schreibtisch.

Der Hauptkommissar schaut es sich ziemlich lange an. Dabei wirkt er irgendwie abwesend – so, als würde er über etwas ganz anderes nachdenken. „Vielleicht isse ja entführt worden", rückt er dann mit der Sprache raus.

Katja traut ihren Ohren nicht. Auch der Kriminalrat und Toni schauen Brixmeier verständnislos an.

„Entführt?" Die Oberkommissarin ist die Erste, die ihre Sprache wiederfindet. „Sie meinen also, der Entführer ist da hochgeklettert, hat sie aus dem Bett gezerrt, sie dann Huckepack genommen und ist zusammen mit ihr wieder runtergeklettert? Eine gewagte Theorie, Herr Kollege."

„Hat man euch inne Polizeischule nich beijebracht, dass ein chuter Kriminalbeamter in alle Richtungen ermitteln muss?", giftet Brixmeier mit hochrotem Kopf zurück.

„Schon, aber ich halte mich zunächst an die naheliegende Version. Und eine Entführung ist doch ein bisschen weit hergeholt", kontert Katja.

„Sie hat man ja bedauerlicherweise auch von weit herjeholt ...", brüllt Brixmeier seine Mitarbeiterin an.

„Bleiben Sie bitte sachlich", fährt Kriminalrat Lange genervt dazwischen. „Sie beide. Hat Alexandra Bering ein Handy?"

Uups! Katja fühlt sich peinlich berührt. Sie hat tatsächlich vergessen, Frau Bering nach der Handynummer ihrer Tochter zu fragen – ein schwerer Fehler. Ein Blick rüber zu Brixmeier verrät ihr, dass er diese nicht ganz unwichtige Kleinigkeit wohl auch übersehen hatte.

„Ja, sie hat ein Handy, und ich habe hier ihre Nummer." Es ist Toni Allwisser, der dafür sorgt, dass das zerstrittene Ermittlerduo jetzt nicht ganz alt aussieht.

„Das ist gut. Dann können wir gegebenenfalls versuchen, das Handy zu orten", meint Kriminalrat Lange.

„Sollten wir nicht erst einmal versuchen, sie anzurufen?", schlägt Katja vor.

„Dat werden ihre Eltern schon hundertmal versucht haben", gibt Brixmeier zu bedenken.

„Dann versuchen wir es eben zum hunderteinsten Mal." Toni greift zum Hörer und wählt Alexandras Nummer.

Gespannte Stille.

„Mailbox", sagt Toni leise. „Schönen guten Tag, Frau Bering. Hier ist Oberkommissar Allwisser von der Kriminalpolizei Höxter. Wenn Sie diese Nachricht abhören, rufen Sie mich bitte sofort zurück. Es ist sehr dringend. Meine Telefonnummer ist ..." Nun spricht Toni seine Durchwahl langsam und deutlich auf die Mailbox und legt schließlich mit den Worten „Wäre auch zu schön gewesen" auf.

„Herr Hauptkommissar, kann ich Sie mal einen Moment unter vier Augen sprechen?", fordert Kriminalrat Lange Brixmeier auf. „Wir gehen in mein Büro." Langes Stimme kommt dabei nicht besonders freundlich rüber.

„Au weia, das klingt nach Einlauf", meint Toni besorgt, nachdem die beiden das Büro verlassen haben.

Es dauert eine Viertelstunde, bis Erwin Brixmeier geräuschvoll wieder das Büro betritt. Ohne ein Wort zu sagen, geht er zu seinem Schreibtisch und lässt sich mit einem leisen Seufzer auf den bemitleidenswerten Stuhl fallen. Seinem verkniffenen Gesicht nach zu urteilen, lag Toni mit seiner Theorie gar nicht so falsch.

Ein betretenes Schweigen lässt jedes andere Geräusch im Büro doppelt so laut erscheinen. Keiner der beiden Oberkommissare will die Dynamitstangen, die dem Hauptkommissar offenkundig quer im Hals stecken, zur Explosion bringen. Toni ist eifrig damit beschäftigt, Alexandra

Berings Internetkontakte weiter auszuwerten. Und Katja schaut in Ermangelung anderer Aufgaben zum Fenster raus, bis das Schrillen von Brixmeiers Telefon die quälende Stille zerreißt.

Der Hauptkommissar greift zum Hörer. „Kriminalpolizei Höxter, Brixmeier", grunzt er missmutig hinein. Doch während er dem Teilnehmer am anderen Ende der Leitung zuhört, hellen sich seine Gesichtszüge zusehends auf.

„Wir sind schon unterwechs!", beendet er das Gespräch, und ein siegessicheres Grinsen legt sich auf sein Gesicht. „Na, wer sacht's denn. Auf meinen ollen Bullenriechkolben kann ich mich immer noch verlassen", verkündet Brixmeier so laut, als wolle er das ganze Präsidium aus dem Tiefschlaf reißen. An Katja gerichtet, fährt er triumphierend fort: „Von wegen, die kleene Bering macht einen kuschelijen Urlaub mit ihrem Freund. Da ham Se janz schön inne Kacke jechriffen, Frau Kollejin. Abba machen Se sich nix draus, is eben noch keen Meister vom Himmel jefalln."

Katja schaut ihren Vorgesetzten verständnislos an.

„Wir ham 'ne Löscheldforderung", klärt er sie auf. Dann erhebt er sich und geht zur Tür. „Wenn Madam jetzt noch ihren schönen Hintern erheben würden – wir ham zu tun. Und du", wendet sich Brixmeier an Toni, „sieh zu, dass ich 'ne vollständije Liste ihrer Kontakte aufm Schreibtisch habe, wenn ich wiederkomme."

Katja steht auf und folgt dem Hauptkommissar. Sie ist stinksauer, entscheidet sich aber dafür, erst mal in Erfahrung zu bringen, was genau passiert ist. Als sie das Büro verlässt, schickt Toni ihr ein aufmunterndes „Hals- und Beinbruch" hinterher.

Während der Fahrt zu den Berings redet keiner ein Wort. Brixmeier demonstriert mit jeder Miene und jeder

Bewegung seine haushohe Überlegenheit. Katja erträgt es mit Fassung, auch wenn es ihr schwer fällt.

Wieder ist es der Herr des Hauses höchstpersönlich, der die Beamten in Empfang nimmt. Brixmeier hält sich nicht mit einer ausschweifenden Begrüßung auf. Er kommt direkt zur Sache: „Nun lassen Se mal seh'n, wat Se da bekommen haben."

Herr Bering führt die beiden Kriminalbeamten in den Salon, wo bereits Frau Bering wartet. Dann zeigt er auf ein DIN-A4-Blatt, das auf dem Tisch liegt. Die beiden Kommissare schauen sich das Schriftstück an, ohne es jedoch zu berühren. Worte, Wortfragmente, Buchstaben und Zahlen sind offensichtlich aus einer Zeitung ausgeschnitten und dann zu einem etwas seltsam anmutenden Erpresserbrief zusammengefügt worden.

50000 € Wen sie IRhe TocHtA leBenD
wiDaseHn wOlLen.
wiR mÄlDEN uns BeI inNen. kEine pOliZeI.

„Deutsche Sprach – schwere Sprach", rutscht es Katja heraus. „Eins steht auf jeden Fall fest: Der Verfasser hat eine ausgeprägte Rechtschreibschwäche."

Brixmeier streift sich nun Handschuhe über. Er verstaut den Erpresserbrief vorsichtig in einer Plastiktüte.

„Wer von Ihnen beiden hat den Brief anjefasst?", will er dann wissen.

„Wir beide", antwortet Frau Bering leise.

„Dann müssen wir Sie beide bitten, mit ins Präsidium zu kommen", erklärt Hauptkommissar Brixmeier, „wir brauchen Ihre Fingerabdrücke."

„Was soll das denn? Sie glauben doch nicht allen Ernstes, dass …", fährt Herr Bering den Hauptkommissar an.

„Nein, chlauben wir nich", erwidert Brixmeier gelassen. „Aber nur so können wir mit Bestimmtheit feststellen, ob außer Ihre Fingerabdrücke noch andere auf dem Brief sind – möchlicherweise die von dem Entführer. Sang Se, wann und wo ham Se den Brief jefunden?"

„Er lag zusammen mit der anderen Post im Briefkasten. Ich habe ihn vor ungefähr einer halben Stunde geleert", erklärt Herr Bering.

„Der is abba sicher nich mitte Post jekommen", stellt Brixmeier fest. „Wir brauchen die Spusi. Erledigen Sie das, Frau von Sternberch? Und Toni soll auch mitkommen."

„Mach ich", antwortet Katja und greift zum Handy.

„Wahrscheinlich hat der Entführer Ihnen den Brief heute Nacht innen Briefkasten jesteckt. Ham Se wat chehört oder chesehn? Unjewöhnliche Geräusche? Ein Fahrzeuch, dat hier nich hinchehört? Eine Person, die sich irjendwie auffällich benommen hat?", fragt der Hauptkommissar.

„Ich habe fest geschlafen. Mir ist nichts aufgefallen", antwortet Herr Bering.

„Mir auch nicht", ergänzt Frau Bering. Nachdenklich fügt sie dann hinzu: „Das heißt …"

„Wat?" Brixmeier wird hellhörig.

„Nun ja … Es hat wahrscheinlich nichts mit dem Brief zu tun, aber …", Frau Bering zögert einen Moment, „ich habe vorhin Alexandras Handy klingeln gehört."

„Wann? Wo?"

„Kurz bevor wir Sie angerufen haben. Das Klingeln kam aus ihrem Zimmer. Ich wollte sofort nachsehen, aber als ich die Tür geöffnet habe, war es wieder still."

„Wer weiß, was du da gehört hast", mischt sich ihr Mann mit herablassender Stimme ein.

„Ich bin mir ganz sicher, es war ihr Handy."

„Dann schaun wir doch einfach mal nach." Noch bevor der Hauptkommissar es zu Ende ausgesprochen hat, stürmt Frau Bering die Treppe hinauf in Alexandras Zimmer. Ihr Mann und die beiden Beamten folgen ihr.

Hauptkommissar Brixmeier kramt sein Handy raus und fragt Frau Bering nach der Mobilnummer ihrer Tochter. Frau Bering diktiert und der Hauptkommissar wählt. Es folgen einige Sekunden gespannten Wartes. Schließlich klingelt ein Handy. Das Geräusch kommt aus der unteren Schublade von Alexandras Schreibtisch, doch die ist verschlossen.

„Dat ham wir chleich", sagt Hauptkommissar Brixmeier und packt die Schublade mit seinen Schwerarbeiterpranken.

„Sie wollen sie doch wohl nicht mit aufbrechen?", wirft Katja ein.

„Ham Se 'ne bessere Idee?", grunzt Brixmeier.

„Ja, habe ich tatsächlich. Lassen Sie mich mal ran."

„Na, dann zeigen Se mal, wat Se draufhaben." Brixmeier tritt widerstrebend zur Seite.

Oberkommissarin von Sternberg holt ein kleines Etui aus der Tasche und macht sich mit filigranen Spezialwerkzeugen am Schloss zu schaffen. Einen Augenblick später öffnet sie die Schublade – ohne sie zu zertrümmern. Sie holt ein Handy heraus und zeigt es Frau Bering.

„Ist das Alexandras Handy?", erkundigt sie sich.

„Ja", schluchzt die Angesprochene erschüttert. Als sie fortfährt, fließen bereits Tränen. „Es muss etwas Schlimmes passiert sein. Alexandra würde niemals ohne ihr Handy das Haus verlassen."

„Das muss gar nichts heißen", versucht Katja die besorgte Mutter zu beruhigen. „Wir nehmen es erst mal mit und schauen, ob darauf irgendwelche Hinweise zu finden sind." Die Oberkommissarin wundert sich über das Verhalten von Herrn Bering. Während seine Frau von ihrem Kummer geradezu überwältigt wird, steht er ungerührt daneben und beobachtet die Szene wie jemand, den das alles nichts angeht.

In diesem Moment ertönt der majestätische Ton des Gongs. Er überschwemmt die Jugendstilvilla wie eine mächtige Tsunamiwelle. Toni ist mit der Spurensicherung eingetroffen, und Brixmeier eilt gemeinsam mit dem Hausherrn die Treppe hinunter, um seine Kollegen in Empfang zu nehmen.

„Toni, du und Frau Sternberch – ihr hört euch mal inne Nachbarschaft um. Vielleicht hat irjendeiner letzte Nacht wat Unjewöhnliches bemerkt. Ich kümmere mich inzwischen darum, dass dat Telefon abchehört wird", kommandiert er.

„Ich diese und du die gegenüberliegende Straßenseite?", schlägt Toni vor.

„Einverstanden", antwortet Katja süßsauer lächelnd, dann gehen beide eine Runde Klinken putzen. Brixmeier redet noch kurz mit den Leuten von der Spurensicherung, dann setzt er sich in sein Auto und rauscht von dannen.

Katja ist knapp zwei Stunden auf ihrer Straßenseite unterwegs. Fast überall trifft sie jemanden an, was sie für diese Uhrzeit schon sehr erstaunlich findet. Dennoch ist die Ausbeute nicht gerade erquickend. Jeder erzählt ihr, wie schrecklich er es findet, dass in einer beschaulichen Kleinstadt wie Höxter derart abscheuliche Verbrechen wie eine

Entführung verübt werden. Jeder beklagt sich darüber, dass man sich in seinen eigenen vier Wänden nicht mehr sicher fühlen kann, aber gesehen oder gehört hat keiner etwas. Keiner – mit Ausnahme von Frau Brunhild Kiesewetter. Sie ist die einzige, die Katjas Anstrengungen nicht völlig nutzlos erscheinen lassen.

Auf dem Rückweg zum Haus der Berings denkt Katja über den Fall nach. Gleichgültig, wie sie es auch dreht und wendet, an eine Entführung kann sie nicht glauben. Es gibt einfach zu viele Ungereimtheiten.

Am Straßenrand vor Berings Haus lehnt Toni lässig wie ein Geheimagent ihrer Majestät an seinem Dienstwagen und wartet auf Katja. Er ist mit seiner Straßenseite offensichtlich schneller fertig geworden. Von der Spurensicherung ist auch keiner mehr da.

„Jetzt musst du mit mir als Chauffeur vorlieb nehmen", empfängt er seine Kollegin freudig lächelnd.

„Ich denke, es gibt Schlimmeres", antwortet Katja, öffnet die Tür und nimmt schwungvoll auf dem Beifahrersitz Platz.

Toni steigt ebenfalls ein und startet den Motor.

„Zum König-Wilhelm-Gymnasium bitte, James", ordnet Katja mit huldvoller Stimme an.

Toni hält einen Moment verwirrt inne. Dann zieht sich ein Grinsen über sein Gesicht. „Wie Ihr wünscht, Euer Majestät", antwortet er untertänigst und fährt los.

„Sag mal, Toni, wieso bist du eigentlich nicht Brixmeiers Partner geworden?", fragt Katja schon nach wenigen Metern.

„Ganz einfach – ich bin nicht außendiensttauglich."

„Wie bitte! Jetzt willst du mich aber veräppeln, oder?"

„Schön wär's", antwortet Toni. „Aber ich bin wirklich

nicht außendiensttauglich. Mein linkes Knie ist kaputt. Du siehst also, es gibt hier zwar keine fußkranken Bösewichte, dafür aber fußkranke Polizisten."

„Autsch, da habe ich vorhin ja richtig ins Fettnäpfchen getreten – tut mir leid." Katja guckt betreten aus der Wäsche.

„Halb so wild. Du konntest es ja nicht wissen."

„Und wie ist das passiert – wenn ich fragen darf?" Katja nimmt sich vor, nun etwas vorsichtiger zu sein.

„Du darfst. Eine Schussverletzung."

„Nee, das glaub' ich jetzt nicht." Katja ist fassungslos. „Da lässt man sich mitten in die ostwestfälische Provinz versetzen. Dahin, wo sich Fuchs und Hase Gute Nacht sagen. Dahin, wo das schlimmste Verbrechen darin besteht, dass der Oma die Schlüpfer von der Wäscheleine geklaut werden. Und was findet man hier vor: wilde Schießereien."

„Wenn's mal so gewesen wäre, dann hätte ich damit wenigstens angeben können."

„Wie war es denn?"

„Ist beim Waffenreinigen passiert", sagt Toni zerknirscht.

„Sag nicht, du hast dir beim Waffenreinigen selbst ins Knie geschossen?", fragt Katja entgeistert. „Das könntest du tatsächlich nicht als Heldentat verkaufen."

„Ich war es nicht selbst."

„Etwa ein Kollege?"

„Es ist gar nicht bei der Polizei passiert, sondern im Schützenverein."

„Im Schützenverein!? Das wird ja immer verrückter. Bei euch auf dem Land lebt man anscheinend gefährlicher als in der Großstadt."

„Ja, das kannst du laut sagen."

„Und wie ist das genau passiert?" Katja ist nun richtig neugierig geworden.

„Mein Schützenbruder Jakob Kowalski – übrigens auch mein bester Freund – war gerade dabei, seine Waffe zu reinigen. Kleinkaliber. Ich bin zur Tür rein. In dem Moment löst sich der Schuss. Die Kugel trifft den Heizkörper und schwirrt dann als Querschläger durch die Bude. Mein Knie war genau in der Flugbahn. Hat 'ne nette Überschwemmung im Schützenhaus gegeben."

„So stark hat es geblutet?"

„Nein. Der Heizkörper ... so ein altes Ding aus Gusseisen ... da ist ein ziemlich großes Stück rausgeplatzt", erklärt Toni.

„Mit der Geschichte kannst du ja im Fernsehen auftreten", schlägt Katja kopfschüttelnd vor.

„Da könntest du recht haben. Die Privaten bringen ja jeden Scheiß. Aber mir hat es schon gereicht, dass alle Provinz-Gazetten ausführlich darüber berichtet haben."

„Oh, du Ärmster ..."

„Jetzt weißt du, warum ich nicht Brixmeiers Partner bin. Dabei wäre ich es gern geworden. Aber gelegentlich schickt er mich auf einen Außeneinsatz, so wie heute. Dafür bin ich ihm sehr dankbar." Toni stellt den Motor ab, denn sie befinden sich mittlerweile auf dem Parkplatz des König-Wilhelm-Gymnasiums.

„Magst du Brixmeier etwa?", fragt Katja ungläubig.

„Ja, ich mag ihn", gibt Toni unverhohlen zu. „Er ist ein Sturkopf, ein Dickschädel, manchmal sogar ein Kotzbrocken; er ist spröde, aufbrausend, ungehobelt und einfühlsam wie ein Presslufthammer. Aber glaub mir, er ist mit Abstand der beste Kollege, den man sich vorstellen kann – auch wenn man es nicht auf Anhieb merkt."

Dieses Plädoyer für Hauptkommissar Brixmeier überrascht Katja – und macht sie nachdenklich. „Dann gefällt es dir wahrscheinlich gar nicht, dass ich jetzt deinen Traumjob habe?" Sie mustert Toni mit einem forschenden Blick.

„Ganz im Gegenteil. Ich bin froh, dass du da bist. Ich dachte bis jetzt, dass es so attraktive Ermittlerinnen nur in amerikanischen Krimiserien gibt."

„Kann es sein, dass du dich gerade auf dünnem Eis bewegst?", fragt Katja mit todernster Miene. „Normalerweise bekomme ich solche Komplimente nur von älteren Männern in Führungspositionen. Aber für den zweiten Frühling bist du definitiv noch zu jung."

„Ich fürchte, du hast da etwas falsch verstanden." Toni grinst. „Auf die Gefahr hin, dass du jetzt enttäuscht sein wirst: Aber du hast bei mir absolut keine Chancen – nicht die geringsten."

„Oh, woran liegt's? Haarfarbe? Oberweite? Oder bist du schwul?"

„Weder das eine, noch das andere, und schwul auch nicht", verkündet Toni lächelnd. „Sie ist blond, heißt Nadja und fährt total auf fußkranke Oberkommissare ab."

„Ja, wenn das so ist, muss ich wohl ins Kloster gehen." Katja setzt eine trübselige Miene auf, die ihr kein Mensch abnehmen würde. Danach wird sie wieder dienstlich: „Jetzt sollten wir aber wieder an die Arbeit gehen."

„Alexandras Klassenlehrerin, nehme ich an ..."

„Du nimmst richtig an", bestätigt Katja.

„Na, dann los. Du gehst vor, und ich hinke hinterher."

„Wenn ich gerade mal nichts anderes zu tun habe, werde ich dich bedauern", verspricht Katja, dann steigt sie aus.

„Also doch entführt! Brixmeier, ist Ihnen eigentlich klar, was das bedeutet?" Kriminalrat Lange läuft nervös im Büro auf und ab. „Franz-Josef Bering ist nicht irgendwer. Er hat Beziehungen, einflussreiche Freunde. Leute, die uns richtig die Hölle heiß machen können. Stellen Sie sich vor, was passiert, wenn die Presse Wind davon bekommt – und das wird sie früher oder später."

„Imma langsam mit die junge Pferde. Mehr als ermitteln können wir auch nich." Hauptkommissar Brixmeier lässt sich nicht aus der Ruhe bringen.

„Sie haben gut reden. Sie müssen sich ja nicht mit dem Landrat herumschlagen oder mit all den Leuten, die nur auf eine Gelegenheit warten, uns ans Bein zu pissen. Was wir brauchen, sind handfeste Ergebnisse – und zwar so schnell wie möglich. Ach, was red' ich – wir brauchen sie noch schneller." Kriminalrat Lange lässt sich von Brixmeiers stoischer Gelassenheit nicht anstecken. „Wo sind eigentlich Ihre Leute?"

„Befragen die Nachbarn", antwortet Brixmeier. „Müssten eijentlich schon längst damit fertich sein. Abba Sie wissen ja, wenn man so ein Weibsbild losschickt, kann dat schon mal ein bisschen länger dauern. Die Sternbech hält womöchlich überall ein kleines Kaffeekränzchen ab. Abba ich hab se mir ja nich ausjesucht."

„Vielleicht macht sie auch nur ihre Arbeit besonders gründlich", gibt der Dienststellenleiter gereizt zurück.

„Vielleicht ... nötich hätte se't ja wirklich."

„Warum?"

„Nun ja, schließlich war ihre Theorie, dat die kleene Bering mit ihrn Freund einen beschaulichen Liebesurlaub unter südlicher Sonne oder sonstwo verbringt, ein kapitaler Schuss in den Ofen."

„Das kann jedem mal passieren", meint Kriminalrat Lange. „Außerdem war ihre Theorie – bevor die Lösegeldforderung im Raum stand – durchaus nachvollziehbar."

„Abba ICH hatte den richtigen Riecher", betont Brixmeier mit Nachdruck.

„Ja, den hatten Sie ..." Lange wird es nun zu bunt. „Das spielt aber jetzt keine Rolle mehr. Wir brauchen ..."

In diesem Augenblick wird die Tür geöffnet. Toni und Katja kommen rein.

„Wenn man vom Teufel spricht ...", grunzt es kaum hörbar aus Brixmeiers Richtung.

„Hat die Befragung der Nachbarn etwas ergeben?", will der Kriminalrat sofort wissen.

„Nichts! Von meinen Kandidaten hat niemand etwas gesehen oder gehört", erklärt Toni Allwisser.

„Fast nichts! Keiner hat etwas gesehen, aber ich habe mit einer alten Dame gesprochen, die etwas Verdächtiges gehört hat", verkündet Katja mit einer gewissen Genugtuung.

„Ach ..." Der Kriminalrat schaut die neue Kollegin erwartungsvoll an.

„Letzte Nacht zwischen Viertel vor vier und vier stoppte ein Fahrzeug – aller Wahrscheinlichkeit nach ein Motorrad – vor dem Haus der Berings. Jemand betrat das Grundstück, ging zum Haus, warf etwas in den Briefkasten und verschwand wieder. Das Ganze hat nicht viel länger als eine Minute gedauert."

„Und wer sacht dat?", meldet sich Brixmeier.

„Frau Brunhild Kiesewetter, achtundachtzig Jahre alt, alleinstehend. Wohnt den Berings direkt gegenüber. Sie ist von dem ziemlich lauten Motorengeräusch wach geworden."

„… und dann hat se chleich aufe Uhr jekuckt, weil se sofort wusste, dass man se am nächsten Tach danach fragen würde", wirft Hauptkommissar Brixmeier zweifelnd ein.

„Nein, hat sie nicht", kontert Katja. „Ein paar Minuten, nachdem der Unbekannte weggefahren war, hat sie gehört, wie die Kirchturmuhr vier geschlagen hat."

„Werte Frau Kollejin, ham Se schon mal dran chedacht, dat einsame Ömmerkes Ihnen allet erzählen, wat Se hören wollen, nur um ein kleenet bisskes Jesellschaft zu haben?", wendet der Hauptkommissar mit überheblicher Miene ein.

„Als ich mit Frau Kiesewetter gesprochen habe, machte sie keinen vereinsamten Eindruck. Ganz im Gegenteil, sie hatte Besuch von zwei Freundinnen."

„Also doch Kaffeekränzchen …"

„Ob Kaffeekränzchen oder nicht", faucht Katja ungehalten, „ihre Aussage ist eindeutig und hat Hand und Fuß."

„Da wär' ich mir nich so sicher", hält Brixmeier bockig dagegen. „Chlauben Sie tatsächlich, dat so eine scheintote Omma einen PKW von einem Motorrad unterscheiden kann – und dat anhand der Motorenjeräusche …? Und chlauben Sie, dat se hören kann, wie einer über's Nachbarchrundstück cheht und wie er ein Brief in den Briefkasten fallen lässt? Werden Se ma wach, Frau Kollejin, Ihre Omma muss ja Ohren wie ein Luchs haben, wenn se dat alles chehört haben will."

Am liebsten hätte Katja den Hauptkommissar auf der Stelle geteert und gefedert. In Anwesenheit des Kriminalrats besinnt sie sich jedoch eines Besseren und zerlegt Brixmeiers unqualifizierten Einwurf nüchtern und sachlich.

„Erstens, Herr Kollege, kann man ein Motorrad und einen PKW ganz gut am Motorengeräusch unterscheiden.

Und nicht nur das: Zum Aus- und Einsteigen müssen Sie bei einem PKW eine Tür öffnen und schließen, was ganz bestimmte Geräusche verursacht. Und genau solche Geräusche hat Frau Kiesewetter nicht gehört, wie sie mir ausdrücklich gesagt hat. Zweitens, kann man in einer ruhigen Nacht sehr gut hören, wenn jemand mit schweren Motorradstiefeln über einen Gehweg geht. Vor allem dann, wenn er es eilig hat und sich keine Mühe gibt, besonders leise zu sein. Drittens, hört Frau Kiesewetter das quietschende Geräusch von Berings Briefkastenklappe fast jeden Tag. Nämlich immer dann, wenn der Postbote kommt. Und was ihr Gehör betrifft: Frau Kiesewetter war früher Musiklehrerin. Wie alle Musiker hat sie ein äußerst feines und geübtes Gehör. Und bevor Sie, Herr Kollege Brixmeier, noch weitere Einwände vorbringen: Nein, Frau Kiesewetter hat kein Hörgerät und sie braucht auch keins."

„Trotzdem sollten Se ...", fängt Brixmeier erneut an.

„SCHLUSS JETZT!", fährt Kriminalrat Lange ungehalten dazwischen. „Ich brauche Ergebnisse und keine Kommissare, die sich an die Köppe kriegen wie Vorschulkinder. Wenn Sie beide nicht ab nächster Woche Parksünder aufschreiben wollen, fangen Sie endlich an, Ihre Arbeit zu machen. So, und wenn noch etwas sein sollte – Sie finden mich in meinem Büro."

Bevor der Dienststellenleiter das Büro verlässt, öffnet ein junger Beamter in Uniform die Tür.

„Gut, dass ich Sie finde, Herr Kriminalrat. Da ist jemand vom Westfalen-Blatt. Der will Sie unbedingt sprechen."

„Der hat mir gerade noch gefehlt", blafft der Kriminalrat den arglosen Kollegen an. Dann rauscht er ab, und die Tür fliegt zu.

Nachdem wieder Ruhe eingekehrt ist, meldet sich Toni zu Wort: „Nur zur Info, Erwin, wir waren in Alexandras Schule und haben mit ihrer Klassenlehrerin gesprochen ...“

„Und?“

„Den Weg hätten wir uns sparen können.“

„Ach“, grunzt Brixmeier. „Ich hab noch 'n paar Überstunden abzufeiern. Wenn wat is ... Ihr kennt ja meine Nummer.“ Wieder fliegt die Tür krachend ins Schloss.

Ungewöhnliche Hilfe

„Wat is mit die Internet-Kontakte von der kleenen Bering? Die solltest du mir jestern schon aufn Schreibtisch lejen, wenn ich mich nich irre", keift Brixmeier Toni an, als er am nächsten Tag ohne ein Guten Morgen das Büro betritt. Katja beachtet er gar nicht.

„Guten Morgen, Erwin", antwortet Toni ungerührt. „Wenn ich mich nicht irre, hat mich gestern jemand losgeschickt, um Nachbarn zu befragen. Das hat mich schonmal den halben Vormittag gekostet – da blieb nicht mehr so viel Zeit zum Auswerten."

„Pass ma lieber auf, sonst dafrste ab nächste Woche auch Strafzettel verteilen", knurrt Brixmeier zurück. „Also, wat haste rausjefunden?"

„Mit den Internet-Kontakten bin ich noch nicht durch. Ich hab mir aber mal ihr Smartphone vorgenommen. Das schien mir erfolgversprechender."

„Und ...? Mach's nich so spannend."

„Na ja, es gibt eine Telefonnummer, die sie auffallend häufig angerufen hat – das letzte Mal in der Nacht ihres Verschwindens. In ihrem Telefonbuch ist die Nummer unter dem Namen Chris gespeichert", erklärt Toni. „Christian, Christiane, Christine, Christa, Christel, Christoph – alles möglich. Wir wissen also nicht mal, ob es sich um Männlein oder Weiblein handelt.

„Nich chrade 'ne heiße Spur, abba besser als nix", meint Brixmeier. „Haste denn mal da anjerufen?"

„Was glaubst du denn? Mailbox. Keinerlei Hinweis auf einen Namen. Automatische Stimme – weiblich", sagt Toni.

„Scheiße! Wie heißt eijentlich die beste Freundin von der kleenen Bering", wendet sich Brixmeier nun an Katja.

„Yasmin Gärtner."

„Chasmin ... Die wird wohl kaum jemeint sein", sinniert Brixmeier. „Abba wir sollten uns diese Chasmin mal vornehmen. Vielleicht kennt die ja einen oder eine Chris. Wie steht's, Frau Sternberch, woll'n Se mich bechleiten?"

„Habe ich eine Wahl?", fragt Katja zurück.

„Ja, die ham Se ... Sie können chern ab nächste Woche Parksünder aufschreiben."

Eine Viertelstunde später betreten der Hauptkommissar und seine neue Kollegin das König-Wilhelm-Gymnasium. Kurz nachdem sie im Sekretariat erfahren haben, wo sie Yasmin Gärtner finden, klopfen sie an die Tür zu ihrem Klassenzimmer. Der Englischlehrer ist nicht gerade begeistert, dass die Polizeibeamten seinen Unterricht stören.

„Chuten Morjen. Hauptkommissar Brixmeier, Kriminalpolizei Höxter, wir müssten mal mit Chasmin Chärtner sprechen."

„Hat das nicht Zeit bis zur Pause?"

„Nein, hat es nich ...", antwortet Brixmeier ungeduldig.

„Dauert auch nicht lange", wirft Katja ein.

„Yasmin, kannst du mal kommen", ruft der Lehrer in die Klasse. „Hier sind zwei Herrschaften, die dich sprechen wollen. Scheint dringend zu sein."

Die Beamten hören, wie im Klassenzimmer ein Stuhl gerückt wird. Nur Sekunden später steht ein großes, sehr schlankes, dunkelhaariges Mädchen vor ihnen. Sie ist ziemlich schrill geschminkt und eine beachtliche Anzahl Piercings zieren ihr Gesicht. Mit herablassender Miene mustert sie die beiden Kriminalbeamten von oben bis unten.

„Chuten Morjen. Hauptkommissar Brixmeier, Kriminalpolizei Höxter. Meine Kollejin kennen Se ja schon."

„Und, was wollen Sie dann jetzt von mir?", fragt Yasmin gereizt.

„Ich habe eine chanz einfache Frage: Kennen Se einen oder eine Chris?", will Brixmeier wissen

„Ne!", antwortet Yasmin spontan.

„Denken Se noch mal nach", fordert Brixmeier sie auf.

„Nein, kenn' ich nicht", keift Yasmin den Hauptkommissar an. „Und jetzt lassen Sie mich in Ruhe. Wir schreiben nächste Woche eine wichtige Englisch-Klausur."

„Frau Gärtner, als ich vorgestern bei Ihnen war, ging es lediglich darum, dass Ihre Freundin verschwunden ist", mischt sich Katja nun ein. „Jetzt haben wir es jedoch offenbar mit einer Entführung zu tun. Das ist ein schweres Verbrechen. Wenn Sie uns Informationen verschweigen, machen Sie sich mitschuldig. Ist Ihnen das klar?"

„Wollen Sie mich verarschen? Selten so'n Blödsinn gehört. Lexie entführt! Wer hat Ihnen den Bären denn aufgebunden?" Yasmin grinst die Polizeibeamten überlegen an.

„Wat Blödsinn is und wat nich, dat überlassen Se mal schön uns, junges Fräulein", meldet sich der Hauptkommissar mit dröhnender Stimme. „Wir können Sie auch chern mit ins Präsidium nehmen. Dat dauert dann abba ein chanz kleines bisskCLIen länger."

„Haben Sie eigentlich ein Handy?", fragt Katja.

„Ja logisch!" Yasmin guckt die Beamtin verständnislos an.

„Darf ich das mal sehen?"

„Das dürfen Sie nicht, oder haben Sie eine richterliche Anordnung?", erwidert Yasmin. „Ich kenne mich da aus. Mein Vater ist nämlich Rechtsanwalt."

„Nun ja, wenn das so ist, wissen Sie auch, was Gefahr im Verzug bedeutet. Dann darf ich Sie bitten, uns jetzt aufs Präsidium zu begleiten." Die Oberkommissarin macht eine einladende Handbewegung.

„Na gut", knurrt Yasmin und gibt Katja ihr Handy.

Die untersucht es kurz. „Kein Chris im Telefonbuch."

„Sag ich doch", keift Yasmin.

Bevor Katja das Handy zurückgibt, holt sie einen Zettel raus und wählt eine Nummer.

„Was soll das denn?", schreit Yasmin wütend und versucht, Katja das Handy abzunehmen.

Die Beamtin dreht sich geschickt zur Seite und wartet darauf, dass am anderen Ende jemand drangeht.

„Ja hallo, wer ist denn da?", meldet sich Katja dann. „Chris, und wie weiter? ... Aufgelegt.", Mit einer betont langsamen Bewegung gibt die Oberkommissarin das Handy an Yasmin zurück.

„Sie werden von meinem Vater hören. Der weiß ganz genau, wie man mit durchgeknallten Polizisten umgeht. Wenn der mit Ihnen fertig ist, können Sie froh sein, wenn Sie noch Parksünder aufschreiben dürfen", giftet Yasmin.

„Das habe ich heute schon mal irgendwo gehört", meint Katja grinsend. Und an Yasmin gewandt fährt sie fort: „Sie sollten Ihren Vater auch gleich fragen, was auf Sie zukommt, wenn wir Ihnen die Beteiligung an einer Entführung nachweisen."

„Hören Sie doch auf mit Ihrer schwachsinnigen Entführung. Lexie ist nicht entführt worden."

„Und wo ist sie dann?" Katja bleibt hartnäckig.

„Das weiß ich doch nicht. Jedenfalls nicht entführt."

„Es gibt aber eine Lösegeldforderung."

Yasmin schweigt. Sie ist offensichtlich überrascht und

scheint über etwas nachzudenken. Erst nach einigen Sekunden findet sie ihre Sprache wieder. „Das hat doch ihr Alter inszeniert", sagt sie.

„Sie behaupten also, Herr Bering hat den Erpresserbrief selbst jeschrieben", hakt der Hauptkommissar nach. „Warum sollte er dat tun?"

„Vielleicht wollte er euch etwas Feuer unterm Hintern machen", gibt Yasmin zurück. „Ihr setzt eure fetten Beamtenärsche doch nicht in Bewegung, wenn es nur um eine vermisste Person geht."

„Sein Se mal chanz vorsichtig mit dem, wat Se sagen", entgegnet Brixmeier, dem man deutlich ansieht, dass er dem vorlauten Mädchen am liebsten was hinter die Ohren geben würde.

„Wissen Sie, Frau Gärtner, was ich nicht verstehe?", wirft Katja ein. „Als ich Chris mit Ihrem Handy angerufen habe, meldete er sich mit den Worten Hallo Yasmin, und seine Stimme klang sehr vertraut. Er kennt Sie offenbar gut."

Wieder sieht Yasmin aus, als hätte man sie auf dem linken Fuß erwischt. Sie braucht eine ganze Weile, bis sie endlich mit einer Antwort um die Ecke kommt. „Wahrscheinlich habe ich ihn irgendwann auf irgendeiner Party kennengelernt. Ich lerne tausende von Leuten kennen. Und ich kann mir nicht jeden Einzelnen merken."

„Und wahrscheinlich geben Sie auch tausenden von Leuten Ihre Telefonnummer ... Aber jetzt wollen wir Sie nicht länger von Ihrer Englischstunde abhalten. Wir kommen wieder."

„Die ist sowieso fast zu Ende", knurrt Yasmin und geht ins Klassenzimmer.

„So, so, Jefahr im Verzuch", grunzt Brixmeier grinsend, während der Ford Granada vom Parkplatz des König-Wilhelm-Gymnasiums rollt. „Mir is nich bekannt, dass dat ausreicht, um sich ein fremdes Handy zu krallen."

„Mir auch nicht", gibt Katja mit todernster Miene zurück.

Und das bleiben die einzigen Worte, die die Beamten auf der Fahrt zur Villa der Berings wechseln. Die schwermütigen Schwingungen des Gongs liegen noch in der Luft, als Frau Bering die Tür öffnet.

„Tach, wir hätten da noch ein paar Fragen." Brixmeier hält sich auch heute nicht mit Förmlichkeiten auf.

„Kommen Sie doch rein", fordert Frau Bering die Beamten freundlich auf. Wie schon an den letzten beiden Tagen führt sie ihre Gäste in den Salon. Dort stellen die Kommissare fest, dass Frau Bering Besuch hat.

Ein etwas seltsam anmutendes Pärchen hat es sich auf dem ausladenden Sofa bequem gemacht. Der Mann – um die vierzig, groß, schlank – hat ein markantes Gesicht. Seine weit über die Schultern reichenden hellblonden Haare bilden einen auffallenden Kontrast zu seiner durchweg schwarzen Kleidung. Seine Züge wirken ernst, priesterhaft und unergründlich, und sein stechender Blick sorgt für einen gewissen Gänsehautfaktor, wenn er einen ansieht.

Die Frau ist deutlich jünger. Sie ist nicht ganz schlank – aber sie als dick zu bezeichnen, wäre übertrieben. Ihre langen, lockigen, rotbraunen Haare harmonieren mit ihrer blassen Haut und den slawischen Gesichtszügen. Der absolute Hingucker sind ihre fast schon unnatürlich blauen Augen. Von der Frau geht etwas Magisches aus. Sie ist der Typ Frau, die man im Mittelalter als Hexe verbrannt hätte – das zumindest ist Katjas erster Gedanke.

„Darf ich vorstellen", Frau Bering weist dezent auf ihre Besucher. „Tristan Thallasarih, ein guter Freund von mir, und Lady Cassandra, seine Assistentin. Die beiden haben sich bereit erklärt, uns bei der Suche nach Alexandra zu helfen."

Die Polizeibeamten werfen sich fragende Blicke zu.

„Und das sind die Herrschaften von der Polizei", fährt Frau Bering an ihre Besucher gewandt fort. „Herr ... äh ..."

„Hauptkommissar Brixmeier. Das ist meine Kollejin ..."

„Oberkommissarin von Sternberg", fällt Katja ihrem Chef ins Wort, um zu vermeiden, dass sie den kuriosen Besuchern als Fräulein Sternberch in Erinnerung bleibt.

Der Hauptkommissar wirft ihr einen missbilligenden Blick zu, dann fragt er Frau Bering: „Kennen Sie einen Chris?"

Die Angesprochene überlegt einen Moment. Dann schüttelt sie den Kopf und sagt leise: „Nicht, dass ich wüsste."

„Denken Se bitte chanz jenau nach."

Frau Bering ist anzusehen, wie sie ihr Gedächtnis durchforscht – ohne Ergebnis.

„Ich kann nicht ausschließen, dass Alexandra den Namen mal erwähnt hat. Aber wenn, dann war es nur beiläufig. Nein, ich habe keine Ahnung, wer das sein könnte."

„Is Ihr Mann auch zu sprechen?", will Brixmeier wissen.

„Nein, er hat einen geschäftlichen Termin außer Haus."

„Wann isser denn wieder da?"

„Ich erwarte ihn gegen fünfzehn Uhr zurück."

„Chut, also werden wir chegen fünfzehn Uhr dreißich noch mal zu Ihnen kommen." Dann wendet sich Hauptkommissar Brixmeier an den Besucher: „Ach, Herr ..."

„Thallasarih, Tristan Thallasarih", hilft ihm der Mann mit den hellblonden Haaren und dem stechenden Blick auf die Sprünge. Selbst seine Stimme hat etwas, das an einen Priester erinnert – oder an einen Sektenführer.

„Also, Herr Thallasarih, wenn ich Frau Bering eben richtich verstanden habe, wollen Sie uns bei der Suche nach Alexandra helfen."

„Ja, sie hat mich darum gebeten."

„Darf ich fragen, wie Se dat anstellen woll'n?"

„Ich fürchte, es wird etwas schwierig werden, Ihnen das zu erklären", druckst Tristan Thallasarih rum.

„Dann versuchen Se's doch mal. Wat mich betrifft, ich bin jetz so richtich jespannt." Der Hauptkommissar schaut den Besucher herausfordernd an. Auch Katja ist ganz Ohr.

„Nun ja, Herr Hauptkommissar, ich bin zum einen Künstler und zum anderen Wissenschaftler. Ich beschäftige mich im weitesten Sinne mit Parapsychologie."

„Is dat nich so'n Cheisterkram?", fragt Brixmeier nach. Sein Gesicht nimmt dabei einen undefinierbaren Ausdruck an. Auch Katjas Züge stehen kurz davor, ihr zu entgleiten. Sie hat bereits eine leise Ahnung, wie die Hilfe aussieht, die dieser Tristan Thallasarih ihnen anbieten wird.

„Parapsychologie ist eine ernstzunehmende Wissenschaft", erklärt Thallasarih empört, „auch wenn die meisten Menschen nicht wahrhaben wollen, dass es jenseits von alldem, was wir mit unseren Sinnen wahrnehmen können, noch etwas gibt. Etwas Übersinnliches, Übernatürliches ... Unerklärliches."

Tristan Thallasarih scheint so richtig in Fahrt zu kommen und der Hauptkommissar fühlt sich berufen, ihn auszubremsen.

„Wissen Se, für mich zählen nur Fakten, Beweise, Indizien und Zeujenaussagen – also handfeste Ermittlugserjebnisse. Mit übersinnlichem Kram kann ich nix anfangen."

Nach einer kurzen Pause fährt Brixmeier fort. „Jetz mal Butter bei de Fische. Wie woll'n Se Alexandra finden? Traktiern se So 'ne Voodoo-Puppe mit Nadeln? Hacken Se 'nem Huhn den Kopp ab und verspritzen dat Blut im Charten? Kucken Se inne Chlasskugel? Oder wie darf ich mir dat vorstellen?"

Katja kann Tristan Thallasarih ansehen, wie viel Mühe es ihm bereitet, angesichts dieser geballten Ladung Ignoranz, gepaart mit ostwestfälischer Herzlichkeit, die Fassung zu bewahren. Er muss erst mal tief durchatmen, bevor er sich eine Antwort zurechtlegt, die selbst einem bodenständigen Kriminalbeamten wie Brixmeier genügen dürfte.

„Wie ich Ihnen bereits sagte, wird es nicht ganz einfach werden, Ihnen das zu erklären ..."

„Dat hatten wir schon ... Kommen Se zur Sache", fällt Brixmeier ihm ins Wort.

„Wir halten eine spiritistische Sitzung ab ..."

„Ach, bei so wat sitzen doch 'ne chanze Reihe komische Leute um 'nen Tisch rum und halten 'ne krampfhaft fest, damit er nich wechfliecht." Katjas Chef macht keinen Hehl daraus, was er von diesem Parapsychologen und seinen Methoden hält. Die Oberkommissarin muss innerlich grinsen. Und staunen. Dieser Thallasarih versteht es vorbildlich, seine Emotionen unter Kontrolle zu halten. Mit einer geradezu bewundernswerten Ruhe erklärt er weiter.

„Ich werde dann versuchen, mit Alexandras Geist Kontakt aufzunehmen. Wenn mir das gelingt, werde ich sie fragen, wo sie sich gerade befindet."

„Und wenn se Ihnen verraten hat, wo se is, dann sei'n Se doch bitte so jut und sang mir kurz Bescheid."

„Sie werden lachen, das werde ich glatt tun", verspricht Tristan Thallasarih. „Vielleicht kann ich Ihnen heute schon etwas sagen – heute Nachmittag, wenn sie wiederkommen, um mit Herrn Bering zu sprechen."

„Dat is doch mal 'n Wort. Und ob ich lache, dat wird chanz davon abhängen, wat Se mir zu sagen haben. Also, bis später, widdasehn. Widdasehn, Frau Bering." Brixmeier dreht sich um und geht. Katja verabschiedet sich ebenfalls von allen Anwesenden und folgt ihrem Vorgesetzten.

Auf dem Weg zurück ins Präsidium wird Brixmeier plötzlich gesprächig: „Na, Frau Kollejin, wat halten Se denn von dem Schmalspur-Mirakolix?"

„Sie meinen Thallasarih?"

„Ja, wen denn sonst?"

„Nun ja, im Grunde tendiere ich dazu, an Daten und Fakten zu glauben, aber ..."

„Dann sind wir ja mal einer Meinung."

„Stimmt! Aber nicht, dass Sie denken, dass das jetzt zur Gewohnheit wird", stellt Katja klar.

„Keine Sorje", meint Brixmeier. „Abba ...?"

„Was aber?"

„Ich habe Sie unterbrochen. Sie wollten noch wat sagen."

Katja stutzt einen Moment, dann hat sie ihren Faden wieder gefunden.

„Manchmal erlebt man schon seltsame Dinge. Für die es keine vernünftige Erklärung gibt. Die vermuten lassen, dass es noch etwas jenseits der Fakten und Beweise gibt."

„Wissen Se, Frau Sternberch", der Hauptkommissar scheint gerade seine väterlichen fünf Minuten zu haben, „ich habe in meinem langen Berufsleben vermutlich schon mehr seltsame Dinge erlebt, als Sie – chanz bestimmt sogar. Abba dat bringt mich noch lange nich dazu, an so einen Scharlatan wie diesen Thalla ... Thalla ... salami zu chlauben."

Damit ist das Gespräch wieder beendet, So unvermittelt wie es begonnen hat.

Toni schreckt von der Arbeit hoch, als die Bürotür auffliegt.

„Na Toni, chibts wat Neues?", will Brixmeier wissen.

„Wie man's nimmt", antwortet sein Kollege. „Die Nachforschungen im Internet haben nichts ergeben. Der übliche Teenager-Kram. Aber auf dem Erpresserbrief sind Fingerabdrücke gesichert worden, die definitiv nicht von den Berings stammen."

„Dat is doch schon mal wat", meint Brixmeier. „Und wenne mir jetz noch sachst, dat wir den Burschen inne Kartei ham, denn knutsch ich dich."

„So weit wird es Gott sei Dank nicht kommen", erwidert Toni. „Wir haben ihn nicht im System."

„Hasse die Handynummer von diesem Chris mal überprüft?"

„Habe ich – Prepaid."

„Scheiße!"

„Habt ihr denn was herausgefunden?", fragt Toni.

„Chris ist jedenfalls männlich", sagt Katja.

„Und die kleene Chärtner kennt ihn", ergänzt Brixmeier.

„Und woher weißt du, dass Chris ein Mann ist?" Die Frage richtet Toni direkt an Katja.

„Ich habe kurz mit ihm gesprochen."

„Wie hast du das denn hingekriegt?"

„Ich hab mir das Handy von Yasmin Gärtner ausgeliehen."

„Tja, so kann man dat auch nennen", gibt Brixmeier seinen Senf dazu. „Kriejen in den nächsten Tagen bestimmt 'n Anschiss von ihrem Vadder, der is nämlich Anwalt."

„Solche Anschisse haben ihn aber noch nie interessiert", klärt Toni die neue Kollegin auf und nickt Richtung Brixmeier.

„Abba dat Beste kommt noch", kündigt der Hauptkommissar geheimnisvoll an.

„Und das wäre ...?"

„Heute Nachmittach erfahren wir aus erster Hand, wo die kleene Bering steckt."

Toni schaut seinen Kollegen fragend an. Der hat eine bedeutungsvolle Miene aufgesetzt und tut so, als würde er in wenigen Augenblicken ein streng gehütetes Staatsgeheimnis preisgeben.

„Mach's nicht so spannend." Toni wird ungeduldig.

Doch erst nach einer gefühlten Ewigkeit rückt Brixmeier mit der Sprache raus. „Die alte Bering hat ..."

In dem Moment öffnet sich die Tür und Kriminalrat Lange kommt rein. Er sieht nicht gerade gut gelaunt aus. „Ich hatte gerade ein Gespräch mit dem Rechtsanwalt Dr. Gärtner. Können Sie sich vorstellen, worum es dabei ging?"

Katja wird ein kleines bisschen kleiner.

„Der Herr Staranwalt soll mal nich so auffe Kacke hauen. Sein verzogenes Paradiesvögelchen hat ihr Handy freiwillich rausjerückt", erklärt Brixmeier, was Katja sehr überrascht.

„Nachdem Ihre Kollegin gedroht hat, sie mit ins Präsidium zu nehmen", ergänzt der Kriminalrat.

„Da muss die Kleene wat falsch verstanden haben", erwidert Brixmeier gelassen.

„Wie dem auch sei", fährt Lange fort. „Ich bin mit Dr. Gärtner befreundet, und nur deshalb ist er bereit, die Sache auf sich beruhen zu lassen. Er hat mir aber deutlich zu verstehen gegeben, dass er im Wiederholungsfall juristisch gegen uns vorgehen wird. Und was Sie betrifft, Frau von Sternberg", wendet sich Lange nun an Katja. „Es reicht vollkommen, wenn ich einen im Team habe, der mit beeindruckender Konstanz die Vorschriften ignoriert. Tun Sie mir bitte einen Gefallen, und fangen Sie nicht auch noch damit an."

„Alles klar, Herr Kriminalrat", sagt Katja leise.

„Hat die Aktion wenigstens neue Erkenntnisse im Fall Bering gebracht?", wechselt Lange das Thema.

„Dat kann man wohl sagen", erklärt Brixmeier. Mit wenigen Worten bringt er den Kriminalrat auf den neuesten Stand.

„Das hilft uns nicht wirklich weiter." Lange ist alles andere als zufrieden. „Wir brauchen handfeste Ergebnisse, sonst zerreißt uns die Presse in der Luft."

„Da wäre noch wat ...", deutet Brixmeier vorsichtig an.

„Was denn ...?" Der Kriminalrat hat ein ungutes Gefühl.

„Die alte Bering hat sich da so einen ...", Brixmeier zögert, „wie soll ich sagen ... Spökenkieker jeholt. Der soll jetzt ihre Tochter finden."

„Einen was ...?" Lange schaut Brixmeier fragend an.

„Na ja, so einen Hellseher. Der will so 'ne Sitzung veranstalten und mit dem Cheist der Kleenen Kontakt aufnehmen, um herauszufinden, wo se steckt. So hat er dat jedenfalls jesacht."

„Das darf nicht wahr sein", brüllt der Kriminalrat.

„Sie chlauben doch wohl nich an diesen Mist." Brixmeier kann Langes Wutausbruch nicht so ganz verstehen.

„Können Sie sich die Schlagzeilen vorstellen, Brixmeier? KRIPO HÖXTER ÜBERFORDERT! HELLSEHER SUCHT NACH VERMISSTEM MÄDCHEN. Das ist nun wirklich das Allerletzte, was wir gebrauchen können. Bringen Sie mir Ergebnisse – und zwar heute noch", verlangt der Kriminalrat. Dann verlässt er mit hochrotem Kopf das Büro.

„Prost Mahlzeit!", bringt es Brixmeier auf den Punkt. „Fassen wir mal zusammen, wat wir haben: Ein verschwundenes Mädchen; ein paar Spuren im Charten; einen Erpresserbrief mit Fingerabdrücken von einem Unbekannten; ein zurückchelassenes Handy; eine Freundin, die mehr weiß, als se zujeben will und; diesen ominösen Chris."

„Und einen Motorradfahrer", ergänzt Katja.

„Sie chlauben also immer noch, dass an der Jeschichte von der Alten wat dran is?"

„Ja, das glaube ich."

„Wat macht Sie da so sicher?"

„Sie passt ins Bild."

„Wie wir alle wissen, ham Se mit Ihrem Bild schon einmal chründlich daneben chelegen", bemerkt Brixmeier abfällig.

„Das sehe ich anders."

„So? Wie denn?"

„Wollen Sie das wirklich wissen?"

„Ja, will ich ...", grunzt Brixmeier. „Versuchen Se doch mal, mich zu überzeujen."

Katja ist sich nicht sicher, ob er es ernst meint, oder sie mal wieder provozieren will. Aber sie hat nicht vergessen, dass sich der Hauptkommissar erst vor wenigen Minuten auf ihre Seite gestellt hat. Also schildert sie ihm in aller Ruhe ihre Sicht der Dinge. „Ich bin nach wie vor der Ansicht, dass Alexandra Bering mit ihrem Freund – vermutlich diesem Chris – abgehauen ist. Und ihre Freundin Yasmin Gärtner ist in den Plan eingeweiht. Vermutlich weiß sie sogar, wo die beiden stecken."

„Und warum hat die Chärtner nich dat Maul aufjemacht, als wir sie auf die Entführung anjesprochen haben?", wirft der Hauptkommissar zweifelnd ein.

„Sie weiß, dass Alexandra nicht entführt wurde", erklärt Katja. „Sie bezichtigt sogar Alexandras Vater, dass er den Erpresserbrief geschrieben hat. Glauben Sie mir, Chef, die Entführung ist eine Luftnummer."

„Und von wem kommt dann die Löscheldforderung?"

„Ich denke, es gibt noch einen Mitwisser. Jemanden, der weiß, dass Alexandra mit ihrem Freund abgehauen ist, und der davon ausgeht, dass sie sich nicht zu Hause meldet. Nun nutzt er die Chance, mal eben fünfzigtausend Euro abzugreifen."

„Der chroße Unbekannte also", kommentiert Hauptkommissar Brixmeier salbungsvoll und rümpft die Nase. „Und den solln wir jetzt auch noch finden."

„Ich denke, das wird gar nicht nötig sein", widerspricht Katja. „So dumm, wie der sich anstellt, geht der uns früher oder später von ganz allein ins Netz."

„Sie meinen, wejen die Fehler in dem Brief."

„Nicht nur das. Welcher halbwegs intelligente Mensch macht sich heutzutage noch die Mühe, einen Erpresserbrief aus Zeitungsschnipseln zusammenzukleben? Ich glaube, da hat einer zu viele alte Krimis gesehen. Und dann hinterlässt er auch noch seine Fingerabdrücke. Schließlich fährt er mitten in der Nacht mit dem Motorrad vor und riskiert, gesehen zu werden. Nein, ein Profi ist das nicht. Ein Profi hätte auch erkannt, dass bei den Berings deutlich mehr zu holen ist. Der hätte mindestens eine Viertelmillion gefordert."

„Klingt logisch", wirft Toni ein.

„Abba wenn die Göre nur mit ihrem Freund durchjebrannt ist, warum hat se dann ihr Handy zurückchelassen?", gibt der Hauptkommissar widerborstig zu bedenken.

Katja atmet tief durch. „Auf die Frage habe ich auch keine Antwort. Das ist ein Puzzlestück, das nicht so recht ins Bild passen will."

„Da bin ich jetzt abba beruhicht, dat es für unser Frau Oberkommissarin wenichstens eine Frage chibt, auf die se keine Antwort weiß." Über Brixmeiers Miene huscht ein unergründliches Grinsen. „Und wat jedenken Se jetz zu tun?"

„Das, was wir sowieso tun wollten – wir reden mit Herrn Bering."

„So Chanz ham se mich nich überzeucht", lässt Brixmeier seine junge Kollegin wissen. „Ich muss erst mal anne frische Luft – nachdenken." Und im nächsten Moment ist Katja mit Toni allein im Büro.

„Glückwunsch!", meldet sich Toni lachend zu Wort.

„Weshalb?

„Er ist nicht aus der Haut gefahren. Er hat dich nicht zur Schnecke gemacht, und er hat deine schöne Theorie nicht in der Luft zerrissen. Wenn das kein Wunder ist." Toni kriegt das Grinsen gar nicht mehr aus dem Gesicht raus.

„Aber er ist nicht überzeugt", erwidert Katja.

„Ist er doch! Aber er will es nicht zugeben. Jetzt ist er draußen und versucht irgendwie damit klarzukommen, dass du – eine Frau – vielleicht doch auf der richtigen Fährte bist. Daran wird er noch eine Weile zu knacken haben."

„Und du meinst, dann wird er's endlich kapieren?", fragt Katja hoffnungsvoll.

„Nein, dann wird er anfangen, es zu kapieren", klärt Toni sie auf. „Bis dieser westfälische Dickschädel es endgültig begreifen wird, wirst du noch ein paar Schlachten schlagen müssen. Ab heute bin ich aber ganz zuversichtlich, dass du genau die Richtige bist, um diesen alten Querkopf wieder auf Spur zu bringen."

Übersinnliche Ermittlungen

Punkt fünfzehn Uhr dreißig stehen Hauptkommissar Brixmeier und Oberkommissarin von Sternberg ein weiteres Mal vor der Villa der Berings. Mit den Worten: „Meine Frau hat Sie schon angekündigt", empfängt der Herr des Hauses persönlich die beiden Beamten. Die bemerken sofort, dass es um Herrn Berings Laune äußerst schlecht bestellt ist.

„Würden Sie mich bitte in den Garten begleiten, ich muss Ihnen noch etwas zeigen." Herr Bering geht voraus und die beiden Polizisten folgen etwas verwundert. Ungefähr zwanzig Meter vom Haus entfernt bleibt das Trio an einem recht großen Gartenteich stehen. Die beiden Beamten schauen sich neugierig um, können aber nichts Verdächtiges entdecken.

„Wat woll'n Se uns denn hier zeijen?", fragt Brixmeier.

„Nichts!", lautet die knappe Antwort. „Ich will Ihnen nur etwas erklären – ohne dass meine Frau es mitbekommt."

„Ich bin chanz Ohr", sagt Brixmeier, der ebenso gespannt ist wie seine Kollegin.

„Ich nehme an, Sie haben die Gäste meiner Frau bereits kennengelernt?", beginnt Herr Bering.

„Jau, dat ham wir allerdings", bestätigt Brixmeier.

„Ich nehme weiter an, dass Sie von der Vorgehensweise dieser Herrschaften nicht gerade viel halten."

„Da liejen Se nich janz falsch. Allerdings muss ich dazu sagen, dat ich die Vorchehensweise dieser Herrschaften noch charnich kennenjelernt habe – jedenfalls nich so richtich."

„Ich fürchte, dazu werden Sie noch Gelegenheit haben",

kündigt Herr Bering an. „Sie müssen wissen, dass meine Frau ein ausgeprägtes Faible für Esoterik hat. Sie glaubt fest an diese Dinge. Und im Grunde habe ich nichts dagegen. Irgendein Hobby sollte jeder haben. Aber dass sie diesen Thallasarih – der in Wirklichkeit übrigens Theo Tiemann heißt – gebeten hat, nach Alexandra zu suchen, passt mir überhaupt nicht."

„Und wieso nicht?", mischt sich Katja ein.

„Womöglich macht er meiner Frau irgendwelche Hoffnungen, die sich dann in Wohlgefallen auflösen, oder er erzählt ihr irgendwelche kranken Horrorgeschichten. Wissen Sie, meiner Frau geht es schon jetzt schlecht genug. Da braucht sie keinen verrückten Hellseher, der sie mit seinen abgedrehten Visionen in den Wahnsinn treibt." Herr Bering redet sich richtig in Rage.

„Sie glauben offensichtlich nicht an die übernatürlichen Fähigkeiten des Herrn Thallasarih", resümiert Katja.

„Genauso ist es. Ich halte den Typ für einen Scharlatan und am liebsten würde ich ihn und seine Tussi achtkantig rausschmeißen. Aber wenn ich das tue, dreht meine Frau völlig durch. Das kann und will ich ihr nicht antun. Also mache ich gute Miene zum bösen Spiel und tue so, als würde ich diese Zauberkünstler ernst nehmen. So, jetzt wissen Sie Bescheid. Im Übrigen haben sie heute schon eine Sitzung abgehalten – ist nichts dabei rausgekommen."

„Ach ...", gibt Brixmeier breit grinsend von sich.

„Zu wenig mentale Energie, hat er gesagt ... Aber was soll man von so einem Hochstapler anderes erwarten?" Bering macht eine wegwerfende Handbewegung. Er hat sich nun wieder etwas beruhigt. „Kommen wir nun zu dem Grund, weswegen Sie hier sind. Sie haben noch Fragen?"

„Jou, die ham wir tatsächlich noch", dröhnt Brixmeier.

„Kennen Sie einen Chris?"

Auch Herr Bering überlegt einen Moment. Langsam schüttelt er dann den Kopf. „Tut mir leid", antwortet er, „aber ich kenne keinen Chris. Wer soll das sein?"

„Womöglich der Freund Ihrer Tochter", wirft Katja ein.

„Das kann gar sein", widerspricht Herr Bering vehement. „Wenn Alexandra einen Freund hätte, dann wüsste ich das, da können Sie sicher sein."

Katja sagt nichts dazu.

„War das schon alles?", fragt Herr Bering.

„Im Grunde, ja", antwortet Brixmeier.

„Da wäre noch eine Kleinigkeit", sagt Katja zögerlich.

„Ja, bitte."

„Verstehen Sie mich nicht falsch", Katja legt nun jedes Wort auf die Goldwaage, „aber ich gehe davon aus, dass Sie mit dem Erpresserbrief nichts zu tun haben. Richtig?"

Dem Hauptkommissar fällt vor Schreck fast die Kinnlade runter, und Herr Bering schaut Katja an, als hätte er nicht verstanden, was sie gesagt hat. Erst allmählich wird ihm klar, was die Oberkommissarin von ihm wissen will.

„Sie wollen mir doch wohl nicht unterstellen, ich selber hätte diesen Brief geschrieben?", faucht er die Kriminalbeamtin wütend an.

„Ich will Ihnen gar nichts unterstellen." Katja bleibt cool. „Die Ermittlungen in Alexandras Umfeld haben ergeben, dass es Leute gibt, die genau das für möglich halten. Und da die Faktenlage bisher recht dürftig ist, müssen wir jedem Hinweis nachgehen – vollkommen egal, wie abwegig er uns erscheint. Schließlich geht es um Ihre Tochter."

„Sie haben ja recht. Entschuldigen Sie bitte, meine Nerven", lenkt Herr Bering ein. „Das war doch bestimmt die

Tochter von Dr. Gärtner, wie heißt sie doch gleich?" Herr Bering überlegt einen Moment.

„Yasmin", hilft ihm Katja auf die Sprünge.

„Richtig, Yasmin. Es war doch bestimmt diese Yasmin, die diesen Unsinn behauptet hat. Die ist sowieso gegen alles und jeden. Und wie die schon aussieht ... Ich sehe es nicht gerade gern, dass Alexandra ständig mit ihr zusammen ist. Aber was soll ich machen, ihr Vater ist ein wichtiger Kunde und ich kann es mir nicht leisten, es mir mit ihm zu verderben. Außerdem gehen die beiden in dieselbe Klasse, und ich kann meine Tochter deshalb ja nicht von der Schule nehmen."

Katja hört sich Berings Klagen an und denkt sich ihren Teil. Dass der Vater den Namen der besten Freundin seiner Tochter ganz offensichtlich nicht kennt, sagt eine Menge über das Vater-Tochter-Verhältnis aus.

„Aber mal im Ernst, welchen Grund sollte ich denn gehabt haben, einen derart abenteuerlichen Erpresserbrief zu schreiben", will Herr Bering nun wissen.

„Vielleicht, weil Sie der Ansicht sind, dass wir bei einer Entführung mit mehr Elan zu Werke gehen als bei der Suche nach einer Vermissten", antwortet Katja.

„Sie meinen, ich hätte auf die Art Druck machen wollen?"

„Es gibt Leute, die das so sehen."

„Liebe Frau Kommissarin", erklärt Herr Bering mit einer fast schon bedrohlich ruhigen Stimme, „wenn ich Ihnen Druck machen will, habe ich ganz andere Möglichkeiten. Die sind legal und – was viel wichtiger ist – wirkungsvoll. Darauf können Sie sich hundertprozentig verlassen."

„Wenn ich Sie richtig verstehe, haben Sie mit dem Brief also nichts zu tun", hakt Katja nochmal nach.

„Sie verstehen mich richtig", bekräftigt Bering.

Das Grüppchen bewegt sich nun gemächlich in Richtung Straße, und die Beamten sind schon drauf und dran, sich von Herrn Bering zu verabschieden, als Frau Bering im Garten erscheint und ihnen den Weg abschneidet.

„Gut, dass Sie da sind", spricht sie die beiden Beamten an. „Ich hätte eine ganz große Bitte an Sie."

„Wat können wir denn für Sie tun?", fragt Hauptkommissar Brixmeier.

„Kommen Sie doch bitte erst mal herein. Ich erkläre es Ihnen drinnen." So, wie sich Frau Bering benimmt, muss es sehr wichtig für sie sein. Die Beamten folgen ihr neugierig ins Haus. Herr Bering aber zieht ein Gesicht, wie jemand, der etwas sehr Unangenehmes auf sich zukommen sieht.

Im Salon warten Tristan Thallasarih und Lady Cassandra.

„Ach, Herr Thalla ... – ham Se wat dachegen, wenn ich Sie Herr Tiemann nenne? Dat is doch Ihr richtiger Name, wenn ich mich nicht irre? Dat kann ich mir leichter merken." Ein verächtlicher Unterton schwingt in Brixmeiers Stimme mit.

„Normalerweise lege ich größten Wert darauf, mit meinem Künstlernamen angesprochen zu werden, aber bei Ihnen mache ich mal eine Ausnahme", antwortet Thallasarih. Überheblich grinsend fügt er hinzu. „Ich könnte es mir nicht verzeihen, wenn sich ein pflichtbewusster Kriminalbeamter meinetwegen intellektuell überfordert fühlen würde ... Wollten Sie mich gerade etwas fragen?"

„Dat wollte ich tatsächlich", grunzt der Hauptkommissar. „Können Se uns jetzt sagen, wo sich Alexandra Bering

aufhält? Ich meine, nachdem Sie heute morjen so rumje-
tönt haben ..."

„Tja, Herr Hauptkommissar, das ist so ähnlich wie bei
Ihnen. Manchmal hat man eine Spur und manchmal eben
nicht."

„Sie ham also nich den blassesten Schimmer, wo Alexandra steckt, wenn ich Sie richtich verstehe."

„Das ist korrekt."

„Und jetz ...?", fragt Brixmeier siegessicher grinsend.

„Was würden Sie an meiner Stelle machen?", fragt sein
Gegenüber seelenruhig zurück.

„Weiter ermitteln?", schlägt Brixmeier vor.

„Sehen Sie, Herr Hauptkommissar, wir sind uns gar
nicht so unähnlich. Auch ich werde natürlich weiter ermitteln. Und was meine Ermittlungen betrifft – ich glaube,
meine hochverehrte Gastgeberin hat da eine große Bitte an
Sie. An Sie beide." Ein geheimnisvolles Lächeln verleiht
Thallasarihs Gesicht nun eine geradezu mystische Aus-
strahlung.

Brixmeier und Katja sehen Frau Bering erwartungsvoll
an.

Die scheint noch nach den richtigen Worten zu suchen,
um ihr Anliegen loszuwerden. Sie schaut die Kriminalbeamten mit einem fast flehenden Blick an, dann rückt sie
leise mit der Sprache raus. „Herr Hauptkommissar, Frau
Oberkommissarin, Sie würden mir einen sehr großen Gefallen tun, wenn Sie ... wenn Sie an der nächsten Sitzung
teilnehmen würden."

Katja weigert sich, zu glauben, was sie gerade gehört
hat, und Brixmeier sieht aus, als wäre ihm soeben ein leib-
haftiges westfälisches Gespenst über den Weg gelaufen.

„Sie meinen doch nich etwa so eine ... spiritistische ..."

Er bringt den Satz nicht zu Ende.

„Doch, eigentlich schon ...", erklärt Frau Bering.

„Frau Bering, wir sind Polizisten und keine ... keine ...", würgt Brixmeier den nächsten verbalen Rohrkrepierer hervor. Er rudert hilflos mit den Händen in der Luft herum und guckt wie eine Kuh, die beim Wiederkäuen gestört wurde. Katja ist froh, dass ihr Vorgesetzter den Satz nicht zu Ende gebracht hatte. Es wäre für Frau Bering wahrscheinlich wenig erfreulich geworden.

„Bitte, Herr Hauptkommissar, tun Sie mir den Gefallen", legt Frau Bering mit einem hilfesuchenden Dackelblick nach.

„Abba ... dat bringt doch nix", versucht sich Brixmeier herauszuwinden.

„Das würde ich so nicht sagen", schaltet sich Thallasarih in das Gespräch ein. „Unsere Séance heute Mittag ist nur deshalb fehlgeschlagen, weil zu wenige Personen anwesend waren, die eine Beziehung zu Alexandra haben. Mit Ihnen sind die Voraussetzungen deutlich besser. Allein schon deshalb, weil auch ihr Vater an der Sitzung teilnehmen wird."

„Abba, ich hab doch keine Beziehung zu Alexandra", poltert Brixmeier verdattert los.

„Sie suchen Alexandra. Damit stehen Sie selbstverständlich in einer Beziehung zu ihr", erklärt Tristan Thallasarih. Es bereitet ihm sichtlich Freude, den Hauptkommissar so unsicher zu sehen.

Brixmeier will noch etwas sagen, da zieht ihn Herr Bering ein Stück von den anderen weg in den Flur.

„Herr Hauptkommissar", flüstert er kaum hörbar. „Wir beide wissen, dass das alles fauler Zauber ist. Trotzdem bitte ich Sie inständig, mitzumachen – meiner Frau zuliebe."

„Stellen Se sich bloß mal vor, wat passiert, wenn mein Chef dat spitzkricht, oder die Schmierer vonne Presse ...", wendet Brixmeier ebenso leise ein.

„Von mir werden die bestimmt nichts erfahren. Also, geben Sie sich einen Ruck. Sie haben dann einen gut bei mir."

Der Hauptkommissar überlegt noch einen Moment. Man sieht genau, wie zerrissen er innerlich ist. „Also chut", sagt er nach einer gefühlten Ewigkeit, „ich mach es." Er redet nun so laut, dass es jeder im Raum hören kann.

Das darf ja wohl nicht wahr sein, denkt Katja. Sie fragt sich ernsthaft, ob das, was sie hier erlebt, in Wirklichkeit geschieht oder nur ein schlechter Traum ist.

„So, jetzt, wo das geklärt ist, können wir ja zur Tat schreiten", sagt der große Meister. Mit einer priesterhaft anmutenden Gebärde geleitet er alle zu einem runden Tisch, an dem bereits sechs Stühle stehen. Seine Assistentin, Lady Cassandra, hat bereits eine ganze Reihe Kerzen angezündet und ist nun gemeinsam mit der Hausherrin dabei, den Raum zu verdunkeln.

Die Sitzordnung wird von Tristan Thallasarih persönlich festgelegt. Links neben ihm sitzt Lady Cassandra, dann kommt Herr Bering. Rechts neben dem Meister darf Frau Bering Platz nehmen, gefolgt vom Hauptkommissar. Schließlich deutet Thallasarih mit der Hand auf den Platz zwischen Brixmeier und Herrn Bering. Dabei schaut er Katja auffordernd an.

„Was, ich auch?" Katja hat völlig verdrängt, dass auch sie von der Dame des Hauses gebeten worden war, an dieser Sitzung teilzunehmen. Nun überlegt sie fieberhaft, wie sie aus dieser Nummer wieder rauskommt.

„Worauf warten Se denn noch? Nun setzen Se sich schon, Frau Sternberch", drängt Brixmeier ungeduldig.

„Ist das eine Dienstanweisung?", fragt Katja.

„Spielt dat eine Rolle?"

„Ja! Wenn das eine Dienstanweisung ist, muss ich sie im Bericht erwähnen."

„Machen Se dat bloß nich. Lange reißt uns beiden den Kopp ab." Und mit leiser Stimme fügt Brixmeier hinzu: „Es ist eine Bitte. Also Frau von Sternberch, nehmen Sie Platz – bitte."

Mit einem unguten Gefühl im Magen setzt sich Katja auf den freien Stuhl und harrt der Dinge, die nun kommen. Zunächst fordert der große Meister alle Anwesenden auf, ihre Handys auszuschalten. Dann gibt er ein paar Anweisungen, die vor allem für die Neulinge in dieser Runde bestimmt sind.

„Wir werden uns gleich an den Händen fassen und so einen geschlossenen Kreis bilden. Dieser Kreis darf während der Sitzung auf gar keinen Fall unterbrochen werden. Außerdem bitte ich Sie, während der Sitzung kein Wort zu sagen, und ...", Thallasarih schaut nun die Polizeibeamten an, „auch keine Fragen zu stellen. Sollten Sie Fragen haben, können Sie mir die nach der Sitzung stellen. Haben Sie alles verstanden?"

Ein zustimmendes Nicken macht die Runde.

„Dann lasset uns beginnen", verkündet Thallasarih salbungsvoll. „Wir fassen uns an den Händen und bilden einen magischen Kreis ... Ich bitte nun um absolute Ruhe."

Sofort wird es totenstill im Raum. Nur das gleichmäßige Ticken einer alten Standuhr nagt an dieser gespenstischen Stille. Thallasarih fährt mit beschwörender Stimme fort.

„Wir konzentrieren uns auf Alexandra.“

Wieder folgt eine endlos lange Minute tickenden Schweigens. Tristan Thallasarih und Lady Cassandra haben ihre Augen geschlossen. Katja sieht plötzlich, wie schwache Zuckungen Lady Cassandras Körper erbeben lassen.

Alles nur eine billige Shownummer, sagt sie sich, aber sie lässt Lady Cassandra nicht mehr aus den Augen.

„Alexandra, wir rufen dich ...“ Thallasarihs monotone Stimme schwebt wie ein Nebel aus Blei im Raum. So gewichtig und doch so unfassbar.

„Alexandra, kannst du uns hören ...?“

Wieder eine nicht enden wollende Minute quälender Stille.

„Alexandra, wir vermissen dich, bitte sprich mit uns ...“

Katja kommt sich in diesem Moment unheimlich albern vor. Ein schneller Seitenblick zu ihrem Vorgesetzten zeigt ihr, dass es ihm offenbar ähnlich geht.

„Alexandra?“, fragt Thallasarih ungläubig. „Alexandra, bist du es?“ Panik liegt in seiner Stimme.

Katja richtet jetzt ihren Blick auf Tristan Thallasarih, in dessen Gesicht sich blankes Entsetzen widerspiegelt.

„Alexandra ... nein! Das kann nicht sein ... Das darf nicht sein!“ Thallasarihs Stimme überschlägt sich fast.

Plötzlich zerreißt ein gellender Schrei die erdrückende Stille. Frau Bering hat den Kreis unterbrochen und ihre Hände vors Gesicht geschlagen. Eine Sekunde später springt sie auf und stürzt unter Tränen aus dem Salon.

„Nein, nicht Alexandra ... nicht unsere Tochter!“

Herr Bering springt ebenfalls auf und läuft seiner Frau nach, während ihre hysterischen Schreie durch das alte Haus hallen. Katja ist geschockt. Sie starrt Tristan Thallasarih mit weit aufgerissenen Augen an. Der sitzt schweigend da. Sein aschfahles Gesicht sieht aus wie in Stein gemeißelt. Seine verzerrten Gesichtszüge lassen erahnen, dass er etwas Entsetzliches gesehen haben muss.

„Was ist passiert?", will Katja wissen.

Thallasarih schweigt. Auch der Hauptkommissar durchbohrt den Fachmann fürs Übernatürliche mit seinem Blick. So, als wolle er alle Geheimnisse aus ihm heraussaugen.

„WAS IST PASSIERT?", fragt Katja diesmal deutlich lauter.

„Alexandra ...", stammelt Thallasarih.

„Was ist mit ihr?"

„Ihre Stimme ..."

„Was ist mit ihrer Stimme?" Katja wird ungeduldig.

„Sie kam aus dem Jenseits ..."

„Dat ihre Stimme nich aussem Diesseits kam, hab ich selber chehört – dat heißt, eijentlich hab ich char nix chehört", meldet sich der Hauptkommissar mit dem Einfühlungsvermögen eines Vorschlaghammers zu Wort.

„Sie verstehen nicht ...", sagt Thallasarih leise.

„WAS, verdammt noch mal?", faucht Katja ihn an.

„Alexandras Stimme kam aus dem Reich der Toten."

Einen kurzen Moment ist es wieder mucksmäuschenstill im Salon.

„Wollen Sie etwa damit andeuten, dass ...?", fragt Katja dann vorsichtig nach.

„Ja, genau das ... will ich damit sagen ...", bringt Tristan Thallasarih stockend hervor. „Alexandra ist tot."

„Dat is doch jequirlte Scheiße", poltert Hauptkommissar Brixmeier los. „Sind Se sich eijentlich im Klaren darüber, wat Se da behaupten?"

„Ja, Herr Hauptkommissar, das ist mir klar – glauben Sie mir", versichert Tristan Thallasarih mit todernster Miene.

„Dat bezweifele ich. Mit Ihren Hirnjespinsten haben Sie die arme Frau zu Tode erschreckt", dröhnt Brixmeier weiter.

„Bei allem Respekt – das stimmt so nicht!", widerspricht Thallasarih. „Ich habe, als Frau Bering noch hier im Raum war, mit keinem Wort erwähnt, dass Alexandras Stimme aus dem Jenseits kam."

„Das ist allerdings wahr", mischt sich Katja ein.

Brixmeier funkelt seine Kollegin wütend an. Er will gerade lospoltern, doch ihm wird schlagartig klar, dass sie recht hat. Ihm bleibt der Wutausbruch im Halse stecken.

„Abba, wie is dat möchlich ...?", würgt er hervor.

„Nun ja", erklärt Thallasarih, „Gisela – ich meine Frau Bering – verfügt selber über eine gewisse mediale Begabung. Nicht gerade ausgeprägt, aber durchaus geeignet, die ein oder andere Botschaft aus dem Jenseits wahrzunehmen. Vor allem dann, wenn es um eine ihr nahestehende Person geht."

Brixmeier ist diese Angelegenheit höchst suspekt. „Es is für unsere Ermittlungen nich relevant, wer wat ancheblich aus dem Jenseits empfangen haben will. Wir chehen nach wie vor davon aus, dass Alexandra noch lebt", stellt er klar.

„Ich habe auch nichts anderes von Ihnen erwartet", sagt Thallasarih mit einem leichten Schulterzucken.

Bleierne Stille erfüllt den Raum – bis hektische Schritte ankündigen, dass jemand übereilt die Treppe herunterkommt. Außer sich vor Wut stürmt Herr Bering in den Salon.

„Was fällt Ihnen eigentlich ein", brüllt er Tristan Thallasarih an. „Wissen Sie, was Sie mit ihrer Nummer hier angerichtet haben? Meine Frau ist mit ihren Nerven am Ende. Sie glaubt, dass unsere Tochter tot ist."

„Es tut mir aufrichtig leid, Herr Bering", entschuldigt sich Thallasarih. „Es war nicht meine Absicht, Ihre Frau in Angst und Schrecken zu versetzen, aber keiner konnte ahnen, was bei der Séance herauskommen würde – ich auch nicht."

„Ach, reden Sie doch nicht so einen Blödsinn. Ich glaube Ihnen kein Wort. Das war doch eine ganz perfide Show, die Sie hier abgezogen haben", wirft Herr Bering dem Hellseher vor. „Verlassen Sie auf der Stelle mein Haus, andernfalls werde ich Sie von der Polizei entfernen lassen. Im Übrigen wird mein Anwalt prüfen, ob ich Sie juristisch belangen kann."

Um eine weitere Eskalation zu vermeiden, verabschieden sich Tristan Thallasarih und Lady Cassandra schnell.

„Sie erreichen uns im Hotel Niedersachsen, falls Sie noch Fragen haben sollten", lässt Thallasarih die Polizeibeamten wissen, bevor er mit seiner Assistentin das Haus verlässt.

„So etwas in der Art habe ich befürchtet. Aber dass dieser falsche Prophet es derart auf die Spitze treiben würde ..." Herr Bering schüttelt fassungslos den Kopf. „Nun ja, mein Anwalt wird schon Mittel und Wege finden, diesen Scharlatan zur Rechenschaft zu ziehen."

„Ich wär mir da nich so sicher", meint Brixmeier.

„Und warum nicht?"

„Wenn ich mich nich irre, haben wir alle freiwillig an dieser Veranstaltung teiljenommen. Sie, Ihre Frau und sogar ich und meine junge Kollejin – nachdem Sie persönlich mich so nett darum chebeten haben." Der Hauptkommissar redet langsam mit tiefer, ruhiger Stimme. „Und jetz wolln Sie den Burschen verklagen?"

„Er hat meiner Frau gesagt, dass Alexandra tot ist."

„Das hat er nicht", widerspricht Katja.

Bering wirft der Beamtin einen Blick zu, als wolle er sie gleich mit verklagen, doch sie fährt unbeeindruckt fort.

„Solange Ihre Frau anwesend war, hat er mit keinem Wort erwähnt, dass Alexandra tot sein könnte. Erst, nachdem sie den Raum verlassen hatte, wurde darüber gesprochen."

„Aber ... wieso glaubt meine Frau dann, dass Alexandra tot ist?", fragt Herr Bering verunsichert.

„Dieser Thalla ... also dieser Tiemann hat chesacht, dass Ihre Frau so eine ... Wie hat er sich ausjedrückt?" Der Hauptkommissar sucht nach den richtigen Worten.

„Mediale Begabung", wirft die Oberkommissarin ein.

„Chanz jenau. Er hat jemeint, dat Ihre Frau die Botschaft aussem Jenseits möchlicherweise selbst empfangen hat."

„Das ist doch hirnrissig, kompletter Schwachsinn. Der hat meine Frau manipuliert – das liegt doch klar auf der Hand", wettert Herr Bering erneut los. „Solche Typen sind gefährlich. Die muss man aus dem Verkehr ziehen."

„Leichter chesacht als jetan", erklärt Brixmeier. „Selbst wennet so war, hat er chegen kein Jesetz verstoßen."

„Wahrscheinlich haben Sie sogar recht, aber mich macht das alles so wütend." Herr Bering klingt nun eher resigniert.

„Wissen Se, Herr Bering, ich chlaub sowieso nich an den chanzen Quatsch. Kümmern Se sich jetz ersmal um Ihre Frau und wir sehn zu, dat wir Ihre Tochter finden." Brixmeier klopft dem gebeutelten Hausherrn zum Abschied aufmunternd auf die Schulter, dann geht's zurück zum Präsidium.

„Dat war heute dat erste Mal, dat dieser Bering mir leid jetan hat. Is abba irjentwie schön, zu sehen, dat solche aalchlatten Typen auch nur Menschen sind", meint Brixmeier, während sie an einer roten Ampel stehen. „Schade nur, dat wir solche zwielichtijen Jestalten wie diesen Tiemann nich drankriegen können."

Katja hüllt sich in Schweigen.

„Na, Toni, chibts wat Neues?", knurrt der Hauptkommissar, als er mit polternden Schritten das Büro betritt.

„Nichts. Keine Hinweise, weder auf Alexandra Bering noch auf unseren Erpresser", antwortet der Oberkommissar. „Habt ihr wenigstens was?"

„Nix, außer dat die kleene Bering ancheblich tot sein soll", sagt Hauptkommissar Brixmeier.

„Waaas ...!?" Toni schaut seinen Chef fassungslos an.

„Dat hat jedenfalls dieser Cheisterbeschwörer behauptet."

„Der Hellseher?"

„Ja, chenau der."

„Dann müssen wir das wohl nicht allzu ernst nehmen."

„Nee, müssen wir nich. Abba Frau Bering hat dat ziemlich ernst jenommen. Hat 'n Nervenzusammenbruch chekricht."

„Was für ein Arschloch. Der Mutter einfach ins Gesicht zu sagen, dass ihre Tochter tot ist. Was ist das denn für ein Mensch? Wie heißt der eigentlich?", will Toni wissen.

„Nennt sich Tristan Thalla ...", Hauptkommissar Brixmeier schaut hilfesuchend zu seiner Kollegin.

„Tristan Thallasarih", sagt Katja.

„Is abba nur ein Künstlername. Heißt chut bürgerlich Theo Tiemann", ergänzt Brixmeier. „Kannst ja ma kucken, ob du über den irjentwat findest."

Während Toni sich den Namen des Hellsehers notiert, berichtet Brixmeier ausführlich über die Vorgänge im Hause Bering.

Toni haut es fast vom Stuhl, als er erfährt, dass seine beiden Kollegen an dieser ominösen spiritistischen Sitzung teilgenommen haben. „Sag mal, Erwin, was in drei Teufels Namen hat euch geritten, bei so einem Hokus-Pokus mitzumachen?", fragt er kopfschüttelnd.

„Verjiss et einfach", grummelt Brixmeier missmutig zurück. „Tu mir bitte nur einen Jefallen ..."

„Mach dir da mal keine Sorgen", fällt Toni ihm ins Wort. „Von mir wird Lange kein Sterbenswörtchen erfahren."

„Danke!"

Die Spur aus dem Jenseits

Kurz, nachdem Erwin Brixmeier am nächsten Morgen das Büro betreten hat – Toni und Katja sind schon da -, fliegt die Tür auf und ein übel gelaunter Dienststellenleiter stürmt herein. Ohne ein Wort der Begrüßung poltert er gleich los. „Eben hat mich einer vom Westfalen-Blatt angerufen – und wissen Sie, was der mich gefragt hat?"

„Ne, woher sollte ich?", grunzt Brixmeier zurück.

„Er wollte von mir wissen, ob wir den Tod von Alexandra Bering bestätigen können. Können Sie mir das erklären, Herr Hauptkommissar?" Eine knisternde Spannung liegt plötzlich in der Luft.

„Kann ich nich", antwortet der Angesprochene.

„Es gibt also keinen Hinweis darauf, dass Alexandra Bering tot sein könnte?", hakt der Kriminalrat nach.

„Jedenfalls keinen ernstzunehmenden."

„Und einen nicht ernstzunehmenden?"

„Na ja, dieser Spökenkieker hat behauptet, die Stimme der kleenen Bering aus dem Jenseits chehört zu haben", rückt Brixmeier mit der Sprache raus.

„Der HELLSEHER?" Der Kriminalrat starrt Brixmeier an, als wäre er selbst ein Besucher aus dem Totenreich.

„Ja, chenau der."

„Und wie hat die Presse Wind davon bekommen können?"

„Keine Ahnung. Von uns ham se dat jedenfalls nich", stellt der Hauptkommissar klar.

„Wie dem auch sei." Lange schaut mit ernster Miene in die Runde. „Auf die Gefahr hin, mich zu wiederholen: Um solchen Gerüchten wirksam entgegenzutreten, brauchen wir handfeste Ergebnisse – und wir brauchen sie jetzt um so schneller; am besten gestern schon. Haben wir uns verstanden?"

„Klar und deutlich", dröhnt der Hauptkommissar.

Es klopft an der Tür. Brixmeiers „HEREIN" lässt die Luft erzittern. Eine junge Beamtin betritt das Büro und schaut ein wenig verschüchtert in die ernsten Gesichter der Anwesenden.

„Herr Hauptkommissar, da sind ein Herr und eine Dame, die Sie sprechen wollen. Es geht um eine Alexandra Bering."

Brixmeier wirft einen fragenden Blick zu Lange. Der winkt mit den Worten: „Ich bin schon gar nicht mehr da", gereizt ab, macht aber keinerlei Anstalten, das Büro zu verlassen.

„Dann schicken Se die beiden mal rein", fordert Brixmeier die junge Beamtin auf.

Daraufhin betritt Tristan Thallasarih das Büro. Begleitet wird er – Katja und Brixmeier staunen nicht schlecht – von Gisela Bering, die sich vom gestrigen Schock anscheinend ganz gut erholt hat.

Katja stellt die Personen, die sich bisher noch nicht begegnet sind, einander vor. Dem Hauptkommissar ist es nur recht, den Namen des Hellsehers nicht aussprechen zu müssen.

Als der Kriminalrat erfährt, wen er da vor sich hat, beschließt er, noch ein wenig zu bleiben. Mit abschätzendem Blick mustert er Tristan Thallasarih von oben bis unten „Sie sind also dieser Hellseher, der behauptet hat, dass Alexandra ... Sie wissen schon?" Aus Rücksicht auf Frau Bering spricht Kriminalrat Lange nicht aus, was er meint.

Der Angesprochene versteht ihn dennoch. „Ich mag zwar das Wort Hellseher nicht, aber ja, ich bin derjenige, welcher", betätigt Tristan Thallasarih.

„Und Sie sind sich voll und ganz der Tragweite dessen bewusst, was Sie da gesagt haben?"

„Das bin ich, Herr Kriminalrat, das bin ich wirklich."

„Und macht es Ihnen gar nichts aus, dass Sie Frau Bering und ihrem Mann damit großen Kummer bereitet haben?"

„Ganz im Gegenteil. Es macht mir etwas aus – es macht mir sogar eine ganze Menge aus", erklärt Thallisarih. „Es geht nicht spurlos an mir vorüber, wenn ich gezwungen bin, eine wirklich gute Freundin mit einer so schmerzlichen Wahrheit zu konfrontieren. Gerade Sie sollten das verstehen. Sind es nicht Ihre Mitarbeiter, die den Hinterbliebenen mitteilen müssen, wenn einer ihrer Liebsten einem Unfall oder gar einem Verbrechen zum Opfer gefallen ist?"

Kriminalrat Lange schaut Tristan Thallasatih schweigend an. Er kann sein Gegenüber nur zu gut verstehen. Das ändert allerdings nichts an der Tatsache, dass er jede Art von seherischen Fähigkeiten für faulen Zauber hält.

„Es war überhaupt nicht nötig, dass Herr Thallasarih es mir sagte", meldet sich nun Frau Bering zu Wort. „Ich habe es auch gespürt. Ich habe Alexandras Stimme selbst gehört. Sie kam aus dem Jenseits – und ich weiß sehr wohl, was das heißt. Ich weiß auch, dass Herr Thallasarih mir niemals etwas Böses zufügen würde – jedenfalls nicht bewusst."

„Nun, wenn das so ist ..." Dem Kriminalrat sind offenbar die Argumente ausgegangen, aber eine Frage fällt ihm noch ein: „Wer von Ihnen hat eigentlich die Presse informiert?"

Tristan Thallibarih und Frau Bering schauen sich erstaunt an. Dann wandert ihr Blick zurück zu Kriminalrat Lange.

„Also von mir hat keiner was erfahren", sagt Frau Bering, „und von meinem Mann mit Sicherheit auch nicht. Glauben Sie mir, neugierige Reporter sind das Letzte, was wir gebrauchen können."

„Tja, bleiben nur Sie", wendet sich Lange an den nun nachdenklich dreinschauenden Mann fürs Übernatürliche.

„Auch ich habe die Presse nicht informiert ...", sagt der auffallend zögerlich.

„Aber ...", bohrt der Kriminalrat nach.

„Ich ... war gestern Abend mit meiner Partnerin essen. Wir waren in so einem kleinen, urgemütlichen Restaurant. Das Essen war übrigens ausgezeichnet. Es war ziemlich voll. Wir haben natürlich auch über Alexandra gesprochen, was, wie ich zu meiner Schande gestehen muss, sehr leichtsinnig war. Es ist möglich, dass jemand vom Nachbartisch oder von der Bedienung etwas aufgeschnappt hat ..."

„Das wäre eine mögliche Erklärung", mutmaßt Kriminalrat Lange. „Der Reporter wusste jedenfalls nichts Konkretes."

„Wenn ich Ihnen mit meiner Unachtsamkeit die Arbeit erschwert habe, bitte ich hiermit in aller Form um Verzeihung – es war wirklich nicht meine Absicht. Und bei dir", Tristan Thallasarih wendet sich nun an Frau Bering, „muss ich mich ebenfalls entschuldigen. Nichts liegt mir ferner, als dir zusätzlichen Kummer zu bereiten." Der sonst so überlegen dreinschauende Hellseher wirkt plötzlich wie ein kleiner Junge, den man beim Äpfelklauen erwischt hat.

„Schon gut", sagt Frau Bering leise.

„Tja, das Kind ist nun einmal in den Brunnen gefallen. Daran können wir jetzt nichts mehr ändern. Aber Herr Thalli ...", Kriminalrat Lange kommt ins Stocken.

„Thallasarih", kommt ihm der Angesprochene zur Hilfe.

„Herr Thallasarih, in Zukunft sollten Sie sich mit allen sachdienlichen Informationen – gleichgültig, ob Sie die aus dem Diesseits oder dem Jenseits haben – zuerst an uns wenden. Können wir uns darauf verständigen?"

„Selbstverständlich, Herr Kriminalrat. Sie können sich auf mich verlassen", verspricht Thallasarih reumütig.

Am Fenster steht Hauptkommissar Brixmeier und grinst von einem Ohr zum anderen. Dass selbst Lange mit Thallasarihs Namen gewisse Schwierigkeiten hat, erfüllt ihn mit Genugtuung.

Wieder klopft es an der Tür. Diesmal hat es die junge Beamtin auf Lange abgesehen. „Herr Kriminalrat", sagt sie, „ein Herr Becker wünscht Sie zu sprechen. Es scheint ziemlich dringend zu sein, und er wartet schon eine ganze Weile."

Lange schaut hektisch auf seine Armbanduhr. „Den hatte ich ja völlig vergessen. Sie entschuldigen ... Termine. Auf Wiedersehen Frau Bering. Auf Wiedersehen Herr Thalli ... Entschuldigung." Die Tür fliegt zu und Kriminalrat Lange ist verschwunden.

Mit einem Mal ist es totenstill im Büro. Keiner sagt etwas und keiner verzieht eine Miene, nur das Grinsen in Brixmeiers Gesicht ist noch ein ganz kleines bisschen breiter geworden.

Nachdem er genug gegrinst hat, beendet der Hauptkommissar das Schweigen. „Wat führt Sie denn eijentlich zu uns, Herr Thallasarih? Sie sind doch bestimmt nich hier hin jekommen, um ein entspanntes Pläuschchen mit unserm Kriminalrat zu halten."

„So ist es", bestätigt Thallasarih. „Ich habe noch eine möglicherweise wichtige Information für Sie, die ich Ihnen gestern aufgrund der angespannten Atmosphäre nicht zukommen lassen konnte."

„Bitte nehmen Se doch erstmal Platz." Brixmeier weist auf die Besucherstühle. Erst jetzt wird allen bewusst, dass die einfachsten Regeln der Höflichkeit in den letzten Minuten auf sträflichste Weise vernachlässigt wurden. Frau Bering und Tristan Thallasarih kommen der Aufforderung nach.

„Na, dann schießen Se mal los", fordert der Hauptkommissar die Besucher auf.

„Nun ja, Herr Hauptkommissar, wie soll ich anfangen?", druckst Thallasarih unschlüssig herum.

„Am besten chrade raus", ermuntert ihn Brixmeier.

Einen kurzen Augenblick lang sucht Thallasarih noch nach den richtigen Worten, dann sagt er langsam und bedächtig: „Möglicherweise könnte ich Sie an den Ort führen, wo sich Alexandras ... sterbliche Hülle befindet."

Die Worte des Hellsehers schlagen ein wie eine Bombe. Die Beamten starren ihn an, als hätte Graf Dracula persönlich zu ihnen gesprochen.

Brixmeier ist der Erste, der seinen Mund wieder zumacht. Er fixiert Thallasarih nun mit einem Blick, als wolle er ihn gleich auffressen. Dann brüllt er los: „Sagen Se mal, Sie chroßer Cheisterbeschwörer, ist Ihnen eijentlich charnix heilich? Sind Ihnen die letzten Reste an menschlichen Jefühlen chänzlich abhanden jekommen? Finden Sie es nicht reichlich jeschmacklos, mir in Chegenwart von

Alexandras Mutter einen so abartigen Vorschlach zu machen? Wenn ich nich so ein jesetztestreuer Beamter wäre, dann ..."

„Herr Hauptkommissar", unterbricht ihn Frau Bering. „Ich selbst habe Herrn Thallasarih gebeten, Ihnen diesen Vorschlag zu unterbreiten. Ich habe Alexandras Stimme aus dem Jenseits gehört. Sie halten das für Hirngespinste – was ich durchaus verstehen kann. Ich würde – genau wie Sie – nur zu gern daran glauben, dass meine Tochter noch lebt. Deshalb will ich Gewissheit. Und wenn Alexandra wirklich tot sein sollte, dann will ich, dass sie wenigstens anständig beerdigt wird. Das verstehen Sie doch?"

Brixmeier nickt langsam, sagt aber nichts.

„Ich will, dass Sie meine Tochter finden, Herr Hauptkommissar. Und wenn Herr Thallasarih bei der Suche behilflich sein kann, bin ich ihm sehr dankbar dafür."

Brixmeier fühlt sich so unwohl in seiner Haut, wie selten zuvor. Aber es hilft nichts, die Ermittlungen müssen weitergehen. „Und wo finden wir Ihrer Ansicht nach Alexandras Lei..., ich meine, ihre sterbliche Hülle?", fragt er Thallasarih.

„Kurz bevor der magische Kreis unterbrochen wurde, sagte Alexandras Stimme: Ihr findet mich am Ölberg."

„Am Ölberch? Sind Se janz sicher, dass sie Ölberch jesacht hat?", hakt Brixmeier nach. „Der einzige Ölberch, den ich kenne, ist der, wo Jesus raufjetapert is, bevor se ihn ans Kreuz jenagelt ham. Und der is, wenn mich meine cheochrafischen Kenntnisse nich vollends im Stich lassen, bei Cherusalem."

„Nein, es muss hier in der Nähe sein", behauptet Tristan Thallasarih, und er scheint sich ziemlich sicher zu sein.

„Wir ham hier einige Berge, abba ein Ölberch is meines

Wissens nich dabei. Und ich lebe schon eine chanze Weile hier", erklärt Brixmeier.

„Herr Thallasarih", schaltet sich nun Toni Allwisser ein. „Etwas weiter weg von hier, zwischen Steinheim und Nieheim gibt es einen Wölberg. Könnte der eventuell gemeint sein?"

Thallasarih überlegt einen Moment. „Durchaus möglich. Ja, das wäre denkbar", antwortet er dann.

„Du kennst dich ja chut in der Chejend aus", stellt der Hauptkommissar an Toni gerichtet fest.

„Das ist kein Wunder", meint Toni. „Ich bin in Steinheim geboren und dort aufgewachsen."

„Und wie sieht es da aus, auf dem Wölberch?"

„Ich war lange nicht mehr da." Der Oberkommissar tippt auf seiner Tastatur herum, bevor er fortfährt. „Aber ich habe hier ein Satellitenbild auf dem Schirm. Ich würde sagen, du schaust es dir einfach mal selber an."

Brixmeier geht zu Toni und schaut ihm über die Schulter. Katja gesellt sich ebenfalls dazu.

„Wie du siehst, haben wir überwiegend Felder und Wiesen. Dann gibt's da noch ein bisschen Wald, etwas Brachland und ein paar Feldwege", erklärt Toni.

„Wie ich dat sehe, is der Wald immer noch chroß jenuch, dat wir 'ne Hundertschaft brauchen, um den zu durchkämmen. Können Se dat Suchjebiet vielleicht etwas einchrenzen, Herr Tiemann?", erkundigt sich der Hauptkommissar.

„Leider nein." Thallasarih schüttelt den Kopf.

„Wissen Se eijentlich, Herr Tiemann, wat passiert, wenn ich aufchrund Ihres etwas unjewöhnlichen Hinweises eine Hundertschaft anfordere?"

„Man wird Sie in die Geschlossene einweisen."

„Dat ham Se jetz abba schön jesacht – und so treffend",

stimmt der Hauptkommissar zu. „Ne, Herr Tiemann, da wird kein Schuh draus – dat können Se verjessen."

„Es gäbe unter Umständen noch eine andere Möglichkeit", deutet Thallasarih zaghaft an.

„Da bin ich abba mal jespannt."

„Wir könnten zu diesem Wölberg fahren und direkt vor Ort eine Séance abhalten. Es ist durchaus möglich, dass sich Alexandras Geist ein weiteres Mal meldet. Wenn wir Glück haben, führt sie uns direkt zu ihrer sterblichen Hülle."

„Moment, Moment, Moment! Nur damit ich Sie nich falsch verstehe", wirft Brixmeier ungläubig ein. „Sie wolln also mitten inne Pampa so ein Kaffeekränzchen veranstalten. Nur ohne Kaffee, dafür abba mit Anfassen. Und Sie meinen, dat Alexandras Cheist Sie ans Händchen nimmt und Sie mir nichts dir nichts dahin führt, wo ihre ... Sie wissen schon ..."

„Sie haben es zwar etwas laienhaft ausgedrückt, aber ja, so ähnlich stelle ich mir das vor", sagt Thallasarih.

„Nun ja, ich chlaube nach wie vor nich an so'n Zeuch. Abba wir sind ein freies Land. Also tun Se, wat Se nich lassen können. Falls Se irjendwat Konkretes finden sollten, cheben se uns Bescheid. Ich wünsche Ihnen jedenfalls keinen Erfolg. Vor allem Ihnen zu Liebe, Frau Bering." Für Brixmeier ist der Fall damit erledigt.

„Ich fürchte, ganz so einfach ist das nicht." Für den Meister des Übersinnlichen ist der Fall offensichtlich noch nicht erledigt.

„Und warum nich?" Der Hauptkommissar ahnt nichts Gutes.

„Wenn wir uns auf diesem Weg Klarheit verschaffen wollen, müssen die gleichen Personen an der Séance teilnehmen wie gestern", erklärt Thallasarih mit ernster Miene.

„Ich hör wohl nich richtich", poltert Brixmeier los, nachdem er den ersten Schreck überwunden hat. „Suchen Se sich, wen Se wollen, abba mit uns können Se nich rechnen – diesmal nich. Dat kommt charnich inne Tüte!"

„Bitte, Herr Hauptkommissar", meldet sich Frau Bering mit bebender Stimme zu Wort. „Vielleicht ist das unsere einzige Chance, Alexandra zu finden. Bitte, ich flehe Sie an."

„Bei allem Respekt vor Ihrer Situation, Frau Bering, abba wir sind hier bei de Kriminalpolizei und nicht in irjend so einem spiritistischen wat weiß ich", hält Brixmeier unwirsch dagegen.

„Es muss doch niemand was erfahren", sagt Thallasarih.

„So, wie auch niemand wat von Alexandras ancheblichem Tod erfahren hat. Mein Chef hat heute schon einen tierischen Stress jemacht, weil so'n Zeitungsschmierer chenau deswegen bei ihm anjerufen hat", kontert der Hauptkommissar.

„Zugegeben, da ist mir tatsächlich ein unverzeihlicher Fehler unterlaufen. Aber ich kann Ihnen versichern, dass so etwas nicht noch einmal vorkommen wird", verspricht Tristan Thallasarih. „Mein Wort darauf."

„Is ja jut." Hauptkommissar Brixmeier überlegt, wie er aus dieser Nummer rauskommt. Da kommt ihm eine geradezu geniale Idee. „Wat is eijentlich mit Ihrem Mann?", fragt er Frau Bering. „Ham Se den schon jefracht, ob er mitmacht?"

„Nein, bisher noch nicht", gesteht sie unsicher. „Aber ich bin fest davon überzeugt, dass er mitmachen wird, wenn ich ihn darum bitte. Es ist ja auch seine Tochter."

„Reden Se ersmal mit Ihrem Mann, dann seh'n wir weiter." Der Hauptkommissar will die Sache möglichst zügig zu Ende bringen und die beiden ganz fix loswerden.

„Wenn mein Mann mitmacht, werde ich Sie sofort anrufen", kündigt Frau Bering mit einen Anflug von Euphorie an.

„Machen Se dat", bestärkt sie Brixmeier.

Nun geht alles sehr schnell. Tristan Thallasarih und Frau Bering erheben sich, wünschen den drei Beamten noch einen angenehmen Tag und verlassen dann das Büro.

Der Hauptkommissar atmet erleichtert durch. „Ich weiß nich, wie et euch cheht, abba ich hab mich eben jefühlt, als wenn ich inne Cheisterbahn sitzen würde und die Fahrt char nich zu Ende cheht."

„Tja Erwin, Vielleicht liegt die Fahrt ja noch vor euch", meint Toni mit hochgezogenen Augenbrauen. „Bist du sicher, dass du dich nicht zu weit aus dem Fenster gelehnt hast?"

„Wieso?"

„Nun ja, wenn Bering dieser Geisterbeschwörung am Wölberg zustimmt, habt ihr beide die Arschkarte, das ist dir doch wohl klar."

„Ich hab nix zujesacht – char nix."

„Das ging aus deinen Worten aber nicht eindeutig hervor."

„Nich mein Problem. Außerdem hättste mal sehn solln, wie sich Bering chestern aufjeführt hat. Der wär diesem Mirakolix fast anne Gurgel jechangen. Nie im Leben macht der bei dem Blödsinn mit. Da wird sich seine Olle die Zähne ausbeißen, und wir sind aussem Schneider", erklärt der Hauptkommissar.

„Deine Worte in Gottes Gehörgang", meint Toni zweifelnd.

„Keine Sorge. Mein alter Kriminalistenriechkolben hat sich noch nie jetäuscht", tönt Brixmeier. „Und jetz lasst uns mal überlejen, wat wir konkret ham."

„Wir haben einen angeblichen Hellseher, der behauptet, dass Alexandra Bering tot ist, und zu wissen glaubt, wo wir ihre Leiche finden. Dann haben wir einen nicht besonders intelligenten Erpresser, der offenbar Motorrad fährt. Außerdem haben wir eine beste Freundin, die wahrscheinlich ganz genau weiß, wo Alexandra steckt, aber lieber mit ihrem Anwalt-Vater droht, anstatt uns zu unterstützen", zählt Toni die Fakten auf.

„Nich zu verjessen einen Chef, der uns den Arsch bis übere Ohren aufreißt, wenn wir nich bald handfeste Erchebnisse liefern", ergänzt Brixmeier. „Hat jemand 'ne Idee?"

Katja zuckt mit den Schultern. „Den Erpresser kennen wir nicht. Thallasarih können wir nicht wirklich ernst nehmen. Bleibt nur Yasmin Gärtner", analysiert sie.

„Und chenau die werden wir uns heute Nachmittach noch mal zur Brust nehmen", entscheidet der Hauptkommissar.

„Warum nicht jetzt gleich?", fragt Katja.

„Weil ich will, dass ihr Vadder dabei ist. Dann kann er chleich dat Maul aufmachen, wenn ihm wat nich passt. Toni, mach uns mal einen Termin bei diesem netten Herrn Anwalt und seinem Töcherchen."

„Wird sofort erledigt!", sagt Toni und greift zum Hörer.

Um fünfzehn Uhr dreißig stehen Hauptkommissar Brixmeier und Oberkommissarin von Sternberg bei den Gärtners vor der Haustür. Yasmin öffnet und führt die beiden Beamten in das Büro ihres Vaters, wo Dr. Gärtner sie bereits erwartet.

„Ich würde Sie bitten, sich kurz zu fassen. Ich habe nicht den lieben langen Tag Zeit", erklärt er nach einer knappen, unterkühlten Begrüßung.

„Yasmin", ergreift Katja das Wort, noch bevor Brixmeier etwas sagen kann. „Heute haben wir mit jemandem gesprochen, der behauptet hat, dass Alexandra Bering tot ist."

„TOT? So ein Bullshit. Erst entführt und jetzt tot. Womit kommen Sie denn das nächste Mal um die Ecke?", keift Yasmin die Oberkommissarin an. „Lexie ist weder entführt worden noch tot. Aber die Polizei glaubt anscheinend allen Scheiß, den man ihr erzählt."

„Yasmin", Katjas Stimme wird eindringlicher. „Wenn Sie irgendetwas wissen, ist jetzt genau der richtige Zeitpunkt, es uns zu sagen."

„Wollen Sie es nicht kapieren oder können Sie es nicht? Ich habe keinen blassen Schimmer, wo Lexie steckt. Wie oft soll ich das noch sagen?"

„Ich glaube Ihnen kein Wort."

„Das ist Ihr Problem", sagt Yasmin überheblich grinsend.

„Aber ich glaube meiner Tochter", mischt sich Dr. Gärtner ein. „Wenn Sie sonst keine Fragen haben, bitte ich Sie, jetzt zu gehen. Ich wünsche Ihnen noch einen schönen Tag."

„Et is doch immer wieder erstaunlich, wie chutjläubich so ein mit allen Wassern jewaschener Rechtsverdreher wird, wenn es um sein missratenes Töchterchen cheht", meint Brixmeier während der Fahrt zurück zum Präsidium.

„Haben Sie Kinder?", fragt Katja.

„Einen Sohn und eine Tochter", antwortet Beixmeier. „Karl is Ingenieur in einer Maschinenfabrik in Hamburch – is aber meistens irjendwo inne Weltjeschichte unterwechs. Theresa is Beamtin im Bildungsministerium in Düsseldorf."

„Und die haben früher nie Mist gebaut?"

„Nie! Dat können Se mir chlauben. Die sind nämlich chut erzogen. Da hab ich persönlich für jesorcht. Wenn die sich so pampich benommen hätten wie die kleene Chärtner eben, dann hätte es rechts und links wat hinter die Löffel jecheben, da können Se Chift drauf nehmen", tönt Brixmeier, und Katja erkennt, dass offensichtlich nicht nur Rechtsanwälte eine rosarote Brille tragen, wenn es um ihren eigenen Nachwuchs geht.

„Wir sind keinen Schritt weiter jekommen. Die kleene Chärtner mauert, als wenn ihr Leben davon abhinge, und Papa Staranwalt steht wie ein Zerberus an ihrer Seite." Der Hauptkommissar ist sichtlich frustriert, als er die Bürotür hinter sich zuknallt.

„Aber dafür hab ich was Neues", verkündet Toni Allwisser überschwänglich und mit einem unverschämt breiten Grinsen.

„Machs nich so spannend", grunzt Brixmeier.

Doch Toni macht es spannend. „Vielleicht ist es besser, wenn ihr euch erst mal setzt."

„Wieso, is der Bundespräsident jestorben, oder wat?", gibt Brixmeier grantig zurück.

„Nein, aber so ähnlich", erklärt Toni und hat Mühe, seine Gesichtszüge unter Kontrolle zu behalten. Schließlich rückt er genüsslich mit der Neuigkeit raus: „Der große Kriminalhauptzauberer Erwin Brixmeier, genannt Erwin der Graue, sowie die liebliche Kriminaloberhexe Katja Bellatrix von Sternberg haben sich morgen pünktlich um neun Uhr zwecks Kontaktaufnahme mit dem Jenseits einschließlich anschließendem gemeinsamen Hexentanz auf dem Blocksberg einzufinden. Alle Vorbereitungen sind bereits getroffen. Eure Besen stehen ab acht Uhr vollgetankt und abflugbereit auf dem Parkplatz. Wem das nicht genehm ist, der kann auch den scharlachroten Blocksberg-Express nehmen. Abfahrt um Punkt acht Uhr fünfzehn vom Gleis neun dreiviertel. Zur Einstimmung habe ich euch aus dem Internet einige gängige Zaubersprüche heruntergeladen und ausgedruckt. Sogar ein paar Zauberstäbe konnte ich für euch organisieren. Liegt alles auf euren Schreibtischen. Ich wünsche viel Spaß."

Toni lehnt sich nach seiner kleinen, für sein Gefühl rundum gelungenen Ansprache zufrieden im Schreibtischstuhl zurück und lässt dem Lachanfall, den er so lange unterdrücken musste, freien Lauf. Katja entdeckt derweil den Zauberstab – einen Gummiknüppel -, und während sie bereits ahnt, was ihr Kollege ihnen mit seiner abgedrehten Nummer verklickern will, guckt Brixmeier seinen Mitarbeiter an, als hätte der einen an der Klatsche.

„Sach ma, Toni, willste uns hier verarschen?", fragt er mit gereiztem Unterton. „Wat soll ich am Blocksberch ...?"

„Oh, habe ich Blocksberg gesagt?", fragt Toni mit überzeugender Unschuldsmiene. „Entschuldige bitte, ich meinte natürlich den Wölberg. Da warten morgen früh nämlich ein paar Leute auf euch. Als da wären: der große Meister des Übernatürlichen nebst seiner reizenden Assistentin sowie Herr und Frau Bering. Was die da veranstalten wollen, brauche ich euch wohl nicht zu sagen." Ein weiteres Mal wird Toni von einer Lachattacke heimgesucht.

Brixmeiers Gesicht hat plötzlich etwas Maskenhaftes. Seine Haut nimmt eine Färbung an, wie sie zu Erwin dem Grauen nicht besser hätte passen können.

„Sach bloß, die Bering hat ihren Ollen breitjeschlagen?", würgt er fassungslos hervor.

„Sieht ganz … danach … aus", antwortet Toni gackernd.

„Dat hätt ich im Leben nich chedacht."

„Tja, Erwin, dein legendärer Kriminalistenriechkolben hat sich offenbar in den vorzeitigen Ruhestand verabschiedet." Der Lachanfall ist vorüber, aber sosehr sich Toni Allwisser auch abmüht, das Grinsen kriegt er nicht aus seinem Gesicht heraus.

„Aber ich hab ihr nix zujesacht", stellt Brixmeier mit aller Bestimmtheit fest.

„Ich fürchte, das sieht Frau Bering ganz anders", erwidert der Oberkommissar.

„Und wat machen wir jetz? Sang Sie doch ma wat, Frau von Sternberch. Sie ham doch sonst immer so oberschlaue Ideen", wendet sich der Hauptkommissar nun an Katja.

„Schadensbegrenzung", sagt sie achselzuckend.

„Und wie?"

„Wir fahren morgen erst mal zum Wölberg und hoffen, dass uns bis dahin einfällt, wie wir uns vor dieser Séance drücken können." Katja kann sich an fünf Fingern ausrechnen, dass ihr Vorschlag niemanden vom Hocker reißen wird.

„Ihre Zuversicht möchte ich haben", knurrt Brixmeier.

Das Geheimnis des Wölbergs

Der erhoffte Geistesblitz bleibt aus. Keiner der Beamten hat eine Idee, wie sich Hauptkommissar Brixmeier und Oberkommissarin von Sternberg von der Séance fernhalten können, ohne als diejenigen dazustehen, die nicht alle erdenklichen Möglichkeiten ausgeschöpft haben, das vermisste Mädchen zu finden.

„Lassen Se uns losfahrn, Frau Sternberch", kommandiert der Hauptkommissar deshalb am nächsten Morgen. „Vielleicht hat sich Bering die Sache inzwischen doch anders überlecht."

„Die Hoffnung stirbt bekanntlich immer zuletzt", murmelt Katja auf dem Weg zum Parkplatz und informiert dann etwas lauter ihren Chef über eine kleine Planänderung. „Herr Hauptkommissar, ich habe noch etwas Dringendes zu erledigen. Sie können ja schon mal mit ihrem Blocksberg-Express ...", Katja deutet auf Brixmeiers alten Ford Granada, „... vorfahren. Ich komme so schnell wie möglich auf meinem Besen nach. Spätestens um Viertel nach neun bin ich bei Ihnen."

„Will sich da etwa jemand drücken?", fragt Brixmeier.

„Sehe ich so aus, als würde ich mich drücken wollen?"

„Ne, eijentlich nich. Wie konnte ich nur auf einen so abwegigen Jedanken kommen. Selbst wenn Se mit dem Teufel 'ne Verabredung hätten, wäre er es wahrscheinlich, der sich drücken würde." Brixmeier steigt allein in seinen Granada und macht sich auf den Weg zum Wölberg. Ein paar Minuten später schwingt sich Katja auf ihren 200-PS-Hexenbesen, startet den Motor und rauscht ebenfalls davon.

Es ist kurz nach neun, als ein schweres Motorrad von der Ostwestfalenstraße abbiegt und langsam in Richtung Wölberg fährt. Oben angekommen, stellt Katja ihre Maschine hinter Brixmeiers Granada ab. Ein blauer Opel Insignia und ein schwarzer Porsche Cayenne parken ebenfalls an der schmalen Straße. Katja geht also davon aus, dass alle anderen schon da sind und bereits auf sie warten.

Und tatsächlich entdeckt sie, als sie an dem Cayenne vorbeigeht, das Grüppchen auf einem Feldweg, der rechts von der Straße abgeht. Sie erkennt die beiden Berings, Tristan Thallasarih und ihren Chef. Die Gebärden, sowie die Wortfetzen, die der Wind herüberträgt, deuten darauf hin, dass zwischen ihnen eine heftige Diskussion entbrannt ist. Dann fällt Katjas Blick auf Lady Cassandra. Sie sitzt abseits auf einer Bank, genießt die Aussicht und wirkt völlig unbeteiligt. Erst jetzt wird Katja bewusst, dass weder sie selbst, noch der Hauptkommissar bisher auch nur ein Wort mit dieser jungen, sympathisch aussehenden Frau gewechselt haben. Sie geht zu ihr. „Guten Morgen. Darf ich mich zu Ihnen setzen?"

„Aber natürlich, nehmen Sie doch Platz." Lady Cassandra hat eine rauchige, angenehm warm klingende Stimme und einen unverkennbar osteuropäischen Akzent.

„Geht das schon die ganze Zeit so?", will Katja wissen. Mit einem Kopfnicken deutet sie auf die Vierergruppe.

„Mindestens eine Viertelstunde."

„Was ist passiert?"

„Herr Bering hat ganz plötzlich seine Meinung geändert. Er will nicht, dass die Sitzung stattfindet", berichtet Lady Cassandra. „Ihr Chef sieht das anscheinend genauso. Frau Bering ist deshalb ziemlich wütend. Sie will die Séance um jeden Preis, und Theo unterstützt sie dabei."

„Und Sie – was wollen Sie?", fragt Katja direkt.

„Was ich will, spielt keine Rolle."

„Aber Sie werden doch eine Meinung dazu haben?"

„Nun ja", beginnt Lady Cassandra zögerlich, „wir treten normalerweise in Shows auf oder erstellen Horoskope für zahlungskräftige Kunden. Theo achtet immer darauf, dass wir niemals etwas prophezeien, was dem Kunden schaden könnte. Die Leute sind zufrieden, und wir haben unser Einkommen – ein wirklich gutes Einkommen. Aber das hier ist etwas ganz anderes. Hier geht es um einen verschwundenen Menschen – vielleicht sogar um das Leben eines Menschen. Bei dieser Sache tragen wir Verantwortung – wenn Sie verstehen, was ich meine. Wenn es nach mir gegangen wäre, hätten wir diesen Auftrag nicht angenommen."

„Und warum hat Ihr ... Chef ihn angenommen?"

„Frau Bering ist eine äußerst wichtige Kundin. Sie hat sehr viele Kontakte in die richtigen Kreise – und sie kann sehr durchsetzungsstark sein, wenn sie etwas will. Wir konnten es uns nicht leisten, ihr diesen Gefallen zu verwehren – meint jedenfalls Theo."

„Verstehe," sagt Katja. „Sind Sie eigentlich privat auch ein Paar?"

„Ja, schon seit einigen Jahren."

„Und Lady Cassandra heißen Sie vermutlich nicht wirklich?"

„Nein, mein richtiger Name ist Ludmilla Tereschkowa. Ich bin in der Ukraine geboren. Mit 19 habe ich mein Land verlassen und bin nach Deutschland gekommen", antwortet die junge Frau.

„Frau Oberkommissarin, hätten Se mal die Chüte, zu uns zu kommen", dröhnt nun Brixmeiers Stimme zu ihnen herüber.

„Sieht so aus, als wäre eine Entscheidung gefallen", meint Katja.

„Und es würde mich nicht wundern, wenn Frau Bering ihren Willen durchgesetzt hat", fügt Lady Cassandra hinzu.

„Das werden wir gleich erfahren."

Die beiden Frauen erheben sich von der Bank und gehen zu der wartenden Vierergruppe. Katja kann Brixmeiers Gesicht schon von Weitem ansehen, dass er sich mit dem Ausgang der Debatte noch nicht so recht angefreundet hat.

„Wir haben uns darauf geeinigt, nur einen einzigen Versuch zu unternehmen, mit Alexandras Geist in Kontakt zu treten", erklärt Thallasarih frustriert. „Sollte es nicht klappen, werden wir den Wunsch von Herrn Bering respektieren und alle weiteren Ermittlungen ausschließlich der Polizei überlassen. Darf ich Sie jetzt bitten, mir zu folgen."

Tristan Thallasarih führt die Gruppe auf dem unbefestigten Feldweg von den Fahrzeugen weg, mitten in die freie Natur.

Hauptkommissar Brixmeier und Katja lassen sich etwas zurückfallen, um ungestört reden zu können.

„Wo gehen wir hin?", fragt Katja neugierig.

„Wech vonne Straße", antwortet der Hauptkommissar. „War meine Bedingung. Muss ja schließlich nich sein, dat einer, der hier zufällig vorbeikommt, uns beim Ringelpietz mit Anfassen beobachtet."

„Was ist eigentlich mit Herrn Bering los?", will Katja nun wissen.

„Keine Ahnung. Der war schon so, als ich hier ankam. Hat wohl die Nerven blank liegen. Hab ihn jedenfalls noch nie so hibbelich chesehen wie heute." Der Hauptkommissar macht eine kleine Pause. „Wenn Se mich fragen, nimmt ihn die chanze Sache mehr mit, als er sich einjestehen will."

Sie erreichen einen Abzweig. Nach links geht es in einen komplett von Gras überwucherten Weg, der an beiden Seiten von dichtem Buschwerk eingefasst ist. Da man sich einen besseren Sichtschutz kaum wünschen kann, beschließt der große Meister, genau hier die Séance abzuhalten.

Nachdem die Handys abgeschaltet sind, bilden alle einen Kreis, wobei jeder exakt dieselbe Position einnimmt wie vor zwei Tagen im Salon der Berings. Dann fassen sich die Beteiligten an den Händen, der große Meister bittet um Ruhe, und die Zeremonie beginnt.

„Wir konzentrieren uns nun auf Alexandra." Thallasarihs Stimme hat wieder diesen priesterhaften Unterton.

Schon bald bemerkt Katja, wie Lady Cassandras Körper sich verkrampft und zu zucken beginnt.

Hoffentlich liegt sie nicht gleich am Boden, schießt es ihr durch den Kopf. Überhaupt findet sie es sehr bizarr, eine solche Séance in freier Natur durchzuführen – ohne Tisch, ohne Stühle, ohne Kerzen und ohne Verdunkelung. Sie hätte nie gedacht, dass so etwas überhaupt möglich ist.

„Alexandra, wir rufen dich ..." Thallasarihs beschwörende Stimme verliert sich im leichten Rauschen der Blätter.

„Alexandra, kannst du mich hören ...?"

Nichts passiert. Katja entgeht nicht, dass Herr Bering von Sekunde zu Sekunde immer nervöser wird. Er sieht aus wie ein Kessel kurz vor dem Platzen.

„Alexandra, bitte sprich mit uns ..."

Hauptkommissar Brixmeier muss sich gehörig zusammenreißen. Eine Wespe brummt aufdringlich um seine

Nase herum. Fast hätte er nach ihr geschlagen und damit den magischen Kreis unterbrochen.

„Alexandra, bitte zeig uns, wo wir dich finden, bitte führe uns zu deiner sterblichen Hülle, die du inzwischen abgelegt hast." Des Meisters monotone Beschwörungsformeln haben nun etwas Makaberes.

Nichts passiert. Aus Sekunden werden Minuten. Jeder der Anwesenden kann die unerträgliche Spannung, die in der Luft liegt, spüren.

„Ich mache diesen geschmacklosen Scheiß nicht mehr mit", brüllt Herr Bering plötzlich. Er unterbricht den magischen Kreis und zeigt wütend auf Tristan Thallasarih. „Und diesen Scharlatan will ich in meinem Haus nicht mehr sehen – nie wieder. Wie abartig muss man sein, um mit Menschen, die ihr Kind vermissen, derart perverse Spielchen zu spielen."

„Aber Franz-Josef, du hast ...", stammelt Frau Bering.

„Werd endlich wach, Gisela", fällt er seiner Frau barsch ins Wort. „Unsere einzige Tochter ist verschwunden, und du läufst einem Betrüger nach, der uns weismachen will, dass Alexandra tot ist und ihre Leiche hier irgendwo vermodert."

Dann dreht Herr Bering der Gruppe den Rücken zu und hetzt wie von Furien getrieben von dannen.

„Hängen Se sich mal an den dran und lassen Se ihn nich aus den Augen", sagt Brixmeier leise zu seiner Kollegin.

„Meinen Sie etwa, der könnte ..."

„Ich meine charnix", unterbricht sie der Hauptkommissar. „Ich will nur sicherchehen, dat der keine Scheiße baut. Der Mann is ja komplett durchn Wind."

„Alles klar", sagt Katja und nimmt die Verfolgung auf.

„Dat wars dann wohl mit der Cheisterbeschwörung",

sagt der Hauptkommissar zu den noch Anwesenden. „So wie ich dat sehe, chibt es hier nix mehr zu tun."

Lady Cassandra schien nur auf ein Kommando gewartet zu haben. Wortlos und ohne auf ihren Partner zu warten, macht sie sich auf den Rückweg. Frau Bering, der die Enttäuschung anzusehen ist, schließt sich an. Nur Thallasarih rührt sich nicht von der Stelle. Brixmeier wirft ihm einen fragenden Blick zu. Der große Meister gibt dem Beamten unauffällig zu verstehen, dass er ihm noch etwas mitzuteilen hat. Etwas, das offenbar nicht für die Ohren der beiden Frauen bestimmt ist.

Der Hauptkommissar reagiert augenblicklich. „Ach, da fällt mir wat ein, Herr ... Tiemann, mit Ihnen würde ich chern noch einen Moment reden – unter vier Augen, wenn möchlich. Die Damen können ja schon mal vorchehen", sagt er und lässt es möglichst dienstlich klingen. Nun wartet er, bis Frau Bering und Lady Cassandra außer Hörweite sind.

„So, wat wollten Se mir denn so Wichtijes sagen?"

„Ich weiß jetzt, wo wir Alexandra finden."

Hauptkommissar Brixmeier schaut Thallasarih skeptisch an. „Sie wolln mich jetz aber nicht verarschen – oder?"

„Natürlich nicht", beteuert Thallasarih. „Ich hatte kurz Kontakt mit Alexandras Geist. Sie hat mir verraten, wo wir ihre sterbliche Hülle finden – jedenfalls so ungefähr."

„Unjefähr ...?", hakt Brixmeier gereizt nach.

„Sie war gerade dabei, es mir genau zu beschreiben, als unser guter Herr Bering die Séance auf so theatralische Weise beendet hat", erklärt Thallasarih.

„Und wo unjefähr finden wir sie Ihrer Meinung nach?"

„In der Richtung." Thallasarih weist mit der Hand auf die nicht gerade einladend aussehende Fortsetzung des Feldwegs, auf dem sie her gekommen sind. „Hundert, vielleicht hundertfünfzig Meter von hier muss es ein Areal geben, das vollkommen mit Büschen zugewuchert ist."

„Na, dann schaun wir doch mal nach", grunzt Brixmeier.

Die beiden Männer machen sich auf den Weg. Der matschige und stellenweise von großen Pfützen bedeckte Untergrund nötigt Brixmeier einige derbe Flüche ab. Schon bald bleibt Thallasarih vor einem Gelände stehen, das sich rechts vom Weg befindet und komplett mit Unterholz zugewachsen ist.

„Hier?", fragt Brixmeier.

Der Meister des Übersinnlichen nickt.

„Können Se mir mal verraten, wie einer ohne Buschmesser da reinkommen soll?" Brixmeier weist auf das undurchdringliche Bollwerk aus Disteln, Dornen, Brennnesseln und jeder Menge anderen stacheliger Hindernisse.

„Das kann ich nicht", sagt Thallasarih. „Aber hier sieht es genau so aus, wie es mir Alexandra beschrieben hat."

„Se meinen Alexandras Cheist?"

„Ja!"

„Und dat soll ich Ihnen chlauben?" Der Hauptkommissar hat eine schmale Lücke im Dickicht entdeckt. Nun versucht er, auf das Gelände vorzudringen. Schimpfend wie ein Rohrspatz schlägt er sich schließlich zu einer kleinen Lichtung in dieser grünen Mini-Hölle durch. Thallasarih folgt ihm.

„Hier finden wir Alexandras Leiche?" Brixmeier kann nicht glauben, was er gerade tut.

„Sie sollten das Gelände absuchen", meint Thallasarih.

Brixmeier sieht sich einen Moment nachdenklich um, soweit es das dichte Gestrüpp zulässt.

„Lassen Se uns ersmal zurückchehen, bevor die Frauen uns als vermisst melden", sagt er schließlich, wendet sich ab und stapft zum Feldweg und dann zum Ausgangspunkt ihres Fußmarsches zurück, wo sie bereits sehnlichst erwartet werden.

„Sie steijen jetzt am besten in Ihr Auto und bringen die Damen zurück nach Höxter", schlägt der Hauptkommissar vor.

„Und Sie – was werden Sie unternehmen?", fragt Tristan Thallsarih den Hauptkommissar herausfordernd.

„Ich? Ich muss nachdenken." Brixmeier steigt in seinen Granada und macht damit deutlich, dass er vorerst keinen weiteren Gesprächsbedarf mehr sieht.

Thallasarih, Lady Cassandra und Frau Bering steigen in den Insignia und fahren los.

Der Hauptkommissar sitzt eine ganze Weile in seinem Auto und grübelt. Er denkt an den Moment, als er auf der kleinen Lichtung mitten im Dickicht gestanden hat – und an das Gefühl, das ihn plötzlich überkam. Ein Gefühl, das ihm äußerst vertraut ist. Wie oft schon hat er sich in seiner kriminalistischen Laufbahn darauf verlassen – meistens zu recht. Und nun? Es gibt keinen einzigen vernünftigen Hinweis, der es rechtfertigen würde, das Gelände absuchen zu lassen, nur dieses seltsam vertraute Gefühl ...

Brixmeier greift zum Handy, schaltet es wieder ein und wählt Oberkommissar Alwissers Nummer. „Schnapp dir ein paar Leute und komm auf dem schnellsten Wech zum Wölberch", sagt er, als sich Toni meldet. „Und zieht euch alte Klamotten an, ihr müsst euch durch ziemlich dichtes Dornenjestrüpp kämpfen."

Toni setzt zu einer Frage an, wird aber von Brixmeier sofort unterbrochen: „Frach nicht – mach et einfach. Ach, und noch wat ... Toni? Hallo? Toooiii ...?" Brixmeier schaut verärgert auf sein Handy. „Scheiße, Akku leer", grunzt er. Hoffentlich würde Toni auch von selbst darauf kommen, sich nicht von Lange erwischen zu lassen.

Knapp zwei Stunden muss sich Brixmeier gedulden, bis Toni mit drei Mann Verstärkung endlich eintrudelt.

„Wo bleibse denn so lange? Dachte schon, ihr kommt heute charnich mehr", knurrt der Hauptkommissar.

„Nun halt mal die Luft an, Erwin. Ich musste erst mal ein paar Leute klarmachen, dann mussten wir uns umziehen, und schließlich habe ich noch das hier organisiert." Toni fuchtelt mit einer Machete vor Brixmeiers Nase rum.

„Wo hasse die denn her?"

„Asservatenkammer. Die haben wir vor ein paar Jahren einer Rockerbande abgenommen."

Erst jetzt bemerkt Brixmeier, dass auch die drei anderen mit ähnlichen Mordwerkzeugen ausgerüstet sind.

„Wo steckt eigentlich Frau von Sternberg?", fragt Toni.

„Erzähl ich dir unterwechs", antwortet Brixmeier. „Wir sollten nämlich zusehn, dat wir inne Chänge kommen, damit wir heute noch feddich werden."

Auf dem Weg zum Einsatzort informiert der Hauptkommissar seinen Kollegen über alles, was heute am Wölberg passiert ist. Dabei legt er gesteigerten Wert darauf, dass Tonis Begleiter nicht zu viel von dem Gespräch mitbekommen.

„Hier?", fragte Toni entsetzt, als sie vor dem Dickicht stehen. „Wie sollen wir das denn machen?"

„Stell dich ma nich so mädchenhaft an", gibt Brixmeier

zurück. „Ihr sollt das Cheländge ja nich umchraben. Abba wenn einer hier in den letzten Tagen eine Leiche entsorgt hat, muss er irjendwelche frischen Spuren hinterlassen haben. Danach sollt ihr suchen – mehr nich."

„Mehr nicht – du hast gut reden", stöhnt Toni. „Hast du mal darüber nachgedacht, was mit uns passiert, wenn Lange das spitzkriegt?"

„Darüber denke ich nach, wenn er es spitzkricht", kontert Brixmeier. „Und damit es charnich soweit kommt, fahre ich zurück ins Präsidium und ihr macht, wat ich chesacht habe."

Bevor der Hauptkommissar sich auf den Weg machen kann, hat Toni noch eine Neuigkeit für ihn: „Wusstest du eigentlich, dass unser Freund Thallasarih aktenkundig ist?"

Brixmeier hält inne. „Watte nich sachst."

„Es ist zwar schon ein Weile her", fährt Toni fort, „aber er ist mehrfach vorbestraft – schwere Körperverletzung."

„Dat is ja hochinteressant", meint Brixmeier nachdenklich. „Trotzdem solltet ihr jetz anfangen."

Der Hauptkommissar hat es mit einem Mal ziemlich eilig, ins Präsidium zurück zu kommen.

Als er seinen Dienstwagen auf dem Parkplatz des Polizeipräsidiums abstellt, kommt auch Katja gerade von ihrem Einsatz zurück. Sie parkt ihre Suzuki direkt neben Brixmeiers Ford.

„Sind Se chanz sicher, dat Se mit dem Ding überhaupt umchehen können?", fragt Brixmeier mit überheblicher Miene.

„Für den Hausgebrauch reicht's", antwortet Katja gereizt.

„Wat hat unser Versicherungsfuzzi denn in der Zwischenzeit anjestellt?", erkundigt sich der Hauptkommissar nun.

„Ist über zwei Stunden ziellos durch die Gegend gefahren. Zuerst auf verschlungenen Wegen bis nach Hameln und dann auf ebenso verschlungenen Wegen zurück nach Höxter. War nicht ganz einfach, so an ihm dranzubleiben, dass er mich nicht bemerkt. Jetzt sitzt er in einer Kneipe und lässt sich volllaufen. Der ist offenbar fix und fertig."

„Hätten Sie chedacht, dass den dat so mitnimmt?"

„Offen gesagt, nein", gesteht Katja.

„Da kann man mal sehen, wie man sich in einem Menschen täuschen kann. Von wegen abjebrüht."

„Ist am Wölberg noch irgendwas passiert?", will Katja nun von Brixmeier wissen.

„Erzähl ich Ihnen in unseren vier Wänden." Doch dorthin kommen sie vorerst nicht.

Gerade als Brixmeier die Tür zum gemeinsamen Büro öffnen will, hallt Kriminalrat Langes Stimme durch den Flur.

„Hauptkommissar Brixmeier, kommen Sie doch bitte mal in mein Büro – sofort. Und Sie, Frau von Sternberg, auch."

„Dat klingt nich jut", knurrt Brixmeier leise.

„Gibt es etwas Neues im Fall Bering?", fragt Lange, nachdem Katja die Bürotür hinter sich geschlossen hat.

„Kann man so nich sagen", gibt Brixmeier kleinlaut zu.

„Aha, kann man also nicht. Und wo steckt bitte schön Oberkommissar Allwisser?"

„Cheht noch einem Hinweis nach."

„Was für einem Hinweis?"

„Nix wirklich Ernstzunehmendes."

„Nichts Ernstzunehmendes! Und wofür braucht er dann drei Leute? Von wem kommt der Hinweis?"

„Wir sind im Rahmen der Ermittlungen darauf jestoßen."

„Soso, Sie sind also im Rahmen der Ermittlungen darauf gestoßen. Brixmeier, Brixmeier, wie lange kennen wir uns schon?" Kriminalrat Lange wirft einen forschenden Blick auf den Hauptkommissar. „Zuerst behauptet ein Hellseher, dass Alexandra Bering tot ist. Einen Tag später treffe ich den Typ in Ihrem Büro. Heute geht Ihr Mitarbeiter mit drei Kollegen in äußerst seltsamer Montur einem nicht ernstzunehmenden Hinweis nach. Kann es sein, dass dieser Hinweis aus dem Jenseits gekommen ist?"

Hauptkommissar Brixmeier schweigt.

„Himmel Herrgott, Brixmeier. Sind Sie von allen guten Geistern verlassen?", brüllt der Kriminalrat los. „Was haben Sie sich dabei gedacht? Wenn das bekannt wird, können wir beide wieder Streife gehen. Wollen Sie das?" Lange wendet sich an Katja: „Was wussten Sie darüber?"

„Sie wusste charnix. Sie hat nur dat jemacht, wat ich anjeordnet habe", meldet sich Brixmeier dröhnend zurück.

„Wenn Sie sich mit Anordnungen so gut auskennen, dann ordne ich jetzt an, dass Sie Oberkommissar Allwisser und seine Leute sofort zurückbeordern. Und beten Sie zu Gott, dass Ihre eigenwillige Aktion nicht die Runde macht. Sie können mein Telefon benutzen. Also, nur zu!"

Brixmeier nimmt den Hörer ab und wählt Tonis Nummer. Es dauert einen Moment, bis der sich meldet.

„Brixmeier hier. Toni, brecht die Aktion ab und ..."

Der Hauptkommissar stockt. Offenbar hat sein Kollege ihn unterbrochen. Während er ihm nun zuhört, verändert sich sein Gesichtsausdruck auf dramatische Weise.

„Wir kommen sofort!", sagt er knapp und legt auf.

Auch dem Kriminalrat ist die Veränderung in Brixmeiers Miene nicht entgangen. „Was ist passiert?", will er wissen.

„Wir ham 'ne Leiche!"

Kriminalrat Lange bleibt jedes weitere Wort quer im Halse stecken. Er schaut Brixmeier an, als hätte er gerade selbst Alexandra Berings Geist gesehen. Auch Katja steht da wie vom Donner gerührt. Es dauert eine gefühlte Ewigkeit, bis Langes Mimik wieder zum Leben erwacht und er seine Stimme wiederfindet.

„Alexandra Bering?", fragt er zögerlich, und er scheint Angst vor der Antwort zu haben.

„Definitiv nicht", kann ihn Brixmeier beruhigen.

„Sicher?"

„Chanz sicher! Die Leiche licht schon länger da. Is nich mehr viel von übrich – sacht Oberkommissar Allwisser. Werd jetz ersmal hinfahren und mir selber ein Bild machen."

„Tun Sie das, Brixmeier", sagt Lange leise.

„Kommn Se, Frau von Sternberch. Die Arbeit ruft", dröhnt Brixmeier, und die beiden Beamten machen sich ein zweites Mal auf den Weg zum Wölberg.

Brixmeier staunt nicht schlecht, als er auf der schmalen Straße den Wölberg hinauffährt. Am Abzweig zu dem Feldweg stehen mittlerweile eine ganze Reihe Fahrzeuge, von denen einige nicht zur Polizei gehören. Nur mit Mühe findet er einen Platz, wo er seinen alten Granada abstellen kann. Zu Fuß machen sich die beiden Beamten auf den Weg zum Ort des Geschehens. Zu seinem Verdruss muss Brixmeier an der Polizeiabsperrung auch noch seinen

Dienstausweis vorzeigen, ging er bislang davon aus, dass er bei allen Kollegen im Kreis Höxter bekannt ist wie ein bunter Hund.

„Is ja richtich wat los hier", knurrt er Toni an, als er ihn endlich entdeckt hat.

„Jepp," antwortet der knapp.

„Und wieso hasse nich mich als Erstes anjerufen?" Brixmeiers Miene verfinstert sich.

„Das hab ich mehr als einmal versucht", kontert Toni. „Du warst weder im Büro noch auf deinem Handy zu erreichen."

„Akku leer", gibt der Hauptkommissar kleinlaut zu. „Und wat machen die hier?" Brixmeier deutet auf ein Fahrzeug mit der Aufschrift Freiwillige Feuerwehr Stadt Nieheim.

„Ich habe sie um Amtshilfe gebeten", erklärt Toni. „Oder kannst du mir vielleicht verraten, wie wir sonst gegen diesen Dschungel ankommen wollen? Nur damit?" Toni fuchtelt wieder mit der Machete rum. „Die von der Feuerwehr leisten wirklich ausgezeichnete Arbeit."

„Und zertrampeln sämtliche Spuren", fügt Brixmeier ärgerlich hinzu.

„Welche Spuren? Die Leiche liegt hier schon ein paar Jahre. Da gibt es keine verwertbaren Spuren mehr. Außerdem sind die Leute angewiesen, jedes Fundstück zu melden – und das tun sie auch."

„Und wo is die Leiche?", will Brixmeier wissen.

„Mir nach", sagt Toni und marschiert los.

Dem unermüdlichen Einsatz der Feuerwehrleute ist es zu verdanken, dass die Beamten das Areal nun ungehindert betreten können. Vor einer Plastikplane, auf der jede Menge Knochen – offensichtlich von einem Menschen – ausgebreitet sind, hockt eine junge Frau, die sich einzelne Fundstücke näher anschaut. Es ist Frau Dr. Silke Pauli, die zuständige Rechtsmedizinerin.

„Tach, Silke", grüßt Brixmeier mit seinem grunzenden Bass. „Is ja nich mehr viel, watte da hast."

„Guten Tag, Erwin. Du kennst das ja. Wir müssen mit dem zufrieden sein, was wir kriegen können", antwortet Frau Dr. Pauli freundlich lächelnd. Dann fällt ihr Blick auf Katja.

„Dat ist Frau Oberkommissarin von Sternberch, meine neue Mitarbeiterin – Frau Dr. Pauli", macht Brixmeier die beiden Damen miteinander bekannt. „Kannste schon wat sagen?"

„Sicher ist nur, dass es sich um eine Frau handelt. Alles andere wäre jetzt Spekulation."

„Na, dann spekulier doch mal ein bisskun für mich. Wir brauchen wat, wo wir ansetzen können." Der Hauptkommissar schaut die Medizinerin erwartungsvoll an.

„Die Frau war erwachsen, aber noch recht jung. Zwischen zwanzig und dreißig, vermutlich. Die Leiche wurde hier nur abgelegt oder eilig verscharrt. Ich gehe davon aus, dass wilde Tiere – wahrscheinlich Wildschweine – sie gefunden und sich an ihr gütlich getan haben. Viele Knochen weisen deutliche Bisspuren auf. Aber das hier", Frau Dr. Pauli hebt den Schädel auf und zeigt ihn den Kommissaren, "stammt eindeutig nicht von wilden Tieren."

Die Risse in der Schädeldecke sind recht gut zu erkennen, und es bedarf keiner speziellen medizinischen Ausbildung, um zu erraten, was das bedeutet.

„Schädel einjeschlagen", grunzt Brixmeier.

„Der berühmte stumpfe Gegenstand", ergänzt Dr. Pauli. „Aber fällt euch etwas auf?"

„Ehrlich gesagt, nein", antwortet Katja. Auch die beiden Herren müssen passen.

„Jeder stumpfe Gegenstand hinterlässt typische Abdrücke, die Rückschlüsse auf seine Form zulassen. Dieser Abdruck ist eher ungewöhnlich", erklärt die Rechtsmedizinerin. „Er deutet darauf hin, dass es sich um einen glatten, nahezu kugelförmigen Gegenstand gehandelt haben muss."

„Dat is doch schon mal besser als nix", meint Brixmeier. „Chibt et irjendwelche Reste von Kleidung oder Schmuck?"

„Nichts! Zumindest haben wir bisher noch nichts gefunden. Ich denke, die Tote wurde hier nackt abgelegt."

„Sexualstraftat?", mutmaßt Brixmeier.

„Durchaus möglich. Es könnte aber auch sein, dass man sie ausgezogen hat, um die Identifizierung zu erschweren", gibt Dr. Pauli zurück.

„War's dat?", will der Hauptkommissar wissen.

„Vorerst ja. Alles Weitere ..."

„... nach der Obduktion, ich weiß", sagt Brixmeier.

„In diesem Fall von einer Obduktion zu reden, wäre leicht übertrieben. Deshalb: Alles Weitere – später."

„Eine Frage hätte ich abba noch. Kannste mir sagen, wie lange die Tote hier chelegen hat?"

„Höchst ungern. Dazu sind genauere Untersuchungen nötig." Dr. Pauli will sich offenbar nicht zu weit aus dem Fenster lehnen.

„Und über den dicken Daumen ...? Ich nagel dich auch nicht darauf fest, versprochen!", drängt der Hauptkommissar.

„Mindestens drei – höchstens fünf Jahre, würde ich sagen."

„Danke, dat hilft uns schonmal weiter."

Da es hier für Brixmeier und seine Leute nichts mehr zu tun gibt, verabschieden sie sich von der Rechtsmedizinerin.

„Toni, du kommst mit uns. Ich brauch dich jetz im Büro. Sach deinen Leuten Bescheid. Sie sollen sich hier noch ein bisschen nützlich machen und dann mit der Spusi abrücken."

Die unerwartete Wendung sorgt für reichlich Gesprächsstoff unter den drei Kriminalbeamten. Es ist nicht ungewöhnlich, dass ein Fall, der mit einer vermissten Person beginnt, in einem Mord endet. Das hier ist jedoch etwas ganz anderes. Vor allem die Frage, ob und wie weit das Auffinden der Leiche mit dem Verschwinden von Alexandra Bering zusammenhängt, scheidet die Geister. In einem Punkt sind sich alle einig: Dieser Tristan Thallasarih ist eine Schlüsselfigur in diesem mysteriösen Fall. Ansonsten geraten der westfälische Dickschädel Brixmeier und die taffe Oberkommissarin recht bald auf Kollisionskurs. Die Auseinandersetzung eskaliert, während sie durch die Straßen von Höxter fahren und das Präsidium fast erreicht haben.

„Wir sollten die Berings sofort informieren", beharrt Katja auf ihrer Meinung. „Sie haben doch selbst gesehen, dass die beiden völlig fertig sind."

„Ach, hör'n Se auf. Die müssen nich von Ihnen bemuttert werden. Die können morjen alles inne Zeitung lesen", kläfft Brixmeier zurück. „Ich werd da jetz nich hinfahren."

„Dann halten Sie da vorne an."

„Und warum?"

„Ich gehe zu Fuß hin und sage ihnen Bescheid."

„Wat woll'n Se denen denn sagen?", fragt der Hauptkommissar nun schon zum dritten Mal.

„Dass die Tote, die wir gefunden haben, nicht ihre Tochter ist, Sie gefühlloser Betonklotz", giftet Katja.

„Wir haben Wichtigeres zu tun."

„Und was?"

„Wir müssen uns diesen Tiemann noch mal vornehmen. Wie oft soll ich Ihnen dat noch sagen?" Der Hauptkommissar brüllt nun so laut, dass sich Toni die Ohren zuhalten muss.

„Das können wir danach immer noch." Katja kann auch ganz schön laut. „Halten Sie jetzt an – SOFORT!"

Brixmeier wirft ihr einen vernichtenden Blick zu. Dabei entgeht ihm nicht, dass seine junge Kollegin die Handbremse umfasst hält. Einer plötzlichen Eingebung folgend, fährt der Hauptkommissar rechts ran und stoppt.

„Danke", sagt Katja. Dann steigt sie aus und knallt die Tür hinter sich zu. Brixmeier fährt weiter.

„So, jetzt haste selbst erlebt, wie chrantich unser liebes Fräulein Sternberch werden kann", sagt der Hauptkommissar gereizt zu Toni. „Ich weiß nich, wie lange ich dat mit der noch aushalte – abba wahrscheinlich hat sich dat eh bald erledicht."

Toni hält die Klappe. Er tendiert dazu, Katja Recht zu geben, aber er hat nicht die geringste Lust, sich jetzt mit seinem angesäuerten Vorgesetzten anzulegen. Auch Brixmeier sagt nichts mehr. Erst, als sie in ihrem Büro ankommen, bricht er das Schweigen und sorgt dafür, dass Toni nicht arbeitslos wird.

„Du findest erst mal raus, ob in den Jahrn 2009 bis 2011 eine Frau zwischen zwanzich und dreißich im Kreis Höxter oder in den Nachbarkreisen als vermisst chemeldet wurde."

„Die Frau kann aber von sonst woher kommen", gibt Toni zu bedenken.

„Dat weiß ich auch", keift Brixmeier genervt zurück. „Abba irjendwo müssen wir ja anfangen zu suchen. Und wenne nix findest, verchrößerst du schrittweise dat Suchjebiet, bis wir wat haben – wat is daran so schwer?" Der Hauptkommissar überlegt einen Moment. „Wenn mich einer sucht – ich bin im Niedersachsen und nehme mir noch mal diesen Zauberkünstler zur Brust. Bis morjen." Die Tür fällt ins Schloss und Toni ist mal wieder allein im Büro.

Katja steht vor der Villa der Berings und hört zu, wie der Nachhall des schwermütigen Gongs allmählich abebbt. Die Tür geht auf und Frau Bering sieht die Beamtin überrascht an.

„Mein Mann ist nicht zu sprechen. Er hat sich hingelegt. Ihm geht es nicht gut", erklärt sie eilig.

„Ich wollte eigentlich mit Ihnen sprechen", sagt Katja. „Darf ich reinkommen?"

„Aber natürlich." Die beiden Frauen gehen in den Salon und nehmen in den ausladenden Sesseln Platz. Katja kommt sich wieder etwas verloren vor.

„Was kann ich für Sie tun?", fragt Frau Bering.

„Nichts – ich will Ihnen etwas mitteilen."

Frau Bering schaut die Oberkommissarin erwartungsvoll an.

„Nach der Séance heute Morgen hatte mein Kollege noch ein Gespräch mit Herrn Thallasarih", fährt Katja fort.

„Ich weiß."

„Mein Kollege hat daraufhin einen ganz bestimmten Teil des Wölbergs absuchen lassen. Dabei ist eine ... Leiche gefunden worden. Es handelt sich dabei aber definitiv NICHT um Ihre Tochter."

Katja macht eine kleine Pause. Frau Bering war ein Stück tiefer in den Sessel gesunken, als sie von dem Leichenfund erfuhr, nun erholen sich ihre Züge langsam wieder.

„Sie werden das alles sicherlich morgen in der Zeitung lesen können", beendet Katja die deprimierende Stille. „Ich war aber der Meinung, Sie sollten es vorab aus erster Hand erfahren."

Es dauert noch einen Moment, bis endlich auch Frau Bering die Sprache wiederfindet. „Ich bin Ihnen sehr dankbar, Frau Oberkommissarin", sagt sie kaum hörbar.

Wieder entsteht eine erdrückende Pause.

„Tja, das war es dann auch schon. Mehr wollte ich nicht." Katja steht auf und verabschiedet sich. Frau Bering bringt sie noch zur Tür.

Mit der festen Überzeugung, genau das Richtige getan zu haben, macht sich die Oberkommissarin zu Fuß auf den Weg zum Präsidium. Als sie dort ankommt, ist der Parkplatz bereits recht leer. Auch Brixmeiers Granada kann sie nicht entdecken. Kein Wunder, es ist erstens Dienstschluss und zweitens Wochenende. Doch anstatt sich auf ihr Motorrad zu setzen und nach Hause zu fahren, schaut Katja noch einmal ins Büro.

„Na Toni, immer noch fleißig?", fragt sie verwundert. Sie hatte erwartet, das Büro leer vorzufinden.

„Nicht mehr lange. Ich will nur noch diese Sache zu Ende bringen, dann reicht's für diese Woche", antwortet Toni.

„Hat sich unser Herr Hauptkommissar wieder abgeregt?"

„Geht so", sagt Toni grinsend. „Du hast aber auch ein ausgesprochenes Talent, ihn auf die Palme zu bringen."

„Ich sage nur, was ich denke – und wenn er ein Problem damit hat ..." Katja zuckt mit den Schultern.

„Hast du mit den Berings gesprochen?", erkundigt sich ihr Kollege.

„Nur mit Frau Bering. Herr Bering hatte sich hingelegt – fühlte sich nicht wohl." Nach einer kleine Pause fügt Katja hinzu: „Ich denke, dass er seinen Rausch ausschlafen muss."

Als sie Tonis fragenden Blick bemerkt, berichtet Katja in Kurzform von der kleinen Rundreise durch die Kreise Höxter, Lippe, Hameln und Holzminden, die für Herrn Bering bereits am frühen Nachmittag vor einem Kneipentresen endete. Dann verabschiedet auch sie sich ins Wochenende und lässt ihren Kollegen, der unbedingt noch zu Ende bringen will, was er begonnen hat, allein zurück.

Identifizierung

Zehn Minuten vor Dienstbeginn erscheint Oberkommissarin Katja von Sternberg am Montagmorgen im Büro. Ihr Kollege, Oberkommissar Toni Allwisser ist bereits da und hat, wie er angibt, schon zwei Stunden Ermittlungsarbeit hinter sich.

„Ich will euch schließlich ein paar handfeste Ergebnisse präsentieren", begründet er seinen selbstlosen Einsatz, als ihn Katja darauf anspricht.

„Und ...?" Katja ist neugierig.

„Du musst dich leider noch etwas gedulden", wird sie von Toni vertröstet. „Ich will nicht alles zweimal erzählen."

Katjas Geduld wird auf keine lange Probe gestellt. Schon bald fliegt die Tür auf und Hauptkommissar Brixmeier kommt hereingepoltert. Sein dröhnendes „Morjen" fährt jedem der Anwesenden wie ein Rammbock in die Magengrube.

„Guten Morgen", erwidert Katja in zivilisierter Lautstärke.

„Morgen Erwin", reiht Toni sich ein. „Was hat die Befragung von diesem Thallasarih gebracht?" Damit ist die morgendliche Lagebesprechung eröffnet.

„Nix. Der war charnich da", antwortet der Hauptkommissar. „Hab ihm anner Rezeption ne Nachricht hinterlassen, dat er sich unverzüchlich bei uns melden soll."

„Also, bis jetzt hat sich noch keiner gemeldet", sagt Toni. „Na ja, war auch Wochenende."

„Wenn er sich bis Mittach nich meldet, werde ich ihm ein wenich auffe Füße treten müssen", meint Brixmeier leicht gereizt. „Hast du denn wat rausjekricht?"

„Wie man's nimmt", Toni kramt in ein paar Unterlagen rum, die vor ihm auf dem Schreibtisch liegen. „Von den Personen, die im Zeitraum von 2009 bis 2011 als vermisst gemeldet wurden, sind die meisten wieder aufgetaucht. Von denen, die bis heute verschwunden sind, passt keine in unser Schema. Entweder stimmt das Alter nicht oder das Geschlecht oder beides."

„Tja, dann musse wohl doch dat Suchjebiet ausdehnen."

„Vielleicht auch nicht."

„Und warum nich?" Brixmeier schaut Toni forschend an.

„Am 10. Mai 2010 wurde eine Alexandra Westerbach als vermisst gemeldet. Sie war damals siebenundzwanzig Jahre alt und lebte in Holzminden", berichtet Toni.

„Und die is nich wieder aufjetaucht?", fragt Brixmeier.

„Jedenfalls nicht so richtig ..."

„Wat nu? Isse oder isse nich?"

„Die Suche wurde Anfang 2011 eingestellt – nachdem ihre Eltern eine Postkarte erhalten haben, auf der sie mitgeteilt hat, dass sie es zu Hause nicht mehr ausgehalten hat. Die Karte wurde in Acapulco, Mexiko, aufgegeben, und die Eltern haben die Handschrift als die ihrer Tochter identifiziert."

„Chibt et noch einen anderen Hinweis, dat diese Alexandra Westerbach noch lebt?", will der Hauptkommissar wissen.

„Bislang nicht", antwortet Toni.

„Ein bisschen dünn ...", meldet sich nun Katja.

„Das sehe ich genauso", stimmt Toni ihr zu. „Allerdings ..."

„Wat is allerdings?", brummt Brixmeier.

„Gestern wollte dieser Hellseher euch doch zu Alexandras Leiche führen. Was haben wir gefunden? Eine Leiche!

Heute suchen wir nach einem Namen für die Tote. Und auf welchen Namen stoßen wir ...? Also, wenn ihr mich fragt – ich finde, dass das ein äußerst merkwürdiger Zufall ist."

„Ein makaberer Zufall", wirft Katja ein. „Wir sollten mit den Eltern von Alexandra Westerbach sprechen."

„Und wat chlauben Se da zu erfahren?", grunzt Brixmeier.

„Falls es weitere Lebenszeichen von ihr gegeben hat, werden sie es am ehesten wissen", erklärt Katja. „Toni, hast du deren Adresse?"

Toni kritzelt etwas auf einen Zettel, den er Katja reicht. Sie schaut darauf und meint dann: „Berlebeck, bei Detmold. Das kenn ich. Wie sieht's aus, Herr Hauptkommissar?"

„Rufen Se an, cheht schneller", schlägt der vor.

„Bei solchen sensiblen Angelegenheiten spreche ich lieber persönlich mit den Leuten", widerspricht Katja. „Aber das werden Sie mit Ihrem Feingefühl wohl nie verstehen."

„Dann müssen Se eben allein nach Detmold fahren", faucht Brixmeier seine Kollegin an.

„Das mache ich glatt."

„Dann tun Se in Jottes Namen, wat Se nich lassen können", dröhnt Brixmeier, dass die Wände wackeln. „Ich jedenfalls nehme mir diesen Tiemann vor. Is vielleicht chanz jut, wenn Se bei der Befragung nich dabei sind. Dann quatschen Se mir wenichstens nich ständich dazwischen."

Das lässt sich Katja nicht zweimal sagen. Sie verlässt das Büro, sitzt zwei Minuten später auf ihrer Suzuki und verlässt Höxter in Richtung Detmold.

Eine Dreiviertelstunde später klingelt Katja bei Susanne und Georg Westerbach an der Haustür. Eine kleine, zerbrechlich wirkende Frau öffnet.

„Schönen guten Tag, Oberkommissarin Katja von Sternberg, Kriminalpolizei Höxter." Katja hält der traurig aussehenden Frau ihren Dienstausweis hin. „Frau Westerbach?"

„Ja."

„Haben Sie einen Augenblick Zeit für mich?"

„Ja. Kommen Sie doch herein."

Frau Westerbach führt die Kommissarin ins Wohnzimmer und bietet ihr einen Platz an. Dann lässt sie die Beamtin für einen Moment allein, um ihren Mann zu holen, der hinter dem Haus mit Reparaturarbeiten beschäftigt ist. Wenig später kommt sie mit ihm und einem weiteren, deutlich jüngeren Mann, der sich als Konstantin Westerbach vorstellt, zurück.

„Sie sind der Sohn?", fragt Katja nach.

„Ja – ich wohne drei Häuser weiter und habe gerade meinem Vater geholfen, den Gartenzaun zu reparieren", antwortet er und nimmt ebenfalls Platz.

Die Westerbachs schauen Katja erwartungsvoll an. Spannung liegt in der Luft.

„Es geht um Folgendes. Sie haben Ihre Tochter Alexandra im Mai 2010 als vermisst gemeldet," sagt die Kriminalbeamtin, den Eltern zugewandt. „Anfang 2011 haben Sie den Behörden mitgeteilt, dass Sie eine Postkarte von Alexandra erhalten haben – aus Mexiko."

„Das ist richtig", bestätigt Alexandras Vater.

„Hat sich Ihre Tochter danach noch einmal gemeldet? Gibt es irgendein weiteres Lebenszeichen von ihr?", bringt Katja nun ihre eigentlichen Fragen vor.

Eiskaltes Schweigen erfüllt den Raum. Die beiden Männer starren mit versteinerter Miene ins Nirgendwo und Frau Westerbach sieht nun noch trauriger aus als vorher.

„Nein – absolut nichts", ringt sich Herr Westerbach junior zu einer Antwort durch.

„Aber bald – bald wird sie sich melden, ganz bestimmt", wirft Frau Westerbach ein. „Vielleicht morgen schon."

Katja sagt nichts. Dies ist einer der Momente, in denen sie ihren Beruf hasst. Sie weiß, dass es vorübergehen wird, so wie sonst auch. Spätestens dann, wenn sie ihrer Maschine die Sporen gibt. Aber jetzt … jetzt ist sie noch hier. Mitten im Zentrum unsagbarer Trauer.

„Es ist wegen der Toten, die gefunden wurde. Ich hab es heute morgen im Radio gehört – und in der Zeitung steht es auch schon", sagt Georg Westerbach mit finsterer Miene. „Deshalb sind Sie hier – oder?"

„Ja, deshalb bin ich hier", gibt Katja zu.

„Sie glauben also, die Tote ist unsere Tochter?"

„Es ist bislang nur eine vage Vermutung."

„Sie irren sich. Unsere Tochter lebt. Sie hat uns doch diese Karte geschrieben", erklärt Frau Westerbach.

„Sie brauchen etwas von ihr", mischt sich nun Konstantin Westerbach ein. „Für eine DNA-Analyse – stimmt's?"

„Es ist der einzige Weg, um mit Gewissheit festzustellen, ob sie es ist", sagt die Oberkommissarin.

„Mama, du hast doch die Locke von ihr."

Frau Westerbach sieht ihren Sohn an, steht auf und verlässt wie in Trance das Zimmer. Kurz darauf kommt sie mit einem Fotoalbum zurück. Sie schlägt es auf und legt es wortlos vor Katja auf den Tisch. Die schaut sich das Bild an. Ein kleines Mädchen mit langen, blonden Haaren lächelt sie freundlich an. Sie ist sehr hübsch und hält eine große, rosarote Schultüte fest umklammert. Sie sieht glücklich aus. Erster Schultag 1989 steht darunter. Umrahmt ist das Foto von einer blonden Locke, die mit einem Stück Tesa-Film befestigt ist.

„Reicht das?", fragt Konstantin Westerbach.

„Ich brauche nur ein Haar." Vorsichtig beginnt Katja, unter den Blicken der Westerbachs ein einzelnes Haar aus der Locke zu lösen. Sie kommt sich dabei vor, als würde sie ein Sakrileg begehen. Endlich ist es geschafft und sie verstaut die Plastiktüte mit dem Haar in der Innentasche ihrer Lederjacke.

„Darf ich fragen, wer Alexandras Zahnarzt war?" Katja ist froh, dass ihr diese Frage noch eingefallen ist. Vertreibt sie doch ein wenig diese quälende Stille.

„Dr. Teufel in Holzminden. Wir alle waren seine Patienten – damals, als wir noch in Holzminden gewohnt haben", gibt Alexandras Vater Auskunft.

Was für eine treffender Name für einen Zahnarzt, geht es Katja durch den Kopf. „Und seit wann wohnen Sie hier, wenn ich fragen darf?"

„Seit ungefähr zwei Jahren", sagt Herr Westerbach senior. „Wir haben es in Holzminden nicht mehr ausgehalten. Das Leben dort wurde unerträglich für uns. Alles hat uns an unsere Tochter erinnert – das Haus, die Umgebung, einfach alles. Meine Frau war eine Zeit lang in psychiatrischer Behandlung. Ihr Arzt hat uns geraten, von dort wegzuziehen. Und weil unser Sohn hier wohnt, haben wir uns entschlossen, auch hierher zu ziehen. Seitdem geht es meiner Frau wenigstens etwas besser."

„Verstehe", sagt Katja nachdenklich, dann steht sie auf und verabschiedet sich. Konstantin Westerbach begleitet sie noch zu ihrem Motorrad.

„Schöne Maschine", sagt er bewundernd.

„Ja, die macht schon 'ne Menge Spaß", meint Katja knapp.

„Eine Bitte ... wenn das Ergebnis vorliegt, würden Sie ...?"

„Sie werden es auf jeden Fall sofort erfahren, das verspreche ich Ihnen", antwortet die Oberkommissarin.

„Danke."

Katja setzt den Helm auf, schwingt sich auf die Maschine und startet den Motor. Mit einem Kopfnicken verabschiedet sie sich von Konstantin Westerbach – dann gibt sie Gas.

Während Katja mit den Westerbachs spricht, melden sich Tristan Thallasarih und Lady Cassandra im Polizeipräsidium. Hauptkommissar Brixmeier lässt den Hellseher in einen Raum führen, dessen Einrichtung kalt und abweisend wirkt. Ganz bewusst lässt er Thallasarih ein paar Minuten warten, bevor er selbst den Raum betritt und an dem Tisch Platz nimmt. Der Hauptkommissar klärt seinen Gesprächspartner darüber auf, dass die Vernehmung aufgezeichnet wird.

„Bin ich jetzt etwa verdächtig?", fragt Thallasarih, der nicht wirklich glauben kann, was gerade hier passiert.

„Herr Tiemann, Sie haben uns an einen Ort jeführt, an dem wir eine Leiche jefunden haben. Und die war dermaßen chut versteckt, dat sie dort mehrere Jahre unbemerkt chelegen hat. Chanz zu schweigen davon, dat es sich bei der Toten um ein Mordopfer handelt. Wat ham Se dazu zu sagen?", beginnt Brixmeier die Befragung.

„Was soll ich dazu sagen? Es ist exakt das eingetreten, was ich Ihnen vorausgesagt habe."

„Bis auf den kleinen, aber feinen Unterschied, dat es sich bei der Ermordeten nich – wie von Ihnen vorhejesacht – um Alexandra Bering handelt."

„Was mich selber zutiefst überrascht hat", antwortet der Hellseher spontan. „Bitte verstehen Sie mich nicht falsch. Ich bin wirklich sehr froh darüber, dass es nicht Alexandra Bering ist, aber eine Erklärung dafür habe ich nicht."

„Und Sie bleiben dabei, dat Se von einer Stimme aus dem Jenseits zum Fundort der Leiche jeführt wurden?"

„Was soll die Frage? Sie und Ihre Kollegin waren doch die ganze Zeit dabei."

„Wir haben Ihren chanzen Hokus-Pokus miterlebt – das ist wohl wahr. Wir haben chehört, wat Se jesacht haben, aber ich habe keine Stimme aus dem Jenseits vernommen", stellt der Hauptkommissar klar.

„Woher um alles in der Welt soll ich denn sonst gewusst haben, dass da eine Tote liegt? Können Sie mir das mal verraten?" Thallasarih wird allmählich unruhig.

„Täterwissen!"

„Täterwissen?" Thallasarih springt entrüstet auf. „Sie wollen doch nicht allen Ernstes behaupten, dass ich die Frau umgebracht, dort versteckt und nach Jahren die Polizei direkt dorthin geführt habe. Für wie dämlich halten Sie mich eigentlich?"

„Ich habe in meiner jahrelangen Berufspraxis schon einijes erlebt", entgegnet der Hauptkommissar ungerührt. „Wenn wir den janzen übersinnlichen Kram wechlassen, ist es schon ein äußerst seltsamer Zufall, dass ausjerechnet Sie nach so vielen Jahren die Leiche jefunden haben." Brixmeier macht eine kleine Pause, dann fährt er süffisant fort. „Außerdem sind Sie kein janz unbeschriebenes Blatt."

„Was soll das heißen?"

„Mehrfach vorbestraft wegen schwerer Körperverletzung." Brixmeier beobachtet sein Gegenüber nun ganz genau. „Jewalt chegen Frauen, um chenau zu sein."

„Das ist eine Ewigkeit her. Ich habe schon vor Jahren eine Therapie gemacht. Seitdem habe ich keine Probleme mehr damit", verteidigt sich der Hellseher.

„Der Mord ist auch schon eine Ewichkeit her", kontert der Hauptkommissar.

„Ich habe damit nichts zu tun!" Tristan Thallasarih lässt sich nicht aus der Reserve locken, er weicht nicht um einen Deut von seiner Darstellung ab. Brixmeier tritt auf der Stelle – und seine Laune wird von Minute zu Minute schlechter.

Katja macht auf der Rückfahrt von Detmold einen Umweg über die Rechtsmedizin. Zum einen, um die Haarprobe von Alexandra Westerbach abzugeben, und zum anderen, um sich eine Röntgenaufnahme vom Gebiss der Toten zu besorgen.

„Haben Sie schon etwas Konkretes herausgefunden?", will die Oberkommissarin von Frau Dr. Pauli wissen.

„Ja, das Opfer ist vor etwa vier Jahren – plus minus drei Monate – am Fundort abgelegt worden. Die Frau war zwischen fünfundzwanzig und dreißig Jahre alt und etwa einen Meter siebzig groß. Die Schädelverletzung war mit an Sicherheit grenzender Wahrscheinlichkeit die Todesursache. Es war nur ein einziger Schlag, der mit großer Wucht ausgeführt wurde. Die Tatwaffe war – wie ich bereits gesagt habe – annähernd kugelförmig und muss einen Stiel oder Schaft gehabt haben. Anders kann ich mir diese ungeheure Wucht nicht erklären", sagt die Rechtsmedizinerin. „Das steht aber auch alles in meinem Bericht, der schon längst in ihrem Büro vorliegen müsste."

„Danke. Und wann können wir mit den Ergebnissen der DNA-Analyse rechnen?"

„In ungefähr vierundzwanzig Stunden."

Katja bedankt sich noch einmal und begibt sich nun endgültig auf den Weg zum Präsidium.

„Hallo, Toni", begrüßt sie ihren Kollegen, als sie das Büro betritt. Ein wenig irritiert nimmt sie Lady Cassandra zur Kenntnis, die auf einem der Besucherstühle sitzt und auf etwas zu warten scheint. Katja schenkt ihr ein freundliches Lächeln und wünscht ihr einen guten Tag.

Dann wendet sie wieder sich an Toni: „Wo ist unser Chef?"

„Wenn du Brixmeier meinst, der ist im Vernehmungs-zimmer und befragt Herrn Thallasarih", antwortet Toni. „Hat dein kleiner Ausflug was gebracht?"

„Wie man's nimmt." Katja hält sich bedeckt, und Toni kapiert sofort. Sie kann natürlich keine ermittlungstechni-schen Details ausplaudern, solange sich eine Person im Raum befindet, für deren Ohren diese Informationen nicht bestimmt sind. Noch dazu eine, die in enger Beziehung zu einem Verdächtigen steht. Er hatte es aber nicht fertigge-bracht, die sympathische junge Frau auf dem ungemütli-chen Flur warten zu lassen.

„Toni, tust du mir einen Gefallen?", fragt Katja.

„Kommt drauf an."

„Ich fahre jetzt nach Holzminden zu einem Dr. Teufel."

„Dem Zahnarzt?"

„Ja, genau. Es wäre nett, wenn du mich da schon mal ankündigen würdest."

„Hast du Zahnschmerzen?"

„Nein – bohrende Fragen. Bis später, Toni."

„Dann warne ich den Teufel mal vor. Bis dann, Katja."

Die Oberkommissarin verlässt das Büro. In dieser Sekunde öffnet sich die Tür zum Vernehmungszimmer. Ein sichtlich schlecht gelaunter Brixmeier und ein nicht viel besser gelaunter Tristan Thallasarih verlassen den Raum. Katja grüßt beide im Vorbeigehen. Dann bleibt sie plötzlich stehen und dreht sich noch einmal um.

„Ach, Herr Thallasarih, ich hätte da auch eine Frage." Kennen Sie eine Alexandra Westerbach?"

Tristan Thallasarih stutzt, doch er fängt sich sofort wieder und antwortet nach kurzem Überlegen: „Nein, den Namen habe ich noch nie gehört."

„Danke." Katja wendet sich ab und setzt ihren Weg fort. Sie hat den Hellseher genau beobachtet. Der hat nicht einfach nur gestutzt. Der Name Alexandra Westerbach hat bei ihm eine deutliche Reaktion ausgelöst. Katja ist fest davon überzeugt, dass Tristan Thallasarih sie gerade ganz bewusst angelogen hat.

Nachdem der Hellseher und seine Assistentin das Präsidium verlassen haben, lässt sich der Hauptkommissar genervt auf seinen Schreibtischstuhl fallen. „Der ist ja störrisch wie ein Maulesel", beschwert er sich bei Toni.

„Etwa so störrisch wie du?", lästert sein Kollege.

Der Hauptkommissar grunzt missmutig, dann berichtet er dem Oberkommissar in knappen Sätzen von der Vernehmung, von der es eigentlich nichts zu berichten gibt.

„Hat unser Fräulein Sternberch wenichstens wat Neues in Erfahrung jebracht?", erkundigt sich Brixmeier.

„Weiß nicht", antwortet Toni. „Die ist nur hier rein und gleich wieder raus."

„Und se hat nix jesacht?"

„Nein."

„Na, der werd' ich wat erzählen. Wenn se schon auf eijene Faust unterwechs is, kann se uns zumindest aufm Laufenden halten. Dat is doch wirklich nich zuviel verlangt", dröhnt Brixmeier, der offensichtlich ein Ventil sucht, um seinen Frust abzulassen.

„Erwin ...", bremst Toni seinen Chef aus. „Sie hat sich völlig korrekt verhalten. Ich war nicht allein im Büro."

„Ach, hasse dat Fräulein von diesem Mirakolix etwa hier im Büro warten lassen?" Brixmeiers Unmut richtet sich gegen ein neues Ziel. „Wie oft habe ich dir schon chesacht, dat die Leute aufm Flur warten sollen. Da isset auch warm, und da chibt es auch Stühle, wo se sich hinsetzen können."

„Sie hat mir leid getan", sagt Toni schuldbewusst.

„Komisch nur, dat dir alles leid tut, wat Titten hat und noch keine vierzich is. Weißte wenichstens, wo se hin is?"

„Wer, Lady Cassandra?"

„Nein, die Sternberch", brüllt der Hauptkommissar.

„Die ist zum Teufel."

„WAT?!", Brixmeiers Kopf erinnert nun stark an eine rote Kontrolllampe, die aufleuchtet, kurz bevor aus einem einfachen Störfall ein Supergau wird.

„Zahnarzt Dr. Teufel in Holzminden", sagt Toni schnell.

„Hat se Zahnschmerzen?"

„Nein."

„Und wat will se dann da?"

„Weiß nicht."

Augenblicklich ist es totenstill. Brixmeier funkelt seinen Kollegen an, als wolle er ihn gleich bei lebendigem Leib grillen. Dann dreht er sich abrupt um und stürmt mit den Worten: „Leckt mich doch alle mal am Arsch!" aus dem Büro.

Nachdem sich der Pulverdampf einigermaßen verzogen hat, schaut Toni vor sich auf den Schreibtisch. Da liegt der von seinem Chef dringend erwartete Obduktionsbericht. Er wurde hier abgegeben, als Brixmeier mit Tristan Thallasarih im Vernehmungszimmer war. Und nun hat Toni doch tatsächlich versäumt, den Hauptkommissar darüber zu informieren – das kann noch heiter werden.

„Oberkommissarin Katja von Sternberg, Kriminalpolizei Höxter", stellt sich Katja bei der Sprechstundenhilfe von Dr. Teufel vor.

„Wir wissen Bescheid. Ihr Kollege hat eben angerufen. Der Doktor behandelt gerade noch eine Patientin, aber dann hat er sofort Zeit für Sie. Wenn Sie sich noch einen Augenblick setzen wollen ..." Die junge Frau deutet auf das Wartezimmer.

Katja begibt sich in den fast voll besetzten Raum. Sie merkt sofort, dass alle Blicke auf sie gerichtet sind. In ihrer ledernen Motorradkluft sieht sie unter all den Hausfrauen und Rentnern wie ein Besucher von einem fremden Planeten aus. Die Oberkommissarin setzt sich und wartet. Aus dem Augenblick werden zehn Minuten. Katja schnappt sich eine Zeitschrift und blättert sie gelangweilt durch. Schließlich dauert der Augenblick länger als eine halbe Stunde, dann endlich erscheint die Sprechstundenhilfe.

„Der Doktor hat jetzt Zeit für Sie."

Katja steht auf und verlässt das Wartezimmer, verfolgt von den empörten Blicken der anderen Wartenden: Wieso ist die schon dran? Wir warten schon viel länger! Zum Glück sagt niemand etwas, und Katja muss sich nicht als Kriminalbeamtin zu erkennen geben.

Dr. Julius Teufel ist ein sportlich aussehender Mittvierziger, der auf Anhieb sehr sympathisch rüberkommt. Nach der obligatorischen Begrüßung entschuldigt er sich tausendmal dafür, dass Katja so lange warten musste. Die Behandlung der Patientin war wesentlich zeitraubender als zunächst angenommen.

„Ich gestehe, dass ich letzte Woche einmal falsch geparkt habe", räumt der Zahnarzt lachend ein. „Aber ich glaube nicht, dass Sie deshalb hier sind?"

„Da haben Sie recht", pflichtet ihm Katja bei.

„Und wie kann ich Ihnen helfen?"

Katjas Gesicht nimmt einen ernsten Ausdruck an. „Frau Alexandra Westerbach war Ihre Patientin?", fragt sie.

„Ja", antwortet Dr. Teufel. „Es war für die Familie ein heftiger Schock, als sie plötzlich verschwunden war."

„Würden Sie sich das hier bitte mal näher ansehen." Katja reicht dem Doktor die mitgebrachte Röntgenaufnahme.

Der klemmt das Bild auf den Betrachter und schaut es sich eingehend an.

„Ja, das könnte sie sein ...", sagt er mit einem leichten Kopfnicken. Dann greift er zum Telefon: „Frau Weber, bringen Sie mir bitte mal die Akte von Alexandra Westerbach mit allen Röntgenaufnahmen."

„Wenn Sie noch zwei Minuten Zeit haben, wissen wir es ganz genau", sagt er zu der Oberkommissarin.

„Kein Problem", antwortet Katja.

Nach nur gut einer Minute erscheint Frau Weber und legt dem Doktor lächelnd die gewünschte Akte auf den Schreibtisch. Der bedankt sich, sucht ein aussagekräftiges

Röntgenbild heraus und klemmt es ebenfalls auf den Betrachter. Nun vergleicht er die beiden Aufnahmen.

„Schauen Sie sich das mal an", fordert er Katja auf. „Hier und hier, hier und hier." Der Zahnarzt macht die Beamtin auf Übereinstimmungen aufmerksam.

Katja kann aber nicht wirklich etwas erkennen, da sie nicht über den nötigen Röntgenblick verfügt. Sie versucht, das Verfahren abzukürzen. „Und was glauben Sie, Herr Doktor, stammen beide Aufnahmen von ein und derselben Person?", will sie wissen.

„Ja."

„Sicher?", hakt Katja nach.

„Sicher", bestätigt der Zahnarzt.

„Wie sicher?"

„Neunundneunzig Komma neun Prozent."

„Das ist doch mal ein Wort. Ich danke Ihnen. Sie haben uns sehr geholfen", sagt Katja mit der tiefen inneren Genugtuung, dass sie auf der richtigen Fährte war. „Dann halte ich Sie jetzt auch nicht länger von Ihrer Arbeit ab."

„War mir ein Vergnügen", antwortet Dr. Teufel. Er gibt der Beamtin die mitgebrachte Röntgenaufnahme zurück und verabschiedet sich mit einen charmanten Lächeln.

Katja ist auffallend gut gelaunt, während sie zurück nach Höxter fährt. Das war doch mal ein überaus angenehmer Zahnarzttermin. Und wenn sie noch nicht in festen Händen wäre … und dieser sympathische Dr. Julius Teufel noch zu haben wäre … Vergiss es, sagt sich Katja energisch. Aber – man wird doch wohl mal träumen dürfen.

Im Büro herrscht ziemlich dicke Luft, als Katja die Tür öffnet. Hauptkommissar Brixmeier brütet über dem Obduktionsbericht, und Toni malträtiert ärgerlich die Tastatur seines Rechners. Dabei kann die nun wirklich nichts dafür, dass Toni den Bericht nicht sofort an seinen Chef weitergegeben hat.

„Bingo", verkündet Katja in der Hoffnung, die Stimmung damit ein wenig aufzuhellen.

„Ham Se den Täter? Oder wat veranlasst Sie dazu, hier so einen Zauber zu veranstalten?", grunzt Brixmeier missmutig, ohne auch nur eine Sekunde von seinem Bericht aufzuschauen.

„Entschuldigen Sie bitte, wenn ich nicht den richtigen Ton getroffen habe, aber für eine Grabrede bin ich jetzt nicht in Stimmung", gibt Katja schlagfertig zurück. „Unsere geheimnisvolle Tote hat nämlich einen Namen. Und was noch viel besser ist: Ich kenne ihn!"

„Ich höre", knurrt Brixmeier unbeeindruckt.

„Alexandra Westerbach."

„Ach! Und wat macht Sie so sicher?"

„Ich habe mir von Frau Dr. Pauli eine Röntgenaufnahme vom Gebiss der Toten besorgt. Und damit war ich eben bei Alexandra Westerbachs Zahnarzt", erklärt Katja.

„Dr. Teufel, nehme ich an", knurrt Brixmeier, der endlich den Obduktionsbericht zur Seite geschoben hat und Katja nun anschaut.

„Genau der", bestätigt Katja. „Und stellen Sie sich vor, er hat sich keinesfalls vor dem Treffen gedrückt", bemerkt die Oberkommissarin spöttisch.

Brixmeier kommentiert die Anspielung auf den Spruch, den er vor ein paar Tagen losgelassen hat, nicht. Katja nutzt die Gelegenheit und berichtet in aller Ausführlichkeit über ihre heutigen Ermittlungen. Missmutig folgt der Hauptkommissar den Ausführungen seiner jungen Kollegin. Aufgrund der Tatsache, dass sich die eigenen Anstrengungen als Schuss in den Ofen erwiesen haben, geht es mit seiner Laune weiter steil abwärts. Muss er sich tatsächlich von einer Politesse zeigen lassen, wie er seine Arbeit zu machen hat?

„Und Sie sind sich chanz sicher, dass unser Hellseher die Westerbach jekannt hat?", fragt er skeptisch, als Katja am Ende ihres Berichts angekommen ist.

„Nicht ganz, aber ziemlich", antwortet Katja.

„Na, da bin ich abba froh. Dachte schon, Sie wollen jetzt auch auf Spökenkieker machen. So, mir reichts für heute. Ich mache Feierabend. Morjen früh fahrn wir als Erstes nach Detmold und überbringen der Familie die ..."

„Morgen Mittag ...", unterbricht Katja den Hauptkommissar.

„Und wieso erst morjen Mittach?", will der wissen.

„Wir sollten das Ergebnis der DNA-Analyse abwarten. Die liegt laut Frau Dr. Pauli erst gegen Mittag vor", erklärt Katja. „Außerdem komme ich morgen etwas später. Ich will mir eine neue Wohnung ansehen."

„Dann kommen Se abba nich zu spät, sonst fahre ich allein nach Detmold", kündigt Brixmeier an.

„Herr Hauptkommissar, ich bitte Sie. Frau Westerbach ist sehr labil. Sie ist immer noch fest davon überzeugt, dass ihre Tochter eines Tages wieder vor der Tür steht. Ich habe keine Ahnung, wie sie die Nachricht aufnehmen wird. Wir sollten es ihr daher möglichst schonend beibringen", sagt Katja beschwörend.

„Ach, und dat trauen Se mir wohl nich zu?"

„Um ganz ehrlich zu sein ... nein!"

„Dann sehen Se mal zu, dat Se rechtzeitig da sind. Um zwölf fahr ich los – mit oder ohne Sie."

„Das werde ich schaffen."

Die Oberkommissarin ist sich nicht sicher, ob Brixmeier den letzten Satz noch gehört hat, denn er hat den Raum bereits verlassen und die Tür krachend hinter sich ins Schloss fliegen lassen.

Brixmeiers Höllenritt

Die Wohnungsbesichtigung am Dienstagmorgen ist ein echter Reinfall. Katja und Gregor, ihr Freund, sind sich einig: Diese Wohnung ist definitiv nichts für sie. Zwar ist die Wohnlage erstklassig, aber das war es dann schon mit den Vorzügen. Unvorteilhafte Aufteilung, zu viele Dachschrägen, kein Balkon, stark renovierungsbedürftig und dann noch der Preis ... Katja beendet die Besichtigung bereits nach zehn Minuten und bedankt sich bei dem Makler für seine Mühe, obwohl sie findet, dass er sich nicht wirklich Mühe gegeben hat. Dann verabschiedet sie sich mit einem Kuss von Gregor und beide machen sich auf den Weg zur Arbeit.

Da der Termin deutlich schneller über die Bühne gegangen ist, als geplant, kommt Katja bereits um kurz nach zehn am Präsidium an. Sie wundert sich ein wenig, denn sie kann Brixmeiers Granada nicht auf dem Parkplatz entdecken.

Der wird doch wohl nicht ..., denkt sie sich, aber sie verwirft den Gedanken augenblicklich wieder.

„Hallo, Toni", begrüßt sie ihren Kollegen.

„Hallo, Katja", antwortet der – und Katjas kriminalistische Spürnase ist alarmiert. Hier ist was im Busch. Tonis Stimme klingt so, als wisse er etwas, das ihr nicht gefallen wird.

„Wo ist Brixmeier?", fragt Katja misstrauisch.

„Der ist weg."

„Und wohin?"

„Nach Detmold."

„Etwa zu den Westerbachs?"

„Wohin sonst ...?"

„Dieses verdammte halsstarrige Arschloch", brüllt Katja los. „Hoffentlich hat er gleich einen Notarzt dabei, wenn er Frau Westerbach die Nachricht vom Tod ihrer Tochter um die Ohren schlägt."

„Nun mach mal halblang, Katja. Es ist ganz bestimmt nicht das erste Mal, dass er eine solche Nachricht überbringt", versucht Toni sie zu beruhigen.

„Das glaube ich sogar, aber nicht jeder verkraftet es, wenn ihm eine so niederschmetternde Nachricht von jemandem überbracht wird, der gerade mal so viel Feingefühl hat wie ein Bulldozer – und für die arme Frau sehe ich da schwarz." Katja hat ihre Stimme wieder im Griff, aber Toni kann ihre Wut deutlich spüren.

„Vielleicht siehst du ein bisschen zu schwarz."

„Hoffen wir, dass du recht hast – vor allem für Frau Westerbach. Liegt das Ergebnis der DNA-Analyse überhaupt schon vor?", fragt Katja dann. „Laut Frau Dr. Pauli sollte es doch erst gegen Mittag ..."

„Ging anscheinend etwas schneller. Sie hat vorhin hier angerufen. Und Erwin ist unverzüglich davongerauscht. Hat gemeint, dass er es wohl ohne deine Hilfe schaffen würde", berichtet Toni. „Das Ergebnis war übrigens positiv. Unsere Tote ist Alexandra Westerbach, aber wem sag ich das ...?"

„Genau, wem sagst du das." In Katja kocht erneut die Wut hoch. „Und wann ist er losgefahren?"

„Ist vielleicht 'ne knappe halbe Stunde her", antwortet Toni. „Glaube nicht, dass du den noch einholen wirst."

„Kommt auf einen Versuch an." Katja dreht sich um und im nächsten Moment fliegt die Tür hinter ihr zu.

Die junge Beamtin ist richtig geladen, als sie wie eine

Gejagte durch die Flure stürmt. Es fehlt nicht viel, und sie hätte Kriminalrat Lange über den Haufen gerannt.

„Hoppla, Frau Oberkommissarin, Sie haben es aber eilig", bremst er Katja aus.

Der hat mir gerade noch gefehlt, denkt sie verärgert.

„Wie ich gehört habe, ist es Ihnen zu verdanken, dass wir jetzt schon wissen, wer unsere geheimnisvolle Tote ist – gute Arbeit", redet Lange munter weiter. „Und wenn ich sehe, was für ein Tempo Sie vorlegen, dann werden Sie uns wohl in Kürze den dazugehörenden Täter präsentieren."

„Ganz so weit sind wir noch nicht, aber … ein bisschen eilig habe ich es schon", erklärt Katja.

„Dann will ich Sie nicht von der Arbeit abhalten; aber eine Frage müssen Sie mir noch beantworten."

„Ja?" Katja scharrt schon mit den Hufen.

„Wie läuft es mit Brixmeier?"

„Durchwachsen", lautet ihre knappe Antwort.

„Hmmm, wir haben ja gewusst, dass es nicht einfach wird", meint der Kriminalrat nachdenklich. „So, jetzt will ich Sie aber wirklich nicht länger aufhalten. Viel Erfolg."

„Danke." Katja spurtet zum Parkplatz. Bevor irgendjemand auf die Idee kommt, ihr noch mehr dumme Fragen zu stellen, lässt sie den Vierzylinder ihrer Suzuki Hayabusa aufjaulen und jagt mit nicht ganz vorschriftsmäßiger Geschwindigkeit ihrem Vorgesetzten hinterher.

Heute sollte sie sich nicht von der Polizei erwischen lassen. Mit ordentlich Wut im Bauch übersieht man nämlich schonmal die eine oder andere Geschwindigkeitsbegrenzung – um nicht zu sagen: alle. Auch mit den Vorfahrtsregeln nimmt es Katja heute nicht so genau, und dass, ohne einen anderen Verkehrsteilnehmer zum Bremsen zu zwingen. Nun ja, wenn man ein Gefährt unter'm Hintern hat, das in weniger als drei Sekunden von null auf hundert beschleunigen kann, ist eben einiges möglich. Und da Ferraris, Lamborghinis und ähnliche Boliden in dieser Gegend eher selten unterwegs sind, wird natürlich alles überholt, was sich auf dem Asphalt bewegt und Katjas Zielstrebigkeit in Frage stellt.

Trotz ihres Formel-1-Fahrstils erreicht sie ihr Ziel nicht rechtzeitig. Brixmeiers Vorsprung war einfach zu groß – und er hat offenbar ganze Arbeit geleistet. Die Oberkommissarin stellt ihre Maschine gleich hinter dem Notarztwagen ab, der unmittelbar vor dem Haus der Westerbachs steht. Als sie den Helm abnimmt, sieht sie, wie ein Krankenwagen in die Straße einbiegt. Er kommt mit hoher Geschwindigkeit auf sie zu und hält dann ebenfalls vor Westerbachs Haus.

Konstantin Westerbach öffnet die Haustür. Für Katja die Gelegenheit, gemeinsam mit den Rettungssanitätern das Haus zu betreten. Diese führt der junge Mann unverzüglich in das Wohnzimmer. Die Tür steht nur einen kurzen Moment auf, aber dennoch kann die Beamtin einen flüchtigen Blick ins Innere des Raumes erhaschen. Sie erkennt Herrn Westerbach senior, der mit sorgenvoller Miene zuschaut, wie der Notarzt eine Person versorgt, die auf dem Sofa liegt.

„Was ist passiert?" Obwohl Katja die Antwort schon zu kennen glaubt, richtet sie diese Frage an den jungen Herrn Westerbach, der mit ihr auf dem Flur zurückgeblieben ist.

„Fragen Sie doch mal Ihren werten Kollegen", faucht er die Oberkommissarin wutentbrannt an, dabei deutet er mit einem leichten Kopfnicken auf Hauptkommissar Brixmeier, der ein Stück den Flur hinunter an der Wand lehnt und die beiden mit gleichgültigem Gesichtsausdruck anschaut. „Er hat meinen Eltern mitgeteilt, dass die Tote, die Sie gefunden haben, tatsächlich Alexandra ist."

„Und er ist dabei anscheinend nicht besonders feinfühlig vorgegangen?", vermutet Katja.

„Ich war nicht dabei, aber nach allem, was ich bisher von meinem Vater erfahren habe, ist Ihr sauberer Herr Kollege so zartfühlend vorgegangen wie eine Abrissbirne", erklärt Konstantin Westerbach. „Und das Ergebnis sehen Sie ja."

„Das tut mir aufrichtig leid", sagt Katja.

Für die nächsten Minuten herrscht dumpfes Schweigen im Flur. Dann öffnet sich die Wohnzimmertür und die Sanitäter tragen Frau Westerbach zum Krankenwagen. Katja tritt zur Seite und Konstantin Westerbach öffnet die Haustür. Herr Westerbach senior, der als Letzter das Wohnzimmer verlässt, wirft der Beamtin im Vorbeigehen einen vernichtenden Blick zu. Katja kann ihn verstehen. Sie fühlt sich schuldig, obwohl sie nun wirklich nichts dafür kann.

„Sie bringen sie für ein paar Tage zur Beobachtung ins Krankenhaus. Ich fahre mit", sagt er leise zu seinem Sohn. „Kümmerst du dich um ...?"

„Keine Sorge, ich erledige das."

„Herr Westerbach, ich hätte da noch ein paar Fragen", dröhnt es durch den Flur, und der Hauptkommissar hat es plötzlich sehr eilig, Herrn Georg Westerbach einzuholen, bevor er zu seiner Frau in den Krankenwagen steigt.

„Stopp! Sie haben hier heute wahrhaftig genug angerichtet. Mein Vater wird jetzt keine Fragen mehr beantworten – und ich auch nicht", fährt ihm Konstantin Westerbach energisch in die Parade. „Wenn Sie noch etwas wissen wollen, müssen Sie später wiederkommen. Ansonsten würde ich Sie bitten, jetzt zu gehen."

Selbst Brixmeier scheint nun zu erkennen, dass er hier nichts mehr erreichen kann. Er schleicht wie ein begossener Pudel aus dem Haus. Katja folgt ihm schweigend.

„Und wir werden uns bei Ihrem Vorgesetzten über Sie beschweren – darauf können sie Sich verlassen", ruft Konstantin Westerbach den Beamten nach.

„Herzlichen Glückwunsch, das haben Sie ganz hervorragend hingekriegt", sagt Katja zu ihrem Chef, als sie sicher ist, dass Konstantin Westerbach sie nicht mehr hören kann, und sie zeigt dabei keinerlei Anflug von Schadenfreude.

„Ich konnte doch nich ahnen, dat die einfach so umkippt", verteidigt sich Brixmeier aufgebracht.

„Oh doch, das konnten Sie durchaus. Ich habe Sie gestern ausdrücklich darauf hingewiesen, dass Frau Westerbach sehr labil ist – erinnern Sie sich?"

„Hörn Se doch auf. Sie mit Ihre elende Besserwisserei. Chlauben Sie etwa, Ihnen wäre es anders jechangen? Die wäre chenauso zusammenjeklappt, wenn Sie ihr chesacht hätten, dat ihre Tochter tot is", zetert der Hauptkommissar.

„Ja, das kann schon sein. Aber im Gegensatz zu Ihnen hätte ich mir keinesfalls nachsagen lassen müssen, dass ich mich aufgeführt habe, wie ... Wie sagte Herr Westerbach junior doch so treffend: Wie eine Abrissbirne", keift Katja wütend zurück.

„Der Junge is mitte Nerven feddich, der übertreibt ein bisschen."

„Herr Hauptkommissar, ich kenne Sie erst seit ein paar Tagen, aber so, wie ich Sie kennengelernt habe, übertreibt er ganz bestimmt nicht."

„Und wenn Sie so weitermachen, werden Sie mich bald noch chanz anders kennenlernen", brüllt Brixmeier seine Kollegin an. „Darf ich Sie daran erinnern, dat ich Ihr Vorjesetzter bin und Sie mir nicht zu sagen haben, wie ich meine Arbeit ..."

Er wird vom Klingeln seines Handys unterbrochen.

„Brixmeier", meldet er sich mit einem Tonfall, der dem ahnungslosen Anrufer das Blut in den Adern gefrieren lassen müsste. Eine längere Pause entsteht.

„Alles klar, Herr Kriminalrat. Bin schon unterwechs." Brixmeiers Stimme klingt nun um einiges zahmer. Wieder eine kleine Pause.

„Ja, ich werde mich beeilen." Der Hauptkommissar lässt sein Handy wieder in die Tasche gleiten und wendet sich an Katja: „Wir müssen zurück. Der Erpresser hat sich wieder chemeldet und unser jeschniegelter Versicherungsfuzzi macht jetzt mächtich Druck."

„Alles klar, wir treffen uns bei den Berings." Katja geht in aller Seelenruhe zu ihrer Maschine.

Brixmeier hat es deutlich eiliger. Er hetzt im Laufschritt zu seinem alten Ford, schmeißt sich in James-Bond-Manier auf den Fahrersitz und dreht den Zündschlüssel. Doch außer dem verzweifelten Stöhnen des Anlassers beim Versuch, den Motor in Gang zu bringen, gibt das in die Jahre gekommene Schätzchen keinerlei Lebenszeichen von sich. Der Hauptkommissar versucht es ein zweites Mal, dann ein drittes Mal, ein viertes Mal ... Das Ergebnis ist immer dasselbe. Der gute alte Granada ist offenbar unpässlich.

Katja geht hin und klopft an die Seitenscheibe. Brixmeier öffnet die Tür und schaut sie mit verkniffener Miene an.

„Ich hätte da noch ein Plätzchen frei", sagt sie zu ihm, wobei sie recht erfolgreich ihr hämisch-schandenfrohes Grinsen unterdrücken kann. „Einen Helm habe ich auch für Sie. Wenn Ihr ostwestfälischer Dickschädel da reinpasst, können Sie gern mit mir fahren."

„Sehe ich aus, als ob ich lebensmüde bin? Da kann ich ja chleich russisches Roulette spielen", entgegnet Brixmeier.

„Wenn Sie meinen."

Und während der Hauptkommissar ein weiteres Mal versucht, den Motor seines Oldtimers aus dem Tiefschlaf zu wecken, klingelt Katjas Handy.

Es ist ebenfalls Kriminalrat Lange, der auch Katja auffordert, so schnell wie möglich nach Höxter zurückzukommen.

„Ich weiß Bescheid. Hauptkommissar Brixmeier hat mich bereits informiert", sagt sie. Dann redet Lange wieder.

„Nein, er musste mich nicht anrufen, wir sind zusammen in Detmold-Berlebeck bei den Eltern von Alexandra Westerbach", antwortet Katja. „Allerdings haben wir ein kleines Problem. Sein Dienstwagen hat soeben den Geist aufgegeben."

Nun muss sich Katja einen mittelprächtigen Wutausbruch anhören. Kriminalrat Lange hat Brixmeier wiederholte Male aufgefordert, einen der neuen, zuverlässigeren Dienstwagen zu benutzen, was der jedoch konsequent abgelehnt hat. Als Katja endlich wieder zu Wort kommt, sagt sie: „Ich habe ihm angeboten, mit mir zu fahren, aber ich glaube, er vertraut meinen Fahrkünsten nicht."

Katja hört dem Kriminalrat noch einen Moment zu, dann sagt sie: „Alles klar, ich gebe weiter."

„Herr Hauptkommissar, der Chef will Sie sprechen." Katja hält Brixmeier ihr Handy hin. Er nimmt es widerstrebend an.

„Ja", grunzt er.

Katja kann das Gespräch nicht mithören, aber das Mienenspiel des Hauptkommissars spricht Bände.

„Wissen Se eijentlich, wat die für eine Höllenmaschine fährt? Da nehme ich mir lieber 'n Taxi", brüllt Brixmeier aufgebracht in Katjas Mobiltelefon.

Eine kleine Pause entsteht, in der dem Hauptkommissar die Gesichtszüge vollends entgleiten.

„Wat? Auf eijene Kosten ...? Wissen Se, wie teuer dat is? Oberkommissar Allwisser kann mich doch abholen."

Wieder eine Pause. Brixmeiers Gesicht läuft gefährlich rot an und es sieht aus, als würde gleich der Kopf platzen.

„Abba ... Herr Kriminalrat ... Herr Krimi..."

Der Hauptkommissar gibt Katja wortlos das Handy zurück und versucht ein weiteres Mal, seinen alten Granada zu starten. Katja ist sicher, dass Lange Brixmeier vor die Wahl gestellt hat, entweder mit ihr zu fahren oder ein Taxi auf eigene Kosten zu nehmen. Nun ist sie gespannt, wie er sich entscheiden wird. Aber noch ist die Batterie des Ford nicht ganz leer.

Nach weiteren fünf Minuten stirbt mit dem letzten Ächzen des gequälten Anlassers auch Brixmeiers Hoffnung, seinen heiß geliebten Dienstwagen doch noch wiederzubeleben. Umständlich steigt er aus. Er richtet seinen skeptisch-verzweifelten Blick auf Katja, dann auf ihr Motorrad und dann wieder auf Katja.

„Werte Frau Kollejin", sagt Brixmeier ungewöhnlich leise. „Wenn Se mir hoch und heilich versprechen, dat Se schön sachte fahren, würde ich auf Ihr Anjebot zurückkommen."

„So schnell wie möglich – hat Lange gesagt. Und da wir wegen Ihrer Orgelei schon 'ne Menge Zeit verloren haben, werde ich ein bisschen Gas geben müssen", meint Katja, die mit Genugtuung zur Kenntnis genommen hat, dass Brixmeier sie das erste Mal werte Frau Kollegin genannt hat, ohne dass es irgendwie abwertend klang.

„Ich meine, Sie müssen ja nich chleich mit den vollen zweihundert Sachen durche Chejend brettern."

„Oh, da muss ich Sie enttäuschen, Herr Hauptkommissar. Die schafft auch locker dreihundert", erklärt Katja, die nun den Schalk im Nacken hat.

Aus Hauptkommissar Brixmeier wird – seiner Gesichtsfarbe nach zu urteilen – zunächst wieder Erwin der Graue und dann Erwin der Blasse. „Dat is jetz abba nich Ihr Ernst", sagt er mit zitternder Stimme.

„Nein, natürlich nicht. Die Geschwindigkeit der Maschine ist elektronisch begrenzt – auf zweihundertachtundneunzig."

Brixmeier ist nicht wirklich beruhigt, aber das war auch nicht Katjas Ziel. Sie öffnet eine Satteltasche, holt den zweiten Helm, den sie immer dabei hat, heraus und drückt ihn ihrem geschockten Kollegen in die Hand.

„Sie werden schon unbeschadet in Höxter ankommen, darauf können Sie sich verlassen", sagt sie.

„Sind Se da sicher?"

„Ganz sicher!"

Der Hauptkommissar versucht, sich den Helm aufzusetzen, was jedoch erst mit Katjas Hilfe gelingt.

„Passt doch hervorragend", meint sie. Dann gibt sie ihrem Vorgesetzten noch einige Verhaltensregeln für die Fahrt auf dem Motorrad.

„Chanz blöd bin ich auch nich", knurrt Brixmeier unter dem Helm. „Ich hab schließlich auch mal 'n Mopped jefahren, als ich noch jünger war."

„Ach ja, was denn für eines?"

„Zündapp fuffzich Kubik."

„Ich bin beeindruckt", sagt Katja. Dann kramt sie noch einmal ihr Handy raus, und ehe Brixmeier begreift, was los ist, hat sie auch schon ein Foto von ihm gemacht.

„Wat soll dat denn?", brüllt er ungehalten.

„Entschuldigen Sie, Chef, aber es gibt Dinge, die sollten unbedingt für die Nachwelt festgehalten werden", antwortet Katja breit grinsend. Und sie hat voll und ganz recht, denn Brixmeier mit Trenchcoat und Integralhelm sieht – gelinde gesagt – ziemlich ungewöhnlich aus.

Katja setzt ihren eigenen Helm auf, zieht ihre Handschuhe an und steigt auf die Maschine. Brixmeier nimmt etwas unbeholfen hinter ihr auf dem Sozius Platz. Katja hat plötzlich das Gefühl, als würde die Maschine leicht vibrieren. Komisch, denkt sie, der Motor läuft doch noch gar nicht.

Im Gegensatz zu Brixmeiers altem Ford Granada springt die Suzuki Hayabusa ohne Schwierigkeiten an.

„Festhalten, es geht los!", schreit Katja, dann gibt sie vorsichtig Gas. Solange es durch die geschlossene Ortschaft geht, hält sie sich an alle Verkehrsregeln. Doch sobald sie das Ortsschild hinter sich gelassen hat, lässt sie die Muskeln ihres PS-Monsters spielen und katapultiert damit in Sekunden den Adrenalinspiegel ihres Passagiers in ungeahnte Höhen. Dabei fährt sie für ihre Begriffe tatsächlich recht zaghaft, was der Hauptkommissar aber anscheinend völlig anders sieht. Bereits in der ersten etwas schärferen Kurve, die sie ein ganz kleines bisschen sportlich nimmt, schreit Brixmeier wie am Spieß. Katja fährt unbeeindruckt weiter. Jetzt ist ihre Zeit gekommen, und sie fühlt sich dazu berufen, das Frauenbild dieses sturen, ewig gestrigen westfälischen Dickschädels mal ordentlich zurechtzurücken. Außerdem sind da noch ein paar Rechnungen offen. Katja denkt an die vielen kleinen Gemeinheiten, mit denen Brixmeier sie in den letzten Tagen geärgert hat, und an die arme Frau Westerbach, die nun wegen dieses gefühllosen Klotzes im Krankenhaus liegt.

Da das Fahren mit dem Motorrad gerade auf kurvenreichen Landstraßen besonders reizvoll ist, entscheidet sich Katja für eine Strecke, die in dieser Hinsicht einiges zu bieten hat. Sie fürchtet jedoch, dass ihr Chef diesen Hochgenuss nicht wirklich zu schätzen weiß. Aber da muss er jetzt durch.

Brixmeiers Begeisterung hält sich tatsächlich in Grenzen, was er auch lautstark zum Ausdruck bringt – er brüllt, als würde er bei lebendigem Leib gehäutet. Leider kommt sie, was den Fahrspaß betrifft, nicht wirklich auf ihre Kosten. Wie denn auch, wenn man einen schreienden Kartoffelsack als Passagier hat, der einfach nicht richtig mitgehen will, wenn Frau sich sportlich-elegant in die Kurve legt. Nun ja, wahrscheinlich ist seine goldene Zeit als todesverachtender Zündapp-Pilot schon zu lange vorbei.

Als sie endlich die Bundesstraße 239 erreichen, macht der Hauptkommissar innerlich drei Kreuze. Ab hier gibt es keine engen Kurven mehr, die Straße ist breit und gut ausgebaut. Brixmeier hofft, dass sein Adrenalinspiegel auf ein halbwegs erträgliches Maß zurückgeht und er doch noch von einem Herzkasper verschont bleibt.

Daran, dass man auf einer breiten, gut ausgebauten Straße schnell, ja, sogar sehr schnell fahren kann, hat er leider nicht gedacht. Von Entwarnung kann also keine Rede sein – ganz im Gegenteil. Eine immer rasanter vorbeifliegende Landschaft sorgt dafür, dass sein Blut mit dem Druck einer Hydraulikflüssigkeit durch die alten Adern gepresst wird – zumindest kommt es dem Hauptkommissar so vor. Brixmeier ist der Verzweiflung nahe. Er will wieder schreien, aber der Ton bleibt ihm im Halse stecken. Zum tausendsten Mal verflucht er sich dafür, dass er auf diese Höllenmaschine gestiegen ist. Mindestens zehntausend Tode ist er seit dem Moment gestorben. Wie lange wird er diese Tortur noch durchhalten müssen ... oder durchhalten können? Obwohl sie mit gefühlter Schallgeschwindigkeit über den Asphalt jagen, kommt ihm jede einzelne Sekunde wie eine Ewigkeit vor.

Plötzlich reißt ihn ein roter Blitz aus diesem todesnahen Dämmerzustand. Er spürt, wie die Bremsen kraftvoll zupacken und die bis dahin so ungestüme zweirädrige Bestie brutal in die Knie zwingen. Er sieht, wie in einiger Entfernung eine Person in einer blauen Uniform im Zeitlupentempo auf die Straße tritt und sie mit einer roten Kelle zum Anhalten auffordert. Ist der Albtraum nun wirklich zu Ende?

Katja stoppt direkt bei dem Beamten. Der schaut sie mit dienstlich-strenger Miene an und wartet geduldig, bis sie ihr Visier hochklappt.

„Schönen guten Tag. Sie wissen, warum wir Sie angehalten haben?", fragt der Uniformierte mit drohender Stimme.

Katja nickt schweigend.

„Einhundertdreiundachtzig Kilometer pro Stunde – das ist weit jenseits von Gut und Böse." Der Polizeimeister scheint sich in seiner Rolle sehr wohl zu fühlen. „Führerschein und Fahrzeugpapiere bitte."

Katja will gerade die geforderten Papiere herauskramen, da passiert etwas, womit sie in ihren kühnsten Träumen nicht gerechnet hätte. Schneller, als sie denken kann, saust von hinten eine Hand rechts an ihrem Kopf vorbei und hält dem uniformierten Beamten einen Dienstausweis unter die Nase.

„Wir sind im Einsatz", dröhnt es laut und gebieterisch unter dem Integralhelm hervor.

Erschreckt zuckt der junge Polizeimeister zusammen. Sein ratlos-verstörter Blick wandert vom gezückten Dienstausweis zu Katjas Passagier, dessen Gesicht nach wie vor hinter dem heruntergeklappten Visier verborgen ist, dann zu Katja und schließlich wieder zum Dienstausweis. Nur Sekunden später lässt Brixmeier seinen Ausweis wieder in der Innentasche seines Trenchcoats verschwinden.

„Cheben se Chass, wir ham nich ewich Zeit", kommandiert er. Dabei klopft er Katja aufmunternd auf die Schulter.

Die reagiert augenblicklich, und die zwei Kriminalbeamten setzen ihre Fahrt mit nicht ganz so hoher Geschwindigkeit fort. Polizeimeister Oliver Bender verfolgt die Szene mit ausdrucksloser Miene und offenstehendem Mund. Ihm kommt es vor, als hätte er gerade eine unheimliche Begegnung der dritten Art gehabt.

Sein Partner, Polizeiobermeister Hardy Großknecht hat den Vorgang aus einiger Entfernung beobachtet. Jetzt tritt er zu seinem Kollegen und schaut skeptisch dem davonfahrenden Motorrad hinterher.

„War das etwa …?"

„Hauptkommissar Brixmeier", ergänzt Oliver Bender.

„Brixmeier auf einem Motorrad?", fragt Hardy Großknecht ungläubig. Er steht da wie eine griechische Marmorstatue und schaut nun ebenfalls der Maschine hinterher, die gerade am Ende einer langgezogenen Kurve aus seinem Blickfeld verschwindet. Kopfschüttelnd haucht er: „Das glaubt uns kein Mensch."

Unterdessen setzen Katja und ihr Chef den Weg fort. Der Oberkommissarin geht Brixmeiers Reaktion durch den Kopf. Wenn sie es nicht selbst erlebt hätte, würde sie es kaum glauben. Außerdem wundert sie sich über die Stimme des Hauptkommissars. Sie hatte absolut nichts von ihrer durchschlagenden Wirkung verloren – wie man den entsetzten Gesichtern der uniformierten Beamten entnehmen konnte. Jeder normale Mensch wäre, nachdem er sich wie Brixmeier fast die Seele aus dem Leib gebrüllt hätte, nur noch zu einem bescheidenen Krächzen fähig gewesen.

Inzwischen haben sie Höxter fast erreicht. Brixmeier hat seine Feuerprobe auf einem der schnellsten Serienmotorräder der Welt nun bald überstanden. Es gibt da aber noch eine Kleinigkeit, die Katja ihm nicht vorenthalten will. Dazu biegt sie kurz vor Höxter von der Hauptstraße ab und fährt nun über beschauliche Schleichwege ihrem Ziel entgegen. Brixmeier wundert sich zwar etwas über die Kursänderung, aber er ahnt nichts Böses. Nach alldem, was er heute schon über sich ergehen lassen musste, kann es nicht mehr schlimmer kommen – eigentlich.

Auf einer kurzen Geraden beschleunigt Katja. Plötzlich geht ein Ruck durch die Maschine und sie hebt mitsamt ihrer Besatzung ab. Die Kriminalbeamtin liebt diese Bodenwelle, sie liebt es, ihre Hayabusa – was nichts anderes bedeutet als Wanderfalke – für Sekundenbruchteile fliegen zu lassen.

Ein entsetzter Aufschrei macht ihr sofort klar, dass der Hauptkommissar ihre Vorliebe offenbar nicht teilt. Und noch etwas läuft nicht ganz nach Plan. Liegt es daran, dass sie vielleicht etwas zu viel Gas gegeben hat, oder an dem zusätzlichen Ballast auf dem Sozius? Wie dem auch sei – dieser Hüpfer entspricht heute ganz und gar nicht Katjas Vorstellungen. Die Maschine setzt brutal hart auf, und die Fahrerin muss all ihr Können in die Waagschale werfen, um nicht die Kontrolle über dieses Monster zu verlieren. Brixmeier schreit, als würde ein Folterknecht der Inquisition an ihm sein ganzes Können demonstrieren, und Katja, die bei dieser waghalsigen Nummer selbst einen tierischen Schrecken bekommen hat, hält erst mal an.

Sobald die Maschine steht, springt der Hauptkommissar ab. Wie ein Kesselflicker schimpfend, versucht er mit zitternden Fingern, den Kinnriemen seines Helms zu lösen, was ihm aber nicht gelingen will. Katja kommt ihrem Chef zu Hilfe. Mit geschickten Handgriffen befreit sie ihn von der ungewohnten Kopfbedeckung. Brixmeiers Gesicht ist puterrot und seine Augen scheinen aus den Höhlen zu quellen, während sie Katja mit wütendem Blick fixieren. Er sieht so aus, als wolle er ihr jeden Augenblick an die Gurgel springen.

„Sind Sie waaaaahnsinnich jeworden? Wollen Sie mich umbringen?", schnauzt Brixmeier seine Kollegin an. „Man sollte Ihnen diese vermaledeite Karre mitsamt Führerschein wechnehmen. Sie sind 'ne Jefahr für alle, die sich, ohne wat Böses zu ahnen, auffe Straße wagen. Ich hab ja schon immer jesacht, dat Weiber mit solche Dinger nich umchehen können. Schieben Se besser 'nen Kinderwagen durche Stadt, damit können Se keinen Schaden anrichten – wenichstens keinen allzu chroßen."

„Nun halten Sie mal die Luft an. Es ist doch gar nichts passiert", keift Katja lautstark zurück. Sie hätte durchaus ein gewisses Verständnis für Brixmeiers Wutausbruch gehabt – die letzten beiden Sätze hätte er allerdings besser für sich behalten.

„Nix passiert? Dat wüsste ich abba. Sie haben Ihre olle Höllenmaschine so hart aufjesetzt, dat ich mir unten rum alles einjeklemmt habe."

Wovon redet der?, fragt sich die Oberkommissarin, klingt eher, als hätte er sich oben rum was eingeklemmt. Sie schaut ihn stirnrunzelnd an.

„Wahrscheinlich bin ich jetz meiner Manneskraft beraubt. Is et dat, wat Se wollten?", schnaubt Brixmeier.

„Nun kriegen Sie sich mal wieder ein. So schlimm wird es wohl nicht sein", kontert Katja. „Außerdem ist Ihre Sturm- und Drangzeit ja wohl schon lange vorbei."

„Wat wissen Sie denn überhaupt, Sie junges Küken?", tobt Brixmeier weiter. „Noch nie wat von Sex im Alter chehört?"

Jetzt schlägt's aber dreizehn. Katja traut ihren Ohren nicht. Mit einem ganz komischen Blick schaut sie ihren Chef von oben bis unten an und sagt: „Doch, das hab ich ..." Und nach einer kurzen Pause fügt sie hinzu: „Ich hab auch schon von fliegenden Untertassen gehört ... und von kleinen grünen Männchen."

Damit ist die zweite Runde von Brixmeiers Tobsuchtsanfall eingeläutet. Und während der Hauptkommissar seine Kollegin mit einem wahren Trommelfeuer an Flüchen und Beschimpfungen eindeckt, kommt sie zu der Erkenntnis, dass der etwas zu harte Aufsetzer – wie sie bereits vermutet hat – bis in Brixmeiers Hirn durchgeschlagen sein muss und dort ein bisschen was in Unordnung gebracht hat.

Nach knapp zehn Minuten beruhigt sich der Hauptkommissar wieder. Dennoch weigert er sich beharrlich, noch einmal auf Katjas Höllenmaschine zu steigen. Die

Oberkommissarin redet mit Engelszungen auf ihn ein. Als sie letztendlich beim Leben ihrer Mutter schwört, von nun an ganz, ganz vorsichtig zu fahren, gibt Brixmeier nach. Mit Helm und weichen Knien nimmt er wieder auf der Suzuki Platz.

Kurz darauf stehen die beiden Beamten vor der Villa der Familie Bering. Herr Bering öffnet und nach einer knappen Begrüßung führt er die Kommissare in den Salon. Dort zeigt er ihnen den Brief, den er vor etwa einer Stunde in seinem Briefkasten gefunden hat.

Halten siE das GeLd für die ÜbbaGabe berEiT.
SagE inen FreiTach aM TeLLefohn wo wiR
üBbagabe maChen.
KeINE Polizei sons is ire TochTa tot.

„Genau wie beim letzten Mal", sagt die Oberkommissarin. „Die Buchstaben aus einer Zeitung ausgeschnitten und eine sehr kreative Schreibweise. Wenn seine gesamte Vorgehensweise genauso perfekt ist wie seine Briefe, sollte es kein Problem sein, ihn bei der Lösegeldübergabe festzunehmen."

„Das kommt gar nicht in Frage", widerspricht Herr Bering sofort. „Ich will kein unnötiges Risiko eingehen. Ich werde zahlen, und ich will bei der Übergabe keine Polizei sehen."

„Dat is nich so einfach", mischt sich Brixmeier nun ein. „Erpressung ist ein Offizialdelikt. Da müssen wir schon von Amts wejen ermitteln."

„Sie können von Amts wegen ermitteln, soviel Sie wollen", entgegnet Bering, „aber erst, wenn meine Tochter frei ist."

„Falls sie dann frei ist ...", wirft die Oberkommissarin ein.

„Wie meinen Sie das?", will Bering wissen.

„Ich gehe nach wie vor davon aus, dass der Erpresser nur ein Trittbrettfahrer ist und dass er Ihre Tochter gar nicht in seiner Gewalt hat", erklärt Katja. „Wenn Sie zahlen, ist nicht nur das Geld weg, sondern auch der Erpresser – und mit ihm vielleicht der Einzige, der uns Hinweise darauf geben kann, wo Ihre Tochter wirklich ist. Wollen Sie das?"

„Sind Sie sich hundertprozentig sicher, dass er Alexandra nicht hat?"

„Nein, nicht hundertprozentig", muss Katja zugeben.

„Sehen Sie, genau das meine ich", sagt Franz-Josef Bering mit ruhiger Stimme. „Ich werde zahlen, und Sie werden sich nicht einmischen. Das Risiko, dass der Erpresser mit dem Geld verschwindet, gehe ich ein. Ihr Chef weiß im Übrigen schon Bescheid, und die Staatsanwaltschaft auch."

„Und wieso lassen Se uns dann noch hier antreten?" Dem Hauptkommissar, dessen Nerven sowieso schon blank liegen, ist deutlich anzumerken, dass ihm die ganze Sache absolut gegen den Strich geht.

„Nun ja, Herr Hauptkommissar, ich habe mich über Sie erkundigt", beginnt Herr Bering. „Sie sind bekannt dafür, dass Sie gern mal eigene, etwas unkonventionelle Wege gehen – mitunter ohne Wissen Ihrer Vorgesetzten. Ich möchte nur sicherstellen, dass Sie nicht auf dumme Gedanken kommen. Wenn Sie mit irgendeiner Solonummer die Geldübergabe gefährden sollten, werde ich persönlich dafür sorgen, dass Sie den Rest Ihrer Dienstzeit bestenfalls als Hausmeister verbringen. Dasselbe gilt natürlich auch für Sie, Frau Oberkommissarin. Habe ich mich klar genug ausgedrückt?"

Hat er. Mit einer geballten Ladung Wut im Bauch verlassen die beiden Kriminalbeamten das Haus.

„Ein Zeitgenosse so richtig zum Liebhaben", stellt Katja auf dem Weg zu ihrem Motorrad fest.

„Arrogantes, selbsjefälliges Oberarschloch!" Wie immer drückt sich Hauptkommissar Brixmeier etwas unverschnörkelter aus.

Als Katja den Motor startet, tippt ihr der Hauptkommissar auf die Schulter. „Chanz, chanz sachte – BITTE!"

Die beiden Kriminalbeamten sind nicht die Einzigen, die zehn Minuten später auf dem Parkplatz des Polizeipräsidiums eintreffen. Auch Polizeiobermeister Großknecht und sein Kollege Bender kehren von ihrer Jagd nach Temposündern zurück.

„Guck mal, Hardy!" Oliver Bender deutet auf die beiden ungleichen Motorradpiloten, die gerade von der Maschine gestiegen sind.

„Bin gespannt, mit wem Brixmeier da unterwegs war," gibt der Angesprochene zurück. In diesem Augenblick nimmt Katja ihren Helm ab.

„Da wird doch der Hund in der Pfanne verrückt, was ist das denn für eine geile Schnecke?" Polizeimeister Bender fallen beinahe die Augen raus, und seinem Kollegen geht es nicht viel anders. Die beiden starren fassungslos zu Katja und dem Hauptkommissar rüber.

Ausgerechnet jetzt klemmt der Verschluss von Brixmeiers Kinnriemen. Katja muss ihrem Chef helfen, sich von dem Helm zu befreien. Eine Aufgabe, die sowohl Fingerfertigkeit als auch etwas Geduld erfordert. Eine Geduld, die der immer noch wütende Hauptkommissar nicht hat. Als er den elenden Helm endlich los ist, will er so schnell wie möglich in sein Büro. Doch bereits nach dem ersten Schritt gerät er gefährlich aus dem Gleichgewicht – er hat offenbar die Bordsteinkante übersehen. Die Helme fallen polternd zu Boden, und Brixmeier liegt wie ein nasser Sack in den Armen seiner Kollegin.

„Ich glaub, ich spinne, jetzt fällt er ihr sogar um den Hals – und das in aller Öffentlichkeit", feixt Polizeimeister Bender. „Aber eins muss man diesem alten Sack ja lassen: Guten Geschmack hat er."

„Aber der ist doch verheiratet, und die Lady könnte glatt seine Tochter – ach, was sage ich -, seine Enkelin sein", gibt Polizeiobermeister Großknecht seinen Senf dazu.

„Du Hardy, ich glaube, in dem Alter kriegen die noch mal so'n Rappel. Ich habe einen Onkel, der ist dreiundsiebzig. Der hat sich jetzt 'ne Achtundzwanzigjährige angelacht. Je oller desto doller."

„Aber kannst du mir mal verraten, was so eine scharfe Motorradbraut an so einem alten, vertrockneten Kanisterkopp wie Brixmeier findet?"

„Nee! Das kann ich beim besten Willen nicht", antwortet Polizeimeister Bender kopfschüttelnd. „Vielleicht hat er ja Qualitäten, von denen wir alle nichts ahnen.

„Du meinst doch wohl nicht ...?"

„Weißt du's?"

Polizeiobermeister Großknecht schüttelt ungläubig den Kopf und wirft dem Hauptkommissar, der sich inzwischen aus der Umarmung gelöst hat und gerade das Präsidium betritt, einen letzten Blick hinterher. Mit den Worten: „Das glaubt uns kein Mensch", wendet er sich wieder seiner Arbeit zu.

Da Katja noch die Helme in den Satteltaschen verstauen muss, folgt sie dem Hauptkommissar mit etwas Abstand. Als sie das Präsidium betritt, läuft ihr Kriminalrat Lange mal wieder über den Weg.

„Hallo Frau Oberkommissarin, wie schön, Sie zu sehen", beginnt er die Konversation, während sie gemeinsam den langen Flur entlang gehen. „Sie waren doch sicherlich schon bei Herrn Bering?"

„Von da kommen wir gerade", antwortet sie.

„Dann wissen Sie also Bescheid."

„Ja, aber darüber sollten wir noch mal reden."

„Das werden wir auch tun. In ungefähr zehn Minuten in Ihrem Büro. Ich muss nur gerade noch etwas erledigen. Aber sagen Sie", Kriminalrat Lange flüstert nun plötzlich. „Was haben Sie mit Hauptkommissar Brixmeier ange-stellt?"

„Wieso?" Katja schaut Lange fragend an.

„Er geht daher, als wenn er dicke Ei..., ähm, ich meine, er geht so merkwürdig breitbeinig."

Nun schaut Katja auch hinter dem Hauptkommissar her, der das gemeinsame Büro fast erreicht hat. Natürlich fällt ihr sofort die Bodenwelle ein und der kleine Sprung, der um ein Haar ins Auge gegangen wäre. Dennoch lässt sie sich nichts anmerken, und mit einer gekonnten Unschulds-miene antwortet sie: „Jetzt, wo Sie es sagen, fällt es mir auch auf. Ich hab jedenfalls nichts damit zu tun – aber ..."

„Aber ...?", will Lange wissen.

„Er hat mir vorhin irgendwas von Sex im Alter erzählt", meint die Oberkommissarin mit todernster Miene. „Wenn Sie mich jetzt entschuldigen würden, Herr Kriminalrat. Ich müsste mal für kleine Mädchen."

Die Tür zur Damentoilette schließt sich hinter Katja und zurück bleibt ein Dienststellenleiter, der einen Moment lang mit einem höchst seltsamen Gesichtsausdruck auf das Büro starrt, in dem Hauptkommissar Brixmeier Sekunden zuvor verschwunden ist. Schließlich schüttelt er den Kopf, als wolle er einen lästigen Gedanken loswerden. Dann setzt er seinen Weg fort.

„Was ist denn mit dir los, Erwin? Du siehst ja aus, als wäre dir Gevatter Tod persönlich über den Weg gelaufen", begrüßt Toni seinen Kollegen, als der das Büro betritt.

„Du chlaubst charnich, wie recht du hast", antwortet der Hauptkommissar, dem die Strapazen der letzten Stunde ins Gesicht geschrieben sind.

„Wieso, wollte dich jemand umbringen?"

„So könnte man es nennen."

„Was ist denn passiert?" Toni wird neugierig.

„Mein Chranada is in Detmold verreckt, und ich musste mit der Sternberch zurückfahren."

„Ach so! Ich dachte schon, es wäre etwas Ernstes." Toni wendet sich wieder seiner Arbeit zu.

„Dat is wat Ernstes", entrüstet sich Brixmeier. „Weißt du eijentlich, wat für 'ne Höllenmaschine die fährt?"

„Suzuki Hayabusa – zu deutsch Wanderfalke, vier Zylinder, 1300 Kubik, 197 PS, 298 Spitze, in 2,9 neun Sekunden von null auf hundert. Eine echt heiße Maschine. Der Wahnsinn auf zwei Rädern", erklärt der Oberkommissar, ohne von seiner Arbeit aufzuschauen. „Da wäre ich auch gern mitgefahren."

„Dann sollteste abba vorher dein Testament machen."

„Wieso das denn?"

„Die fährt schlimmer als alles, watte dir vorstellen

kannst. Und wenne mich frachst: Die kann überhaupt nich mit so 'ner Karre umchehen. Die kann vielleicht Farrad fahrn, aber die Maschine is mindesten drei – ach, wat rede ich da – zehn Nummern zu chroß für sie."

„Erwin, kann es sein, dass du jetzt ein kleines bisschen übertreibst. Ich habe mich mal ein wenig im Internet über unsere neue Kollegin schlau gemacht, und weißt du, was ich da gefunden haben?" Toni Allwisser grinst nun von einem Ohr bis zum anderen.

„Is mir scheißejal, watte da jefunden hast. Ich habe auf ihrer Karre jesessen, und ich bin froh und dankbar, dat ich noch lebe. Chlaub mir, ich hab in all den Jahren schon manches erlebt, und wenn ich irjendwo mitfahre, merke ich nach zehn Sekunden, ob einer fahren kann oder nich. Und die kannet definitiv nich. Die chanzen Weiber taugen nix für den Straßenverkehr, abba die Sternberch, die ist 'ne Klasse für sich. Die stellt, wat ihre Fahrkünste betrifft, alles an weiblicher Unfähichkeit weit in den Schatten – mit chanz chroßem Abstand."

„Erwin!" Tonis Stimme klingt ziemlich eindringlich. „Ich glaube, du solltest dir das hier mal ansehen."

„Und ich chlaube nich, dat ich meine Meinung ändere, nur, weil du da irjendsoein Quatsch im Internet jefunden hast."

„Erwin, du solltest dir das wirklich mal anschauen", sagt Toni beschwörend.

Mit einem missbilligenden Grunzen erhebt sich Brixmeier umständlich von seinem Stuhl und schlurft langsam zu seinem Kollegen. Über dessen Schulter schaut er gelangweilt auf den Bildschirm. Er kneift die Augen zusammen und beginnt den Zeitungsbericht zu lesen, den der Oberkommissar im Internet gefunden hat.

Es dauert nicht lange, bis sich die Mimik des Hauptkommissars geradezu dramatisch verändert. Von Skepsis über Erstaunen und Fassungslosigkeit bis hin zu Entsetzen lässt sich alles von seinem Gesicht ablesen. Er stiert den Bildschirm an, als wolle er den Inhalt heraussaugen. Dabei murmelt er unzusammenhängende Worte, so, als würde er sich im Drogenrausch befinden: „Deutsche Polizeimeisterschaften ... Hockenheimring ... Klasse über eintausend Kubikzentimeter ... erster Platz ... Kriminaloberkommissarin Katja von Sternberch."

Schließlich bemerkt Brixmeier das Bild. Es zeigt seine neue Partnerin, wie sie freundlich in die Kamera lächelt – den Siegerpokal in der Hand. Er richtet sich auf und starrt Toni an, als wäre der ein Gespenst. Sein Gesicht ist nun so weiß wie die gekachelten Wände in der Rechtsmedizin.

„Und sie war die einzige Frau im Rennen", erwähnt Toni ganz beiläufig.

Das scheint den Hauptkommissar jedoch überhaupt nicht zu interessieren. „Ich muss jetzt ersmal chanz dringend anne frische Luft", würgt er heiser hervor. „Ich chlaube, mir wird schlecht."

Neue Erkenntnisse

„Wo ist Brixmeier denn?", fragt Katja verdutzt.

„An der frischen Luft, ihm ist schlecht", antwortet Toni. „Ich habe ihm gerade das hier gezeigt." Ein schadenfrohes Grinsen lässt sein Gesicht erstrahlen.

Katja wirft einen kurzen Blick auf den Bildschirm. Ein flüchtiges Lächeln huscht nun auch über ihr Gesicht.

„Jetzt hat er was, worüber er nachdenken kann", meint sie mit einem überlegenen Unterton in der Stimme.

„Das wird ihm schwer im Magen liegen."

„Nicht mein Problem."

„Recht hast du. Aber sag mal, Katja, was ist denn mit Bering. Er hat einen neuen Erpresserbrief bekommen, wie ich gehört habe?", will Toni wissen.

„Hat er!", antwortet Katja knapp.

„Und?"

„Er will zahlen – und er wünscht keinerlei Einmischung seitens der Polizei." Das Grinsen von Katjas Gesicht ist augenblicklich verschwunden.

„Wie stellt er sich das denn vor?"

„Keine Ahnung! Aber Lange kommt gleich. Er will ein paar Takte dazu sagen."

„Tja, dann warten wir mal ab. Wie war eigentlich deine Wohnungsbesichtigung?", wechselt Toni das Thema.

„Vergiss es! Der Makler hat überhaupt nicht verstanden, was wir wollen", berichtet Katja. „Eine Chance gebe ich ihm noch. Wenn er uns dann noch mal so einen Mist präsentiert, suche ich mir einen anderen."

„Makler?"

„Ja, was denn sonst?"

Die Tür geht auf, und Kriminalrat Lange kommt herein.

„Wo steckt Brixmeier?", fragt er ungeduldig.

„Der ist nur für einen Augenblick raus. Er kommt sicher gleich wieder", antwortet Toni Allwisser.

„Rufen Sie ihn an. Ich habe nicht viel Zeit", kommandiert der Kriminalrat.

„Wat chibt et denn so Dringendes?", dröhnt Brixmeier, als er zwei Minuten später das Büro betritt. Er sieht immer noch etwas blass aus.

„Es geht um den Fall Bering", erklärt Kriminalrat Lange. „Wie Sie wissen, wünscht Herr Bering, dass wir uns nicht einmischen – und zwar bis seine Tochter frei ist. Er will sie nicht gefährden, was ich durchaus verstehen kann."

„Die Kleene wäre weit weniger chefährdet, wenn wir die Sache in die Hand nehmen würden", stellt Brixmeier fest.

„Das sehe ich ganz genauso, und deshalb müssen wir uns was einfallen lassen." Lange schaut fragend in die Runde. „Und bis dahin werden wir Herrn Bering im Glauben lassen, dass wir uns raushalten werden."

„Wenigstens soll die nächste Kontaktaufnahme telefonisch erfolgen, und das werden wir mitkriegen", meint Katja.

„Werden wir nicht", widerspricht der Kriminalrat. „Herr Bering hat sein Einverständnis zur Telefonüberwachung zurückgezogen."

„Scheiße!", knurrt der Hauptkommissar missmutig.

„Ich glaube nach wie vor nicht, dass Alexandra Bering sich in der Gewalt des Erpressers befindet", erneuert Katja ihre Theorie. „Das ganze läuft jetzt schon über zehn Tage. Eine Geisel muss versorgt werden, sie muss essen, sie muss trinken, sie muss zur Toilette, sie muss gut versteckt und an der Flucht gehindert werden. Ein Entführer versucht, diesen Zustand so schnell wie möglich zu beenden und das Lösegeld zu kassieren. Unser Genie tut aber so, als hätte er alle Zeit der Welt. Der hat Alexandra nicht – da bin ich mir sicher."

„Und wenn unser Erpresser noch 'n Komplizen hat, der auf se aufpasst?", wirft Brixmeier ein.

„Und dann verlangt er nur 50.000 ...?", entgegnet Katja. „Abgesehen davon bleibt der Aufwand der gleiche."

„Es sei denn, er hat sie bereits umgebracht", sagt Lange.

„Dat chlaube ich nich", meldet sich Brixmeier zu Wort. „Sie hätten mal diese Yasmin Chärtner erleben sollen. Ich verwette meinen Arsch, die weiß chanz chenau, wo die kleene Bering steckt. Vielleicht macht die ja mit dem Erpresser jemeinsame Sache."

„Yasmin Gärtner ist zwar ziemlich abgedreht, aber sie ist weiß Gott nicht dumm. Die würde sich wohl kaum mit so einem Intelligenzbolzen abgeben", gibt Katja zu bedenken.

„Wir sollten ihr noch mal ordentlich auffe Füsse treten", schlägt der Hauptkommissar vor.

„Tun sie das", sagt der Kriminalrat. „Aber seien Sie vorsichtig. Sie kennen ja ihren Vater. Und egal, wie Sie an die Sache herangehen, lassen Sie Herrn Bering in dem Glauben, dass wir uns raushalten werden."

Da den Beamten die Hände gebunden sind, und keiner eine Idee hat, wie sie Yasmin Gärtner zu Reden bringen können, beschließen sie, heute nichts mehr zu unternehmen und erstmal eine Nacht darüber zu schlafen. Während Katja und Brixmeier heute recht früh Feierabend machen, bleibt Toni noch etwas länger. Er will die Zeit nutzen, um ungestört im Internet zu recherchieren.

„Ihr werdet nicht glauben, was ich über unseren Hellseher herausgefunden habe", empfängt Toni seine beiden Kollegen am nächsten Morgen gutgelaunt. Er war wie immer als Erster im Büro.

„Wird dat jetz ein heiteres Ratespiel?", grunzt Brixmeier, der nach der gestrigen Fahrt auf Katjas Höllenmaschine offenbar nicht gut geschlafen hat.

„Tristan Thallasarih alias Theo Tiemann ist in Holzminden geboren und hat dort bis Mai 2010 gelebt. Anfang Juni – also vier Wochen nach Alexandra Westerbachs Verschwinden – ist er zusammen mit seiner Freundin Ludmilla Tereschkowa, die wir als Lady Cassandra kennen, nach Kiel gezogen."

„Mir hat er erzählt, dass er Alexandra Westerbach nicht kennt", betont Katja.

„Dat kann durchaus sein", entgegnet der Hauptkommissar. „Holzminden ist zwar nich chanz so chroß wie Bielefeld, abba ein kleines Dorf, wo jeder jeden kennt, isset nun auch wieder nich."

„Er hat mich angelogen. Er kannte Alexandra Westerbach, da bin ich mir ziemlich sicher."

„Weibliche Intuition ...", knurrt Brixmeier abwertend.

„Nein, Beobachtungsgabe", korrigiert ihn Katja.

„Ich bin noch nicht fertig", meldet sich Toni wieder zu Wort. Er wartet noch einen Augenblick, bis er sich der Aufmerksamkeit seiner Kollegen sicher ist, dann fährt er fort: „Nach weiteren Recherchen bin ich auf einen Esoterik-Kongress gestoßen, an dem auch Tristan Thallasarih und Lady Cassandra teilgenommen haben."

„Sach bloß, solche Spökenkieker veranstalten Kongresse?" Brixmeier schüttelt verständnislos den Kopf.

„Du glaubst gar nicht, wer alles Kongresse veranstaltet", weiß Kollege Allwisser zu berichten. „Briefmarkensammler, Wünschelrutengänger, Vogelstimmenimitatoren, Geisterheiler, Karnickelzüchter, Sturmjäger, Nylonfetischisten – alles, was du dir vorstellen kannst und noch viel mehr."

„Und wat hat dieser Hellseher-Kongress mit unserem Fall zu tun?", fragt der Hauptkommissar.

„Ratet mal, wann und wo er stattgefunden hat?" Toni macht es mal wieder spannend.

„Los, spucks schon aus." Brixmeier wird ungeduldig. „Ich habe keine Lust zum Raten."

„Januar 2011 in Acapulco, Mexiko. Na, klingelt da was?"

„Das ist ja wirklich mehr als interessant", Katja spricht aus, was alle denken.

„Toni, schaff' mir diesen Tiemann her – und zwar sofort. Und wenne den Mirakolix hier abcheliefert hast, nimmste dir noch mal die kleene Chärtner vor. Quetsch alles aus ihr heraus, wat se über den Aufenthaltsort von Alexandra Bering weiß. Vielleicht versuchstes mal auf die charmante Tour. Aber nimm dich vor ihrem Vadder in acht", ordnet der Hauptkommissar an. „Und Sie, Frau von Sternberch, fahren nochmal zu den Westerbachs. Finden Sie heraus, ob Alexandra Westerbach und Theo Tiemann sich kannten."

„Wollen Sie nicht mitkommen?" fragt Katja mit einem leicht provokativen Unterton.

„Da fahren Se besser allein hin. Ich chlaube, die sind im Moment nich so chut auf mich zu sprechen."

Katja staunt. Sollte Hauptkommissar Brixmeier tatsächlich lernfähig sein? Es sieht ganz danach aus. Überhaupt benimmt er sich heute so, wie man es von einem Chef erwartet.

Toni und Katja stehen auf und wollen das Büro verlassen.

„Ach, Toni", bremst Brixmeier seinen Kollegen aus. „Wenne zwischendurch 'n paar Minuten Zeit hast, tu mir bitte einen Jefallen und kümmer dich um einen neuen fahrbaren Untersatz für mich."

„Soll das heißen, dass du deine alte Möhre jetzt endlich verschrottest?", fragt Toni mit einem breiten Grinsen.

„Nein, dat heißt es chanz bestimmt nich", dröhnt der Hauptkommissar ärgerlich zurück. „Den werde ich noch so lange fahren, bis wir zusammen innen Ruhestand chehen."

„Immer vorausgesetzt, sie erwecken ihn wieder zum Leben", stichelt Toni weiter. „Sag mal, gibt es die Ersatzteile eigentlich noch im Handel, oder bekommst du sie nur noch im Museum?"

„Hau endlich ab und schaff mir diesen Cheisterbeschwörer her", brüllt Brixmeier.

Brixmeiers defekter Granada steht nicht mehr da, als Katja ihre Maschine vor dem Haus der Westerbachs abstellt. Jemand hat sich offenbar um dessen Abtransport gekümmert.

Herr Westerbach senior erwartet die Oberkommissarin bereits. Da sie nicht vergeblich nach Detmold fahren wollte, hat sie ihren Besuch telefonisch angekündigt. Georg Westerbach führt die Beamtin ins Wohnzimmer und bietet ihr einen Platz an. Mit den Worten: „Das lenkt mich ein wenig ab", schiebt er das Kreuzworträtsel, mit dem er sich bis jetzt die Zeit vertrieben hat, zur Seite.

„Wie geht es Ihrer Frau?", erkundigt sich Katja.

„Nicht so gut", antwortet Herr Westerbach. „Sie wollen sie noch bis zum Wochenende im Krankenhaus behalten."

„Das alles hat sie wohl sehr mitgenommen?"

„Sie sagen es – und der Auftritt Ihres Kollegen hat ihr den Rest gegeben."

„Es tut mir aufrichtig leid. Hauptkommissar Brixmeier ist ein sehr erfolgreicher Ermittler, aber man kann wirklich nicht sagen, dass er besonders sensibel ist."

„Das haben wir gemerkt", bestätigt Herr Westerbach und nach einer kleinen Pause fährt er fort: „Sie sagten: Hauptkommissar. Heißt das, dass er Ihr Chef ist?"

„So ist es", lautet Katjas knappe Antwort.

„Nun ja, seinen Chef kann man sich in den meisten Fällen nicht aussuchen."

Katja glaubt, eine Spur von Bedauern aus Westerbachs Stimme herauszuhören. Sie geht aber mit keinem Wort darauf ein, sondern wechselt das Thema: „Sagen Sie, hat Ihre Frau bis gestern wirklich daran geglaubt, dass Ihre Tochter zurückkommen würde?"

„Kommen Sie mal mit, ich will Ihnen etwas zeigen."

Herr Westerbach steht auf und geht voraus. Sie gehen die Treppe hinauf und der Hausherr führt die Beamtin in ein Zimmer, das wie ein typisches Mädchenzimmer eingerichtet ist.

„Das ist Alexandras Zimmer", erklärt er.

Katja stutzt. „Aber … sie hat doch nie hier gewohnt", erwidert sie unsicher.

„Nein, das hat sie nicht. Meine Frau hat jedoch darauf bestanden, ihr hier ein Zimmer einzurichten – für den Fall, dass sie zurückkommt. Sie verstehen?"

Oh ja, Katja versteht – sehr gut sogar. Es ist für die meisten Eltern unerträglich, ein Kind zu verlieren. Aber wie muss es in Alexandras Mutter ausgesehen haben, wenn sie sich derart verzweifelt an den letzten Strohhalm klammert, der ihr noch bleibt. Und wie schrecklich muss dann die Nachricht vom Tod ihrer geliebten Tochter gewesen sein.

Schweigend kehren die beiden ins Wohnzimmer zurück.

„Sie sind aber sicherlich nicht gekommen, um sich Alexandras Zimmer anzusehen", beendet Herr Westerbach die Stille.

„Da haben Sie recht", stimmt Katja zu. „Kennen Sie einen Theo Tiemann?"

Augenblicklich verfinstert sich Georg Westerbachs Miene. „Oh ja, den kenne ich nur zu gut", sagt er, und Katja spürt deutlich, wie eine längst vergessene Wut in ihm aufsteigt.

„Was ist passiert? Erzählen Sie bitte der Reihe nach", fordert die Kriminalbeamtin ihr Gegenüber auf.

„Es muss ungefähr ein Jahr vor Alexandras Verschwinden gewesen sein", beginnt Herr Westerbach. „Da hat sie diesen Tiemann kennengelernt. Ein Taugenichts – große Klappe und nichts dahinter. Zu faul zum Arbeiten, aber immer einen auf dicke Hose machen."

„Sie mochten ihn nicht besonders", wirft Katja ein.

„Das können Sie laut sagen. Aber wie diese jungen Dinger so sind – Alexandra war fasziniert von ihm. Sie hat sich ihm bedingungslos an den Hals geschmissen. Da ist man als Vater machtlos. Die beiden waren eine Herz und eine Seele, bis er sie das erste Mal windelweich geschlagen hat."

„Wann war das?", will Katja wissen.

„Irgendwann im Spätsommer. Sie mögen etwa drei, vielleicht vier Monate zusammen gewesen sein."

„Und was ist dann passiert?"

„Am nächsten Tag kam er wieder angekrochen. Hat ihr was vorgeheult, hat sich tausendmal entschuldigt, hat ihr hoch und heilig versprochen, dass so etwas nie wieder vorkommen wird." Herr Westerbach macht eine Pause.

„Hat sie ihm verziehen?"

„Hat sie – dieses dumme Huhn. Ich wünschte, sie hätte ihn zum Teufel gejagt."

„Und wie ging es dann weiter?"

„Knapp sechs Wochen ist es gut gegangen. Dann hat er sie das nächste Mal grün und blau geschlagen. Und Sie werden es nicht glauben – es hat sich alles wiederholt. Wieder hat ihm alles leidgetan, wieder Krokodilstränen, wieder leere Versprechungen, dass er sich bessern wird ..."

„Lassen Sie mich raten", sagt Katja. „Ihre Tochter hat ihm wieder verziehen."

Herr Westerbach nickt. Es ist ihm anzusehen, wie sehr ihn das heute noch mitnimmt. „Sie können sich gar nicht vorstellen, wie meine Frau und ich darunter gelitten haben."

Katja sagt nichts. Sie wartet, bis Herr Westerbach seine Schilderung fortsetzt.

„Zwei Wochen später hat er sie dann so verprügelt, dass wir mit ihr in die Notaufnahme mussten. Als er dann einen Tag später wieder vor der Tür stand, habe ich die Sache in die Hand genommen. Ich habe ihm unmissverständlich gesagt, dass ich ihn anzeigen werde, wenn ich ihn noch einmal auch nur in der Nähe meiner Tochter sehe. Er fing dann wieder mit seiner Tut-mir-unendlich-leid-Nummer an, aber ich habe mich nicht darauf eingelassen und ihm die Tür vor der Nase zugeschlagen. Alexandra hat zwar ein paar Wochen nicht mehr mit mir gesprochen, aber dann war Ruhe. Dieser Tiemann hat sich nie wieder bei uns blicken lassen." Herr Westerbach hält kurz inne, dann ergänzt er: „Ein paar Tage, bevor Alexandra verschwunden ist, ist er mir noch mal in der Stadt, also in Holzminden, begegnet. Er war in Begleitung einer jungen Frau. Sein neues Opfer, dachte ich damals. Das war das letzte Mal, dass ich ihn gesehen habe."

„Eins verstehe ich nicht", hakt Katja nach, „warum haben Sie ihn nicht angezeigt?"

„Weil Alexandra es partout nicht wollte. Er war wohl auf Bewährung, und eine Anzeige hätte ihn sofort in den Knast gebracht – wäre wahrscheinlich besser gewesen." Es scheint so, als würden die Gedanken von Alexandras Vater noch einen Moment in der Vergangenheit verweilen. Plötzlich zuckt Herr Westerbach zusammen. Seine Augen suchen die von Katja, und dann durchbohrt er sie mit einem stahlharten Blick. „War er es ...? Hat er unsere Tochter umgebracht?"

„Trauen Sie's ihm zu?"

„Dem traue ich alles zu. Also ... war er es?"

„Wir wissen es nicht. Die Ermittlungen stehen erst ganz am Anfang", antwortet die Kriminalbeamtin.

„Aber Sie glauben, dass er es war?", bohrt Herr Westerbach hartnäckig nach.

„Herr Westerbach." Katja redet nun sehr leise. „Ich sage Ihnen jetzt etwas, das ich Ihnen eigentlich gar nicht sagen dürfte. Betrachten Sie es als kleine Wiedergutmachung für den gestrigen Auftritt meines Chefs. Ich persönlich glaube NICHT, dass es Herr Tiemann war."

„Und warum nicht?"

„Tut mir leid, aber ich habe Ihnen ohnehin schon zu viel gesagt – laufende Ermittlungen, Sie verstehen?" Katja wechselt das Thema: „Haben Sie diese Karte aus Mexiko noch?"

„Ja, natürlich."

„Dürfte ich die mal sehen?"

Herr Westerbach geht an den Wohnzimmerschrank und zieht eine Schublade raus. Nach kurzem Suchen hält er eine Karte in der Hand. Er übergibt sie der Beamtin. Die Vorderseite der Ansichtskarte, die den traumhaften Strand von Acapulco zeigt, beachtet Katja nicht. Sie interessiert sich nur für die Zeilen, die auf der Rückseite zu lesen sind.

Liebe Mama, Lieber Papa,

es tut mir leid, wenn ich Euch einen so großen Schrecken eingejagt habe. Aber Ihr braucht Euch keine Sorgen um mich zu machen. Ich habe es in dem kleinbürgerlichen Mief einfach nicht mehr ausgehalten, und jetzt geht es mir so gut, wie nie zuvor in meinem Leben. Hier habe ich einen netten, jungen Amerikaner kennengelernt. Wir werden zusammen nach Australien oder Neuseeland gehen und dort ein neues Leben beginnen.
Bitte sucht nicht nach mir.
Ich werde mich wieder bei Euch melden.

Alles Liebe, Eure Alex

Katja schaut sich den Poststempel näher an. Er ist zwar etwas undeutlich, aber er scheint vom 30.12.2010 zu sein.

„Unsere Tochter hat das nicht geschrieben, ganz bestimmt nicht. Auch wenn die Handschrift so ähnlich aussieht wie ihre", erklärt Herr Westerbach.

„Und warum glauben Sie das?"

„Alexandra hätte uns nie in einer Nacht-und-Nebel-Aktion verlassen. Außerdem hat sie ihre Heimat sehr geliebt. Den Ausdruck kleinbürgerlichen Mief hätte sie niemals benutzt. Wie alle jungen Leute wollte sie natürlich was von der Welt sehen. Sie wollte reisen, vielleicht ein paar Semester im Ausland studieren oder eine zeitlang dort arbeiten. Aber sie wäre immer wieder zurückgekommen. Sie hat hier ihre Zukunft geplant. Ihre Zelte endgültig hier abzubrechen, wäre für sie niemals infrage gekommen."

„Sind Sie da ganz sicher?", hakt Katja vorsichtig nach.

„Das bin ich", bekräftigt Herr Westerbach. „Außerdem ist das nicht ihre Unterschrift."

„Wieso?"

„Mit der Abkürzung Alex hat sie nur unterschrieben, wenn sie eine Nachricht an Freunde oder Bekannte oder ihren Bruder geschickt hat. Wenn sie uns geschrieben hat, hat sie immer mit ihrem vollständigen Vornamen – also Alexandra – unterschrieben."

„Aber damals haben Sie den Behörden gegenüber ausgesagt, dass Sie die Schrift Ihrer Tochter eindeutig identifiziert haben", sagt die Oberkommissarin. „Die Suche nach Alexandra wurde daraufhin sogar eingestellt."

„Das stimmt. Ich glaube, ich habe mir damals auch etwas vorgemacht – so, wie meine Frau. Als ich die Karte das erste Mal gelesen habe, war ich mir sicher, dass ich Alexandra nie wiedersehen würde. Aber meine Frau war da ganz anderer Meinung. Sie glaubte ganz felsenfest daran, dass Alexandra schon bald zurückkommen würde. Und sie war so glücklich – so unbeschreiblich glücklich. Sie hat mich mit ihrer Euphorie angesteckt. Ja, ich gebe zu: Irgendwann habe auch ich daran geglaubt, dass Alexandra zurückkommt. Wir haben Erklärungen gefunden; Erklärungen dafür, dass sie einfach abgehauen ist; Erklärungen dafür, dass sie nur eine Ansichtskarte für uns übrig hatte; Erklärungen dafür, dass sie mit Alex unterschrieben hat.

Es war Wunschdenken – ein Traum. Wir haben uns beide in eine Illusion hineingeträumt. Nur, dass für mich irgendwann der Traum vorbei war und für meine Frau nicht."

„Und wann war der Traum für Sie vorbei?", fragt Katja.

„Etwa ein Jahr später. Wir hatten kein weiteres Lebenszeichen von Alexandra bekommen. Da wurde mir klar, dass mein erster Gedanke mich nicht getäuscht hatte. Dass ich meine Tochter nie wieder sehen würde. Aber meine Frau hielt unbeirrt an ihrer Vorstellung fest – bis Ihr Hauptkommissar kam."

„Verstehe", sagt Katja kopfnickend. „Darf ich die Karte mitnehmen? Ich würde sie gern unserem Grafologen vorlegen. Sie bekommen sie selbstverständlich wieder."

„Dürfen Sie", antwortet Herr Westerbach emotionslos. „Sie dürfen sie auch gern behalten. Sie ist ja sowieso nicht von Alexandra."

„Danke. Dann bräuchte ich noch eine Schriftprobe von Ihrer Tochter – zum Vergleich."

„Kein Problem, ich hole Ihnen was." Herr Westerbach steht auf und verlässt den Raum. Katja hört, wie er die Treppe hinaufgeht. Während sie wartet, schaut sie auf das halb gelöste Kreuzworträtsel. Wenn unsere Rätsel auch so einfach zu lösen wären, denkt sie. Ihr Blick fällt auf den Kugelschreiber, den Herr Westerbach benutzt hat. Ein billiges Werbegeschenk, wie es in jedem Haushalt zu finden ist. Katja schaut sich den Werbeaufdruck genauer an.

Franz-Josef Bering
Versicherungen und Finanzdienstleistung

Dann dreht Katja den Kugelschreiber und findet eine Adresse in Höxter sowie eine Telefonnummer. Einer Eingebung folgend, notiert sie beides.

In diesem Moment kommt Herr Westerbach zurück. Er hält einen Schreibblock in der Hand, den er mit den Worten: „Das sollte wohl reichen" vor Katja auf den Tisch legt. Sie schaut sich kurz die vollgeschriebenen Seiten an und nickt zufrieden.

„Sagen Sie, kennen Sie Herrn Bering persönlich?" Katja hält ihrem Gegenüber den Kugelschreiber so hin, dass er den Werbeaufdruck lesen kann.

„Ja, ein sehr netter Mensch. Als wir noch in Holzminden wohnten, hatten wir die meisten Versicherungen bei ihm."

„Dann kannte er auch Ihre Tochter."

„Ja, natürlich. Sie hat sogar bei ihm gearbeitet."

„Ach, ich dachte, sie hätte studiert?" Katja ist etwas irritiert.

„Ja, das hat sie auch. Sie hat sich nebenher ein paar Euro in seinem Versicherungsbüro verdient. Außerdem kann es sicherlich nicht schaden, wenn sich eine BWL-Studentin ein wenig mit diesem Versicherungskram auskennt", erklärt Herr Westerbach.

„Da mögen Sie recht haben", stimmt die Beamtin zu. „Und von wann bis wann hat sie da gearbeitet."

„Lassen Sie mich kurz überlegen." Herr Westerbach zieht seine Stirn in Falten. „Es muss im Frühjahr 2009 gewesen sein, da bin ich mir ziemlich sicher. Ja, im April 2009 hat sie bei ihm angefangen – sie hat es uns damals als Aprilscherz verkauft."

„Und wie lange ging das?"

„Bis etwa eine Woche vor ihrem Verschwinden."

„Gab es einen Grund, weshalb sie dort aufgehört hat?"

„Es muss irgendetwas im Büro passiert sein."

„Und was?"

„Ich weiß es nicht. Wir haben sie mehrfach gefragt, aber sie hat behauptet, es wäre alles in Ordnung – aber das war es nicht. Sie war so seltsam in den Tagen, bevor sie verschwunden ist – so verschlossen."

Ein bedrückendes Schweigen breitet sich im Raum aus.

„Weshalb fragen Sie mich nach Herrn Bering?", will Herr Westerbach nun wissen.

„Ach, einfach nur so", antwortet die Oberkommissarin. „Seine Tochter ist vor über einer Woche ebenfalls spurlos verschwunden – und sie heißt auch Alexandra."

„Das ist ja äußerst merkwürdig", meint Herr Westerbach nachdenklich. „Nun ja, ich wünsche Herrn Bering jedenfalls von ganzem Herzen, das er seine Tochter lebend wiedersehen möge."

„Das wünschen wir uns auch", stimmt Katja ihm zu. „Ich denke, es ist genug für heute", beendet sie schließlich die Befragung. „Sollte Ihnen noch etwas einfallen, rufen Sie uns einfach an." Da sie noch keine Visitenkarten hat, schreibt sie ihre Telefonnummer auf einen Notizzettel. Dann nimmt sie die Ansichtskarte und die Schriftprobe, verabschiedet sich und fährt zurück nach Höxter.

Hauptkommissar Brixmeier ist der Verzweiflung nahe. Egal, wie er es anstellt, egal, welche Befragungstechniken er anwendet, egal, ob er den guten oder den bösen Bullen mimt, dieser Hellseher ist eine echt harte Nuss. Er gibt einfach nicht mehr zu, als das, was die Polizei bereits weiß. Auch die neuen Erkenntnisse, mit denen Toni den Hauptkommissar versorgt hat, locken Thallasarih nicht aus der Reserve.

Toni sitzt derweil ein paar Türen weiter an seinem Schreibtisch und telefoniert mit der Einrichtung, die Tristan Thallasarih vor einigen Jahren, als er noch Theo Tiemann war, geholfen hat, seine Gewaltausbrüche in den Griff zu bekommen. Alles, was er dort erfährt, deckt sich voll und ganz mit den Aussagen des Hellsehers. Das wird Erwin gar nicht gefallen, denkt Toni, als er den Hörer auflegt. In diesem Augenblick kommt Katja rein.

„Hallo, Toni, sag bloß, du bist schon mit deinem ganzen Pensum durch?"

„Aber natürlich, was glaubst du denn", antwortet Toni in seiner lässigen Art. „Und du, was hast du erreicht?"

„Ich habe ein paar interessante Neuigkeiten über unseren Freund Thallasarih."

„An dem beißt sich Erwin gerade die Zähne aus. Sie sind drüben, im Verhörraum."

„Na, dann werde ich mal schauen, ob ich Brixmeiers Gebiss was Gutes tun kann."

Als Katja in den Verhörraum kommt, sitzen sich Brixmeier und Thallasarih gegenüber wie zwei Raubtiere, die sich argwöhnisch belauern. Dem Hauptkommissar ist seine Unzufriedenheit deutlich anzusehen. Sein Gegenüber zeigt sich hingegen völlig unbeeindruckt.

„Herr Hauptkommissar, kann ich Sie mal kurz sprechen?"

Normalerweise mag es Brixmeier überhaupt nicht, wenn er während einer Befragung gestört wird, diesmal ist das aber anders. Ohne etwas zu sagen, steht er auf und verlässt den Raum.

„Ich hoffe für Sie, dat es wat Wichtijes ist – ich habe nämlich nicht die beste Laune", knurrt er gereizt, als die

Tür zum Verhörraum hinter ihm ins Schloss fällt.

„Da kann ich helfen. Thallasarih hat definitiv gelogen, er kannte Alexandra Westerbach – er kannte sie sogar sehr gut." Und weil Brixmeier nicht gleich Freudensprünge macht, legt Katja nach: „Die beiden waren ein Paar."

Endlich hellt sich die Miene des Hauptkommissars auf. „Nicht schlecht, Herr Specht", sagt er leise.

„Und es kommt noch besser", deutet Katja an.

„Noch besser?"

„Er hat Alexandra Westerbach wiederholt geschlagen. Das letzte Mal sogar so heftig, dass ihre Eltern sie in die Notaufnahme bringen mussten."

„Tja, dann wolln wir den Herrn Hellseher mal fragen, wat er dazu zu sagen hat." Ein schwaches Grinsen umspielt nun die Mundwinkel des Hauptkommissars.

„Da wäre noch etwas."

„Noch wat?"

„Unser lieber Herr Bering kannte Alexandra Westerbach ebenfalls."

„Später! Jetz beschäftigen wir uns ersmal mit dem da drin." Brixmeier deutet auf den Verhörraum. „Und weil Sie so chut im Bilde sind, setzen Sie die Befragung fort."

Katja weiß nicht, wie ihr geschieht. Der große Brixmeier überlässt es ihr, die Vernehmung fortzusetzen. Sollte sie sich jetzt gebauchpinselt fühlen? Wie dem auch sei, diese Gelegenheit lässt sie sich natürlich nicht entgehen. Gemeinsam mit dem Hauptkommissar betritt sie den Verhörraum, setzt sich auf Brixmeiers Platz und begrüßt ihren Gegenüber.

„Herr Thallasarih", beginnt sie die Befragung. „Als wir uns das letzte Mal gesehen haben – draußen auf dem Flur, genau vor dieser Tür -, habe ich Sie gefragt, ob Sie Alexandra Westerbach gekannt haben. Sie erinnern sich?"

Der Angesprochene nickt schweigend.

„Als Sie das verneint haben, haben Sie gelogen." Katja macht eine Pause und schaut Thallasarih herausfordernd an.

„Nun ja, wie hätte ich denn dagestanden? Ich habe mich ihr gegenüber nicht gerade vorbildlich verhalten, wie Sie sicher auch schon erfahren haben." Tristan Thallasarih zeigt das erste Mal Anzeichen von Unsicherheit, was auch der Hauptkommissar mit Genugtuung zur Kenntnis nimmt. „Sagen Sie, die Tote am Wölberg, war das etwa ...?

„Ja, es handelt sich bei ihr um Alexandra Westerbach. Und was denken Sie, wie Sie jetzt dastehen?", fragt Katja, die eine gewisse Betroffenheit im Gesicht des Hellsehers zu erkennen glaubt. Ohne eine Antwort abzuwarten, schiebt sie ein Blatt Papier und einen Kugelschreiber über den Tisch.

„Schreiben Sie", sagt sie zu Thallasarih, „Liebe Mama, lieber Papa."

„Was soll das denn?", fragt Thallasarih verdattert. Und nicht nur er ist überrascht, auch Hauptkommissar Brixmeier schaut seine Kollegin verwundert an.

„Tun Sie's einfach", fordert die Oberkommissarin den Hellseher auf. Dann diktiert sie langsam den Inhalt der Postkarte und Tristan Thallasarih schreibt. Währenddessen beobachtet Katja ihn ganz genau. Ihr entgeht dabei nicht, dass er den Kugelschreiber in der linken Hand hält. Als er fertig ist, schnappt sie sich das Blatt und verlässt den Raum mit den Worten: „Ich bin in zwei Minuten wieder da."

Katja übergibt Toni die Karte aus Acapulco und die beiden Schriftproben mit der Bitte, sie schnellstmöglich von einem Grafologen prüfen zu lassen. Außerdem bittet sie ihn festzustellen, ob Thallasarih schon immer Linkshänder war.

Es sind nicht einmal zwei Minuten vergangen, da sitzt die Oberkommissarin bereits wieder im Verhörraum. „So, Herr Thallasarih, nun erzählen Sie mal: Wie war das mit Ihnen und Alexandra Westerbach?"

Thallasarih zögert: „Ich weiß gar nicht, wo ich anfangen soll."

„Wie wäre es mit dem Tag, an dem Sie Alexandra Westerbach kennengelernt haben?", schlägt Katja vor. „Und es wäre sehr vorteilhaft für Sie, wenn Sie nichts auslassen würden. Ich würd's nämlich sowieso rauskriegen."

„Nun ja, es ist über vier Jahre her, und so genau kann ich mich nicht an alles erinnern", wendet Thallasarih ein.

„Dann strengen Sie sich mal ein bisschen an." Katja gibt sich unnachgiebig. „Sie haben allen Grund dazu. Schließlich sind Sie Hauptverdächtiger in einem Mordfall."

„Das ist doch absurd. Ich habe mit dem Tod von Alexandra Westerbach nichts zu tun", beteuert Thallasarih lautstark. „Ich war doch schon längst mit meiner jetzigen Partnerin zusammen, als Alexandra verschwunden ist."

„Und woher wissen Sie so genau, wann Alexandra Westerbach verschwunden ist?"

„Die Zeitungen waren damals voll davon. Und wenn man die vermisste Person so gut gekannt hat, verfolgt man die Sache mit einer gewissen Anteilnahme."

„Anteilnahme am Schicksal einer Person, der man brutale Gewalt angetan hat", wirft Katja provokativ ein.

„Am Schicksal eines Menschen, den man geliebt hat", kontert der Hellseher.

„Wie Sie meinen", kürzt Katja das Thema ab. „Sie wollten uns alles von Anfang an erzählen."

Tristan Thallasarih geht für einen Moment in sich, dann berichtet er langsam und ausführlich von seiner Beziehung zu Alexandra Westerbach. Katja und Brixmeier hören aufmerksam zu. Hin und wieder stellen sie eine Frage, die der Meister für magische Momente zufriedenstellend beantworten kann, und die Oberkommissarin muss schon bald erkennen, dass sich seine Darstellung ziemlich genau mit der von Herrn Westerbach deckt. Thallasarih schließt seinen Bericht, indem er ein weiteres Mal seine Unschuld beteuert.

„Fakt ist, dass Sie uns zunächst angelogen haben, was ihr Verhältnis zu Alexandra Westerbach betrifft. Außerdem steht fest, dass Sie sich exakt zu dem Zeitpunkt, als die ominöse Grußkarte abgeschickt wurde, in Acapulco aufgehalten haben, was, wie Sie selber zugeben müssen, schon äußerst merkwürdig ist. Und schließlich waren Sie es, der uns zu Alexandras Leichnam geführt hat; zu einem Ort, von dem nur derjenige wissen konnte, der die Leiche dort abgelegt hat", fasst Katja alle belastende Umstände zusammen.

„Ich wusste aber gar nicht, dass ihre Leiche dort lag. Ich bin davon ausgegangen, dass wir dort Alexandra Bering ... Ja klar, so muss es gewesen sein." Thallasarih sieht aus, als hätte er gerade eine Erleuchtung gehabt. „Wir haben auf den Séancen Alexandras Geist angerufen – und Alexandras Geist hat uns geantwortet. Es war aber nicht Alexandra Berings Geist, sondern der von Alexandra Westerbach. Und der hat uns zum Wölberg geführt. Verstehen Sie: Es war eine schlichte Verwechselung."

„Wissen Se, Herr Tiemann", dröhnt es nun von hinten. „Ich stell mir chrade dat Chesicht von dem Richter vor, dem Se dat erzählen. Mit der Jeschichte schickt der Sie nich in den Knast, sondern chleich in die jeschlossene Anstalt, und zwar für den Rest Ihres Lebens."

„Aber was soll ich sagen: Es ist die Wahrheit", erklärt der Hellseher mit beschwörender Stimme.

„Wenn wir Ihnen das abkaufen sollen, müssen Sie uns erst mal Ihre Arbeitsweise näher erklären", hakt Katja nach. „Und zwar so, dass wir dummen Ignoranten es verstehen."

„Da gibt's nichts zu erklären. Sie waren doch bei den Séancen dabei – Sie beide", erwidert Thallasarih.

„Ja, wir ham chehört, wat Se jefaselt ham, und wir ham chesehen, wie Ihre Partnerin Zuckungen jekricht hat", wirft Brixmeier ein. „Wat meine Kollejin sagen will: Wir haben nich den cheringsten Schimmer, wie der chanze Hokus-Pokus tatsächlich funktioniert."

„Vergessen Sie es! Diese Dinge sind Betriebsgeheimnis. Kein Zauberkünstler würde Ihnen seine Tricks verraten. Wenn jeder wüsste, wie wir arbeiten, könnte ich mir einen neuen Job suchen." Thallasarih lässt keinen Zweifel daran, dass die intimsten Geheimnisse eines Hellsehers auch für die Polizei tabu sind.

„Wie Sie meinen", grunzt Brixmeier. „Ich fürchte nur, dat Ihnen Ihr Betriebskapital nich besonders viel nutzt, wenn Se wegen Mordes eine chanze Weile im Jefängnis sitzen."

„Ich habe mit Alexandras Tod nichts zu tun, wie oft soll ich Ihnen das noch sagen", brüllt Tristan Thallasarih nun unvermittelt los. Es ist das erste Mal, dass er so richtig die Fassung verliert.

„Dat sagen se alle", erwidert Brixmeier unbeeindruckt. „Ich chebe Ihnen ausreichend Chelegenheit, noch mal über dat alles chanz chründlich nachzudenken. Heute Nacht werden Sie ersmal unser Chast sein. Chanz soviel Komfort wie dat Niedersachsen können wir Ihnen allerdings nich bieten."

„Bin ich etwa verhaftet?", fragt Thallasarih ungläubig.

„Ne, vorläufich festjenommen", gibt der Hauptkommissar zurück. „Sie sollten Ihre Partnerin anrufen, damit se Ihnen ein paar Sachen vorbeibringt. Außerdem sollten Se mal darüber nachdenken, ob Se nicht doch einen Anwalt wollen."

„Aber Sie können doch nicht einfach ..." Dem Hellseher bleiben die Worte im Hals stecken.

„Doch, doch, wir können und wir dürfen", gibt Katja zurück. „Wir sind nämlich die Polizei – schon vergessen? Ich wünsche Ihnen eine angenehme Nacht."

Der Hauptkommissar und die Oberkommissarin verlassen das Verhörzimmer und begeben sich in ihr Büro, wo Toni bereits mit einem ersten Ergebnis aufwarten kann.

„Unser Linkshänder ist echt", verkündet er. „Ich habe mit seiner Englischlehrerin gesprochen. Theo Tiemann hat schon in der Schule ausschließlich mit links geschrieben."

„Wie sieht es mit dem Grafologen aus?", fragt Katja.

„Tut mir leid, unser Schriftgelehrter sitzt noch an einem Gutachten fürs Gericht. Vor Morgennachmittag werden wir von dem nichts erfahren."

„Darf ich mal euer tête-à-tête unterbrechen", dröhnt der Hauptkommissar dazwischen. „Ich wüsste jetz auch chern mal Bescheid. Frau Sternberch, erzählen Se uns doch mal der Reihe nach, wat Se in Detmold erfahren haben. Vor allem interessiert mich, wat die Westerbach mit dem Bering zu schaffen hatte. Sie hatten da vorhin sowat anjedeutet."

Katja holt tief Luft und berichtet ausführlich über ihre Befragung von Herrn Westerbach. Als sie auf die Verbindung zwischen Alexandra Westerbach und Herrn Bering zu sprechen kommt, hören die Kollegen besonders aufmerksam zu. Vor allem Toni ist sichtlich irritiert, denn er hat die Akten zum Vermisstenfall Alexandra Westerbach von vorn bis hinten durchgearbeitet. Die Tatsache, dass sie im Büro von Herrn Bering gearbeitet hat, ist dort mit keinem einzigen Wort erwähnt worden.

„Tja, da haben wir wohl einen Chrund, morgen mal wieder den Versicherungsheini zu besuchen", wirft Brixmeier ein. „Dat kommt mir chanz chelegen. Dann kann ich ihm wejen der anderen Sache noch ein bisschen auffe Füße treten. Und du, Toni? Wat hast du bei der Chärtner erreicht?"

„Ich habe gar nicht mit ihr gesprochen."

„Wat?"

„Ich habe mit ihrem Vater gesprochen."

„Und der hat dich wie ein Dienstbote abjefertigt. Hab ich recht?"

„Zumindest hat er es versucht. Als ich ihn auf Paragraf 257 Strafgesetzbuch angesprochen habe, wurde er etwas zugänglicher. Er fand dann wohl auch, dass es sich für einen Staranwalt nicht so gut macht, wenn seine Tochter neben einem Erpresser vor Gericht steht."

„Bejünstigung ..." Der Hauptkommissar grinst verschmitzt. „Keine schlechte Idee. Toni, wenn dat klappt, knutsch ich dich."

„Dann muss ich ja hoffen, dass es nicht klappt", meint der Angesprochene und verzieht das Gesicht.

Brixmeier überhört diese Bemerkung geflissentlich. „Wat denken Sie, Frau Sternberch? Chlauben Sie, dat unser Mirakolix unschuldich ist?", fragt er Katja stattdessen.

„Ja", antwortet sie knapp.

„Und warum?"

„Ich sehe bei ihm kein klares Motiv", erklärt Katja. „Als Alexandra Westerbach verschwunden ist, war er bereits mit Ludmilla Tereschkowa zusammen. Außerdem glaube ich nicht, dass er die Karte geschrieben hat. Ich habe ihn genau beobachtet, als ich ihm den Text diktiert habe. Und warum sollte er uns zu der Leiche führen, wenn er sie selbst dort abgelegt hat. So blöd ist der nicht. Nein, Chef, ich glaube nicht, dass er es war."

„Außerdem stimmt die Geschichte mit seiner Therapie", weiß Toni zu berichten. „Also, ich muss Katja recht geben."

„Dann sind wir uns ausnahmsweise mal einich", grunzt der Hauptkommissar.

„Und warum haben Sie ihn dann festgenommen?"

„Ich will wissen, wie der Hokus-Pokus funktioniert. Eine innere Stimme sacht mir, dat es wichtich ist." Brixmeier macht eine bedeutungsvolle Pause. „Und wat denken Sie über unseren Versicherungsfuzzi?"

„Den sollten wir uns morgen gleich als Erstes vornehmen", schlägt Katja vor. „Bin gespannt, wie er auf den Namen Alexandra Westerbach reagiert."

„Als Zweites!", grunzt der Hauptkommissar.

„Wie bitte?"

„Wir nehmen ihn uns als Zweites vor, wenn wir mit Tiemann feddich sind", bekräftigt ihr Chef.

„Aber es wäre wesentlich wichtiger ..."

„Sie haben sowohl Ihre chute Beobachtungsjabe als auch Ihre weibliche Intuition unter Beweis jestellt. Chrausam schnell Motorradfahren können Se zu allem Überfluss auch noch", fällt Brixmeier ihr ins Wort. „Abba diesmal kommt der legendäre Riecher eines ostwestfälischen Dickschädels zum Zug. Lassen Se sich mal überraschen."

„Na, dann." Katja schaut den Hauptkommissar skeptisch an.

„Chibt et sonst noch was, wat ich wissen müsste?", fragt Brixmeier. Sein Blick wandert ein paar mal zwischen Katja und Toni hin und her. „Nich? Dann wünsch ich allseits einen schönen Feierabend."

Der Hauptkommissar hat die Klinke schon in der Hand, da dreht er sich noch mal um.

„Toni, hasse an meinen fahrbaren Untersatz chedacht?"

„Klar doch, steht auf deinem Parkplatz, Schlüssel liegt auf dem Schreibtisch."

„Danke!" Brixmeier geht zu seinem Schreibtisch und nimmt sich den Schlüssel. Er wirft einen kurzen Blick darauf und stutzt. Er schaut Toni an, dann wieder den Schlüssel und dann wieder seinen Kollegen.

„Toni", knurrt er. „Wat hasse dir da andrehen lassen?"

„Du, Erwin, die meinten, das wäre genau der richtige für dich", antwortet Toni. „Weil du ja auf Oldtimer stehst."

„Toonii ... Wat für einer?"

„Außerdem hatten sie keinen anderen mehr."

„Toooniiii, ich wiederhole mich nich chern."

„Es ist ein ausgemusterter Streifenwagen", lässt Toni die Katze aus dem Sack. „Grün-Weiß mit Blaulicht und so ..."

„Wat, so 'ne olle Bullenschüssel?" Der Hauptkommissar ist entsetzt. „Ihr habt se wohl nich mehr alle."

„Ich weiß nicht, was du hast, Erwin", kontert Toni. „Er fährt, und reinregnen tut's auch nicht."

„Und wer soll mich noch ernst nehmen, wenn ich mit so einem ... chummibereiften Kasperltheater vorfahre?"

„Nu lass mal die Kirche im Dorf", versucht Toni seinen Chef zu beschwichtigen. „Dich nimmt jeder ernst, selbst wenn du im Schottenrock und mit Dudelsack aufkreuzt."

„Ach, hör doch auf", giftet Brixmeier. „Ich mach morjen ersmal richtich Druck, damit ich so schnell wie möchlich meinen chuten alten Chranada widdakrieje."

„Da wirst du enttäuscht sein."

„Wieso?" Brixmeiers Gesicht verfärbt sich bedrohlich.

„Das wird wohl etwas länger dauern", erklärt Toni. „Die brauchen nämlich ein paar Ersatzteile, haben sie gesagt. Und die gibt es – wenn überhaupt – wohl nur noch bei den Archäologen. Und die sind zurzeit alle auf einem Kongress im Tal der Könige."

„Ach, leck mich", keift Brixmeier, dann fliegt die Tür krachend zu, und der Hauptkommissar ist verschwunden.

„Der beruhigt sich schon wieder", sagt Toni zu Katja. Dabei grinst er wie ein Honigkuchenpferd.

Das Betriebsgeheimnis

„Morjen, Herr Tiemann. Ham Se chut jenächticht?", begrüßt der Hauptkommissar den Hellseher im Verhörraum.

„Habe schon besser geschlafen."

„Dat nehm ich Ihnen chlatt ab. Ham Se die Zeit wenichstens jenutzt, um mal darüber nachzudenken, wat Se uns noch zu sagen haben?"

Die Tür öffnet sich, und Katja kommt herein. Sie nickt Thallasarih zu und setzt sich neben ihren Chef.

„Nun, Herr Tiemann, ich warte", drängt Brixmeier.

„Ich habe Ihnen gestern bereits alles gesagt", antwortet der Gefragte nach einigem Zögern.

„Sie haben uns nicht chesacht, wieso Sie uns ausjerechnet zu der Stelle jeführt haben, wo Alexandra Westerbachs Leiche versteckt war."

„Ich habe Ihnen gesagt, dass ich Alexandra Berings Leiche dort vermutet habe."

„Und Sie haben uns chesacht, dass dat 'ne Verwechslung war. Sie haben uns einreden wollen, dat Se zwei Jeister verwechselt haben – Menschenskind noch mal, wer soll Ihnen denn so einen hanebüchenen Schwachsinn abkaufen?", brüllt der Hauptkommissar.

„Es ist die Wahrheit. Anders kann es nicht gewesen sein", verteidigt sich Tristan Thallasarih nun ebenso lautstark.

Brixmeier schaut sein Gegenüber mit einem forschenden Blick an, und Thallasarih hält diesem Blick stand. Das Duell dauert eine gefühlte Ewigkeit, dann ergreift der genervte Hauptkommissar wieder das Wort.

„Wenn Se nich wollen, dat ich auf der Stelle einen Haftbefehl chegen Sie beantrage, sollten Se jetzt damit rausrücken, wie Se auf diesen verdammten Wölberch jekommen sind. Und Ihre Erklärung sollte schlüssich und chlaubhaft sein, denn sonst wird Ihr Bett im Niedersachsen noch länger kalt bleiben, dat verspreche ich Ihnen."

„Ich kann Ihnen doch nicht die Grundlage meines Geschäfts verraten. Ich sagte Ihnen gestern schon: Das ist so etwas wie ein Betriebsgeheimnis." Sowohl Brixmeier als auch Katja bemerken, dass das Bollwerk, hinter dem Tristan Thallasarih sein übersinnliches Fachwissen verbirgt, die ersten Risse bekommt.

„Sie stehen unter MORDVERDACHT! Mann, kapieren Se das endlich!", legt der Hauptkommissar gnadenlos nach. „Und bei Mord chibt et keine Bertiebsjeheimnisse mehr."

Thallasarih denkt angestrengt nach. Er scheint abzuwägen, welches der beiden Übel das kleinere ist. Die beiden Kriminalbeamten gönnen ihm die Bedenkzeit.

„Wenn Sie mir garantieren können", beginnt Thallasarih zaghaft, „dass das, was ich Ihnen über meine Arbeitsweise sage, diese vier Wände nicht verlassen wird, dann ..."

„Dat können Se chleich wieder verjessen", fällt Brixmeier ihm ins Wort. „Alles, wat für die Aufklärung des Mordes von Bedeutung is, kann ich nich zurückhalten. Es kann durchaus sein, dass dat sogar vor Jericht verwendet wird." Der Hauptkommissar macht eine kleine Pause, dann fährt er fort und seine Stimme klingt nun schon fast kumpelhaft. „Abba wenn Se – wie Sie behaupten – nix mit dem Tod von Alexandra Westerbach zu tun haben und Sie uns mit Ihren Informationen helfen, den wahren Täter zu übbaführen, könnte es sein, dat die Art und Weise, wie Sie Ihr Cheld verdienen, charnich zur Sprache kommen muss. Nur – versprechen kann ich nix."

Wieder ist dem Hellseher anzusehen, wie es hinter seiner Stirn arbeitet. Wieder dauert es eine ganze Weile, bis er sich zu einer Entscheidung durchringt. „Also gut", sagt er leise. „Ich werde Ihnen alles sagen, wenn ..."

„Wenn wat?", fragt Brixmeier gereizt.

„Wenn meine Partnerin ebenfalls einverstanden ist. Und sie soll dabei sein. Es geht sie nämlich genauso viel an wie mich."

„Dat können Se haben. Frau Kollejin, wenn Sie sich bitte darum kümmern würden?"

„Wird erledigt, Chef." Katja steht auf und verlässt den Verhörraum.

„Und Sie, Herr Tiemann werden bis dahin noch ein wenich unsere Chastfreundschaft chenießen", grunzt Brixmeier. Dann lässt er Tristan Thallasarih in seine Zelle bringen.

Doch bereits eine halbe Stunde später wird der Hellseher ein weiteres Mal in den Vernehmungsraum geführt, denn seine Partnerin, Lady Cassandra, ist inzwischen eingetroffen. Der Hauptkommissar gewährt den beiden ein kurzes Gespräch unter vier Augen. Im Anschluss setzt er die Befragung genau da fort, wo er sie vor nicht einmal einer Stunde unterbrochen hat.

„So, Herr Tiemann, jetz kommen Se mal zur Sache", fordert er Thallasarih auf.

„Tja, also", beginnt der Angesprochene zögerlich. „Meine übersinnlichen Fähigkeiten halten sich – offen gestanden – in Grenzen."

„Es gibt diese Fähigkeiten gar nicht", vermutet Katja.

„Also doch nur ein Scharlatan. Sowat Ähnliches habe ich mir von Anfang an chedacht", grunzt Brixmeier.

„Das stimmt so auch nicht", widerspricht Thallasarih.

„Wie wollen Se dat sonst nennen? Sie chaukeln den Leuten wat vor und ziehen ihnen damit dat Cheld ausse Tasche."

„Wir gaukeln ihnen nichts vor. Ich habe nur angedeutet, dass ich diese Fähigkeiten nicht habe." Der vermeintliche Hellseher macht eine kleine Pause. „Aber Ludmilla – also Lady Cassandra – verfügt über mediale Fähigkeiten."

„Aha, dann ist sie also der eigentliche Star", stellt die Oberkommissarin fest.

„Ja, das kann man so sagen."

„Und Sie schmücken sich mit ihren Federn."

„Nein, das stimmt nicht", widerspricht Lady Cassandra alias Ludmilla Tereschkowa energisch. „Lassen Sie es mich Ihnen erklären."

„Wir sind chanz Ohr", ermuntert sie der Hauptkommissar.

„Ich bin in einem sehr kleinen Dorf in der Westukraine aufgewachsen", beginnt Lady Cassandra. „In meiner Familie hat es immer schon Menschen – ausschließlich Frauen – gegeben, die das zweite Gesicht haben. Meine Mutter und auch meine ältere Schwester sind davon verschont geblieben. Aber meine Großmutter war eine außergewöhnliche Seherin und Heilerin. Im Vergleich zu ihr sind meine Fähigkeiten geradezu bescheiden. Dort auf dem Land leben eher einfache Menschen, und sie sind sehr abergläubisch. Obwohl meine Oma ihre Fähigkeiten ausschließlich dazu benutzt hat, Menschen zu helfen, war sie als Hexe verschrien – und wir als die Hexenfamilie. Jedes Mal, wenn etwas Schlimmes passiert ist – wenn jemand schwer krank wurde oder starb, wenn es gebrannt hat oder die Ernte schlecht ausgefallen ist –, hat man uns die Schuld gegeben.

Keiner wollte etwas mit uns zu tun haben. Diese übersinnlichen Fähigkeiten haben uns sehr viel Kummer gebracht – ich habe sie verflucht."

Lady Cassandra unterbricht ihre Schilderung für einen Moment. Eine gespannte Stille umgibt die vier Menschen im Verhörraum. Dann fährt sie fort.

„Mit achtzehn habe ich das Dorf verlassen. Ich habe die permanente Feindseligkeit nicht mehr ertragen."

„Und dann sind Sie nach Deutschland gekommen", wirft Katja ein.

„Nein, dann bin ich nach Odessa gegangen, ans Schwarze Meer. In der Großstadt sind die Menschen viel weltoffener. Außerdem kannte man dort weder meine Familie noch meine Vergangenheit. Ich habe dort Arbeit gefunden, eine Wohnung und viele nette Freunde. Ich hatte sogar fast vergessen, dass ich diese übersinnlichen Fähigkeiten habe. Es war eine sehr glückliche Zeit in Odessa. Dann habe ich Sergej kennengelernt. Er war Russe und unheimlich nett und gutaussehend. Es war Liebe auf den ersten Blick – dachte ich. Sergej wollte nach Deutschland, und er hat mich überredet, mit ihm zu kommen. Er hatte einen Freund in München, der hätte auch Arbeit für uns – hat er gesagt. Also sind wir nach Deutschland. Als wir in München waren, war Sergej schlagartig nicht mehr derselbe. Er war brutal und hat mich nur noch schlecht behandelt. Und sein Freund war ein Bordellbesitzer. Sie können sich vorstellen, was ich da arbeiten sollte. Ich hatte großes Glück, dass ich rechtzeitig verschwinden konnte. Dann bin ich hierher gekommen. Meine Vorfahren stammen nämlich ursprünglich aus dieser Gegend, müssen Sie wissen. Sie lebten in einem Dorf bei Lemgo, und ihre spezielle Begabung hat ihnen schon damals das Leben schwer gemacht. Im Zuge der großen Hexenverfolgung sind sogar zwei von ihnen hingerichtet worden. Mitte des achtzehnten Jahrhunderts ist dann ein Teil der Familie nach Russland ausgewandert. Da ging es ihnen deutlich besser bis Stalin an die Macht kam. Einige sind seinen Säuberungsaktionen zum Opfer gefallen. Meine Großeltern wurden in die Ukraine zwangsumgesiedelt."

„Da hat Ihre Familie ja eine sehr bewegte Verjangenheit", meldet sich Brixmeier zu Wort. „Und hier ham Se dann den Herrn Tiemann kennenjelernt."

„Ja, ich war sehr froh, hier jemanden gefunden zu haben. Und Theo ging es damals auch nicht so gut – er hatte sich gerade von seiner Freundin getrennt."

„So kann man dat auch nennen", knurrt der Hauptkommissar. „Und wann war dat chenau? Ich meine, wann sind Se hier hin jekommen?"

„Es war Anfang Dezember 2009", antwortet Lady Cassandra.

„Und wann sind Se auf die Idee jekommen, aus Ihren übersinnlichen Fähichkeiten ein jewinnbringendes Jeschäft zu machen?"

„Kurz, nachdem wir uns kennengelernt haben", mischt sich Thallasarih nun ein. „Ludmilla hat mir von ihrer Familie erzählt, von ihrer Vergangenheit und von ihrem speziellen Talent. Ich habe mir sofort gedacht, dass sich daraus eine ganz brauchbare Shownummer machen ließe. Und da wir zu der Zeit beide keine Arbeit hatten, habe ich Ludmilla meine Idee unterbreitet."

„Ich habe das natürlich sofort abgelehnt", betont Lady Cassandra. „Ich war froh, diesen ganzen Hexenkram endlich hinter mir gelassen zu haben."

„Das stimmt", bestätigt Thallasarih. „Ich habe sie mit viel Geduld und Engelszungen überreden müssen."

„Und mit eine paar Schlägen!?", wirft Katja ein.

„Nein", weist der Hellseher den Vorwurf vehement zurück. Deutlich leiser ergänzt er dann: „Das kam erst später."

Einen Moment lang herrscht wieder einmal Schweigen im Verhörzimmer, dann fährt Thallasarih fort: „Nachdem ich ihr fest versprochen habe, dass ich nach außen hin der Star sein würde und sie nur meine Assistentin, hat Ludmilla eingewilligt. Wir haben ein Programm ausgearbeitet und sehr intensiv geübt. Die ersten Auftritte hatten wir im Bekanntenkreis, auf Hochzeiten, Geburtstagen und anderen Feierlichkeiten. Es lief gut an. Das Programm wurde immer ausgefeilter, die Auftritte immer professioneller und die Veranstaltungen immer größer. Und dann haben wir Frau Bering kennengelernt. Sie brachte uns mit den richtigen Leuten zusammen und schon sehr bald gehörten wir zu den angesagtesten Nummern in den deutschen Varietés. Wir hatten uns inzwischen unsere Künstlernamen zugelegt – auf Anraten von Frau Bering. Vielleicht verstehen Sie jetzt, warum wir ihr den Wunsch, nach ihrer Tochter zu suchen, nicht abschlagen konnten."

„Und worin besteht nun Ihre Fähigkeit chenau?", will der Hauptkommissar von Lady Cassandra wissen. „Ich meine, können Sie in die Zukunft sehen, oder reden Sie mit Toten oder Cheistern oder wat?"

„Die Zukunft voraussagen kann ich definitiv nicht", sagt Lady Cassandra. „Wenn ich in Trance bin, empfange ich hin und wieder Nachrichten, von denen ich nicht weiß, wo sie herkommen. Aber meine eigentliche Fähigkeit könnte man im weitesten Sinne als Gedankenlesen bezeichnen."

„Dat heißt, Sie wissen, wat ich jetzt denke?" Brixmeier schaut Lady Cassandra plötzlich so merkwürdig an.

„Nein, da können Sie ganz beruhigt sein. Ich lese nicht in den Gedanken eines Menschen wie in einem Buch. Es ist viel komplexer. Sie können es sich in etwa so vorstellen: Jeder Gedanke und jede Empfindung erzeugt ein Energiefeld, das in alle Richtungen ausstrahlt. Der Raum, in dem wir uns befinden, ist durchsetzt mit Energie, die von den Gedanken und Emotionen aller Anwesenden gespeist wird. Und wenn ich in Trance bin, kann ich einige Teile dieser Energiefelder wahrnehmen und die dahinter verborgenen Empfindungen und Gedanken entschlüsseln. Das heißt, es sind im Grunde nur Fragmente von Gedanken und Empfindungen – aber in der Regel sind die entscheidend. Ich kann allerdings nicht erkennen, wessen Gedanken es sind, die ich wahrnehme."

„Wissen Se, wie dat, wat Se da sagen, in meinen Ohren klingt?", fragt Brixmeier mit ungläubiger Miene.

„Wie hirnverbrannter Schwachsinn", sagt Thallasarih.

„Besser hätt ich et auch nich sagen können", bestätigt der Hauptkommissar.

„Tut mir leid. Sie wollten wissen, wie es funktioniert, und jetzt beschweren Sie sich, weil Ihnen das zu mysteriös ist." Der Hellseher ist nun sichtlich belustigt. „Ihnen kann man es anscheinend nicht recht machen."

„Is ja chut, Herr Tiemann", lenkt Brixmeier ein. „Chehen wir mal davon aus, dat Ihre Nummer tatsächlich so abläuft, wie Se dat chrade beschrieben haben. Dann stellt sich mir die Frage, woher Sie wissen, wat Ihre Partnerin wahrnimmt. Wenn ich mich nicht irre, haben nur Sie cheredet, während die Lady jeschwiegen hat wie ein Chrab."

„Tja, das war ein Problem, das nicht ganz leicht zu lösen war." Auf Thallasarihs Gesicht macht sich ein überlegenes Grinsen breit. „Einerseits will sich Ludmilla so weit wie möglich im Hintergrund halten, und andererseits kann sie, während sie in Trance ist, nicht sprechen – selbst wenn sie es wollte. Fragen sie mich nicht, woran das liegt – wir wissen es beide nicht. Außerdem kann sie sich, wenn sie aus der Trance aufwacht, an ihre Eindrücke nicht mehr erinnern. Wie Sie sehen, hatten wir da eine wirklich harte Nuss zu knacken. Bei unseren ersten Versuchen hat Ludmilla während der Trance alle Wahrnehmungen aufgeschrieben. Das hat zwar funktioniert, aber – das können sie sich vorstellen – das sieht vor Publikum nicht gerade professionell aus."

„Herr Tiemann", der Hauptkommissar klingt plötzlich sehr dienstlich, „kannet sein, dat se uns jetz ein bissken auffe Folter spannen wollen?"

„Ich lege ein umfassendes Geständnis ab", antwortet der Hellseher, dessen Laune immer besser wird. „Aber gönnen Sie mir doch den kleinen Spaß – nachdem ich eine Nacht in Ihrem exquisiten Etablissement verbringen durfte."

„Würd ich ja cherne tun", entgegnet Brixmeier. „Abba wir ham einen Mord aufzuklären, da verstehen wir keinen Spaß."

„Würden Sie mir mal bitte ihre Hand geben", fordert Thallasarih den Hauptkommissar auf. Der zuckt unwillkürlich zusammen. „Keine Angst, ich reiße sie Ihnen schon nicht ab. Und wenn doch, kann mich Ihre reizende Kollegin gleich ganz hierbehalten."

Zögerlich steht Brixmeier auf und reicht seinem Gegenüber die Hand. Er traut diesem Burschen nicht. Ihm fällt auf, dass Thallasarih seine Hand ganz anders greift, als man es normalerweise tun würde. Eine Sekunde später spürt Brixmeier ein rhythmisches Trommeln in der Handinnenfläche.

„Und wat soll dat jetz?", fragt er verständnislos. Dabei schaut er dem Hellseher genau ins Gesicht. Der grinst nun von einem Ohr zum anderen.

„Die Antwort auf Ihre Frage habe ich Ihnen jetzt gerade gegeben. Aber da Sie mit Morsezeichen offensichtlich nichts anfangen können, haben Sie sie nicht verstanden."

Der Hauptkommissar setzt sich wieder. Ihm ist anzusehen, wie verblüfft er ist. In dem Blick, mit dem er Thallasarih mustert, spiegelt sich nun auch eine beträchtliche Portion Bewunderung wider.

„Sie wollen also sagen, dat Ihre Partnerin Ihnen alles, wat se wahrnimmt, mit Hilfe von Morsezeichen mitteilt?", fasst Brixmeier das Gehörte zusammen.

„Ganz genau", antwortet Thallasarih. „Und ich kann ihr auf dieselbe Weise auch Informationen zukommen lassen, auf die sie reagiert – selbst wenn sie sich in Trance befindet."

„Dann isset ja richtich praktisch für Sie, dat sich alle Beteilichten an den Händen fassen."

„Der sogenannte magische Kreis." Der Hellseher lacht. „Das ist alles Show. Er dient einzig und allein dem Zweck, dass wir uns unbemerkt verständigen können. Ludmilla kann die Gedanken der anwesenden Personen auch wahrnehmen, wenn wir nicht alle miteinander Händchen halten. Aber es würde verdächtig aussehen, wenn nur wir beide es täten."

„Da is wat dran", meint Brixmeier nachdenklich. „Abba so, wie Sie die Leute aufs Kreuz legen, mein lieber Mann ... Da könnte manch ein Bänker noch wat von Ihnen lernen."

„Wollen Sie uns beleidigen, Herr Hauptkommissar? Bei uns bezahlen die Leute dafür, dass sie unterhalten werden, eine gute Show geboten bekommen. Das hat überhaupt nichts mit unseriösen Machenschaften zu tun", entgegnet Thallasarih aufgebracht. „Die Menschen bekommen exakt das, wofür sie bezahlt haben – und nicht weniger."

„Schon chut, schon chut, so hab ich et ja nich jemeint. Woher kann Ihre Partnerin einjentlich so chut morsen?"

„Ich habe es ihr beigebracht. Es war nicht leicht. Vor allem, weil sie es gerade dann perfekt beherrschen muss, wenn sie in Trance ist. Das ist eigentlich so gut wie unmöglich, aber Ludmilla hat es tatsächlich geschafft. Ich bewundere sie nach wie vor dafür." Thallasarih wirft Lady Cassandra einen liebevollen Blick zu.

„Und wo haben Sie das Morsen gelernt?", will Katja wissen.

„Bei der Bundeswehr. Ich war Puster bei der Marine", antwortet der Hellseher.

„PUSTER??" Der Hauptkommissar fühlt sich verarscht. „Ham Se der Chorch Fock den Wind inne Sejel jepustet?"

„So nennt man da die Funker", klärt Katja ihren Chef auf.

„Ach so – wieder wat dazu jelernt. Puster ..." Brixmeier schüttelt skeptisch den Kopf.

„Herr Thallasarih, wenn ich Sie richtig verstanden habe, hatten Sie bei den Séancen entgegen Ihren ersten Aussagen weder mit Alexandra Westerbachs noch mit Alexandra Berings Geist Kontakt", folgert die Oberkommissarin scharfsinnig. „Die Informationen, die wir erhalten haben, stammten also – vorausgesetzt, Ihre Partnerin kann tatsächlich so etwas wie Gedanken lesen – von einer der anwesenden Personen."

„Sehr richtig", bestätigt Thallasarih.

„Und das wiederum bedeutet, dass eine der anwesenden Personen wusste, dass Alexandra Westerbach tot ist, und sie wusste sogar, wo wir ihre Leiche finden würden."

„Eine brillante Schlussfolgerung, Frau Oberkommissarin." Der Hellseher lehnt sich zufrieden in seinem Stuhl zurück.

„Das bedeutet aber auch, dass sie nach wie vor ganz oben auf der Liste der Verdächtigen stehen", gibt Katja zu bedenken, und mit einem gekonnten Pokerface fügt sie hinzu: „Immerhin sind Sie die einzige Person aus der Runde, die Alexandra Westerbach gekannt hat."

„Falsch!", widerspricht Thallasarih.

„Falsch?", Katja schaut ihn forschend an.

„Ich bin die einzige Person aus der Runde, von der Sie wissen, dass sie Alexandra Westerbach gekannt hat", kontert der Hellseher. „Das ist ein kleiner, aber entscheidender Unterschied. Und nun vertraue ich darauf, dass Sie Ihre Arbeit machen."

„Frau von Sternberch", meldet sich Brixmeiers raue Stimme. „Kann ich Sie mal unter vier Augen sprechen?"

Der Hauptkommissar steht auf und verlässt den Verhörraum. Katja folgt ihm.

„Nun, Frau Kollejin, wat meinen Se?", fragt Brixmeier, als er sicher ist, dass das Hellseher-Duo ihn nicht mehr hören kann.

„Ich habe meine Meinung nicht geändert", antwortet Katja. „Ich halte ihn nach wie vor für unschuldig."

„Dat meine ich nich. Wat ich meine is: Wat halten Se von dieser Jedankenlese-Jeschichte? Is da wat dran?"

„Klingt nicht unbedingt überzeugend." Die Oberkommissarin wirkt nachdenklich. „Aber es soll tatsächlich Leute geben, die so etwas können – habe ich mal gelesen."

„So, ham Se dat", grunzt der Hauptkommissar. „So, wie ich dat sehe, hat er uns jetz alles erzählt, wat wir wissen wollten. Et chibt also keinen Chrund mehr, ihn noch länger hier zu behalten."

„Das sehe ich genauso", stimmt Katja ihrem Chef zu.

Die beiden Beamten gehen wieder in den Verhörraum. Der Hauptkommissar nimmt Thallasarih gegenüber am Tisch Platz, während Katja es vorzieht, stehen zu bleiben. Brixmeiers durchdringender Blick ruht noch eine ganze Weile auf dem Hellseher, der zusehends nervös wird.

„Sie können chehen", sagt der Hauptkommissar schließlich und beendet damit die quälende Stille.

„Wie jetzt? Einfach so?" Tristan Thallasarih ist etwas verwundert.

„Nich chanz einfach so", sagt Brixmeier. „Sie müssen sich schon noch zu unserer Verfüjung halten."

„Das wird nicht so ohne Weiteres möglich sein. Ich habe Termine, die ich einhalten muss. Es gibt Verträge ..."

„Und hier chibt es immer noch einen unjelösten Mordfall", unterbricht ihn der Hauptkommissar. „Und solange Sie der Hauptverdächtige sind, müssen Ihre Termine und Verträge warten, sonst sind Se chanz schnell wieder unser Chast. Habe ich mich da klar ausjedrückt?"

„Glasklar. Sie wissen ja, wo Sie mich finden können." Thallasarih steht auf und will gehen.

„Ach, eine Bitte hätte ich noch, Herr Tiemann", bremst ihn Brixmeier aus.

„Und die wäre?"

„Würden Sie für mich noch mal so eine ... ähm ... wie heißt dat doch chleich ...? Seanze veranstalten?"

Thallasarih schaut den Hauptkommissar an, als wäre der ein Besucher aus dem Jenseits. „Sie meinen eine Séance?"

„Ja, chenau dat meine ich", bestätigt Brixmeier. „Sie müssen entschuldigen, mein Italienisch is nich so chut."

„Verstehe ich das richtig, Herr Hauptkommissar? Sie nehmen mir meine Bewegungsfreiheit, und ich soll als Dankeschön für Sie eine Gratis-Séance abhalten?"

„Ja, Sie verstehen mich vollkommen richtich: Ich möchte, dat Sie noch mal so eine Seanze abhalten. Und nein, Sie verstehen mich chanz und char nich richtich: Dat is kein Dankeschön. Dat Chanze dient einzich und allein dazu, den Fall aufzuklären. Und je schneller dat passiert, desto eher können Se wieder chehen, wohin Se wolln."

„Wenn das so ist, bin ich Ihnen natürlich gern behilflich. Und wann soll die Séance stattfinden?"

„Wenn's cheht, heute noch", antwortet Brixmeier.

„Wer soll daran teilnehmen?", fragt Thallasarih weiter.

„Die chleichen Personen, die auch bei den letzten Seanzen dabei waren."

„Also, wenn Sie mich fragen, Herr Hauptkommissar, ich kann mir beim besten Willen nicht vorstellen, dass Herr Bering noch einmal dabei mitmachen wird."

„Den überlassen Se jetrost mir. Ich werd bei ihm mal 'n bisschen meinen Scharm spielen lassen."

„Dazu wünsch ich Ihnen viel Glück. Kann ich jetzt gehen?"

„Dat können Se. Ich werde Sie beide im Niedersachsen abholen, wennet soweit is. Bis später."

Tristan Thallasarih und Lady Cassandra haben es nun eilig, das Polizeipräsidium zu verlassen.

Es ist plötzlich sehr still im Verhörraum. Katja, die das Gespräch zwischen Brixmeier und Thallasarih fassungslos verfolgt hat, meldet sich schließlich zu Wort.

„Was soll das denn jetzt? Sie wollen, dass der noch mal so eine Geisterbeschwörung abzieht? Ich dachte, Sie glauben nicht an so einen Quatsch."

„Tu ich auch nich", knurrt Brixmeier.

„Dann verstehe ich erst recht nicht, was das soll."

„Lassen Se sich überraschen." Wieder einmal tut Brixmeier höchst geheimnisvoll.

„Auf die Überraschung bin ich gespannt", sagt Katja. Nach einer kleinen Pause fügt sie hinzu: „Haben Sie sich mal überlegt, was passiert, wenn Lange das spitzkriegt?"

„Er musset ja nich spitzkriejen, oder?"

„Von mir erfährt er jedenfalls nichts."

„Na also, wo is dat Problem?", grunzt der Hauptkommissar. Dann begeben sich die beiden Beamten in ihr Büro.

„Haste wat Neues für uns?", will der Hauptkommissar dort von Toni wissen.

„Leider nicht", antwortet der.

„Hat sich der Grafologe schon gemeldet?", fragt Katja.

„Wenn, hätte ich es jetzt gerade gesagt." Toni macht einen leicht genervten Eindruck.

„Ich will noch ein paar Takte mit unserem Herrn Bering reden", verkündet Brixmeier. „Wie isset, Frau Sternberch, darf ich Sie zu einer kleinen Spritztour in meinem schönen neuen Dienstwagen einladen?"

„Ich kann es kaum erwarten", gibt Katja zurück.

„Ach, Erwin", sagt Toni. „Ich habe gestern ganz vergessen, es dir zu sagen: Die Handbremse von deinem schönen neuen Dienstwagen zieht nicht richtig."

Brixmeier stutzt. Er wirft seiner jungen Kollegin einen vielsagenden Seitenblick zu, und ein leichtes Grinsen umspielt seine Mundwinkel. „Dat muss ja kein Nachteil sein."

Wenige Minuten später sind Hauptkommissar Brixmeier und Oberkommissarin von Sternberg mit dem schmucken grün-weißen Dienstwagen unterwegs zu den Berings.

„Übrigens, Chef," sagt Katja, während sie vor einer roten Ampel geduldig auf Grün warten.

„Ja ...?", brummt Brixmeier.

„Das Wort Séance kommt nicht aus dem Italienischen. Es ist französisch und bedeutet soviel wie Sitzung."

„Ach, wat Se nich sagen."

Dann hüllen sich die beiden Beamten in Schweigen, bis sie bei der Villa der Berings ankommen.

„Chuten Tach, Frau Bering", grüßt der Hauptkommissar so freundlich, wie er kann. „Ist Ihr Mann auch zu sprechen?"

„Sie haben Glück. Er ist gerade eben nach Hause gekommen. Nehmen Sie doch schonmal im Salon Platz, Sie kennen ja den Weg. Ich sage ihm Bescheid, dass Sie da sind."

Wieder kommt sich die Oberkommissarin etwas verloren in dem wuchtigen Sitzmöbel vor, während sie zusammen mit ihrem Kollegen auf das Erscheinen des Hausherrn wartet.

„Wenn Sie gekommen sind, um mich zu überreden, dem Entführer doch eine Falle zu stellen, muss ich Sie leider enttäuschen", erklärt Herr Bering, während er, gefolgt von seiner Frau, den Salon betritt. „Ich habe meine Meinung diesbezüglich nicht geändert, und ich werde sie bis Morgen auch nicht ändern. Wir werden Alexandras Sicherheit nicht wegen ein paar läppischer Euro aufs Spiel setzten."

„Dat habe ich sehr wohl verstanden", sagt Brixmeier. „Und chenau aus dem Chrund sind wir hier."

„Wie bitte? Sie machen mich neugierig." Bering schaut den Hauptkommissar skeptisch an.

„Stellen Se sich mal vor, bei der Löscheldüberchabe taucht rein zufällich ein Streifenwagen auf. Dat kann ohne Weiteres passieren. Schließlich wissen wir ja nich, wann und wo die Sache über die Bühne cheht", gibt Brixmeier zu bedenken. „Deshalb möchte ich Sie bitten, uns zu jestatten, die Telefonüberwachung wieder aufzunehmen."

„Lieber Herr Hauptkommissar, das ist jetzt aber ein ganz billiger Trick." Bering grinst die Beamten mitleidig an.

„Dat is kein Trick. Ich jarantiere Ihnen, dat keine Polizei in der Nähe ist, wenn Se dat Löscheld übercheben. Vorausjesetzt, wir wissen, wann und wo dat passiert."

Schweigen breitet sich im Salon aus. Herr Bering scheint ernsthaft über Brixmeiers Angebot nachzudenken.

„Franz-Josef", schaltet sich nun Frau Bering ein. „Was der Herr Hauptkommissar sagt, klingt ganz vernünftig."

Wieder legt sich ein nachdenkliches Schweigen über alle Anwesenden.

„Sie wissen, dass ich Ihnen richtig Ärger machen kann, wenn irgendetwas schiefgeht?", sagt Herr Bering leise.

„Dat ham Se uns ja ziemlich deutlich jesacht", antwortet Brixmeier brummig.

„Also gut", erklärt Bering nach einer weiteren, kurzen Bedenkzeit. „Sie haben die Erlaubnis, meine Telefone wieder abzuhören. Im Gegenzug garantieren Sie mir, dass Sie erst aktiv werden, sobald unsere Tochter in Sicherheit ist."

„Mein Wort drauf", bestätigt der Hauptkommissar.

„Ich verlass mich darauf."

„Dat können Sie."

„Dann bräuchten wir noch Ihre Einverständniserklärung, und zwar schriftlich", wirft Katja ein.

„Was für eine Einverständniserklärung?", fragt Bering.

„Für die Telefonüberwachung", sagt Katja.

„Aber das ging beim ersten Mal doch auch mündlich?"

„Das ist richtig", erklärt die Oberkommissarin. „Aber die Telefonüberwachung ist auf Ihren ausdrücklichen Wunsch eingestellt worden. Und wenn wir sie nun wieder aktivieren wollen ..."

„... brauchen Sie es schriftlich", ergänzt Bering.

„Ganz genau", sagt Katja. „Sie wissen ja, die Polizei ist auch nur eine Behörde, und manchmal geht es auch bei uns etwas bürokratisch zu. Aber ein Dreizeiler, handschriftlich auf einem Schmierzettel reicht vollkommen aus. Hauptsache, Datum und Unterschrift stehen drunter."

„Daran soll es nicht scheitern." Herr Bering steht auf und holt einen Schreibblock sowie einen Kugelschreiber aus der Schublade einer rustikalen Kommode, und schon bald hält Katja die Einverständniserklärung in der Hand. Sie bedankt sich, wirft einen kurzen Blick auf die Beute und steckt sie ein. Hauptkommissar Brixmeier verfolgt den ganzen Vorgang mit überaus skeptischer Miene, sagt aber nichts dazu.

„War es das?", will Herr Bering dann wissen.

„Nein, dat war es noch nich", grunzt Brixmeier. „Sacht Ihnen der Name Alexandra Westerbach wat?"

„Ja natürlich, ich kenne die ganze Familie", antwortet Herr Bering spontan. „Sie waren Kunden bei mir, damals, als sie noch in Holzminden wohnten. Alexandra hat sogar eine Zeit lang bei mir im Büro gearbeitet. Sie hat sich neben dem Studium ein bisschen Geld verdient."

„Wo ist ihr Büro überhaupt?", will Katja wissen.

„Ich arbeite von hier aus", antwortet Bering irritiert.

„Gestern habe ich so einen Kugelschreiber mit einem Werbeaufdruck von Ihnen ..."

„Ach das!", fällt ihr Bering ins Wort. „Das war in der Nähe vom Marktplatz, aber das habe ich vor ungefähr vier Jahren aufgegeben."

„Wieso? Hat es sich nicht gelohnt?"

„Wissen Sie, Frau Kommissarin, das Versicherungsgeschäft ist nicht mehr das, was es mal war. Und das Geschäft mit der Laufkundschaft ... vergessen Sie's. Ich habe mich stärker im Bereich der Finanzdienstleistungen engagiert, und dazu reicht mir mein bescheidenes Büro hier im Haus."

„Machen Sie gar keine Versicherungen mehr?", hakt Katja nach.

„Doch schon, aber nur für Stammkunden und Großkunden."

„Verstehe." Katja scheint keine weiteren Fragen zu haben.

„Uns ist zu Ohren jekommen, dass dat Alexandra Westerbachs Arbeitsverhältnis von jetzt auf chleich beendet wurde", kommt Brixmeier auf sein ursprüngliches Thema zurück.

„Ja, das ist richtig." Herr Bering wirkt plötzlich sehr betroffen. „Eine sehr unschöne Geschichte. Alexandra ist irgendwie an mein Passwort gekommen und hat sich damit Zugang zu vertraulichen Kundendaten verschafft. Ich habe sie dabei erwischt, wie sie verschiedene Dateien auf einen USB-Stick kopieren wollte."

„Und dat rechtferticht einen fristlosen Rausschmiss?"

„Auf jeden Fall. Als Finanzdienstleister ist Diskretion mein wichtigstes Betriebskapital", bekräftigt Herr Bering. „Was würden sie sagen, wenn Unbefugte Einblick in Ihre Vermögensverhältnisse bekämen?"

„Den Unbefugten würden wahrscheinlich die Mitleids-Tränen inne Augen stehen", kontert Brixmeier.

„Das mag ja durchaus sein, aber zu meinen Kunden gehören namhafte Persönlichkeiten aus Politik und Wirtschaft. Da kann ich solche Entgleisungen nicht durchgehen lassen. Wenn sich so was rumspricht, kann ich meinen Laden dichtmachen."

„Und wat wollte Alexandra Westerbach mit den Daten?"

„Ich glaube, das wusste sie selber nicht genau. Ich habe ihr jedenfalls den USB-Stick abgenommen, sie entlassen und ihr Hausverbot erteilt. Weil ich die Familie seit Jahren gut kannte und weil sie noch keinen wirklichen Schaden angerichtet hatte, habe ich von einer Anzeige abgesehen."

„Wie chroßzügig von Ihnen", bemerkt der Hauptkommissar mit einem süffisanten Unterton. „Und wann war dat? Ich meine: Wann haben sie Se entlassen?"

„Dass muss ungefähr eine Woche vor ihrem Verschwinden gewesen sein", antwortet Bering, ohne auf Brixmeiers spitze Bemerkung einzugehen.

„Und danach ham Sie se auch nich mehr chesehen?"

„Nein!" Herr Bering schaut die Beamten nun forschend an. „Warum fragen Sie eigentlich nach Alexandra Westerbach?"

„Die Tote am Wölberch ..."

„NEIN!?", fällt Herr Bering dem Hauptkommissar ins Wort. „Sie wollen doch wohl nicht sagen, dass es Alexandra ist?"

„Et chibt keinen Zweifel."

„Die armen Eltern", würgt Bering hervor. „Frau Westerbach hat Alexandras Verschwinden nie verkraftet. Die Ärmste ist ziemlich labil, müssen Sie wissen. Sie war damals lange in psychiatrischer Behandlung."

„Dat is uns bekannt", sagt Brixmeier. Wieder entsteht

eine etwas längere Pause, bis der Hauptkommissar erneut das Wort ergreift. „Wie Sie wissen, war es dieser Thasalla...“

„Thallasarih“, hilft ihm Katja.

„Ja, chenau der, der uns an den Fundort von Alexandra Westerbachs Leiche jeführt hat. Bei einer späteren Befragung hat dieser Herr Thallaha ...“

„Thallasarih“, hilft Katja ein weiteres Mal aus.

„Na ja, jedenfalls hat er anjecheben, dat er einer Stimme jefolgt is, die er für die Stimme Ihrer Tochter chehalten hat. Im Nachhinein ist er der Ansicht, dat es sich nicht um die Stimme Ihrer Tochter, sondern um die von Alexandra Westerbach jehandelt hat. Unser Meister fürs Übersinnliche ist – so chlaubt er zumindest – schlicht und erchreifend einer Verwechslung zum Opfer jefallen. Eine Theorie, die nüchtern betrachtet, ziemlich abenteuerlich klingt, aber durchaus nicht chanz von der Hand zu weisen is, zumal die beiden Personen, um die es hier cheht, den chleichen Vornamen haben.“

„Dennoch ist das sehr weit an den Haaren herbeigezogen, wenn Sie mich fragen“, meint Bering, der sich keine große Mühe gibt, den verächtlichen Unterton zu verbergen.

„Wie dem auch sei“, fährt Brixmeier unbeeindruckt fort. „Der Herr Thalla...sarih ist davon übbazeucht, dass ihm ein solcher Fehler nich noch einmal passiert. Er hat mir anjeboten, eine weitere Sitzung abzuhalten und dabei chanz jeziel mit dem Cheist Ihrer Tochter Kontakt aufzunehmen.“

„Das kann er ja gern machen“, erklärt Bering, „aber nicht mit mir und nicht in meinem Haus.“

„Chanz chenau darum wollte ich Sie aber bitten“, bringt es der Hauptkommissar auf den Punkt.

„Das kann ja wohl nicht Ihr Ernst sein?“, brüllt Herr Bering, dabei sieht er den Hauptkommissar an, als hätte der nicht mehr alle Latten am Zaun. „Sie glauben doch wohl nicht wirklich, dass dabei irgendetwas herauskommt?"

„Erstens is dat mein Ernst, und zweitens chlaube ich erst einmal charnix", entgegnet Brixmeier. „Und ob da wat bei rauskommt, dat wissen wir hinterher. Darf ich Sie daran erinnern, dat es um das Leben und die Unversehrtheit Ihrer Tochter cheht. In solchen Fällen pflege ich, keine einzige Möchlichkeit – und wenn se noch so idiotisch erscheinen mag – unjenutzt zu lassen. Abba wenn Sie dat anders sehen ..."

„Ich muss mich doch sehr wundern, mit welchen Methoden die Polizei arbeitet, wenn sie nicht weiter weiß."

„Dat steht Ihnen frei, dat mit dem Wundern, meine ich, aber dennoch ..."

„Ach, hören Sie auf. Ich will von dem Schwachsinn nichts mehr hören", fällt Bering dem Beamten unwirsch ins Wort. „Und wenn Sie noch weitere derart hirnrissige Vorschläge auf Lager haben, sehe ich mich gezwungen, mich an Ihren Vorgesetzten zu wenden."

„Franz-Josef", meldet sich plötzlich Frau Bering aus dem Hintergrund. „Ich finde den Vorschlag des Hauptkommissars gar nicht so abwegig. Herr Thallasarih sollte noch einmal versuchen, mit Alexandra Kontakt aufzunehmen."

„Schon klar, dass du die Idee gut findest", fährt Bering nun seine Frau an. „Du willst einfach nicht kapieren, dass das alles nur Augenwischerei ist. Ich möchte gar nicht wissen, wie viel Geld dir dieser Scharlatan mit seinem faulen Zauber schon aus der Tasche gezogen hat. Und jetzt behauptet er auch noch, er könne unsere Tochter finden. Wir durften ja alle miterleben, was bei seinem ersten Versuch rausgekommen ist. Und weil das nicht genügt, soll er es noch einmal versuchen. Nun ja, vielleicht findet er dann eine zehntausend Jahre alte Gletscherleiche unter unseren Blumenbeeten oder ein paar prähistorische Saurierknochen oder …"

„Franz-Josef", fährt ihm Frau Bering in die Parade. Sie ist aufgestanden und wirft ihrem Mann einen Blick zu, gegen den selbst das schärfste Rasiermesser wie ein abgenutzter Gurkenhobel daherkommt. Mit geradezu beängstigend ruhiger Stimme fährt sie fort: „Kann ich dich mal bitte unter vier Augen sprechen." Und an die Beamten gerichtet, ergänzt sie: „Wenn Sie uns bitte einen Moment entschuldigen würden."

Dann verlässt sie den Salon. Herr Bering folgt ihr, ohne ein Wort zu verlieren, und schließt die Salontür von außen.

„Ham Se wat jemerkt, Frau Kollejin?", fragt Brixmeier leise.

„Was meinen Sie, Herr Hauptkommissar?"

„Et is hier drin in den letzten Minuten um mindestens zehn Chrad kälter jeworden."

„Ach das! Ja, das habe ich auch gemerkt."

„Und, wat meinen Se, wer jewinnt?"

„Frau Bering, wer sonst. Da gehe ich jede Wette ein."

„Da wette ich nicht dachegen."

Die nächsten Minuten hüllen sich die Beamten in vornehmes Schweigen. Wie gern hätten sie bei der Auseinandersetzung der Berings Mäuschen gespielt. Doch die Türen in diesem Haus bestehen allesamt aus gutem Eichenholz und sind daher nahezu schalldicht.

Es dauert knapp fünf Minuten, bis die Berings wieder in den Salon zurückkommen. Die beiden Kriminalbeamten sind ein wenig überrascht, denn weder Herrn, noch Frau Bering ist es in irgendeiner Weise anzusehen, dass sie gerade ziemlich heftig miteinander gestritten haben.

„Eine Chance gebe ich ihm noch", beendet Herr Bering die Stille. „Genau eine, dann ist endgültig Schluss."

„Vielen Dank, Herr Bering, mehr wollte ich charnich", erwidert Brixmeier. „Dann werden wir Sie jetz verlassen, und wir sehen uns in einer Stunde wieder."

„Wieso denn schon in einer Stunde?" Herr Bering schaut den Hauptkommissar entgeistert an. „Ich dachte, irgendwann in den nächsten Tagen ..."

„Morjen is die Lösecheldüberchabe", entgegnet Brixmeier. „Ich möchte chern vorher wissen, wo Ihre Tochter steckt."

Herr Bering hat bereits einen Einwand auf den Lippen, doch seine Frau ist schneller.

„DAS MÖCHTE ICH AUCH", erklärt sie mit Nachdruck.

Herr Bering schluckt seinen Widerspruch runter und meint resigniert: „Also gut, dann eben in einer Stunde."

Die beiden Beamten verabschieden sich und fahren zurück zum Präsidium.

„Ich frage mich nach wie vor, was Sie sich von dieser blöden Séance versprechen", sagt Katja während der Fahrt.

„Warten Se's ab, Frau Sternberch. Vielleicht werden Sie hinterher zucheben müssen, dat die Idee mit der Sitzung charnich so blöde war."

„Etwas Gerichtsverwertbares kann jedenfalls nicht dabei rausgekommen."

„Da ham Se durchaus recht", stimmt ihr Brixmeier zu.

„Ein Grund mehr, warum ich es nicht verstehe."

„Wie ich Ihnen schon sagte: lassen Se sich überraschen." In Brixmeiers Stimme schleicht sich wieder so ein väterlicher Unterton ein. „Stellen Sie sich einfach vor, dat ich chern mal im Jenseits ermitteln möchte, während Sie dafür sorjen, dat unserem Schriftjelehrten nich langweilich wird. Is doch 'ne pfiffije Arbeitsteilung, wat meinen Se?"

Katja schaut den Hauptkommissar von der Seite an. Der hält seinen Blick konzentriert auf den Straßenverkehr gerichtet. Doch ein breites Grinsen zeigt, dass er mit seinen Gedanken ganz woanders ist. Die Oberkommissarin verspürt das erste Mal einen gewissen Anflug von Sympathie für diesen alten, kauzigen, ostwestfälischen Dickschädel. Allemal genug, um den Anflug eines Lächelns auf ihre ebenmäßigen Gesichtszüge zu zaubern.

Befragung im Jenseits

Toni guckt wie zehn Tage Regenwetter, als seine Kollegen das Büro betreten.

„Wat für 'ne Laus is dir denn übere Leber jelaufen", fragt der Hauptkommissar.

„Gar keine", antwortet der Oberkommissar. „Aber jemand anderem ist 'ne ganze Armee Läuse über die Leber gelaufen. Lange will euch SOFORT sprechen."

„Wat will der denn?"

„Ich habe keine Ahnung, Erwin. Aber seine Laune ist – gelinde gesagt – unterirdisch."

„Ach, Toni", mischt sich Katja ein, „bevor unsere Laune auch unterirdisch wird ..."

„Ja, Katja, das grafologische Gutachten liegt vor. Die drei Schriftproben stammen von drei unterschiedlichen Personen."

„Sicher?"

„Ganz sicher – sagt Dr. Petersen."

„Komisch!"

„Was ist daran komisch?"

„Komisch, dass mich das gar nicht überrascht. Dafür hätte ich hier gleich noch eine Schriftprobe." Die Oberkommissarin zieht die Einverständniserklärung aus der Tasche, die sie Herrn Bering abgeluchst hat. „Wärst du so nett ...?"

„Gib schon her", meint Toni. „Ich kümmere mich drum. Aber ihr solltet jetzt ... Ich glaube nicht, dass seine Laune besser wird, wenn ihr ihn noch länger warten lasst."

„Na, dann komm' Se, Frau Kollegin, dann ham wa's hinter uns."

„Brixmeier, wissen Sie, wer mich heute angerufen hat?",
fragt Kriminalrat Lange und seine Stimme lässt nichts Gutes ahnen.

„Keine Ahnung", dröhnt der Hauptkommissar zurück.
„Aber ich chehe davon aus, Sie werden es mir chleich verraten."

„Sagt Ihnen der Name Konstantin Westerbach etwas?"
Lange fixiert Brixmeier mit einem forschenden Blick.

„Jou", lautet die knappe Antwort.

„Sehr schön! Dann können Sie sich möglicherweise
auch vorstellen, was er mir zu berichten hatte."

„Jaaa ... Abba der Junge war an dem Tach wohl etwas
vonne Rolle", versucht sich Brixmeier rauszureden.

„Wissen Sie, wenn ich einen Notarzt rufen müsste, weil
meine Mutter einen Nervenzusammenbruch hat, nachdem
ein Polizeibeamter ihr mitgeteilt hat, dass ihre seit Jahren
vermisste Tochter tot aufgefunden wurde, wäre ich auch
etwas von der Rolle", hält ihm Lange entgegen.

„Nun ja, die Frau war abba auch überempfindlich."

„Das mag durchaus sein. Das ändert aber nichts an der
Tatsache, dass Herr Westerbach Ihren Auftritt mit dem einer
Abrissbirne verglichen hat", giftet der Kriminalrat zurück.

„Ich sach ja, der Junge war ein bisschen mitte Nerven
feddich."

„War das, bevor oder nachdem der Notarzt gerufen werden musste?", brüllt Lange nun mit hochrotem Kopf.

Auf diese Frage fällt dem Hauptkommissar offenbar
keine Antwort mehr ein. Weshalb der Kriminalrat nach
kurzer betretener Stille wieder das Wort ergreift: „Ich habe
mit Engelszungen reden müssen, um den jungen Herrn

Westerbach davon abzubringen, den offiziellen Beschwerdeweg zu beschreiten. Es ist mir glücklicherweise gelungen, ich musste ihm allerdings versprechen, dass Sie sich persönlich bei ihm und vor allen Dingen bei seiner Mutter für Ihren verkorksten Auftritt entschuldigen werden."

„Abba Sie können doch nich ...", stammelt Brixmeier.

„Oh doch, Herr Hauptkommissar, ich kann", fällt ihm Lange ins Wort. „Ich habe mich schwer ins Zeug gelegt, um Ihnen und mir viel Ärger zu ersparen und jetzt sind Sie dran."

„Sie meinen ...", würgt der Hauptkommissar hervor. Katja hat ihren Chef selten so entgeistert gesehen.

„Ich meine, Sie werden in den nächsten Tagen nach Detmold fahren und sich bei der Familie Westerbach in aller Form entschuldigen", bekräftigt der Kriminalrat. „Und damit wir uns richtig verstehen: DAS IST EIN BEFEHL!"

Wieder entsteht eine kurze Pause. Dann wendet sich Lange an Katja: „Kommen wir nun zu Ihnen, Frau Oberkommissarin. Warum haben Sie die Wucht unserer westfälischen Abrissbirne nicht ein wenig abgefedert? Sie waren doch dabei, wenn ich mich nicht irre?"

„Nun ja", kommt es von Katja etwas zögerlich. „Ich war nicht von Anfang an dabei. Ich bin erst angekommen, als der Notarzt schon da war."

„Ach ja, das war doch der Tag, an dem Brixmeiers Granada den Geist aufgegeben hat. Sie haben ihn auf Ihrem Motorrad mit zurückgenommen. Ich erinnere mich." Über das Gesicht des Kriminalrats huscht plötzlich ein dezentes Grinsen. „Kollege Brixmeier schwebte danach über die Flure wie John Wayne nach einem Gewaltritt von Laramie nach Dodge City."

Katja muss ebenfalls grinsen. Der Hauptkommissar nicht.

„Und warum sind Sie erst später dort angekommen?", will Lange dann von Katja wissen.

„Ich hatte an dem Morgen noch einen Termin."

„Das ist im Grunde kein Problem, aber wir handhaben es so, dass wir unsere Kollegen darüber informieren."

„Dat hat se auch jemacht", wirft Brixmeier ein. „Ich hab nur nich dran chedacht und bin dann allein losjefaren."

„Tja, Brixmeier, so was sollte natürlich nicht passieren", meint Kriminalrat Lange mit einem leichten Kopfschütteln. „Okay, Themenwechsel: Was macht die Suche nach Alexandra Bering?"

Hauptkommissar Brixmeier berichtet dem Kriminalrat von Berings Zustimmung zur erneuten Telefonüberwachung.

Lange ist nicht zufrieden. „Es geht eigentlich gar nicht, dass jemand – auch wenn er Franz-Josef Bering heißt – uns vorschreibt, wie wir unsere Arbeit zu machen haben."

„Dat is mir klar. Abba wat sollte ich machen? Er hätte der Telefonüberwachung nie zujestimmt, wenn ich ihm nich mein Wort jecheben hätte, dat wir uns raushalten", verteidigt Brixmeier seine Entscheidung.

„Ich weiß! Das sollte auch kein Vorwurf sein", lenkt Lange ein. „Aber wenn morgen etwas schief geht … Ich sage Ihnen, Brixmeier, wir bewegen uns da auf verdammt dünnem Eis."

Der Hauptkommissar nickt zustimmend.

„Gut, lassen Sie uns erst mal eine Nacht darüber schlafen. Ab sechs Uhr morgen früh werden alle verfügbaren Kräfte in Alarmbereitschaft versetzt, und dann werden wir nach Lage der Dinge entscheiden, wie wir vorgehen", beendet der Kriminalrat das Thema. „Und was macht der andere Fall? Wie ich höre, haben Sie unseren Hellseher wieder laufen lassen."

„Ja, dat haben wir", erklärt Brixmeier. „Wir chlauben nich, dat er wat mit dem Tod von Alexandra Westerbach zu tun hat."

„Aber es spricht doch alles gegen ihn."

„Nicht alles. Chanz im Chegenteil: Es mehren sich die Hinweise, die ihn entlasten."

„Wäre ja auch zu schön gewesen. Gibt es denn andere Spuren?"

„Jaaa ... die chibt es", antwortet Brixmeier zögerlich. „Die sind aber nich chrade heiß – noch nich."

„Und", bohrt Lange nach, „wo führen die hin?"

„Wie jesacht, dat is alles noch sehr vage."

„Kann es sein, dass Sie mir etwas verheimlichen wollen?"

„Dat will ich nich. Abba ich will mich auch nich zu weit aussem Fenster lehnen – noch nich."

„Brixmeier, Sie reden mit Ihrem Chef." Der Kriminalrat wird allmählich ungeduldig. „Also raus mit der Sprache: Wen haben Sie auf dem Schirm?"

„Franz-Josef Bering", sagt Brixmeier leise.

Lange guckt, als hätte bei ihm der Blitz eingeschlagen. Er schaut den Hauptkommissar mit ungewöhnlich finsterer Miene an und sagt leise, aber mit einem Unterton, der fast schon einer Kriegserklärung gleichkommt: „Brixmeier, ist Ihnen auch nur annähernd klar, was Sie da behaupten?"

„Nun ja", beginnt der Hauptkommissar, und er scheint jedes einzelne Wort auf die Goldwaage zu legen. „Alexandra Westerbach hat bis eine Woche vor ihrem Verschwinden im Versicherungsbüro Bering chearbeitet ..."

„Das ist noch lange kein Grund, einen der angesehensten Bürger dieser Stadt eines Mordes zu verdächtigen", fährt der Kriminalrat erbost dazwischen.

„Die Umstände, unter denen dat Arbeitsverhältnis beendet wurde, waren etwas unjewöhnlich."

„Auch das muss gar nichts heißen."

„Wir sind auch noch auf andere Sachverhalte jestoßen, die durchaus Fragen aufwerfen ..."

„... und für die es sicher eine ganz normale Erklärung gibt."

„Jenau dat würden wir chern überprüfen." Über das Wie schweigt Brixmeier sich aus.

„Wissen sie eigentlich, wie lange ich Franz-Josef Bering schon kenne? Ich bin seit Urzeiten Kunde bei ihm, und er hat mir zu einigen sehr lukrativen Geldanlagen verholfen. Und so wie mir geht es vielen hier in Höxter. Da kommen Sie daher und verdächtigen ihn, eine junge Frau ermordet zu haben – nur, weil sie bei ihm gearbeitet hat."

„Nich nur deshalb", entgegnet der Hauptkommissar.

„Dann frage ich Sie, Brixmeier: Haben Sie irgendetwas Konkretes gegen Franz-Josef Bering in der Hand?"

„Noch nich."

„Und ein Motiv haben Sie wahrscheinlich auch nicht?"

„Bis jetz nich."

„Dann will ich von diesen absurden Anschuldigungen nichts mehr hören! Habe ich mich klar ausgedrückt?"

„Ja, dat ham Sie", knurrt Brixmeier missmutig. „Dürfen wir jetz wieder an unsere Arbeit?"

„Das dürfen Sie nicht nur – das sollen Sie", entgegnet Lange giftig. „Ich erwarte, dass Alexandra Bering morgen wieder wohlbehalten zu ihrer Familie zurückkehrt und dass Sie mir den Mörder von Alexandra Westerbach liefern. Am besten nehmen Sie sich diesen Hellseher noch mal richtig vor."

„Dat hatten wir sowieso vor."

„Dann will ich Sie nicht länger aufhalten."

Brixmeier und Katja verlassen fast fluchtartig das Büro des Kriminalrats. Katja verspürt einen unangenehm schalen Geschmack im Mund, und ihrem Kollegen scheint es nicht viel besser zu gehen.

„Falls uns einer suchen sollte – wir sind nochmal bei den Berings", meldet sich Brixmeier für heute bei Toni ab. „Danach fahre ich auf dem kürzesten Weg nach Hause. Ich hab nämlich die Schnauze jestrichen voll."

„Dann wünsche ich einen schönen Feierabend", ruft Toni den beiden hinterher.

„Ich hol jetzt Tiemann und diese Cassandra ab. Dann komme ich zu den Berings. Sie sollten Ihr Motorrad nehmen", rät Brixmeier seiner jungen Kollegin auf dem Weg nach draußen. „Es sei denn, Sie wollen hinterher zu Fuß zum Präsidium zurückchehen."

Katja fährt direkt zu den Berings. Damit ihr die Wartezeit nicht allzu lang wird, hilft sie Frau Bering bei der Vorbereitung der Séance. Dass sie sich dabei ein bisschen bescheuert vorkommt, kann sie erfolgreich verdrängen. Herr Bering lässt sich nicht blicken. Er hat sich demonstrativ in seinem Arbeitszimmer verschanzt. Eine geradezu ideale Gelegenheit, ein vertrauliches Gespräch unter Frauen zu führen. Katja überlegt, ob sie Frau Bering die Frage stellen soll, die ihr unter den Nägeln brennt.

„Sagen Sie, Frau Bering." Katja zögert. Sie ist sich nicht sicher, ob es klug ist, jetzt diese Frage zu stellen, oder bis nach der Séance damit zu warten. Doch dann gibt sie sich einen Ruck. „Wann haben Sie eigentlich bemerkt, dass Ihr Mann ein Verhältnis mit Alexandra Westerbach hatte?"

„Woher wissen Sie ...?" Die Überraschung ist Frau Bering anzusehen.

„Ich habe Sie vorhin beobachtet. Ich habe Ihr Gesicht gesehen, als der Name Alexandra Westerbach fiel."

„Respekt, Frau Kommissarin, Sie haben wirklich eine ganz ausgezeichnete Beobachtungsgabe – aber ich glaube, das habe ich Ihnen schon mal gesagt." Frau Bering schaut einen Moment wie abwesend an der Kriminalbeamtin vorbei, dann fährt sie fort. „Es mag etwa vier oder sechs Wochen vor dem Verschwinden der jungen Frau gewesen sein. Ganz genau weiß ich es nicht mehr. Ich hatte auch keine Ahnung, wie lange das schon ging. Franz-Josef ist zwar recht geschickt darin, seine Liebschaften vor mir zu verbergen, aber früher oder später kriege ich es immer mit."

„Seine Liebschaften?", hakt Katja ein. „Es ist also öfter vorgekommen?"

„Was glauben Sie denn. Schauen Sie ihn sich doch an, den Adonis, den Schwarm aller Frauen. Dann sein selbstsicheres Auftreten. Ja, der Mann weiß wahrhaftig, wie man mit Frauen umgeht, wie man sie umschmeichelt und vor allem, wie man sie ins Bett kriegt. Die meisten kriegen schon weiche Knie, wenn er sie nur ansieht. Und nun schauen Sie mich an. Klein, pummelig, hier ein Fältchen zu viel, da ein Fettpölsterchen. Glauben Sie allen Ernstes, dass ich der Typ bin, den sich ein Franz-Josef Bering in seinen Fantasien wünscht? Ich bin nur das kleinere Übel. Die Kröte, die er schlucken musste, um an mein Geld zu kommen. Franz-Josef Bering hat nicht mich geheiratet – sondern mein Konto. Und soll ich Ihnen was sagen, Frau Kommissarin?"

„Was?", fragt Katja leise nach.

„Es war mir von vornherein klar. Aber ich wollte den Mann, auf den alle scharf waren – und ich habe ihn gekriegt. Ich wusste, dass ich ihn nie für mich allein haben würde. Ich wusste, dass er seine Nebenbeschäftigungen braucht wie die Luft zum Atmen. Das war halt der Preis – und ich war bereit, ihn zu zahlen.

Auch wenn es merkwürdig klingt: Ich kann mich eigentlich nicht beschweren. Franz-Josef hat mich immer respektvoll behandelt. Er wurde mir gegenüber nie handgreiflich, es gab nie ein böses Wort – na ja, mal abgesehen von den kleinen Streitereien, wie sie überall vorkommen. Ich kann nicht einmal sagen, dass er mich über die Maßen vernachlässigt hat, trotz der Arbeit und trotz seiner Seitensprünge. Und wenn ich mich in unserem Bekanntenkreis umsehe, würde ich sogar sagen: Wir führen eine gute Ehe. Sie hat zwar nichts mit Liebe zu tun, aber es ist eine gute – oder sagen wir, eine gut funktionierende Ehe."

Katja fällt es schwer, ihre Betroffenheit zu verbergen. Um das Gespräch wieder auf eine sachliche Ebene zu bringen, fragt sie: „Gab es irgendetwas Besonderes in dem Verhältnis zwischen Ihrem Mann und Alexandra Westerbach – irgendetwas, das anders war, als bei früheren … Seitensprüngen?"

„Nein, jedenfalls nicht von Franz-Josefs Seite."

„Aber von Frau Westerbachs Seite?", will Katja wissen.

„Nun ja, es gab immer wieder mal die eine oder andere, die mehr sein wollte, als nur seine Geliebte. Wenn sie jedoch hofften, er würde sich scheiden lassen, dann hatten sie sich geschnitten. So sehr er die Frauen liebt, es gibt etwas, das er noch weitaus mehr liebt: GELD, GELD und noch einmal GELD. Er hätte sich vielleicht von mir scheiden lassen, aber niemals von meinem Geld. Da können Sie sicher sein."

„Und Alexandra Westerbach?", hakt Katja nach. „War sie eine von denen, die mehr wollten?"

„Ich habe keine Ahnung", sagt Frau Bering. „Ich weiß es wirklich nicht."

In dem Moment überfluten die Töne des schweren Röhrengongs das ganze Haus.

„Das wird mein Kollege sein", meint Katja fast ein wenig erleichtert.

Frau Bering springt auf, um zur Haustür zu gehen und die Neuankömmlinge hereinzulassen. Bevor sie jedoch den Raum verlässt, dreht sie sich noch einmal um. „Wissen Sie, Frau Kommissarin", sagt sie mit leiser Stimme, und ihr schönes Gesicht sieht in diesem Moment unendlich traurig aus. „Ich habe mir damals nicht träumen lassen, dass der Preis SO hoch sein würde."

„Is alles bereit?", dröhnt Brixmeiers Stimme, noch bevor er den Raum betritt. Der Hauptkommissar scheint es nun sehr eilig zu haben.

„Wenn es nach uns gegangen wäre, hätten wir schon vor einer halben Stunde anfangen können", kontert seine junge Kollegin.

„Wo ist Herr Bering?", fragt Brixmeier weiter.

„Ich hole ihn", sagt Frau Bering und verschwindet aus dem Zimmer.

„Und Sie machen alles chenau so, wie wir es besprochen haben", wendet sich der Hauptkommissar nun mit ungewöhnlich leiser Stimme an Tristan Thallasarih. Katja wird hellhörig. Nur zu gern wüsste sie, was ihr Chef da ausgebrütet hat. Aber jetzt ist definitiv nicht der richtige Zeitpunkt, ihn zu fragen.

„Wie besprochen!", bestätigt der Hellseher. „Ich denke, wir sollten uns schon mal setzen. Jeder bitte auf den Platz, auf dem er auch bei der ersten Sitzung gesessen hat."

Noch bevor der Letzte es sich auf seinem Stuhl bequem gemacht hat, betreten Herr und Frau Bering den Raum. Ohne ein Grußwort geht Franz-Josef Bering um den Tisch herum. Dabei wirft er Tristan Thallasarih einen Blick zu, der an Feindseligkeit nicht zu übertreffen ist. Schweigend setzt er sich auf seinen Platz.

Meister Thallasarih lässt seinen Blick in die Runde schweifen. „Die Zeremonie dürfte ja allen soweit bekannt sein", sagt er. „Ich bitte Sie also, Ihre Handys auszuschalten und während der Séance nicht zu sprechen." Seine Anweisungen wirken – im Gegensatz zur ersten Sitzung – wie ein lieblos heruntergeleiertes Pflichtprogramm. Trotz der zugezogenen Vorhänge und des Kerzenlichts bleibt die Stimmung in der Runde eher erdverbunden, was das Vordringen in die höheren Sphären des menschlichen Bewusstseins nicht gerade beflügeln dürfte.

„Nun fassen wir uns an den Händen und bilden einen magischen Kreis. Ich bitte um absolute Ruhe." Thallasarih hat seinen anfänglichen Durchhänger offenbar überwunden. Er gibt sich merklich Mühe, die Atmosphäre geisterfreundlicher zu gestalten.

Und mit einem Mal ist es erdrückend still im Raum. Nur die kaum wahrnehmbaren Atemgeräusche der Anwesenden schweben wie unsichtbare Nebelfetzen über der Runde. Ein schwacher Luftzug, der aus dem Nirgendwo zu kommen scheint, lässt die Kerzen für einen Moment flackern. Brixmeier bemerkt, dass Lady Cassandra zu zittern beginnt und in Trance fällt.

„Wir konzentrieren uns auf Alexandra." Der Meister

des Übersinnlichen ist nun voll und ganz in seinem Element angekommen. Minuten gespannter Stille folgen.

„Alexandra, wir rufen dich ...“ Wie ein Prediger der Unterwelt formt Thallasarih die Worte mit beschwörender Stimme. Wieder liegt einen düstere Spannung in der Luft. Wieder drückt eine eiskalte Stille zentnerschwer auf die Schultern der Teilnehmer.

„Alexandra, bitte melde dich ...“ Während Tristan Thallasarih auf eine Antwort zu warten scheint, beobachtet Brixmeier die Hand des Meisters, mit der er die Hand seiner Partnerin hält. Der Hauptkommissar bemerkt keinerlei verdächtige Bewegungen. Entweder herrscht gerade Funkstille zwischen den beiden, oder sie verbergen ihren Informationsaustausch so gut vor den anderen, dass wirklich nichts zu sehen ist.

„Alexandra, bitte sag uns, wo wir dich finden ... Deine dich liebenden Eltern sind hier bei mir, dein Vater, deine Mutter ... und mit ihnen Menschen, die dir wohlgesonnen sind ... Wir alle machen uns große Sorgen um dich. Bitte gib uns ein Zeichen.“ Tristan Thallasarih läuft zur Hochform auf. Jeder der Anwesenden – selbst die, die von Berufs wegen nicht an übernatürliche Phänomene glauben – verspüren einen gewissen Gänsehauteffekt. Dennoch passiert nichts.

Der Zeremonienmeister unternimmt noch eine ganze Reihe weiterer Versuche, mit Alexandra oder ihrem Geist oder weiß der Teufel mit wem in Verbindung zu treten. Doch obwohl er sich mächtig ins Zeug legt, verhallen all seine Rufe unbeantwortet in der Unendlichkeit des übersinnlichen Paralleluniversums.

Die Veranstaltung mag zwanzig Minuten, vielleicht eine halbe Stunde in Gang sein, als sie ein jähes Ende nimmt. Herr Bering unterbricht den magischen Kreis und mit den Worten „Das war es dann wohl" steht er auf und verlässt wie ein Gehetzter den Raum.

Da eine Fortsetzung der Sitzung unter diesen Umständen keinen Sinn macht, löst Thallasarih die Runde auf. Es werden noch ein paar belanglose Worte gewechselt, dann verabschieden sich die Teilnehmer der Séance von Frau Bering. Diese bedankt sich bei Tristan Thallasarih, Lady Cassandra und besonders bei den Polizeibeamten. Während sie ihre Gäste zur Tür begleitet, wirkt sie sichtlich niedergeschlagen. Sie hatte anscheinend sehr große Hoffnungen in diese Séance gesetzt. Hoffnungen, endlich einen Hinweis auf den Aufenthaltsort ihrer Tochter zu bekommen. Doch mit dieser Erwartung stand sie, ohne dass sie etwas davon ahnte, von vornherein völlig allein da.

Tristan Thallasarih und Lady Cassandra schicken sich an, zu Fuß zum Niedersachsen zurückzugehen. Der Hauptkommissar hat allerdings andere Pläne und bittet die beiden, in den Dienstwagen zu steigen, was sie ohne Widerspruch tun. Dann fordert Brixmeier seine Kollegin auf, ihm mit dem Motorrad zu folgen. Ein paar Straßen weiter fährt der Hauptkommissar rechts ran. Noch bevor die Oberkommissarin ihre Suzuki neben dem Dienstwagen zum Stehen bringt, hat Brixmeier die Seitenscheibe heruntergekurbelt.

„Stellen Se Ihre Maschine mal ab und jesellen Se sich zu uns", grunzt er, dann kurbelt er die Scheibe wieder hoch.

Katja, zögert keinen Moment und tut, was ihr Chef gesagt hat. Da Tristan Thallasarih auf dem Beifahrersitz Platz genommen hat, setzt sie sich nach hinten zu Lady Cassandra. Gespannt wartet sie nun auf eine Erklärung für diese aus ihrer Sicht überaus fragwürdige Aktion. Doch niemand sagt etwas. Drei Augenpaare schauen den Hauptkommissar fragend an. Doch den scheint das überhaupt nicht zu interessieren. In aller Seelenruhe beobachtet er eine Frau mittleren Alters, die mit ihrem Hund den Bürgersteig entlanggeht.

Katja wird es zu bunt. „So wie ich das sehe, war unsere tolle Geisterbeschwörung nicht besonders ergiebig", meldet sie sich zu Wort.

„Abwarten", kommt es aus Richtung Fahrersitz. „Man soll die Nacht bekanntlich nich vor dem Morjen loben, oder wie sehen Sie dat, Herr Tiemann?"

„Nun ja", antwortet der Hellseher zögernd. „Ich fürchte, Ihre Kollegin liegt gar nicht so falsch. Allzu üppig ist die Ausbeute nicht."

„Dann lassen Se doch mal hören", drängt Brixmeier.

„Was denn?"

„Na, wat wohl? Die nicht allzu üppije Ausbeute."

„Also, wir haben es ganz genau so gemacht, wie wir es besprochen haben", beginnt Thallasarih seine Schilderung. „Als erstes haben wir ..."

„Stopp, stopp, stopp!", unterbricht ihn Katja. „Was Sie besprochen haben? Ich will ja nicht kleinlich sein, aber dürfte ich auch mal erfahren, was Sie besprochen haben?"

„Abba natürlich, Frau Kollejin", dröhnt Brixmeier. „Ich wollte einfach nur wissen, ob irjenjemand aus unserem erlauchten Kreis wieder mal an die falsche Alexandra denkt, und ob es Jedanken sind, die wir noch nich kennen."

„Das heißt: Es ging bei diesem ganze Theater gar nicht um Alexandra Bering?"

„Dat ham sie janz richtich erkannt, Frau Kollejin."

„Und die arme Frau Bering hat sich ganz umsonst Hoffnungen gemacht", sagt Katja vorwurfsvoll.

„Dat tut mir aufrichtich leid", gibt Brixmeier zurück. „Abba wir stecken mitten in einer Mordermittlung. Da kann ich nich auf alle Befindlichkeiten Rücksicht nehmen."

„Dann hoffe ich, dass es wenigstens etwas gebracht hat."

„Dat hoffe ich auch", stimmt der Hauptkommissar zu. „So, Herr Tiemann, jetz sind Sie dran. Erzählen Se mal, wat Ihre Partnerin Ihnen bei der Sitzung alles mitjeteilt hat."

„Ja", sagt der Hellseher. „Aber das Wenige, was Ludmilla empfangen hat, ist ziemlich verwirrend."

„Dann verwirren Se uns doch mal", knurrt Brixmeier.

„Ich gebe es Ihnen am besten genau so wider, wie ich es von Ludmilla übermittelt bekommen habe."

„Tun Se das, Herr Tiemann, tun Se das." Es klingt so, als würde es nicht mehr lange dauern, bis dem Hauptkommissar der Geduldsfaden reißt.

„Also, da war eine Tasche mit Golfschlägern", berichtet der Meister fürs Übersinnliche. „Die stand direkt neben einem Schrank ... Es könnte ein Aktenschrank gewesen sein. Dann hat jemand einen Schläger da rausgenommen ... und gleich danach war alles voller Blut."

„Hat dat Jenseits vielleicht einen Namen oder ein Jesicht preisgegeben?", will Brixmeier wissen.

„Wenn es so gewesen wäre, hätte es Ludmilla mir sicherlich mitgeteilt", lautet die ernüchternde Antwort.

„Wäre ja auch zu schön chewesen."

„Aber es gab wohl einen heftigen Streit", fährt Thallasarih fort.

„Und wenn Se uns jetz noch verraten könnten, worum es in dem Streit ching."

„Das kann ich Ihnen zwar nicht sagen, aber es gibt da ein paar Stichworte, die immer wieder gefallen sind."

„Worauf warten Se noch, Herr Tiemann, wir hören", bohrt der Hauptkommissar nach.

„Es war mehrfach die Rede von falschem Geld."

„Falschcheld!? Wat soll dat denn?" Brixmeier mustert den Hellseher mit einem durchdringenden Blick.

„Nein, nein, wohl kein Falschgeld!", widerspricht Thallasarih. „Ludmilla hat jedes mal den Ausdruck ,falsches Geld' benutzt. Das muss etwas zu bedeuten haben."

„Falschet Cheld – Falschcheld. Also für mich is dat ein und dat selbe." Brixmeier schüttelt missbilligend den Kopf. „Sei's drum. Wat ham Se uns noch zu sagen?"

„Es tauchte auch der Begriff Schatztruhe auf."

„Schatztruhe!?" Der Hauptkommissar verzieht das Gesicht. „Dat klingt für mich jetz abba eher nach Chrimms Märchen. War dat alles?"

„Ich fürchte, ja", sagt Thallasarih. „Das heißt ... einmal hat mir Ludmilla das Wort Scheidung übermittelt. Das war dann auch wirklich alles."

„Dat is tatsächlich nich chrade üppich. Trotzdem vielen Dank." Brixmeier ist mit dem Thema durch, Thallasarih noch nicht.

„Nur um das noch mal klarzustellen ...", wirft Katja ein, „alles, was Sie gesagt haben, bezieht sich auf Alexandra Westerbach?"

„Genau so ist es", bekräftigt Thallasarih. „Wie sieht es aus, Herr Hauptkommissar. Darf ich Höxter jetzt wieder verlassen?"

„Tut mir leid, der Mordverdacht chegen Sie is noch nich vollständich ausjeräumt. Sie müssen noch ein Weilchen im wunderschönen Weserberchland bleiben. Es sei denn, Sie wollen riskieren, in Untersuchungshaft jenommen zu werden."

„Nein danke, ich kann mir ein schöneres Hobby vorstellen. Wir würden dann aber gern wieder ins Hotel, wenn Sie sonst keine Fragen mehr haben", entgegnet der Hellseher gereizt.

„Soll ich Sie fahren?"

„Noch mal nein danke, wir gehen lieber zu Fuß."

„Wie Se wollen. Dann wünsche ich Ihnen einen schönen Abend", verabschiedet sich Brixmeier.

Das Hellseher-Pärchen erwidert den Abschiedsgruß, steigt aus und entfernt sich schnell.

„Wat meinen Se, Frau Kollejin?" fragt der Hauptkommissar, nachdem Thallasarih und Lady Cassandra um die nächste Ecke gebogen und nicht mehr zu sehen sind.

„Das war wirklich nicht gerade ergiebig, und selbst wenn etwas dabei herausgekommen wäre, hätten wir nichts damit anfangen können – nicht gerichtsverwertbar."

„Dat is mir auch klar. Abba mehr als nichts is schon dabei rausjekommen, und mit ein bisschen Fantasie lassen sich die Teile durchaus zu einem Bild zusammenfüjen", philosophiert Brixmeier. „Der Aktenschrank könnte auf ein Büro hinweisen – vielleicht ein Versicherungsbüro. Die Cholftasche – unser Herr Bering spielt Cholf. Außerdem hat er mit Cheld zu tun – ich sach nur: Finanzdienstleistung. Dat er mit falschem Cheld oder Falschcheld zu tun hat, kann ich mir eijentlich nich vorstellen. Der verdient seine Kohle mit richtigem Cheld. Nur, wie die Schatztruhe und die Scheidung ins Bild passen, is mir ein Rätsel."

„Bei der Schatztruhe kann ich Ihnen leider auch nicht weiterhelfen, aber zum Thema Scheidung würde mir schon was einfallen", erklärt Katja.

„So? Wat denn?"

„Unser Mustergatte, Herr Bering, hatte ein Verhältnis mit Alexandra Westerbach."

„Ach! Wat Se nich sagen. Woher wissen Se dat denn?" Katjas Chef wird plötzlich sehr hellhörig.

„Sie haben uns vorhin ziemlich lange warten lassen. Ich habe die Gelegenheit genutzt und mich ein wenig mit Frau Bering unterhalten ... unter vier Augen ... so von Frau zu Frau."

„Und da hat se't Ihnen erzählt?"

„Das kann man so sagen. Nun ja, ich habe ein ganz kleines bisschen nachgeholfen."

„Sehn Se, Frau Kollejin, und schon könnte die Scheidung auch ins Bild passen." Über das Gesicht des Hauptkommissars huscht ein zufriedenes Grinsen.

„Könnte", gibt die Oberkommissarin zu bedenken. „Es könnte aber auch sein, dass sich ein mit allen Wassern gewaschener Hellseher die ganze Geschichte aus den Fingern gesogen hat."

„Möchlich", grunzt Brixmeier. „Abba wissen Se wat, Frau Sternberch? Dat is mir jetz ersmal scheißejal. Ich mache nämlich jetz Feierabend – hab noch wat zu erledijen. Morjen bringen wir die Löscheldüberjabe übere Bühne. Und danach – vorausjesetzt, ich bin dann noch Hauptkommissar – machen wir da weiter, wo wir heute aufchehört haben."

„Wenn Sie meinen."

„Ja, dat meine ich. Und jetz wünsche ich Ihnen auch einen schönen Abend. Bis morjen."

„Tja, dann bis morgen." Katja steigt aus und schwingt sich auf ihre Maschine und gibt Gas.

Der Trittbrettfahrer

Gewisse Defizite im Kühlschrank sorgen dafür, dass Katja gleich den nächsten Supermarkt ansteuert. Da sie das erste Mal in diesem Geschäft ist, dauert es recht lange, bis sie alles zusammenhat. Entsprechend spät ist es, als die Wohnungstür hinter ihr ins Schloss fällt.

Sie ist gerade dabei, ihre Einkäufe auszupacken, da klingelt ihr Handy. Wahrscheinlich Gregor, der ihr mitteilen wird, dass es heute mal wieder etwas später wird. Doch der Blick aufs Display zeigt ihr, dass sie mit ihrer Vermutung daneben liegt.

„Hallo, Toni, was machst du so spät noch im Büro?", meldet sich Katja.

„Franz-Josef Bering hat gerade im Präsidium angerufen. Seine Tochter hat sich vor einer halben Stunde telefonisch bei ihm gemeldet", antwortet Toni. „Ich denke, es macht Sinn, wenn ihr noch mal hinfahrt."

„Das denke ich auch", stimmt ihm Katja aufgeregt zu. „Wo steckt sie denn?"

„Keine Ahnung! Herr Bering hat nicht mit mir, sondern mit einem Kollegen von der Wache gesprochen, der hat mich dann sofort informiert."

„Alles klar! Weiß Brixmeier Bescheid?"

„Nein, ich habe zigmal versucht, ihn zu erreichen, aber er geht nicht ran. Könntest du mal bei ihm zu Hause vorbeifahren?"

„Wenn du mir sagst, wo er wohnt ..."

Nachdem Toni ihr die Privatadresse des Hauptkommissars inklusive Wegbeschreibung gegeben hat, verlässt Katja das Haus, steigt auf ihre Maschine und macht sich auf den Weg.

Der Hauptkommissar wohnt auf einem ehemaligen Bauernhof außerhalb von Höxter. Schon auf den ersten Blick kann man sehen, dass hier alles liebevoll restauriert worden ist. Man wird von der ländlichen Idylle fast erschlagen, was Katja aber als sehr angenehm empfindet. Sie stellt ihre Suzuki auf dem Hof direkt neben dem gummibereiften Kasperltheater ab. Nur Sekunden, nachdem sie geklingelt hat, wird ihr die Tür geöffnet. Die Oberkommissarin schaut in das freundlich lächelnde Gesicht einer Frau, die sie auf Anfang bis Mitte vierzig schätzt.

„Frau Brixmeier?", fragt Katja leicht verunsichert. Sie kann sich diese ausgesprochen attraktive Frau einfach nicht an der Seite des Hauptkommissars vorstellen.

„Ja?"

„Katja von Sternberg", stellt sich die Oberkommissarin vor. „Ich bin ..."

„... die neue Kollegin meines Mannes", fällt ihr Frau Brixmeier ins Wort. „Ich freue mich, Sie kennenzulernen. Sie wollen bestimmt zu Erwin?"

„Ja, das will ich tatsächlich."

„Es tut mir leid, aber er ist gerade nicht da."

„Kann ich ihn denn irgendwie erreichen?"

„Ich fürchte, nein. Er hat sein Handy mal wieder auf dem Küchentisch liegen lassen", erklärt Frau Brixmeier. Katja fällt auf, dass sie eine sehr angenehme, warme Stimme hat. „Aber er müsste jeden Augenblick zurückkommen. Wenn Sie warten wollen?"

„Ja, warum nicht."

„Ich schlage vor, wir bleiben draußen. Das Wetter ist viel zu schön, um im Haus zu sitzen." Frau Brixmeier deutet auf eine Sitzgruppe, die etwas abseits unter einer mächtigen, alten Kastanie steht. „Ich wollte mir gerade einen Kaffee machen. Möchten Sie auch einen?"

„Ja gern", antwortet Katja.

„Milch? Zucker?"

„Schwarz."

„Machen Sie es sich bequem. Ich bin in ein paar Minuten wieder bei Ihnen." Frau Brixmeier verschwindet im Haus.

Katja setzt sich auf einen der Gartenstühle. Sie kann es nicht fassen. Sie hatte sich die Angetraute des Hauptkommissars als alten, hässlichen, übergewichtigen Hausdrachen mit Reibeisenstimme vorgestellt – eben passend zu diesem westfälischen Kanisterkopp. Aber Frau Brixmeier könnte so manches Fotomodell alt aussehen lassen. Plötzlich huscht der Hauch eines Lächelns über Katjas Gesicht. Angesichts dieser neuen Erkenntnisse erscheint das Thema Sex im Alter in einem völlig anderen Licht.

Es dauert nicht lange, da erscheint Frau Brixmeier wieder, in der Hand ein Tablett mit frisch aufgebrühtem Kaffee und ein paar selbstgebackenen Keksen. Sie setzt sich zu Katja und schenkt ein.

„Mein Mann hat mir viel von Ihnen erzählt", beginnt sie die Konversation.

Was der wohl erzählt haben mag, denkt Katja. Wahrscheinlich hat er sie als die Art von Frau dargestellt, für die in früheren Jahrhunderten des Öfteren die Dienste eines Exorzisten in Anspruch genommen wurden.

„Er hält wirklich große Stücke auf Sie", fährt die Frau des Hauptkommissars unbeirrt fort.

Wie bitte? Katja kann nicht glauben, was sie da hört. Sie schaut ihre Gastgeberin an wie eine Massenmörderin, die mit allem Nachdruck ihre Unschuld beteuert, während sie die bluttriefende Axt noch in der Hand hält.

„Sind Sie sicher?", fragt sie daher vorsichtig nach. „Ich meine, wir sind in den letzten Tagen das ein oder andere Mal ein wenig aneinander geraten." Katja wundert sich über sich selbst. Derart maßlose Untertreibungen hätte sie sich gar nicht zugetraut.

„Machen Sie sich darüber mal keine Gedanken. Ich kenne meinen Mann nun schon eine ganze Weile", entgegnet Frau Brixmeier lachend. „Erwin ist nun mal ein alter Brummbär. Und wenn Brummbären nichts zu brummen haben, sind sie nicht zufrieden. Natürlich hat er über sie geschimpft, wie ein Rohrspatz. Aber die Art, wie er das getan hat, ließ klar erkennen, dass Sie ihn sehr beeindruckt haben."

„Tja dann ..." Mehr fällt der Oberkommissarin zu diesem Thema nicht ein.

Während die Kaffeekanne und auch der Gebäckteller immer leerer werden, entwickelt sich ein angeregtes Gespräch. Die beiden Frauen sind sich offenbar sehr sympathisch.

Nach etwa einer halben Stunde wird die Unterhaltung von Motorengeräusch unterbrochen.

„Ich glaube, er kommt", sagt Frau Brixmeier.

Katja schaut in die Richtung, aus der das Geknatter kommt. In dem Moment fährt ein Traktor über die Hofeinfahrt. Auf dem Fahrersitz: Hauptkommissar Brixmeier. Katja lässt sich diesen Anblick auf der Zunge zergehen und kann ein verschämtes Schmunzeln beim besten Willen nicht verhindern. Dieses Fahrzeug passt wesentlich besser zu ihrem Chef als jeder Dienstwagen, den die Polizei Höxter zu bieten hat. Und auch er macht den Eindruck, dass er sich hoch zu Ross so richtig in seinem Element befindet. Vielleicht hätte er doch besser Bauer werden sollen.

Brixmeier entdeckt zuerst das Motorrad, das hier nicht hingehört, und dann die beiden Frauen unter der Kastanie. Er stellt seinen Trecker ab und klettert umständlich herunter. Dann stiefelt er zu der Sitzgruppe und baut sich in voller Schönheit vor seiner Kollegin auf.

„Na, Frau Oberkommissarin, ham Se Sehnsucht nach mir?"

„Sehnsucht würde ich das nicht nennen", antwortet Katja.

„Wie würden Sie es denn nennen?"

„Eine dienstliche Angelegenheit – vielleicht?"

„Und welche dienstliche Anjelejenheit treibt Sie in meine bescheidene Hütte?", will der Hauptkommissar wissen.

„Alexandra Bering hat sich bei ihren Eltern gemeldet. Toni hat mich angerufen."

„Wat, die kleene Bering?"

„Genau die."

„Und wo steckt se?" Brixmeier hat in den Dienstmodus geschaltet.

„Das konnte mir Toni auch nicht sagen."

„Dann sollten wir schleunichst zu den Berings fahren."

„Deshalb bin ich hier."

„Ein Anruf hätte abba völlich jereicht."

„Toni hat es mehrfach versucht."

Der Hauptkommissar tastet sämtliche Taschen ab. „Ach, du scheiße", knurrt er dann. „Wo is mein Handy?" Dabei schaut er etwas belämmert aus der Wäsche.

„Auf dem Küchentisch", wirft seine Frau grinsend ein.

„Ach, du scheiße", grunzt Brixmeier ein zweites Mal. „Ich cheh mich eben umziehen. Bin chleich wieder da." Er dreht sich um und marschiert zum Haus. Die beiden Frauen werfen sich einen vielsagenden Blick zu.

„Männer!", sagt Frau Brixmeier mit süffisantem Unterton. Katja nickt nur zustimmend.

„Können wir?", dröhnt der Hauptkommissar kurz darauf lautstark über den Hof, als er im dienstlichen Outfit und hoffentlich mit Handy ausgestattet, wieder vor die Tür tritt.

„Klar doch", gibt Katja zurück. „Ich nehme mal an, Sie wollen mit Ihrem Dienstwagen fahren."

„Womit denn sonst?"

„Schade!", kommt es von Frau Brixmeier.

„Wieso schade?" Der Hauptkommissar schaut seine Frau an, als ob er sie verhören will.

„Ich hätte dich zu gern auf dem Motorrad gesehen", erklärt Frau Brixmeier grinsend.

„Dat chlaub ich dir. Und unsern Enkeln erzählste dann, dat Oppa ausjesehen hat, wie 'n Affe aufm Schleifstein."

„Nun übertreiben Sie mal nicht, Chef. Sie haben auf dem Motorrad gar keine so schlechte Figur gemacht", schaltet sich Katja ein. „Im Gegenteil, Sie haben mich sogar richtig überrascht."

„Wie darf ich dat denn verstehen?"

„Na," antwortet Katja. „Als unsere Kollegen uns wegen der Geschwindigkeitsüberschreitung angehalten haben, wäre ich jede Wette eingegangen, dass Sie auf der Stelle von der Maschine springen, auf die Knie fallen und den Boden küssen würden. Aber zu meiner Verwunderung ..."

„Sehe ich etwa aus wie 'n polnischer Papst?" schneidet der Hauptkommissar ihr unwirsch das Wort ab. „Machen Se, dat Se auf Ihre verdammte Höllenmaschine kommen und, reden Se nich so'n dummes Zeuch. Wir sehen uns bei den Berings."

Vor der Tür der Prachtvilla lauschen die beiden Beamten dem schwermütigen Nachhall des Röhrengongs. Frau Bering öffnet, und es ist ihr sofort anzusehen, dass ihr ein gewaltiger Stein vom Herzen gefallen ist. Nach einer kurzen Begrüßung führt sie die beiden Polizisten in den Salon und bittet sie, Platz zu nehmen.

„Wie ich höre, chibt es wat Neues", beginnt Brixmeier das Gespräch.

„Ja, Alexandra hat sich bei uns gemeldet, und es geht ihr gut", berichtet Frau Bering euphorisch. „Sie können sich gar nicht vorstellen, wie erleichtert wir sind. Endlich ist diese furchtbare Ungewissheit vorbei."

„Und wo is Ihre Tochter?", will der Hauptkommissar wissen.

„Sie ist in Portugal. Stellen Sie sich mal vor, sie ist mit ihrem Freund abgehauen und macht Ferien am Meer."

„Wenn ich den Typ zu fassen kriege, kann er was erleben." Herr Bering, der gerade dazukommt, macht keinen Hehl daraus, dass er diese Angelegenheit nicht auf sich beruhen lassen wird.

„Ach, hör doch auf Franz-Josef, wenn du dich nicht so borniert angestellt hättest, wäre es nie so weit gekommen", fährt seine Frau ihn giftig an. „Alexandra ist schließlich kein Kind mehr, und du bist ganz offensichtlich der Einzige, der das nicht kapieren will."

„Sie ist noch keine achtzehn", kontert Herr Bering.

„Aber sie ist auch keine dreizehn mehr. Und wenn …"

„Ich bitte Sie", mischt sich Brixmeier ein. „Wir sollten alle froh sein, dat Ihre Tochter wohlauf ist." Frau Bering stimmt dem Kriminalbeamten zu, doch ihr Mann rennt nach wie vor wie ein angeschossener Tiger im Salon auf und ab.

„Damit können wir diesen Fall wohl zu den Akten legen." Der Hauptkommissar macht eine kleine Pause. „Allerdings wäre da noch die Löscheldüberjabe – morjen", fährt er fort. „Ich chehe mal davon aus, dat Se unter den jechebenen Umständen damit einverstanden sind, wenn wir dem Erpresser eine Falle stellen. Dazu brauchen wir abba Ihre Hilfe."

„Sie können von mir aus machen, was Sie wollen", erwidert Herr Bering. „Aber mit mir brauchen Sie nicht mehr zu rechnen. Wenn der Erpresser mich anruft, sage ich ihm, er soll sich zum Teufel scheren."

„Ich bitte Sie, Herr Bering, ohne Ihre Mithilfe kommt der Bursche womöchlich unjeschoren davon", erklärt Brixmeier.

„Nicht mein Problem", gibt Herr Bering ungerührt zurück.

„Das ist ja wohl nicht dein Ernst", meldet sich nun Frau Bering.

„Warum nicht? Was hat denn die Polizei getan, um unsere Tochter zu finden – nichts! Sie haben ein bisschen im Nebel herumgestochert, genau wie dein komischer Hexenmeister mit seiner Tussi. Ich bin den Herrschaften nichts schuldig."

„Franz-Josef, du enttäuscht mich." Und an Brixmeier gewandt fährt sie fort. „Ich werde das Lösegeld übergeben."

„Bravo! Und wenn es schiefgeht, ist der Typ mit dem Lösegeld auf und davon", ereifert sich ihr Mann.

„Wenn uns der Typ tatsächlich entwischen sollte, wird seine Beute aus nicht mehr, als einem Bündel Zeitungspapier bestehen", wirft Katja ein.

„Können Sie denn für die Sicherheit meiner Frau garantieren?", kommt gleich der nächste Einwand.

„Sie wissen chenau so jut wie ich, dat es im Leben keine hundertprozentije Sicherheit chibt", sagt Brixmeier. „Abba wir werden Ihre Frau keine Sekunde aus den Augen lassen. Und wenn irjendwat aussem Ruder läuft, brechen wir sofort ab. Dat verspreche ich Ihnen."

„Ich werde das nicht zulassen", sagt Herr Bering.

„Doch, das wirst du", hält Frau Bering dagegen. „Ich bin nämlich auch kein Kind mehr, und ich entscheide selber, was ich tue und was nicht."

Wütend blitzen sich die ungleichen Eheleute mit eiskalten Augen an. Das stille Duell ist bereits nach wenigen Sekunden entschieden.

„Mach doch, was du willst", zischt Franz-Josef Bering seine Frau an. Dann dreht er sich um und verlässt den Salon mit eiligen Schritten. Nachdem die massive Tür mit einem dumpfen Knall ins Schloss gefallen ist, wendet sich Frau Bering wieder an die Kriminalbeamten.

„Sie müssen meinen Mann entschuldigen, das alles hat ihn offenbar mehr mitgenommen, als ich gedacht habe. Und jetzt, Herr Hauptkommissar", Frau Bering schaut ihren Gegenüber mit einem entschlossenem Blick an, „klären Sie mich bitte darüber auf, was ich morgen zu tun habe."

Die beiden Polizeibeamten besprechen mit ihr alle möglichen Details, die bei einer solchen Geldübergabe zu berücksichtigen sind. Dabei weisen sie auch auf mögliche Risiken und Unwägbarkeiten hin. Das Gespräch dauert etwa eine halbe Stunde und am Ende erklärt Frau Bering, dass ihr Entschluss feststeht und sie für die Polizei den Lockvogel spielen wird.

Die Beamten bedanken sich bei Frau Bering für ihre Kooperationsbereitschaft, doch bevor sie sich für heute verabschieden, muss Katja noch eine Frage loswerden.

„Sagen Sie, Frau Bering, Alexandra hat sich fast zwei Wochen nicht gemeldet. Wieso ausgerechnet heute?"

„So, wie ich es verstanden habe, wollte sich Alexandra ursprünglich überhaupt nicht melden – so war es jedenfalls geplant", erklärt Frau Bering. „Aber heute hat sie mit ihrer Freundin Yasmin gesprochen. Die hat ihr erzählt, dass sie möglicherweise Schwierigkeiten mit der Polizei kriegt – wegen Beihilfe oder so ... Das wollte Alexandra um jeden Preis verhindern. Deshalb hat sie hier angerufen."

„Verstehe", sagt Katja leise. Dann verabschieden sich die Beamten und fahren nach Hause, um wenigstens den Rest des wohlverdienten Feierabends zu genießen.

Freitag, sechs Uhr früh: Kriminalrat Lange hat soeben das Büro betreten. Er begrüßt Katja und Toni und stellt wie so häufig die Frage:

„Wo ist Hauptkommissar Brixmeier?"

Wie auf ein Stichwort fliegt die Tür auf, und Brixmeier lässt sein obligatorisches „Morjen" durchs Büro dröhnen, dass die Wände wackeln.

Es folgt eine kurze Lagebesprechung.

„Na also, Brixmeier, warum sollen wir nicht auch mal Glück haben." Kriminalrat Langes Laune verbessert sich von jetzt auf gleich um ein Vielfaches, als der Hauptkommissar ihm mitteilt, dass Alexandra Bering sich definitiv nicht in den Händen eines Entführers befindet. In den nächsten Minuten werden noch einige Einzelheiten besprochen und alle nötigen Instruktionen gegeben. Dann heißt es warten; warten darauf, dass sich der Erpresser meldet.

Während Katja mit dem Hauptkommissar im Büro die Stellung hält, wird Toni zusammen mit einer jungen Kollegin zu Frau Bering geschickt, um dafür zu sorgen, dass dort alles ohne Zwischenfälle über die Bühne geht.

Obwohl es keine Geisel gibt, deren Leben gefährdet ist, ist die Stimmung recht spannungsgeladen. Und diese Spannung steigt mit jeder Minute. Es wird sieben Uhr, es wird acht Uhr und nichts passiert. Der Erpresser scheint viel Zeit zu haben – oder sollte er etwa Lunte gerochen haben?

Die Beamten sind derartige Geduldsproben durchaus gewohnt. Mal observieren sie nächtelang ein Objekt, ohne dass sich irgendetwas tut, mal warten sie – wie in diesem Fall – auf einen Anruf, der nicht kommen will. Frau Bering ist leider weniger cool. Es kommt ja auch nicht alle Tage vor, dass man von der Polizei verkabelt wird und sich auf die Begegnung mit einem Verbrecher einstellen muss. Ihre Nervosität hat daher inzwischen ein recht bedenkliches Maß erreicht. Toni ist sich nicht sicher, ob sie ihrer Aufgabe wirklich gewachsen sein wird.

„Machen Sie sich um mich keine Sorgen. Ich kriege das schon hin – ganz bestimmt“, beruhigt ihn Frau Bering, als er sie auf seine Bedenken anspricht.

Um zwanzig nach acht klingelt das Telefon. Frau Bering schaut Toni fragend an. Der nickt ihr zu und sagt: „Machen Sie alles genau so, wie wir es besprochen haben.“

Sie zögert noch einen kleinen Moment. Ihr Gesicht ist ungewöhnlich blass, als sie den Hörer abnimmt. Toni hat kein gutes Gefühl – hoffentlich steht sie das durch.

„Bering“, meldet sie sich mit bebender Stimme. Gespannte Stille.

„Ach, du bist es!“ Die Anspannung fällt erst mal von Frau Bering ab. „Du, Rosi, es tut mir leid, aber es passt im Moment gar nicht. Kann ich dich später anrufen?“

Wieder Stille.

„Danke, ich dir auch. Bis später." Dann legt Frau Bering auf. „Das war meine Freundin Rosemarie Kämper", erklärt sie den Beamten.

Das Warten geht weiter. Unauffällig beobachtet Toni Frau Bering. Die wirkt jetzt um einiges entspannter. Das kurze Gespräch mit ihrer Freundin hat ihr offenbar gutgetan.

Eine knappe halbe Stunde dauert es, bis das Telefon ein zweites Mal klingelt. Diesmal ist es ein Mitarbeiter eines Call-Centers. Bei dem Versuch, seine Gesprächspartnerin gekünstelt freundlich zur Teilnahme an einem Gewinnspiel zu überreden, kommt er allerdings nicht besonders weit. Frau Bering würgt ihn erbarmungslos ab.

Im Anschluss daran vergeht fast eine Stunde, bis das Telefon wieder zum Leben erwacht. Bevor Frau Bering den Hörer abnimmt, wirft sie einen Blick auf das Display. Sie verzieht das Gesicht, als hätte sie auf eine Zitrone oder Schlimmeres gebissen.

„Die hat mir gerade noch gefehlt", sagt sie genervt. Dann atmet sie einmal tief durch, nimmt den Hörer ab und meldet sich: „Hallo, Mutti ...! Du, es ist jetzt ganz schlecht. Ich rufe dich zurück, sobald ich kann."

Doch Mutti scheint sich offensichtlich nicht so leicht abwimmeln zu lassen.

„Nein, Mutti, es geht jetzt beim besten Willen nicht. Du kannst mir auch später noch erzählen, was Frau Holthausen-Martinskötter auf der Kaffeefahrt passiert ist. Ich kann jetzt nicht sprechen."

Mit einem Seufzer legt Frau Bering den Hörer auf. Doch kaum hat sie sich umgedreht, klingelt es schon wieder. Sie schaut auf das Display, ein weiterer Seufzer – Mutti kann ganz schön hartnäckig sein.

„Bitte, Mutti!" Es liegt etwas Flehendes in Frau Berings Stimme. „Ich habe jetzt wirklich keine Zeit. Es geht um Alexandra. Ruf bitte nicht mehr an. Ich melde mich, sobald es geht – versprochen."

Es vergehen gerade mal zehn Sekunden und alle Anwesenden müssen erkennen, dass Mutti gar nicht ans Aufgeben denkt.

„Wieder Ihre Mutter?", fragt Toni. Frau Bering nickt.

„Wie heißt sie?", will er dann wissen.

„Josefine Buchholz."

Toni steht auf, geht zum Telefon und nimmt ab. „Frau Buchholz, hier ist Kriminaloberkommissar Antonius Allwisser von der Kriminalpolizei Höxter", meldet er sich mit der dienstlich-strengen Stimme eines preußischen Beamten. „Sie behindern gerade eine polizeiliche Ermittlung. Sollten Sie noch einmal anrufen, werde ich Sie verhaften lassen. Und eins kann ich Ihnen versprechen: Die Pritschen in unseren Arrestzellen sind nicht besonders bequem ... Einen schönen Tag noch."

Toni legt auf. „Tut mir leid", sagt er zu Frau Bering, während sich ein lausbubenhaftes Grinsen auf sein Gesicht legt, „aber meistens hilft das."

Erneut ist Warten angesagt. Dann klingelt es wieder – aber diesmal zur Abwechselung an der Tür. Es ist die Post und Frau Bering nimmt ein Paket in Empfang. Die quälende Untätigkeit zieht sich, bis kurz vor Mittag das Telefon die bedrückende Stille ein weiteres Mal verscheucht.

UNTERDRÜCKT ist diesmal auf den Display zu lesen.

„Bleiben Sie ganz cool. Sie machen das schon", versucht Toni Frau Bering Mut zuzusprechen.

Mit einer leicht zitternden Hand greift sie zum Hörer.

„Bering", meldet sie sich, wobei sie die Unsicherheit in ihrer Stimme nicht verbergen kann.

„Ich will Ihren Mann sprechen", krächzt eine schnarrende, offenbar verzerrte Stimme am anderen Ende.

Frau Bering schaut hilfesuchend zum Oberkommissar und der schaut sie an. Wie besprochen, formt er tonlos mit den Lippen und hofft inständig, dass sie es lesen kann.

„Es tut mir leid. Mein Mann fühlt sich außerstande dazu – die Nerven. Sie müssen mit mir vorlieb nehmen."

Die Stimme am anderen Ende schweigt. Die Anspannung ist nun körperlich spürbar. War es das? Frau Bering glaubt, Atemgeräusche zu hören – oder ist es eine Täuschung?

„Soso, mit dem Herrn Oberfinanzhai gehen also die Nerven durch", schnarrt es aus dem Hörer. „Auch gut, es kann mir schließlich scheißegal sein, wer mir die Kohle bringt."

„Wie geht es meiner Tochter?", fragt Frau Bering.

„Hat Sehnsucht nach Mama und Papa, aber sonst geht's ihr gut", antwortet die Zerrstimme. „Und wenn Sie brav tun, was ich Ihnen sage, dann wird sich auch nichts daran ändern."

„Ich möchte mit ihr sprechen."

„Das ist leider nicht möglich."

„Und woher soll ich wissen, dass Sie sie haben?"

„Sie müssen mir schon glauben", krächzt die Stimme. „Aber ich kann Ihnen mit der nächsten Post gern einen Finger schicken ... oder einen Zeh ... oder ein Ohrläppchen. Oder noch besser – ein Auge. Wird ein bisschen weh tun, wenn ich es ihr rausschneide. Also, was wollen Sie haben?"

„Nein, nein, schon gut, ich glaube Ihnen ja", beeilt sich Frau Bering zu sagen. „Was soll ich tun?"

„Haben Sie das Geld?"

„Ja, das habe ich."

„Dann nehmen Sie es und fahren sie damit zu den Godelheimer Seen. Stellen Sie sich da auf den Parkplatz, und zwar möglichst nah an der Ausfahrt. Wenn ich sicher bin, dass Ihnen keiner folgt, werde ich mich wieder bei Ihnen melden. Geben Sie mir mal Ihre Handynummer."

Frau Bering diktiert langsam die geforderte Nummer.

„Ich erwarte Sie da in zehn Minuten. Ich nehme an, Sie kommen mit Ihrem roten BMW?"

„Ja, den werde ich nehmen", bestätigt Frau Bering.

„Dann bis gleich und ... beeilen Sie sich." Dann knackt es im Telefon.

Unmittelbar darauf passieren zwei andere Dinge gleichzeitig. Zum einen meldet sich Katjas Stimme in Frau Berings Ohr: „Wir haben alles mitgehört. Befolgen Sie seine Anweisungen. Unsere Leute werden bereits vor Ort sein, wenn Sie da ankommen. Und keine Angst, er wird uns nicht bemerken."

Zum anderen klingelt Tonis Handy. Es ist Hauptkommissar Brixmeier. Er fordert Toni auf, mit der Kollegin zum Präsidium zurückzukehren. Aber er soll erst zehn Minuten nach Frau Bering das Haus verlassen – für den Fall, dass der Erpresser die Villa beobachtet.

Es ist Freitag, es ist kurz vor Mittag und das Wetter ist herrlich. Das, und auch die Vorfreude auf das Wochenende lockt recht viele Menschen an die Godelheimer Seen – auf jeden Fall mehr, als an normalen Apriltagen mit normalem Aprilwetter.

Der rote BMW, der langsam auf den Parkplatz rollt, fällt daher nicht weiter auf. Den Anweisungen folgend, stellt Frau Bering ihr Fahrzeug in der Nähe der Ausfahrt ab.

„Ich bin angekommen", flüstert sie, und sie hofft, dass das winzige Mikrofon, das in ihrer Kleidung versteckt ist, auch so leise gesprochene Worte aufnimmt und überträgt.

„Das wissen wir. Unsere Kollegen beobachten Sie", sagt die Stimme in ihrem Ohr.

Dass es sich diesmal nicht um Katjas Stimme handelt, irritiert Frau Bering ein wenig. „Beobachtet er mich auch?", fragt sie unsicher.

„Wir sollten davon ausgehen", antwortet die Stimme.

Frau Bering spürt plötzlich einen dicken Kloß im Hals. Worauf hat sie sich hier nur eingelassen, wo sie doch weiß, dass ihre Tochter in Sicherheit ist?

„Was soll ich jetzt tun?", will sie von der Geisterstimme in ihrem Ohr wissen.

„Nichts", antwortet die. „Wir können nur abwarten, bis sich der Erpresser wieder meldet."

Frau Bering muss schon bald feststellen, dass Abwarten unter diesen Umständen noch nervenaufreibender ist als in den eigenen vier Wänden. Sie beobachtet aufmerksam die Umgebung und vor allem die Menschen. Hinter wem von diesen ebenso harmlos, wie unscheinbar aussehenden Zeitgenossen verbirgt sich ein getarnter Polizeibeamter? Ist es der Typ, der nicht weit von ihr die ganze Zeit mit dem Handy telefoniert und dabei wie ein gefangener Tiger hin und her rennt? Tut vielleicht das Pärchen, das die Welt um sich herum nicht wahrzunehmen scheint, nur von Berufswegen so verliebt? Oder hat sich ein Ermittler unauffällig zu der Gruppe Motorradfahrer gesellt, die das schöne Wetter für eine Spritztour nutzen? Frau Bering muss feststellen, dass die Polizei offenkundig ihr Handwerk versteht, und das ist sehr beruhigend. Weniger beruhigend ist, dass der Erpresser in dieser Hinsicht der Polizei um nichts nachsteht.

Die Geduld aller Beteiligten wird auf eine ziemlich harte Probe gestellt. Frau Bering steht über eine halbe Stunde auf dem Parkplatz, ohne dass etwas passiert.

Brixmeier, der aus sicherer Entfernung den Einsatz leitet, denkt schon über Abbruch nach, doch dann klingelt Frau Berings Handy. Die schnarrende Stimme meldet sich: „Fahren Sie jetzt so schnell wie möglich nach Corvey. Wenn Sie nicht in fünf Minuten da sind, sehen Sie Ihre Tochter nie wieder."

Frau Bering will noch fragen, wie sie das schaffen soll, doch da ist die Verbindung bereits unterbrochen.

„Fahren Sie los", sagt die Stimme in ihrem Ohr.

Frau Bering startet den Motor und verlässt den Parkplatz. Dass sich Sekunden zuvor ein einzelner Motorradfahrer aus der Gruppe gelöst und ebenfalls den Parkplatz in Richtung Innenstadt verlassen hat, ist ihr nicht aufgefallen. Sie wählt den ihrer Meinung nach schnellsten Weg und nimmt es mit den Verkehrsregeln heute nicht so genau. Nach knapp fünf Minuten kommen die Türme der Abteikirche Corvey in Sicht. Frau Bering gibt noch mal richtig Gas. Als sie von der Hauptstraße nach Corvey abbiegt, klingelt ihr Handy. Sie steigt in die Bremsen und fährt rechts ran.

„Ja", meldet sie sich knapp.

„Das wurde aber auch Zeit", schnarrt es aus dem Handy. „An der Einfahrt zum Parkplatz steht ein Mülleimer. Da ist eine rote Plastiktüte drin. Holen Sie die da raus und befolgen Sie die Anweisungen, die auf dem Zettel stehen."

Als Frau Bering die Plastiktüte aus dem Mülleimer holt, schaut sie sich verstohlen um. Sie fühlt sich beobachtet – und zwar nicht nur von der Polizei. Doch alle Menschen, die sich zur Zeit hier aufhalten, wirken wie harmlose Touristen, und keiner scheint sie zu beachten. Nervös steigt Frau Bering wieder in ihr Auto. Sie schaut in die Plastiktüte und findet einen Zettel. Die Anweisungen, die dort aufgeschrieben sind, erinnern – was die stilistischen Extravaganzen betrifft – stark an die Erpresserbriefe. Mit dem Wissen, dass die Polizei mithört, liest Frau Bering den Text laut vor: „Paken sie das geld in die Plasticktütte und faren sie zun Bannoff' ... Was ist ein Bannoff?"

„Es soll wohl Bahnhof heißen", wirft die Stimme in Frau Berings Ohr ein.

„Ach ja ...", sagt Frau Bering und fährt fort. „Da waten sie dan auf den nechsten annruff' ... ähm ... Anruf."

„Jetzt wird es interessant. Toni, wir fahren zum Bahnhof", kommandiert Brixmeier. „Und sach der Sternberch Bescheid."

„Schon passiert! Bist du sicher, dass die Geldübergabe am Bahnhof stattfinden soll? Er könnte sie genauso gut noch ein bisschen durch die Gegend scheuchen", erwidert Toni.

„Die Überchabe läuft am Bahnhof. Dat hab ich im Urin."

„Wenn du meinst."

„Ihr haltet hier die Stellung – und haltet uns auf dem Laufenden." Brixmeiers Anweisung ist an die beiden Beamten gerichtet, die zum einen für die Telefonüberwachung und zum anderen für den Funkverkehr mit Frau Bering zuständig sind. Dann verlässt der Hauptkommissar das Büro, und Toni folgt ihm. Heute dürfen sie sogar Langes Dienstwagen benutzen, da mit Brixmeiers derzeitigem Einsatzfahrzeug jede Tarnung zur Lachnummer mutieren würde.

Die Beamten kommen noch vor Frau Bering am Bahnhof an. Sie finden einen Parkplatz, von dem aus sie den Bereich vor dem Bahnhof recht gut überblicken können, ohne dabei allzu sehr aufzufallen. Es dauert keine fünf Minuten, da fährt ein roter BMW langsam die Uferstraße entlang auf den Bahnhof zu. Frau Bering sucht einen Parkplatz und wird unmittelbar in der Nähe der Beamten fündig. Sie erkennt die Polizisten, lässt sich aber nichts anmerken.

Und wieder heißt es: abwarten. Aus Minuten wird eine Viertelstunde, dann eine halbe Stunde, und nichts passiert. Sollte der Erpresser doch etwas bemerkt haben?

Derweil sind weitere zivile Einsatzfahrzeuge der Polizei eingetroffen. Auch Katja hat sich unauffällig in Stellung gebracht und beobachtet das Geschehen. Dabei steht sie in ständiger Funkverbindung mit Hauptkommissar Brixmeier.

Mehr als vierzig Minuten vergehen, bis das Handy klingelt. Frau Bering geht ran.

„Nehmen Sie die rote Plastiktüte und steigen Sie aus. Gehen Sie Richtung Weserbrücke – und beeilen Sie sich. Das Handy bleibt an", kommandiert die schnarrende Stimme.

„Wohin soll ..."

„Tun Sie, was ich sage!"

Frau Bering steigt aus und geht mit schnellen Schritten die Uferstraße entlang in Richtung Weserbrücke.

„Achtung, et cheht los", grunzt Brixmeier ins Funkgerät. „Fahr ihr langsam nach", sagt er zu Toni, als Frau Bering etwa die Hälfte des Weges zurückgelegt hat.

„Überqueren Sie die Weserstraße – schnell", schnarrt es aus Frau Berings Handy. Aber so schnell geht es nicht. Frau Bering muss zunächst einen LKW und mehrere PKW vorbeilassen, bevor sie die Straße überqueren kann. Sie hat die andere Straßenseite noch nicht ganz erreicht, da zeigt ein akustisches Signal an, dass sich die Schranken am Bahnübergang in wenigen Sekunden schließen.

„Und jetzt über den Bahnübergang", befiehlt die Stimme aus dem Handy.

„Aber die Schranken ...", wirft Frau Bering ein.

„Mach schon, sonst ist deine Tochter tot", keift es ungeduldig aus dem Handy. Dann ist es still.

Frau Bering eilt unbeholfen unter den sich schließenden Schranken hindurch und stolpert hektisch über die Schienen. Auf der anderen Seite angekommen, sieht sie sich suchend um.

„So eine Scheiße", brüllt Brixmeier. „Der Typ versucht, uns auszutricksen."

„Sollen wir hinterher?", fragt Toni.

„Nein, zu auffällich!"

In dieser Sekunde brüllen unweit des Geschehens die vier Zylinder einer Hayabusa auf. Ein dunkelblauer Blitz jagt die Uferstraße entlang am Bahnhof vorbei und verschwindet aus dem Sichtfeld der Beamten. Katja treibt ihre Maschine durch die Unterführung am Ende der Schnakenstraße. Als sie den Weserradweg erreicht, sieht sie einen Motorradfahrer, der aus Richtung Boffzen kommend mit hohem Tempo über die Brücke fährt. Da hier sowohl Fußgänger als auch Radfahrer unterwegs sind, kann sie die unbändige Kraft ihrer Maschine nicht voll ausspielen. Der verdächtige Motorradfahrer wird Frau Bering deutlich vor ihr erreichen.

Brixmeier und die anderen Beamten sind zur Untätigkeit verdammt. Kurz, bevor der Zug den Bahnübergang passiert, beobachten sie, wie der Motorradfahrer abrupt abbremst, Frau Bering die Plastiktüte entreißt, auf die Rampe zum Radweg abbiegt und mit Vollgas in Richtung Corvey davonfährt. Nachdem der vorbeifahrende Regionalexpress die Sicht wieder freigibt, hat der unbekannten Motorradfahrer bereits einen Vorsprung von mindestens einhundert Metern.

In dem Augenblick, als sich die Schranken wieder zu öffnen beginnen, prescht ein zweites Motorrad mit einem Höllenlärm und irrsinnigem Tempo aus Richtung Bahnhof kommend heran. Die Maschine hebt am Ende des leicht ansteigenden Radwegs ab, fliegt einige Meter durch die Luft und setzt ungefähr auf der Mitte auf der Weserstraße brutal hart auf. Völlig unbeeindruckt davon gibt der Fahrer augenblicklich wieder Vollgas und jagt dem flüchtigen Erpresser hinterher. Sowohl den herbeieilenden Polizeibeamten als auch den zufällig anwesenden Passanten stockt der Atem bei dieser Shownummer, die jedem Stuntman alle Ehre gemacht hätte. Das Gesicht von Hauptkommissar Brixmeier sieht aus, als hätte er ganz plötzlich mit einem heftigen Schmerz zu kämpfen.

„Was war das denn?", fragt ein uniformierter Beamter, der den beiden davonjagenden Motorradfahrern hinterherschaut, als wären die eine Fata Morgana.

„Dat is Frau Oberkommissarin von Sternberch, unsere neue Kollejin", grunzt Brixmeier, den ein unangenehmes Ziehen in der Lendengegend daran erinnert, dass er kein Freund von solchen Motorrad-Tiefflügen ist. Gott sein Dank ist es diesmal nur eine Art Phantomschmerz.

„Was denn, eine Frau? Ich kann mir nicht vorstellen, dass die ihn kriegt", meint der Beamte abfällig.

Hauptkommissar Brixmeier mustert den Kollegen abschätzend. „Die kricht ihn – da kannste Chift drauf nehmen", knurrt er angriffslustig. „Die holt den Teufel ausse Hölle, wennet sein muss. Und jetzt zur Unterführung inne Bachstraße." Der letzte Satz ist an alle Einsatzkräfte gerichtet.

Der Flüchtige muss zu seinem Entsetzen feststellen, dass er nicht so schnell entkommen kann, wie er geplant hat. Zwar weichen ihm die allermeisten Fußgänger und Radfahrer geistesgegenwärtig aus, aber er muss dennoch höllisch aufpassen, keinen Unfall zu bauen, denn das wäre definitiv das Ende seiner Flucht. Und wo zum Teufel kommt dieser andere Motorradfahrer so schnell her? Nichtsdestotrotz müsste der Vorsprung ausreichen, um den Verfolger abzuschütteln. Der Erpresser konzentriert sich wieder darauf, seine Flucht fortzusetzen. Nur wenige Sekunden später jault hinter ihm ein Motor auf – so nah – so erschreckend nah – das kann nicht sein. Der Flüchtige dreht sich kurz um. Ein Schock jagt durch seine Eingeweide. Der andere Motorradfahrer ist nur noch knapp zwanzig Meter hinter ihm – aber das ist völlig unmöglich. Und nicht nur das. Sein Verfolger hat die Maschine vorn hochgerissen und jagt nun auf nur einem Rad hinter ihm her, wie ein Panther, der zum Sprung ansetzt, um seine Beute zu schlagen. Was geschieht hier? Der Flüchtige fühlt sich wie im falschen Film.

Reiß dich zusammen und mach, dass du wegkommst, ermahnt sich der Erpresser. Als er wieder nach vorn schaut, wird er vom nächsten Schock heimgesucht. Sein Puls überschlägt sich fast. Zwei alte Männer versperren den Fluchtweg. Wie angewurzelt stehen sie auf dem Weg und starren ihn an. Um eine Kollision zu vermeiden, ist der Erpresser gezwungen, die Fahrt auf dem Rasen fortzusetzen. Mit seiner Geländemaschine sollte das kein nennenswertes Problem sein. Doch offenbar hat er sich überschätzt. Schon nach wenigen Metern verliert er die Kontrolle. Die Maschine gerät ins Schlingern und steuert im Zickzack auf das Ufer der Weser zu. Dann überschlägt sie sich und der Fahrer fliegt im hohen Bogen durch die Luft. Er landet ziemlich feucht inmitten einer Gruppe Kanufahrer, die – nichts Böses ahnend – am diesseitigen Ufer der Weser flussabwärts paddelt. Es hätte nicht viel gefehlt, und dieser ungewöhnliche Lufttorpedo hätte ein junges Pärchen mitsamt seinem Boot versenkt. Der Erpresser hat noch Glück im Umglück, denn die Kanuten retten ihn beherzt vor dem Ertrinken – ein lederner Motorradkombi ist nunmal keine Badehose und damit selbst für einen guten Schwimmer eine Herausforderung. Auf allen Vieren, aber aus eigener Kraft, kriecht der Erpresser das Ufer hinauf. Dort wird er bereits erwartet. Ehe er sich versieht, packen zwei kräftige Hände zu, drücken ihn zu Boden und drehen seine Arme auf den Rücken. Das typische Geräusch der Handschellen hört er heute nicht zum ersten Mal. Die Flucht ist zu Ende.

„Das glaubt uns kein Mensch!" Polizeiobermeister Hardy Großknecht steht kopfschüttelnd neben seinem Dienstwagen. Er und sein Kollege Oliver Bender, der ebenso fasziniert ist, waren die ersten Beamten am Ort des Geschehens – von Katja einmal abgesehen. Sie durften das spektakuläre Ende dieser 007-tauglichen Verfolgungsjagd hautnah miterleben.

„Chlotzt keine Löcher inne Luft. Seht zu, dat ihr den Burschen ins Präsidium verfrachtet", dröhnt Brixmeier sie an. Von der Aktion so überwältigt haben die beiden Beamten das Herannahen des Hauptkommissars gar nicht bemerkt. Nun beeilen sie sich, dem Befehl des Einsatzleiters so schnell wie möglich nachzukommen.

Opa Herbert

Die beiden älteren Herren, denen der Erpresser mit so verhängnisvollen Folgen ausweichen musste, schauen sich das ganze Spektakel interessiert an. Willi Langenschmidt meint mit tiefer Bewunderung: „Ist es nicht schön zu sehen, dass unsere Polizei so auf Zack ist? Was meinst du, Herbert?"

„Hast recht, Willi", antwortet Herbert Leppler. „Eine beeindruckende Vorstellung. So wat krichste nich jeden Tag jeboten."

„Andererseits, wenn ich so sehe, wie rabiat die Polizei mit den Burschen umspringt ... Glaub mir, Herbert, da möchte ich kein Spitzbube sein."

In dem Moment nimmt Katja ihren Helm ab und schüttelt den Kopf. Mit ihrer langen Mähne, die ihr teilweise ins Gesicht hängt, bietet sie einen wild-romantischen Anblick. Eine Kriegerin aus der Welt der Mythen und Legenden könnte kaum verwegener aussehen.

Herbert kriegt große Augen. Schnell schluckt er die Antwort herunter, die ihm bereits auf der Zunge lag. „Ich schon", sagt er stattdessen leise, „ich schon ..."

Willi schaut ihn mit einem merkwürdig forschenden Blick an. „Du geiler alter Sack! Das hast du doch schon längst hinter dir", zetert er dann entrüstet los.

„Chlaub mir, Willi, es chibt Dinge im Leben, für die biste nie zu alt", kontert Herbert ungerührt. „Und wenn doch, kannste dich chleich einäschern lassen."

„Die ist doch viel zu jung für dich. Du glaubst doch wohl nicht, dass du alter Bock bei so einer landen kannst."

„Besser ein geiler alter Bock als ein verstaubter alter Tattergreis", gibt Herbert selbstbewusst zurück. „Außerdem bin ich für mein Alter noch ein janz schmuckes Kerlchen. Das hat meine Erna – Gott hab sie selich – immer jesacht."

„Wenn du dich für so unwiderstehlich hältst, geh doch hin und frag se, ob se dich nach Hause fährt."

Herbert strahlt plötzlich wie ein Sonnenaufgang über dem Meer. „Weißte wat, Willi", sagt er mit leuchtenden Augen. „Das ist eine ausjezeichnete Idee – dat mache ich chlatt!" Dann dreht er sich um und steuert schnurstracks auf Katja zu. Sein Freund Willi schaut ihm kopfschüttelnd hinterher, während er sich an seinem Rollator festhält.

„Fräulein Wachtmeister!" Katja traut ihren Ohren nicht, als sie unerwartet von hinten angesprochen wird. Ihr sind schon einige herabwürdigende Anreden untergekommen, aber Fräulein Wachtmeister war, soweit sie sich erinnern kann, bisher noch nicht dabei. Angesichts dieser Respektlosigkeit wirbelt die Oberkommissarin wütend auf dem Absatz herum, um den Übeltäter eigenhändig ... Na ja, er wäre heute nicht der Erste, den sie in die Weser befördert. Doch als Katja den Urheber dieser äußerst unglücklichen Wortschöpfung erblickt, nimmt sie Abstand von ihrem drastischen Vorhaben. Das Lächeln, das sie dem alten Mann entgegenbringt, wirkt zwar ein wenig verkrampft, aber sie gibt sich redlich Mühe.

„Meinen Sie mich?", fragt sie.

„Ja, chenau Sie meine ich", antwortet der Alte, wobei er sie mit grantigem Blick anschaut.

„Und – was kann ich für Sie tun?"

„Sie können mir Ihren Namen verraten."

„Ach – und aus welchem Grund sollte ich das tun?" Katja fragt sich, was dieser alte Herr wohl im Schilde führt.

„Damit ich mich über Sie beschweren kann."

Wieder einmal ist sich Katja nicht sicher, ob sie richtig gehört hat. „Wie bitte?", fragt sie daher ungläubig nach.

„Sie haben mich schon richtich verstanden. Ich will mich über Sie beschweren."

Hat sie irgendwas nicht mitbekommen? Lauert hier irgendwo eine versteckte Kamera? Oder will der Alte sie einfach nur veralbern? Katja weiß es nicht. Aber als Kriminalbeamtin sollte sie durchaus in der Lage sein, dahinter zu kommen.

„Und weshalb wollen Sie sich über mich beschweren", fragt sie deshalb. „Habe ich den da", Katja zeigt auf den Erpresser, der gerade abgeführt wird, „etwa zu hart angepackt?"

„Das ist ein Verbrecher. Der hat nichts anderes verdient", antwortet Herbert. „Aber Sie haben zwei harmlose Bürger und ehemalige brave Steuerzahler, die hier nichts Böses ahnend den schönen Tag genießen wollten, mit ihrem Monstrum", der Alte zeigt auf Katjas Motorrad, „fast über den Haufen jefahren. Und zwar mich und meinen Freund Willi. Das ist der da drüben." Herbert zeigt auf seinen Begleiter. „Sehen Sie, dem ist der Schreck dermaßen in die Chlieder jefahren, dass er immer noch am janzen Leib wie Espenlaub zittert und sich an seinem Rollator festhalten muss."

„Immer langsam mit den jungen Pferden", bremst Katja die vermeintliche Empörung des Alten. „Ich bin überhaupt nicht in Ihre Nähe gekommen."

„Das sehen ich und der Willi aber janz anders", hält der Alte dagegen. „Und chenau deshalb werde ich mich über Sie beschweren. Ich bin nämlich ein ziemlich guter Freund vom Polizeipräsidenten, müssen Sie wissen."

„So, ziemlich guter Freund vom Polizeipräsidenten ...“ Katja gewinnt den Eindruck, dass der Alte nicht mehr ganz klar im Oberstübchen ist.

„Jawoll, vom Polizeipräsidenten“, bekräftigt er. „Und der wird Ihnen jehörich die Leviten lesen.“

„Tja, das wird sich dann wohl nicht vermeiden lassen.“

„Vielleicht doch ...“, erwidert Herbert zögerlich. „Wenn Sie tätige Reue zeigen würden, dann könnte ich mir vorstellen, dass ich ausnahmsweise ein Auge zudrücken würde – aber nur, weil Sie es sind.“

Jetzt wird es interessant. Katja ist neugierig. „Und wie sollte diese tätige Reue aussehen?“

„Nun ja ...“, druckst Herbert rum. „Sie könnten mich zum Beispiel nach Hause fahren.“

„Sie und Ihren Freund Willi, nehme ich an.“

„Nein, nein, nur mich. Der Willi cheht lieber zu Fuß. Der braucht nämlich Bewegung“, widerspricht Herbert sofort.

„Kein Problem, ich werde einen Kollegen bitten, Sie im Streifenwagen nach Hause zu bringen.“

„Nein, nein, kein Kollege – und auch kein Streifenwagen“, wiegelt der Alte ab. „Sie sollen mich fahren – und zwar damit.“ Herbert zeigt auf Katjas Suzuki.

„Was denn, mit dem Motorrad?“

Der Alte nickt heftig.

Aha, daher weht also der Wind. Ob dem Opa überhaupt klar ist, worauf er sich da einlassen will? Als Katja ihr Gegenüber nachdenklich-forschend anschaut, bemerkt sie den flehenden Ausdruck in seinem vom Alter gegerbten Gesicht.

„Ich glaube, Herr ...?“

„Leppler, Herbert Leppler“, stellt sich der Alte vor. „Sie

dürfen mich aber auch chern Opa Herbert nennen. Das bin ich so jewohnt."

„Ich bin Kriminaloberkommissarin Katja von Sternberg. Und ich glaube, Opa Herbert, wir haben da ein kleines Problem."

„Und das wäre?", will Opa Herbert wissen.

„Wer auf einem Motorrad fährt, muss einen Helm tragen."

„So ein Mist", sagt der Alte leise. „Ausjerechnet heute habe ich meinen Helm nicht dabei."

„Tja, da kann man wohl nichts machen."

„Gibt es da nicht irgendeine Möglichkeit? Vielleicht so eine Art Ausnahmejenehmigung für Härtefälle?" Opa Herbert schaut Katja an wie ein Kind, dem man gerade erzählt hat, dass Weihnachten dieses Jahr ausfällt.

Katja merkt, dass sie weich wird. „Ich könnte ja mal in der Satteltasche nachsehen. Mit ein bisschen Glück finden wir da, was wir suchen."

„Wenn Sie das für mich tun würden – ich wäre Ihnen wirklich sehr dankbar ... ich meine, das würde meinen Unmut doch deutlich reduzieren."

Dann geht alles ganz schnell. Katja holt den zweiten Helm aus der Satteltasche und hilft dem alten Herrn, ihn aufzusetzen. „Wo soll es denn hingehen?"

„Residenz zur Weserbrücke in Holzminden", antwortet Opa Herbert, ohne zu zögern. „Wissen Sie, wo dat is?"

„Wenn Sie wissen, wo es ist, werden wir es schon finden", gibt Katja zurück. „Außerdem, so viele Weserbrücken gibt es da nun auch wieder nicht."

Katja schwingt sich auf ihre Maschine und winkt einen der uniformierten Kollegen, die noch vor Ort sind, zu sich. „Würden Sie dem Herrn bitte beim Aufsteigen helfen?"

Der Beamte guckt zunächst ziemlich verdutzt aus der Wäsche, schickt sich dann aber an, die geforderte Hilfestellung zu leisten.

„Sehe ich so klapprich aus?", entrüstet sich Opa Herbert daraufhin. „Das werde ich wohl noch selber schaffen."

„Wie Sie meinen."

Mit etwas Geduld und unter Zuhilfenahme einiger kerniger Flüche in ausgesuchtem westfälischen Platt gelingt es Opa Herbert schließlich, auf dem Sozius Platz zu nehmen.

„Alles klar?", fragt Katja ihren Passagier.

„Alles klar", betätigt der.

„Also dann – festhalten, es geht los."

Katja startet den Motor und fährt an. Sie kann sich nicht erinnern, mit Gas und Kupplung jemals zuvor so gefühlvoll umgegangen zu sein – eine völlig neue Erfahrung. In einem für sie wirklich ungewöhnlichem Tempo schlängelt sich Katja durch den Stadtverkehr von Höxter. Das geht auch soweit ganz gut. Aber plötzlich – sie haben gerade das Ortsschild passiert – trommelt jemand an Katjas Helm. Der Schreck fährt ihr durch alle Glieder, und sie bremst sofort ab.

„Ist bei Ihnen alles in Ordnung?", will die Oberkommissarin wissen, nachdem sie rechts rangefahren ist.

„Charnix ist in Ordnung", macht Opa Herbert seinem Ärger lautstark Luft. „Ich will Ihnen mal wat sagen, junges Fräulein. Im Winter vierundvierzig-fünfundvierzig habe ich anne Ostfront inne Scheiße jelegen. Die Kugeln vom Ivan sind mir Tach und Nacht umme Ohren jepfiffen. Ich habe eine janze Reihe gute Kameraden elendich verrecken sehen. Als der verfluchte Krieg endlich vorbei war, kam die Vertreibung. Ich komme nämlich aus Ostpreußen, müssen

Sie wissen. Dann kam der Wiederaufbau. Dat war auch kein Zuckerschlecken, kann ich Ihnen sagen. Sogar gehungert haben wir. Wissen sie eijentlich, was dat heißt? Also, ich hab in meinem Leben einiges mitmachen müssen. Und jetzt kommen Sie daher und kutschieren mich durch die Gegend, wie einen Wackelpudding ... Nu cheben Se mal richtich Chass!"

„Sind Sie da ganz sicher?", fragt Katja skeptisch.

„Sicher bin ich mir da sicher", antwortet Opa Herbert wie aus der Pistole geschossen. „Und Sie brauchen keine Bange haben, dass ich Ihnen verloren chehe. So leicht werden Sie mich nicht los."

„Wenn das so ist, dann halten Sie sich mal richtig fest." Sie setzen ihre Fahrt fort, und obwohl Katja die ungeheuere Kraft ihrer Hayabusa bei Weitem nicht ausspielt, geht sie nun nicht mehr so zaghaft mit Gas und Kupplung um. Opa Herbert scheint es zu gefallen.

Auch wenn es in Holzminden nur eine recht bescheidene Anzahl von Weserbrücken gibt, dauert es ungewöhnlich lange, bis sie endlich die Residenz zur Weserbrücke erreichen. In erster Linie ist das auf Opa Herberts Gedächtnis zurückzuführen, das mit einem Mal unerklärliche Lücken aufgewiesen hat, sodass er Katja ständig in die falsche Richtung schickte. Aber es wäre ja gelacht, wenn eine Ermittlerin der Kriminalpolizei nicht den Weg zur besagten Seniorenresidenz ausfindig machen könnte.

Nun stehen sie davor, und Opa Herberts Selbstbewusstsein scheint sich für heute verabschiedet zu haben. Genau wie Katja ist er vom Motorrad abgestiegen. Schuldbewusst schaut er sie durch das hochgeklappte Visier seines Helms an, wie ein kleiner Junge, der beim Erdbeerenklauen erwischt worden ist.

Der kriminalistische Sachverstand der Oberkommissarin schlägt Alarm. Hier stimmt etwas nicht. Und Katja hat auch schon einen Verdacht. „Soll ich Sie vielleicht noch reinbegleiten?", fragt sie mit gekonnter Unschuldsmiene.

„Ähmnnnein ... Das wird wohl nicht nötich sein", kommt die zögerliche Antwort.

„Tja, dann verabschiede ich mich jetzt. Ich hätte allerdings vorher gern meinen Helm wieder."

„Nun ja ...", druckst der Alte rum. „Ich fürchte, da chibt es ein klitzekleines Problemchen."

„Und was ist das für ein klitzekleines Problemchen?", will Katja wissen.

„Wissen Sie, Frau Kommissarin, in meinem Alter will das Jedächtnis nicht immer so, wie man selber will. Da kann es schon mal zu gewissen ... ähm ... Verwechslungen kommen."

„Und was haben wir verwechselt?" Katja ist hartnäckig.

„Also, das ist so ... ich bin mir nicht mehr janz sicher, ob ich überhaupt hier wohne."

„Und wo könnten Sie sonst wohnen, wenn nicht hier?"

„Vielleicht sollten wir es mal mit der Altstadt-Residenz am Wall in Höxter versuchen, inne Obere Mauerstraße. Könnte sein, dass mir das ein bisschen bekannter vorkommt."

„Könnte es auch sein, dass ich einem ausgekochten alten Schlitzohr auf den Leim gegangen bin? Einem Schlitzohr, das gern Motorrad fährt?" Katja schaut den Alten an wie einen Tatverdächtigen, und sie glaubt, in seinen Augen ein umfassendes Geständnis abzulesen.

Opa Herbert schweigt.

„Das ist Irreführung der Behörden", fährt sie fort, „und so etwas ist strafbar."

„Sie können mich deswegen aber nicht verhaften", der Alte scheint sein Selbstbewusstsein wiedergefunden zu haben.

„Und warum nicht."

„Nun ja, Ihre Handschellen", sagt Opa Herbert grinsend, „die hat ja schließlich dieser ... dieser Verbrecher. Schon verjessen?"

„Sie sind mir ja ein ganz Schlauer", erwidert Katja nun belustigt. „Aber wir können ja mal in den Satteltaschen nachsehen. Vielleicht finden wir da ein zweites Paar."

„Besser nicht."

„Dann steigen Sie mal ganz schnell wieder auf, und wir fahren nach Höxter zur Altstadt-Residenz", kommandiert die Beamtin. „Und wenn Ihnen die auch nicht bekannt vorkommen sollte, fahren wir gleich weiter zum Polizeipräsidium. Das kommt mir nämlich bekannt vor, und – was viel wichtiger ist – wir haben da immer ein Zimmer frei."

„Vielen Dank für das freundliche Anjebot, aber ich möchte Ihre Gastfreundschaft nicht überstrapazieren."

Katjas Beifahrer wartet, bis sie auf der Maschine Platz genommen hat. Dann steigt er selber auf, und wenig später jagt die Hayabusa mit einer Geschwindigkeit, die dem Alten das Herz höher schlagen lässt, auf direktem Weg zurück nach Höxter.

„Und, kommt Ihnen das hier irgendwie bekannt vor?", fragt Katja, nachdem beide vor der Altstadt-Residenz von der Maschine gestiegen sind.

„Ja, hier sind wir goldrichtich", antwortet Opa Herbert. Er versucht, sich vom Helm zu befreien, was ihm jedoch erst mit Katjas Hilfe gelingt. Die hat es jetzt ziemlich eilig, denn die kleine Spritztour hat sie eine Menge Zeit gekostet, und im Präsidium wartet die Arbeit in Gestalt eines Erpressers, der dringend verhört werden muss.

„Tja, dann machen Sie's mal gut", verabschiedet sich die Oberkommissarin. „Ich muss jetzt wieder an die Arbeit. Die Bösewichte warten."

„Einen Moment noch." Opa Herbert wirkt ganz aufgeregt.

„Was ist denn noch?"

Opa Herbert tut nun sehr geheimnisvoll. Mit Handzeichen fordert er Katja auf, näher zu kommen.

„Können Sie mal kurz Ihren Helm abnehmen?", flüstert er ihr zu. „Es ist wichtich."

„Und warum soll ich das tun?", will Katja wissen.

„Bitte ...!" Der Alte schaut Katja mit einem so treuen Dackelblick an, dass sie nicht Nein sagen kann. Sie nimmt den Helm ab.

„Danke", sagt Opa Herbert leise. „Wissen Sie, die alte Else Grünlich – die wohnt auch hier -, die sitzt den janzen Tag am Fenster und beobachtet alles. Und dann zerreißt sie sich immer dat Maul darüber. Und wenn sie jetzt jesehen hat, dass mich eine so wunderhübsche, junge Frau auf einem Motorrad nach Hause jebracht hat, dann hat sie wieder so richtich wat zu lästern, die alte Hexe. Außerdem ...", das Gesicht des Alten verzieht sich zu einem unverschämten Grinsen, „... ist ihr bei dem Anblick bestimmt wieder mal der Mund bis zum Anschlag aufjeklappt. Und wenn das passiert, fallen ihr immer die dritten Zähne raus. Sie können sich charnich vorstellen, wie komisch das aussieht. Und gleich kriecht sie bestimmt auf allen Vieren auf dem Fußboden rum, um sie wieder aufzuheben." Ein Kind, das vom Weihnachtsmann überreich beschenkt worden war, hätte sich kaum mehr freuen können als dieser alte Mann.

Doch ganz plötzlich verändern sich seine Gesichtszüge dramatisch. Er kommt auf Katja zu und nimmt mit beiden Händen ihre rechte Hand.

„Und außerdem …", sagt er kaum hörbar, dann stockt seine Stimme.

„Und außerdem?", fragt Katja leise nach, denn Opa Herbert schweigt immer noch. Muss sie sich Sorgen machen?

„Und außerdem", macht er einen neuen Anlauf, „möchte ich in Ihre Augen sehen, wenn ich mich bei Ihnen bedanke."

„Bedanken? Wofür?"

„Dafür, dass ich heute ein wenig leben durfte – richtich leben, meine ich. Wissen Sie, Frau Kommissarin, wenn Sie in einem solchen Haus wohnen, dann wird Ihnen klar, dass Sie sich im Wartesaal zum Friedhof befinden. Verstehen Sie mich nicht falsch. Ich will mich nicht beschweren. Es ist ein gutes Haus. Die Zimmer sind schön und hell, die Leute, die hier arbeiten, sind immer nett und freundlich und so jeduldich mit unsereins. Aber jeder einzelne, der hier wohnt, weiß chanz jenau, wo es hinjeht, wenn er nicht mehr hier wohnt. Sie glauben charnich, was es mir bedeutet hat, heute mit Ihnen auf dem Motorrad durch die Gegend zu fahren. Es war so schön, so unsagbar schön! Ich habe mich richtich lebendich jefühlt. Ein schöneres Jeschenk hätten Sie mir nicht machen können. Vielen, vielen, vielen Dank dafür."

Katja fehlen die Worte. Damit hat sie nun überhaupt nicht gerechnet. Opa Herberts unerwartetes Geständnis hat sie – die kühle Kriminalbeamtin – eiskalt erwischt. Ein ganzes Sammelsurium von unterschiedlichsten Gefühlen bringt ihr inneres Gleichgewicht bedrohlich ins Schwanken. Besonders, als sie bemerkt, wie sich Tränen der Dankbarkeit in Opa Herberts Augen sammeln.

Opa Herbert entgeht nicht, welche Gefühlsverwirrungen er bei der schönen Oberkommissarin ausgelöst hat. Da es nicht seine Absicht war, sie in Verlegenheit zu bringen, reißt er geistesgegenwärtig das Ruder herum und lenkt das Gespräch in eine andere Richtung.

„Sagen Sie mal, die macht doch bestimmt ihre zweihundert Sachen, oder?" Opa Herbert zeigt auf die Maschine.

Über Katjas Gesicht huscht ein sanftes Lächeln. Ein Lächeln, das jedoch irgendwie kraftlos wirkt – nicht so strahlend wie sonst.

„Zweihundert?", wiederholt sie leise. „Die schafft knapp dreihundert Sachen."

„Boahh ... dreihundert Sachen!? Das ist ja eine richtige Bestie!" Opa Herbert geht respektvoll einen Schritt zurück, so, als hätte er Angst, dass ihn die Bestie sonst anfallen und in Stücke reißen könnte. „Und so eine wilde Bestie wird jezähmt von der sanften Hand einer so schönen Frau – ich bin mächtich beeindruckt."

Katja ist es auch. Da hat es dieser Charmeur der alten Schule doch im Handumdrehen hingekriegt, das unbeschwerte Lächeln in ihr Gesicht zurück zu zaubern.

„So, und jetzt will ich Sie nicht länger aufhalten. Wir wollen ja schließlich nicht, dass sich die bösen Buben hier in Höxter allzu sicher fühlen", verabschiedet sich Opa Herbert. „Ich wünsche Ihnen alles Gute und einen schönen Tag. Und – vielen Dank für alles."

„Ihnen auch einen schönen Tag." Mehr bringt Katja nicht raus. Sie setzt ihren Helm auf und steigt auf die Maschine. Gerade will sie den Motor starten, da klopft Opa Herbert ihr noch mal auf die Schulter.

„Würden Sie mir wohl doch noch einen kleinen Jefallen tun?", fragt er und dabei sitzt ihm eindeutig der Schalk im Nacken.

„Was für einen Gefallen?"

„Wenn Sie gleich losfahren, cheben Sie nochmal ordentlich Chass, lassen Sie den Motor noch mal richtich aufheulen, mit richtich viel Spektakel – Sie wissen schon."

„Und Sie wissen, dass wir hier mitten in der Stadt sind. Da sollte alles etwas gesittet zugehen", gibt Katja zu bedenken. „Außerdem will ich wegen so eines Blödsinns keine Anzeige riskieren."

„Von der Polizei werden Sie ja wohl nix zu befürchten haben", gibt der Alte schlagfertig zurück.

„Und warum soll ich so was überhaupt tun?"

„Die alte Grünlich steht janz bestimmt immer noch hinter dem Fenster. Und wenn Sie mit ordentlich viel Rabatz davon brausen, dann fällt ihr chlatt noch mal die Kauleiste raus."

„Na, Sie sind mir ja ein Schlawiner."

Opa Herbert sagt nichts dazu, aber er wirft Katja einen erwartungsvollen Blick zu, wobei er von einem Ohr bis zum anderen grinst. Katja startet den Motor und fährt so an, wie es sich für eine rücksichtsvolle Motorradfahrerin in einem Wohngebiet gehört. Opa Herbert steht die Enttäuschung ins Gesicht geschrieben. Doch nach ungefähr fünfzig Metern verlangsamt die Oberkommissarin ihre Fahrt. Sie wendet ihre Maschine und stoppt für einen Moment. Mit zu Sehschlitzen verengten Augen inspiziert sie die ganze Straße. Sie ist menschenleer, niemand, den sie gefährden könnte. Bedeutungsvoll klappt sie dann ihr Visier herunter. Einen Sekundenbruchteil später erwachen die vier Zylinder ihrer Hayabusa mit einem infernalischen Stakkato aus ihrem

Dornröschenschlaf. Und als ob sie von tausend Teufeln gehetzt wird, peitscht die kühne Fahrerin ihr fauchendes PS-Monster die Obere Mauerstraße entlang. Ein weiteres Mal lässt Katja die Bestie aufbrüllen, und unmittelbar vor der Senioren-Residenz löst sich das Vorderrad von der Straße, und die Suzuki reckt sich heroisch dem Himmel entgegen. Was für ein Schauspiel! Nach nur einem Wimpernschlag ist alles vorbei. Katja muss ihre Maschine brutal abbremsen, um mit einem halbwegs zivilisierten Fahrstil auf die Hauptstraße abzubiegen. Erst jetzt bemerkt sie, dass sie eben entgegen der vorgeschriebenen Fahrtrichtung durch eine Einbahnstraße gefahren ist. Hoffentlich hat es keiner bemerkt, denkt sie. Dann ist sie verschwunden.

Zurück bleibt ein alter Mann, der sich freut wie ein Schneekönig. Er ist derart aus dem Häuschen, dass er vor dem Haupteingang – soweit es seine alten Knochen zulassen – eine Art Freudentanz veranstaltet. Bevor er reingeht, wirft er einen letzten Blick die leere Straße entlang.

„Ach, was war dat schön", sagt er dabei zu sich selbst. „Dat war so schön, so unsagbar schön. Dat war richtich ..." Opa Herbert hält inne und schaut verschämt nach rechts und links, so als fürchte er, jemand könnte hören, was er sagt. Als er sicher ist, dass die Luft rein ist, lässt er es heraus: „Dat war richtich ... GEIL!"

Dann dreht er sich um und geht wie in Trance auf die Eingangstür zu. Dabei murmelt er immer wieder: „Dat war ja so geil, ach, wat war das geil. Wenn ich dat meinem Freund Willi erzähle ... Ach, dat war ja so geil."

In der ersten Etage verlässt er den Aufzug. Die alte Else Grünlich steht bereits im Flur und empfängt ihn mit einem finsteren, ja, geradezu angriffslustigen Blick. Opa Herbert beachtet sie nicht und geht weltvergessen an ihr vorbei.

„Dat war ja so geil ...", murmelt er immer noch vor sich hin. „So geil ..." Doch leider redet er so laut, dass Else es versteht.

„Herbert!", faucht sie ihrem Mitbewohner hinterher, und ihre Stimme ist dabei schärfer als ein Rasiermesser. Opa Herbert bleibt stehen. Er dreht sich langsam um. Erst jetzt scheint er die Frau wahrzunehmen. Er geht langsam zu ihr zurück, baut sich mit wichtiger Miene direkt vor ihr auf und schaut ihr geradewegs in die Augen.

„Dreihundert Sachen schafft die", verkündet er lautstark. „Damit du Bescheid weißt."

Ohne eine weitere Erklärung lässt er die Alte stehen und geht zu seiner Wohnungstür. „Dat war ja so geil ... wenn ich das dem Willi erzähle, der wird vielleicht Augen machen. So geil ...!"

Die alte Else steht wie bestellt und nicht abgeholt im Flur und schaut verdattert auf die Tür, hinter der Opa Herbert verschwunden ist. Dabei verzieht sie ihren Mund, als hätte sie auf ein Stück Seife gebissen.

Und ob ihr bei Katjas spektakulärem Abgang wirklich das Gebiss rausgefallen ist, wird wohl für immer ihr Geheimnis bleiben.

Nach Canossa

Katja erreicht das Präsidium mit dem erbaulichen Gefühl, etwas Gutes getan zu haben – und dabei denkt sie nicht an die Festnahme des Erpressers. Wie leicht es doch gewesen ist, Opa Herbert diese kleine Freude zu machen, die dem Alten offenbar so viel mehr bedeutet hat, als Katja es sich vorzustellen vermag.

„Hallo, Katja, wo kommst du denn jetzt her?", will Toni wissen, als sie das Büro betritt, und er ist anscheinend bestens gelaunt.

„Ich hatte noch eine Kleinigkeit zu erledigen", antwortet die Oberkommissarin.

„Ach, das mit diesem alten Mann. Was hattest du denn mit dem zu schaffen?"

„Das ist eine etwas längere Geschichte", sagt Katja. „Die erzähl ich dir mal in Ruhe – beim Bier. Was gibt es hier Neues?"

„Deine Festnahme – oder besser gesagt, die Shownummer, die du dabei abgezogen hast – ist DAS Gesprächsthema im ganzen Präsidium." Toni grinst seine Kollegin breit an. „Wenn du das jedes Mal so machst, müssen wir in Zukunft von den Zuschauern wohl Eintritt nehmen."

„Nun bleib mal schön auf dem Teppich", dämpft Katja Tonis Enthusiasmus. „Wisst ihr schon, wer der Bursche ist?"

„Aber ja doch. Wir waren hier nämlich auch schon fleißig, musst du wissen." Toni redet nicht weiter.

„Ja, und?", hakt Katja genervt nach.

„Paul Gellhaus, zweiundzwanzig Jahre, wohnhaft in Höxter, Schule geschmissen, Maurerlehre geschmissen, der Vater ist schon vor langer Zeit abgehauen, die Mutter geht putzen und stockt ihr bescheidenes Einkommen mit Hartz IV auf. Und wenn sie nicht putzt, säuft sie. Er ist ein alter Bekannter von uns. Körperverletzung, Diebstahl, Drogenhandel und und und – ein recht ansehnliches Vorstrafenregister. Aber alles nur Kleinkram."

„Wie bitte?", fragt Katja verdutzt. „Er ist aktenkundig, und wir haben die Fingerabdrücke auf dem Erpresserbrief nicht zuordnen können?"

„Das ist kein Wunder: Es sind nicht seine Fingerabdrücke", erklärt Toni.

„Ein Komplize ...?"

„Sieht ganz danach aus. Paul Gellhaus bewegt sich in den bekannten einschlägigen Kreisen ..." Toni macht eine kleine Pause. „Außerdem hat er einen jüngeren Bruder – Christoph Gellhaus. Na, klingelt da was?"

„Chris!"

„Bingo."

„Ich nehme mal an, Brixmeier nimmt ihn sich gerade vor", vermutet Katja.

„Da nimmst du falsch an. Erwin ist bei Lange, und für unseren speziellen Freund mussten wir erst einmal ein paar trockene Klamotten besorgen." Ein breites Grinsen legt sich auf Tonis Gesicht. „Wir wären dir wirklich unendlich dankbar, wenn du den nächsten Verdächtigen nicht gleich kielholen würdest."

Die Tür geht auf und Hauptkommissar Brixmeier kommt rein. „Ach, Frau Oberkommissarin 007 ist auch wieder da. Wo ham Se denn so lange jesteckt?", poltert der sofort los.

„Das ist eine längere Geschichte", antwortet Katja.

„Für längere Jeschichten ham wir jetzt keine Zeit. Der Chellhaus wartet im Verhörraum. Also, Frau Oberkommissarin, wenn ich Sie dann bitten dürfte", kommandiert Brixmeier und geht voraus.

„Bevor ihr verschwindet: Ich hab da noch was für euch", bremst Toni sie aus.

„Ich höre", dröhnt der Hauptkommissar.

„Unser Schriftgelehrter hat sich gemeldet." Toni wedelt mit dem Bericht in der Luft herum. „Er ist davon überzeugt, dass Franz-Josef Bering die Karte aus Acapulco geschrieben hat."

„Ach, dat ist ja hochinteressant." Brixmeier hält einen Moment inne – aber auch wirklich nur einen Moment. „Leg mir den Bericht aufn Schreibtisch, ich kümmer mich später drum. Jetzt müssen wir erst mal det Kerlchen hier verarzten."

Auf dem Weg zum Verhörraum fragt Brixmeier: „Wat mich mal interessieren würde, Frau Oberkommissarin: Hat man Ihnen dat auffe Polizeischule so beijebracht, oder is dat 'ne Bielefelder Spezialität?"

„Wenn Sie mir freundlicherweise verraten würden, wovon Sie reden, könnte ich Ihre Frage vielleicht beantworten", gibt Katja zurück.

„Ich meine die Zirkusnummer, die Sie bei der Festnahme abjezogen haben."

„Ach die ..." Katja macht eine wegwerfende Handbewegung. „Da kann ich Sie beruhigen, Herr Hauptkommissar. Weder Polizeischule noch eine Spezialität der Bielefelder Polizei – das war meine ganz persönliche Note."

„Wenn dat so is ...", Brixmeier wirft seiner Kollegin einen missbilligenden Blick zu, „dann werden wir beide abba noch eine chanze Menge Spass miteinander kriejen."

„Das will ich doch wohl hoffen", erwidert Katja völlig unbeeindruckt.

Der Hauptkommissar öffnet die Tür zum Verhörraum. Die Beamten treten ein und mustern den jungen Mann, der bereits am Tisch sitzt und der Vernehmung mit finsterer Miene entgegensieht. Nichts erinnert mehr daran, dass er vor gar nicht allzu langer Zeit ein unfreiwilliges Bad in der Weser genommen hat.

Wie ein Verbrecher sieht der gar nicht aus, denkt sich Katja. Wenn er ein bisschen freundlich lächeln würde, käme er richtig sympathisch rüber.

Die Beamten setzen sich, und der Hauptkommissar beginnt mit der Befragung. Doch Paul Gellhaus hat offenbar ein Schweigegelübde abgelegt. Gleichgültig, was Brixmeier anstellt, sein Gegenüber reagiert wie eine in Carrara-Marmor gehauene Statue – nämlich gar nicht. Auch, als Katja den möglichen Komplizen ins Spiel bringt, zeigt sich Paul Gellhaus zunächst unbeeindruckt.

„Kennen Sie dat?", brüllt der Hauptkommissar und knallt ihm den ersten Erpresserbrief auf den Tisch.

„Nie gesehen", antwortet Gellhaus, ohne auch nur einen Blick auf das Schriftstück zu werfen. Immerhin spricht er jetzt.

„Nie jesehen …?", grunzt Brixmeier. „Komisch, da sind nämlich Fingerabdrücke drauf."

„Meine ganz bestimmt nicht", erwidert Paul Gellhaus.

„Das ist richtig", wirft Katja ein. „Aber dafür die Ihres Bruders Christoph – Ihres Komplizen!"

„Das müssen Sie erst mal beweisen."

„Nichts leichter als das", sagt der Hauptkommissar mit geradezu bedrohlich ruhiger Stimme. „Frau von Sternberch, würden Sie sich bitte mit unseren portugiesischen Kollejen in Verbindung setzen? Sie sollen sich mal diesen Christoph Chellhaus schnappen und seine Fingerabdrücke nehmen. Wenn et eine Übereinstimmung chibt, beantragen Sie chleich einen internationalen Haftbefehl."

„Wird sofort erledigt, Chef." Katja steht auf und geht zur Tür.

„NEIN!", brüllt Paul Gellhaus. „Tun Sie das nicht."

„Und warum nich?", will Brixmeier wissen.

„Weil mein Bruder nichts damit zu tun hat."

„Dat behaupten Sie", gibt der Hauptkommissar zurück. „Ich sehe dat chanz anders. Sie haben – wahrscheinlich über Ihren Bruder – mitjekricht, dat Alexandra Bering Probleme mit ihrem Vadder hat. Da haben Sie beide einen netten Plan ausbaldowert. Ihr Bruder brennt mit Alexandra Bering durch und die beiden machen sich ein paar schöne Tage im sonnigen Süden. Er sorcht dafür, dass sie keinen Kontakt mit ihren Eltern aufnimmt, und Sie ziehen in aller Ruhe die Erpressung durch. Charnich mal schlecht."

„So war es nicht." Paul Gellhaus zeigt endlich Nerven.

„Wie war es denn dann?", hakt Brixmeier nach.

„Mein Bruder hat von alldem, was hier passiert ist, keine Ahnung", beteuert Paul Gellhaus.

„Und dat sollen wir chlauben", kontert Brixmeier.

„Sie scheinen Ihren Bruder jedenfalls sehr zu lieben", mischt sich Katja nun ein und wird dafür von ihrem Chef mit einem finsteren Blick gestraft.

„Wachsen Sie mal in so einer Scheiß-Familie auf." Paul Gellhaus scheint nun gesprächiger zu werden. „Mein Vater hat uns im Stich gelassen, als ich gerade mal zehn Jahre alt war. Meine Mutter säuft, und statt zur Schule zu gehen, habe ich mich um Chris gekümmert. Ich habe dafür gesorgt, dass wenigstens aus ihm was wird. Ich habe ihn zur Schule geschickt, ich habe ihm das Essen gekocht, und wenn er krank war, bin ich mit ihm zum Arzt gegangen, während unsere Mutter mit irgendeinem Typen rumgevögelt hat oder ihren Rausch ausschlafen musste. Er ist der Einzige in der ganzen Familie, aus dem wirklich was werden kann. Er ist verdammt gut in der Schule. Er wird sein Abi machen und studieren. Er wird nicht so ein Versager werden, wie der Rest dieser großartigen Familie. Und ich lasse nicht zu, dass jemand ihn in die Scheiße zieht. Ich schwöre Ihnen, wenn sie Ihm irgendetwas anhängen wollen, dann ..."

„Dann was?", hakt Brixmeier nach.

Sein Gegenüber schweigt.

„Herr Gellhaus", meldet sich Katja zu Wort. „Auch wenn Sie es uns nicht glauben, aber wir hängen niemandem etwas an. Es gibt nur zwei Möglichkeiten: Entweder Ihr Bruder hat etwas mit der Sache zu tun, oder er hat nichts damit zu tun. Und wenn Sie uns davon überzeugen wollen, dass er nichts damit zu tun hat, haben Sie nur eine Chance."

„Und welche?"

„Die Wahrheit – ohne Wenn und Aber."

Paul Gellhaus überlegt einen Moment. „Also gut", sagt er zu der Beamtin, „ich werde Ihnen alles erzählen – aber nur Ihnen." Er wirft einen unmissverständlichen Seitenblick auf Hauptkommissar Brixmeier. Der – was Katja sehr überrascht – versteht sofort, erhebt sich und geht zur Tür.

„Ich brauche ersmal einen anständigen Kaffee", knurrt er und verlässt den Verhörraum.

„Tja, dann legen Sie mal los", sagt die Oberkommissarin und lehnt sich entspannt zurück.

„Chris ist schon eine ganze Weile mit Lexie – ähm, ich meine mit Alexandra Bering zusammen", beginnt Paul Gellhaus seine Aussage. „Ich habe ziemlich schnell geschnallt, dass sie mit ihrem Alten nicht klarkommt. Das muss ein echtes Ekelpaket sein, hat ihr alles verboten. Wenn der gewusst hätte, dass sie einen Freund hat ... und aus welchen Kreisen der kommt, er hätte sie wahrscheinlich eingesperrt."

„Und wer hatte die Idee, abzuhauen?"

„Keine Ahnung. Es ist ungefähr sechs Wochen her. Lexie war bei uns. Sie hatte an dem Tag mal wieder einen Mordsstress mit ihrem Alten. Ich habe für uns drei gekocht. Da haben Lexie und Chris das erste Mal darüber gesprochen. Sie schien aber die treibende Kraft zu sein – zumindest kam es mir so vor."

„Es ist also nicht auf Ihrem Mist gewachsen", hakt Katja nach.

„Nein, ganz bestimmt nicht, Frau Kommissarin", beteuert ihr Gegenüber. „Ich habe Lexie aber geraten, dass sie totale Funkstille halten soll, solange sie weg ist."

„Damit Sie ihren Vater in aller Ruhe erpressen können."

„Falsch! Sie sollte Funkstille halten, damit ihr Alter mal so richtig das Fracksausen kriegt. Der Gedanke, dieses Arschloch um eine paar Euro zu erleichtern, kam mir erst viel später", widerspricht Paul Gellhaus vehement.

„Und wann kam Ihnen der Gedanke?"

„Ein paar Tage, bevor die beiden abgehauen sind."

„Und Ihr Bruder hatte von alldem keine Ahnung?"

„Nein. Sie kennen meinen Bruder nicht. Er ist 'ne ehrliche Haut. Hätte er auch nur etwas geahnt, dann hätte er alles darangesetzt, um es zu verhindern. Wahrscheinlich wäre er dann gar nicht mit Lexie abgehauen."

„Also, wenn das stimmt", die Kriminalbeamtin schaut ihr Gegenüber nun forschend an, „und Ihr Bruder von alldem tatsächlich nichts gewusst hat, dann stellt sich mir aber die Frage, wie seine Fingerabdrücke auf den Erpresserbrief gekommen sind. Es sind doch seine Fingerabdrücke, oder? Sonst hätten sie eben doch nicht so heftig reagiert."

„Ich weiß es nicht, aber ich habe das Papier von seinem Schreibtisch genommen. Chris hat nämlich einen Computer und alles, was man dazu braucht. Ich habe ihm den besorgt, damit er lernt, damit umzugehen. So was braucht man ja heutzutage. Und möglicherweise hat er das Blatt vorher mal in der Hand gehabt. Ich hätte mir ganz neues Papier besorgen sollen."

„Klingt plausibel", meint Katja nachdenklich.

„Und? Was passiert jetzt mit meinem Bruder", will Paul Gellhaus wissen.

„Um eine Befragung wird er natürlich nicht herumkommen", sagt Katja. „Aber wenn Sie die Wahrheit gesagt haben und sich keine neuen Verdachtsmomente gegen ihn ergeben, dann hat ihr Bruder nicht das Geringste zu befürchten."

„Das ist gut." Paul Gellhaus sieht erleichtert aus.

„Aber Sie werden sich für die Erpressung verantworten müssen", stellt Katja klar.

„Das war doch überhaupt keine richtige Erpressung, Frau Kommissarin. Ein richtiger Erpresser hätte mindestens eine halbe Million gefordert. Die läppischen Fünfzigtausend sind für diesen Finanzhai doch nicht mehr als ein Trinkgeld."

„Ich bin mir nicht sicher, ob das der Richter genauso sieht", entgegnet Katja.

„Und wenn Sie für mich ein gutes Wort einlegen?"

„Da sollten Sie sich nicht zu viel von versprechen. Nun ja, immerhin haben Sie ein umfassendes Geständnis abgelegt. Das sollte den Richter etwas milder stimmen."

„Den Richter vielleicht, aber nicht meinen Bruder", sagt Paul Gellhaus, der plötzlich ziemlich geknickt wirkt. „Wenn der mitkriegt, was ich hier abgezogen habe, guckt der mich mit'm Arsch nicht mehr an."

Die Oberkommissarin geht nicht darauf ein. „Eine letzte Frage habe ich noch", sagt sie stattdessen. „Wusste außer Ihnen noch jemand über die Reisepläne Ihres Bruders und seiner Freundin Bescheid?"

„Nein, ich glaube nicht", kam zögernd die Antwort. „Das heißt, doch ... eine Freundin von Lexie. Sie hat ein paarmal von ihr gesprochen. Die wusste auch Bescheid."

„Können Sie sich an den Namen erinnern?"

„Lexie hat ihn mehrere Male erwähnt, er liegt mir auf der Zunge, aber ...", Paul Gellhaus zuckt mit der Schulter.

„Barbara Hesse?"

„Nein."

„Franziska Gerke?"

„Auch nicht."

„Yasmin Weber?"

„Ja, Yasmin heißt sie. Jetzt erinnere ich mich wieder. Aber nicht Weber. Sie heißt Yasmin ... Yasmin ... Yasmin ... gleich hab ich's ... Yasmin Gärtner. Ja, genau. Yasmin Gärtner heißt sie."

Katja nickt zufrieden. „Ich denke, für heute lassen wir es gut sein." Damit ist für die Oberkommissarin die Vernehmung beendet. Sie steht auf und geht zur Tür.

„Ach, Frau Kommissarin", bremst der geständige Erpresser sie aus. Katja dreht sich neugierig um, und er grinst sie verschmitzt an. „Sie fahr'n echt 'n heißen Reifen."

„Wenn Sie das sagen ..." Katja verlässt den Raum, und Paul Gellhaus wird von einem Beamten zurück in seine Arrestzelle gebracht. Die Oberkommissarin informiert ihre

Kollegen über das Ergebnis der Befragung. Damit ist dieser Fall so gut wie abgeschlossen, wogegen im Mordfall Alexandra Westerbach alle Beteiligten das Gefühl haben, erst ganz am Anfang zu stehen.

Wie üblich ist auch an diesem Montag Toni Allwisser der Erste im Büro. Er muss aber nicht lange warten, bis Katja und Hauptkommissar Brixmeier eintreffen. Kaum ist das Team vollständig, schneit auch Kriminalrat Lange herein, und er scheint heute Morgen richtig gut gelaunt zu sein.

„Großartige Arbeit", lobt er seine Mitarbeiter. „Täter gefasst, umfassendes Geständnis, Fall gelöst – genau so, wie es sein sollte. Und Sie, Frau von Sternberg, haben Ihre Qualitäten besonders eindrucksvoll unter Beweis gestellt. Meinen Glückwunsch." Er schenkt Katja ein ganz spezielles Lächeln.

„Das war Teamarbeit", wehrt sie bescheiden ab.

„Natürlich war es das", stimmt Lange zu. „Aber selbst dem besten Team kann es nicht schaden, wenn es hin und wieder durch eine hervorragende Einzelleistung noch besser wird. Ich denke, Sie und Hauptkommissar Brixmeier passen wirklich sehr gut zusammen – als Ermittlerteam, meine ich." Hätte in diesem Moment ein Unbeteiligter das Büro betreten, er hätte gleich zwei ziemlich dumme Gesichter zu sehen bekommen: Das von Katja und das von Brixmeier. Und alle Anwesenden – von Lange selbst mal abgesehen – fragen sich, was ihn zu dieser reichlich gewagten Einschätzung bewogen haben könnte.

Der Kriminalrat wechselt das Thema: „Wie sieht es im Fall Alexandra Westerbach aus, Brixmeier? Haben Sie sich diesen Hellseher noch mal vorgenommen?"

„Nein, dat habe ich nich", antwortet der Hauptkommissar. „Abba dafür habe ich wat anderes." Brixmeier drückt Lange den Bericht von Dr. Petersen in die Hand. „Is Ihnen dat konkret jenuch?"

Der Kriminalrat überfliegt das grafologische Gutachten. „Er ist sich neunzig Prozent sicher", knurrt er. „Neunzig Prozent sind keine hundert Prozent. Brixmeier, ich muss Ihnen doch nicht erklären, was das heißt. Bering kann sich die besten Anwälte leisten, und wissen Sie, was die mit uns machen, wenn wir nicht mehr haben, als diese läppischen neunzig Prozent? Gibt es wenigstens Hinweise darauf, dass Bering zum fraglichen Zeitpunkt in Acapulco war?"

„Noch nich", antwortet Brixmeier und fährt an Toni gerichtet fort: „Du weißt, wat du zu tun hast. Passagierlisten und alles, wat dazu chehört. Und dat am besten noch chestern."

„Wird erledigt." Toni macht sich an die Arbeit.

„Ich würde Sie gern noch unter vier Augen sprechen", sagt Lange zu Brixmeier und geht zur Tür. Der Hauptkommissar folgt ihm mit etwas betretener Miene.

„Ach, das hätte ich fast vergessen." Der Kriminalrat dreht sich noch mal um. „Frau Bering hat vor ein paar Minuten hier angerufen – ich habe keine Ahnung, warum die Zentrale sie ausgerechnet zu mir durchgestellt hat. Aber sie sagte mir, dass Alexandra und ihr Freund wieder im Lande sind." Dann verlässt er zusammen mit Brixmeier das Büro.

Katja und Toni müssen nicht lange auf ihren Chef warten. Doch als er zurückkommt, bringt er eine Laune mit, die jeden normalen Menschen das Fürchten lehren würde.

„Frau Sternberch, Sie kommen mit", poltert er. „Und du sorchst mir dafür, dat Alexandra Bering und ihr Freund heute Nachmittach hier auffe Matte stehen", dröhnt er Toni an.

Der quittiert den Befehl mit einem knappen, deutlichen: „Aye aye, Sir."

„Wo soll's denn hingehen, wenn man fragen darf?", will Katja wissen, als die beiden Kriminalbeamten den Parkplatz mit Brixmeiers extravagantem Dienstwagen verlassen.

„Nach Canossa", faucht der Hauptkommissar. Das ist dann auch schon alles, was er während der ganzen Fahrt über die Lippen bringt – Katja wundert's nicht. Ebenso wenig wundert sie sich darüber, dass Canossa heute bei Detmold liegt.

Hauptkommissar Brixmeier hat schon mal eine bessere Figur abgegeben. So zerknittert wie jetzt und hier, im Wohnzimmer der Westerbachs, hat Katja ihn noch nie gesehen. Fast tut er ihr leid – aber wirklich nur fast. Schließlich hat er sich selbst in diese missliche Lage gebracht. Und während der Hauptkommissar sich schwerfällig bemüht, eine halbwegs überzeugende Entschuldigung auf die Reihe zu stottern, überlegt Katja, wem sie es wohl zu verdanken hat, ihren Chef auf diesem etwas anderen Einsatz begleiten zu müssen.

Endlich hat Frau Westerbach ein Einsehen und erlöst den verzweifelt dreinschauenden Brixmeier.

„Wissen Sie, Herr Hauptkommissar", sagt sie. „Ich hatte im Krankenhaus viel Zeit, um über einiges nachzudenken. All die Jahre habe ich gewartet. Ich habe so sehr gehofft, dass Alexandra eines Tages wieder vor der Tür steht. Aber Sie glauben gar nicht, wie zermürbend diese Ungewissheit sein kann. Sie frisst einem die Seele auf." Frau Westerbach macht eine Pause. Sie versucht, gefasst zu bleiben, aber Katja entgeht nicht, wie sie mit den Tränen kämpft. „Es ist so schrecklich, was passiert ist, aber wenigstens haben wir jetzt Klarheit. Wir können von Alexandra in Würde Abschied nehmen, wir können sie anständig beerdigen. Trotzdem wird die Wunde, die dieser Verlust in unser Leben gerissen hat, wohl niemals vollständig verheilen."

Eine andächtige Stille erfüllt das Wohnzimmer. Nur das gleichmäßige Ticken einer Uhr macht deutlich, dass die Zeit nicht stehen geblieben ist.

Es ist Herr Westerbach, der das Schweigen bricht: „Haben Sie schon neue Erkenntnisse?", will er wissen.

„Tut mir leid", grunzt Brixmeier, „abba ..."

„Laufende Ermittlungen – verstehe", unterbricht ihn Herr Westerbach. „Und halten Sie diesen Tiemann immer noch für unschuldig?"

„Wie kommen Sie auf den?", hakt Brixmeier sofort nach.

„Nun ja, Ihre Kollegin hat mich bei ihrem letzten Besuch eingehend über ihn befragt."

„Und wie kommen Se darauf, dat wir ihn für unschuldich halten?"

Herr Westerbach bemerkt, dass er drauf und dran ist, die Oberkommissarin in Schwierigkeiten zu bringen. Er versucht, zu retten, was zu retten ist: „Ich glaubte, so etwas herausgehört zu haben."

„So, chlaubten Sie." Der Hauptkommissar wirft Katja einen vernichtenden Blick zu. „Wie chut kennen Sie eijentlich den Herrn Franz-Josef Bering?"

„Bei dem haben wir jahrelang alle unsere Versicherungen gehabt, und es hat nie die geringsten Probleme gegeben", gibt Herr Westerbach bereitwillig Auskunft.

„Und er war immer sehr freundlich und aufmerksam – ein durch und durch anständiger Mensch. Ich mochte ihn wirklich sehr", wirft Frau Westerbach ein.

„Und Sie fanden die Umstände, die dazu jeführt haben, dat er Ihre Tochter von einem Tach auf den anderen entlassen hat, nicht etwas merkwürdich?"

„Doch schon, das war alles äußerst merkwürdig. Es passte gar nicht zu Herrn Bering ..." Herr Westerbach wirkt nachdenklich. „Um ehrlich zu sein: Wir haben nie erfahren, was wirklich passiert ist. Alexandra hat kein Wort darüber verloren."

„Es is Ihnen also nie zu Ohren jekommen, dat Herr Bering Ihre Tochter bezichticht hat, vertrauliche Kundendaten jestohlen zu haben?", sagt Brixmeier leise.

„Kundendaten gestohlen ...?" Herr Westerbach schaut den Hauptkommissar ungläubig an.

„Nein! Das ist ganz unmöglich!", ereifert sich Frau Westerbach. „So etwas würde Alexandra nie tun – das muss alles ein ganz großes Missverständnis gewesen sein."

„Unsere Tochter, eine Diebin, das glaube ich nicht", sagt Herr Westerbach entschieden. „Aber seltsam war das alles schon – und die Wahrheit werden wir wohl nie erfahren."

„Vielleicht doch ...", widerspricht Brixmeier.

Frau Westerbach schaut den Hauptkommissar stirnrunzelnd an. „Sie glauben doch etwa nicht, dass Herr Bering ...?", sagt sie leise. „Nein, das kann nicht sein. Er ist ein so netter Mensch."

„Wir müssen allen Hinweisen nachchehen", klärt Brixmeier die Westerbachs auf, während er sich umständlich aus dem Sessel schält. „So, und jetz wird es höchste Zeit, dat wir uns wieder auf den Weg machen."

„Ich hätte aber noch eine Frage", meldet sich Katja.

Alle schauen die Oberkommissarin an.

„Wir sind bei unseren Ermittlungen auf etwas gestoßen, das uns Rätsel aufgibt", tastet sich Katja vorsichtig an
die eigentliche Frage heran. „Besaß Alexandra so etwas wie
eine Schatztruhe?"

„Ja, so etwas hatte sie tatsächlich", antwortet Frau Westerbach. „Die hat sie von ihrem Großvater zur Einschulung
bekommen. Der war nämlich Tischlermeister. Für Konstantin hat er mal ein Schaukelpferd gemacht. Das hat der
Junge heute noch. Es ist ein echtes Kunstwerk, genau wie
Alexandras Schatztruhe."

„Gibt es diese Schatztruhe auch noch?"

„Ja, sie müsste eigentlich in Alexandras Zimmer stehen."

„Dürften wir sie mal sehen?"

„Selbstverständlich. Georg, würdest du bitte ...?"

Herr Westerbach steht auf und fordert die beiden Beamten auf, ihm zu folgen. Er muss eine ganze Weile suchen,
bevor er eine kleine, mit wunderschönen Einlegearbeiten
verzierte Holzkiste aus dem hintersten Winkel des Klei-
derschranks ans Tageslicht befördert. Er stellt sie auf den
Schreibtisch und die Beamten nehmen sie in Augenschein.

„Ham Se mal den Schlüssel?", grunzt Brixmeier.

„Tut mir leid, aber Alexandra war die Einzige, die einen
Schlüssel dafür hatte", erklärt Herr Westerbach. „In dieser
Truhe hat sie ihre intimsten Geheimnisse aufbewahrt. Wir
hätten sie nie ohne Alexandras Zustimmung geöffnet. Auch
nach ihrem Verschwinden haben wir nicht versucht, sie zu
öffnen – es wäre uns wie ein Vertrauensbruch vorgekommen."

„Aber Sie haben Verständnis dafür, dass wir sie jetzt öffnen müssen? Möglicherweise finden wir wichtige Hinweise da drin", sagt Katja mit betont sanfter Stimme.

„Natürlich, tun Sie, was nötig ist." Herr Westerbach
wirkt gefasst, aber Katja spürt genau, dass ihn die Trauer in

diesem Augenblick zu zerreißen scheint. „Entschuldigen Sie mich bitte, aber ich möchte nicht dabei sein, wenn Sie die Truhe öffnen."

„Selbstverständlich." Katja kann ihn gut verstehen. Sie hält ihr Einbruchswerkzeug schon in der Hand, wartet aber noch, bis Alexandras Vater das Zimmer verlassen hat. Das recht primitive Schloss leistet keinen Widerstand. Schon nach wenigen Sekunden erhalten die beiden Polizeibeamten einen intimen Einblick in die Vergangenheit der hübschen, jungen Frau, die vor vier Jahren gewaltsam aus dem Leben gerissen wurde.

Zum Vorschein kommt zunächst ein alter, unansehnlicher Plüschhase, der ursprünglich wohl mal weiß gewesen ist, aber im Laufe der Zeit, in der er von einem kleinen Mädchen fast zu Tode geliebt worden war, eine ganze Menge anderer Farbschattierungen angenommen hat. Einige Beschädigungen zeugen ebenfalls von den unzähligen Schmuseeinheiten, die er im Laufe seines Plüschtierlebens über sich hat ergehen lassen dürfen. Da von ihm keine brauchbare Zeugenaussage zu erwarten ist, legt Katja ihn vorsichtig zur Seite.

Dann gibt es eine Reihe Poesiealben, die aber alle aus der Schulzeit stammen und mit ziemlicher Sicherheit keinerlei Hinweise auf eventuelle Mordmotive enthalten. Mit einem Tagebuch, dessen letzter Eintrag auf den 23.06.2002 datiert ist, verhält es sich ebenso.

Der bedeutendste Teil dieses Erinnerungsschatzes besteht jedoch aus Fotos. Es müssen hunderte sein. Alexandra als Kind, mit dem Bruder, mit den Eltern, mit den Großeltern, mit Freunden, im Kindergarten, in der Schule und und und. Und diese reichhaltige Auswahl wird noch übertroffen von Fotos mit Alexandra als Teenager.

Katja und Brixmeier schauen sich jedes einzelne Foto an, doch sie finden keins, das jünger als zehn Jahre zu sein scheint – und erst recht keins, das Alexandra mit Theo Tiemann oder Franz-Josef Bering zeigt.

Auch einige Zeitungsartikel haben sich unter die Berge von Fotos gemogelt. Zeitungsartikel, in denen Alexandras sportliche Leistungen gewürdigt werden. Sie war offenbar eine ausgezeichnete Schwimmerin.

Zu guter Letzt hält Katja ein paar Briefe in der Hand, die unter den zahllosen Fotos verborgen waren. Unschwer ist zu erkennen, dass es sich um Liebesbriefe handelt. Die ersten Liebesbriefe im Leben eines jungen Mädchens. Wie alt sie wohl war, als sie die erhalten hat? Katja geht dieser Frage nicht weiter nach. Sie wird wieder einmal von diesem Gefühl heimgesucht, in ein Heiligtum eingedrungen zu sein, in dem sie nichts zu suchen hat. Aber so ist Polizeiarbeit eben.

Enttäuscht stellen die Beamten fest, dass die Truhe nun leer ist. Was hatten sie erwartet? Den Namen des Mörders mit Adresse und Telefonnummer? Katja nimmt die Truhe hoch, um sich die Einlegearbeiten näher anzuschauen. Als sie sie etwas zur Seite kippt, ist ein leises Geräusch zu hören. Die beiden Kriminalbeamten schauen sich verdutzt an. Katja schüttelt die Truhe und ein deutlich vernehmbares Klappern zeigt, dass die Schatztruhe eindeutig noch nicht alle ihre Geheimnisse preisgegeben hat. Die Polizisten nehmen die Truhe noch einmal ganz genau unter die Lupe.

„Die Kiste hat einen unjewöhnlich dicken Boden, oder wat meinen Sie, Frau Kollejin?", stellt Brixmeier fest.

„Ja, das habe ich auch bemerkt." Katja untersucht die Truhe auf der Höhe des Bodens. Den beiden Leisten aus dunklerem Holz, die auf den Schmalseiten eingearbeitet sind und die sie zunächst für eine Art Verzierung gehalten hat, widmet sie ihre besondere Aufmerksamkeit. Die eine ist im Gegensatz zu der anderen nicht fest verleimt, lässt sich aber dennoch nicht bewegen. Katja sieht noch einmal in das Innere der Truhe. Am Boden befinden sich zwei dreieckige Holzklötze, von denen sie zunächst geglaubt hat, dass sie der Stabilisierung dienen. Katjas Neugier ist nun vollauf geweckt. Sie hat einen Verdacht, und siehe da, einer der Klötze lässt sich ganz einfach herausziehen. Nun lässt sich auch die Zierleiste zur Seite schieben, und der Zugang zu einem verborgenen Fach liegt frei. Die Oberkommissarin kippt die Truhe, und das Geheimfach gibt seinen Inhalt preis: eine CD mit der Aufschrift BERING. Dass da keine Kinderlieder drauf sind, ist beiden Beamten sofort klar.

„Sieht chanz danach aus, dat wir tatsächlich einen Schatz jefunden haben", grunzt der Hauptkommissar.

„Tja, sieht ganz danach aus ...", wiederholt Katja. Dann beginnt sie, Alexandras Erinnerungen wieder in die Truhe zu packen.

Als die beiden Beamten das Zimmer verlassen, steht Herr Westerbach immer noch auf dem Flur.

„Na, haben Sie etwas gefunden?", will er wissen.

„Ja, das hier." Katja zeigt ihm die CD. „Haben Sie die schon einmal gesehen?"

„Nein!", lautet die Antwort. Weder Katja noch ihr Chef sind sonderlich überrascht.

„Die müssen wir mitnehmen", erklärt die Oberkommissarin. „Alles andere habe ich wieder in die Truhe gelegt." Nach einer kleinen Pause fügt sie hinzu: „Ich habe sie übrigens nicht wieder abgeschlossen."

„Danke."

„Wussten Sie, dass die Truhe ein Geheimfach hat?", will Katja von Herrn Westerbach wissen.

„Alexandra hat mal so was angedeutet, aber wie schon gesagt, wir haben ihre Schatztruhe nie ohne ihre Zustimmung angerührt."

Da es nichts mehr zu besprechen gibt, verabschieden sich die beiden Kriminalbeamten von Herrn und Frau Westerbach.

„Na Toni, wat machen die Passagierlisten? Biste fündich jeworden?", dröhnt Brixmeier, als er das Büro betritt.

„Ich bin mit sämtlichen Direktverbindungen von Deutschland nach Mexiko durch. Alle in Frage kommenden deutschen und mexikanischen Flughäfen, alle Fluggesellschaften – egal, ob Linie oder Charter – und das in dem Zeitraum vom 20. Dezember 2010 bis 10. Januar 2011. Der Name Franz-Josef Bering ist auf keiner Passagierlist aufgetaucht."

„Und wat heißt dat jetzt?"

„Es kann sein, dass er keinen direkten Flug genommen hat und irgendwo umgestiegen ist", erklärt Toni. „Wenn das der Fall sein sollte, dann ist das ein Job für jemanden, der Vater und Mutter erschlagen hat. Er könnte aber auch unter falschem Namen geflogen sein, oder er könnte jemand andern gebeten haben, die Karte irgendwo weit weg von Deutschland in einen Briefkasten zu werfen."

„Dat is Blödsinn. So einer wie der leistet sich keinen Mitwisser", widerspricht Brixmeier. „Und wenn der mit 'nem falschen Namen unterwechs war, dann brauch der auch falsche Papiere."

„Es gibt da aber noch eine Möglichkeit", deutet Toni stirnrunzelnd an.

„Und die wäre?"

„Er war nicht in Acapulco und hat auch die Karte nicht geschrieben. Wie sagte Lange doch so schön: Neunzig Prozent sind keine hundert Prozent."

„Laber nich so'n Dünnschiss."

„Ich nehme mal an, du wolltest damit freundlich andeuten, dass ich weitersuchen soll", sagt Toni resigniert.

„Da nimmste richtich an, schließlich wirste nich dafür bezahlt, dasse Löcher inne Luft kuckst. Abba vorher sachste uns mal, wat da drauf is." Brixmeier drückt Toni die CD in die Hand.

„Wo habt ihr die denn her?", fragt Toni, während er die CD einlegt.

„Erzähln wir dir später. Lass uns ersmal sehen, ob wir wat damit anfangen können", knurrt Brixmeier ungeduldig.

Toni konzentriert sich auf den Bildschirm. Ein paar Mausklicks und dann ...

„Tut mir leid, passwortgeschützt." Der enttäuschte Ausdruck in Tonis Gesicht wirkt nicht ganz echt.

„Dat hasse doch wohl in fünf Minuten jeknackt."

„Knacken werde ich es auf alle Fälle. Aber ob es fünf Minuten oder fünf Stunden dauert, kann ich dir beim besten Willen nicht sagen."

„Worauf wartest du noch, lech los."

„Was denn, jetzt? Zuerst die Passagierlisten oder zuerst die CD?"

„Zuerst die CD, dann die Passagierlisten", kommandiert Brixmeier. „Und wenn mich einer sucht: Ich cheh jetz ersmal wat essen. Mein Magen knurrt schon die chanze Zeit wie 'n Chrizzlybär." Dann dreht er sich um und geht zur Tür.

„Da wirst du dich ein wenig beeilen müssen. Ich habe Alexandra Bering und Christoph Gellhaus auf zwei Uhr ins Präsidium bestellt“, ruft Toni seinem Chef hinterher.

„Die können ein paar Minuten warten“, grunzt der zurück, dann fällt die Tür hinter ihm zu.

„Sag mal, Katja, hast du ihn wieder geärgert, oder weshalb ist der so schräg drauf?“ Toni wirft seiner Kollegin einen vorwurfsvollen Blick zu.

„Keine Ahnung, was er hat. Ich war es diesmal jedenfalls nicht – glaube ich.“

„Na ja, man muss nicht immer alles verstehen.“

„Da hast du wahrscheinlich recht“, stimmt Katja zu. „Aber es hilft nichts. Ich muss auch erst mal was essen.“

Und im nächsten Augenblick ist Toni wieder allein im Büro und kann sich in aller Ruhe daran machen, das Passwort zu knacken.

Alexandras Aussage

Bereits gegen halb zwei trifft Alexandra Bering auf dem Präsidium ein. Begleitet wird sie von ihrer Mutter. Toni Allwisser bittet die beiden, noch einen Moment auf dem Flur Platz zu nehmen, da Hauptkommissar Brixmeier und seine junge Kollegin noch nicht aus der Mittagspause zurück sind. Keine zehn Minuten später erscheint Alexandras Freund, Christoph Gellhaus. Er begrüßt Alexandra und auch ihre Mutter freundlich und nimmt an der Seite seiner Freundin Platz.

Sie brauchen nicht lange zu warten. Schon bald werden Alexandra Bering und Christoph Gellhaus in unterschiedliche Verhörräume geführt. Katja übernimmt die Befragung von Alexandra, während Hauptkommissar Brixmeier sich Christoph vornimmt. Da Alexandra noch minderjährig ist, besteht ihre Mutter darauf, bei der Befragung anwesend zu sein. Katja ist es recht – Alexandra offenbar weniger.

„Sie wissen, warum Sie hier sind?", beginnt Katja die Befragung.

„Nein – eigentlich nicht so genau", antwortet Alexandra.

„Aber Sie wissen, was inzwischen passiert ist?"

Alexandra nickt. „Paul hat Scheiße gebaut."

„Ja, so in etwa könnte man es nennen", bekräftigt die Oberkommissarin. „Paul hat sogar ziemlich große Scheiße gebaut. Aber lassen Sie uns mal ganz von vorn anfangen." Katja schaut Alexandra forschend an. „War es Ihre Idee, von zu Hause abzuhauen?"

„Teils, teils", gibt Alexandra zögerlich zu.

„Teils, teils? Wie darf ich das verstehen?"

„Nun ja, ich wollte immer schon mal an die Algarve. Es ist wunderschön da. Eine der schönsten Küsten Europas. Aber die Idee, einfach abzuhauen ...", Alexandra zögert einen Moment, bevor sie weiterredet, „... die kam eigentlich nicht von mir. Das war Yasmins Idee."

„Yasmin Gärtner?", hakt die Oberkommissarin nach.

„Ja."

Erst jetzt wird Katja bewusst, wie unterschiedlich die beiden Mädchen sind. Yasmin, die große, schlanke Punkerin mit kurzen, blonden Haaren und reichlich Metall im Gesicht, und Alexandra, die dagegen wie die Unschuld vom Lande wirkt. Deutlich kleiner und etwas pummelig – das muss sie wohl von ihrer Mutter haben, ebenso, wie die dunklen, lockigen Haare, die ihr bis weit über die Schulter reichen. Und obwohl ihre Körpermaße nicht die eines Fotomodells sind, sieht sie unglaublich gut aus. Katja hat selten ein Mädchen mit einem so schönen und ausdrucksstarken Gesicht gesehen. Ihre dunkelbraunen, geheimnisvollen Augen haben schon fast etwas Übernatürliches – etwas Hypnotisierendes. Alexandra kleidet sich auch nicht so exzentrisch wie ihre Freundin und – was besonders auffällt – ist bei Weitem nicht so biestig. Wie zwei so unterschiedliche Persönlichkeiten beste Freundinnen sein können, ist der Kriminalbeamtin ein Rätsel.

„Sie haben also darüber gesprochen, dass Sie gern mal an die Algarve fahren möchten, und Yasmin hat Ihnen geraten, von zu Hause abzuhauen und sich diesen Wunsch zu erfüllen?"

„Ja, so ungefähr", sagt Alexandra. „Ganz so schnell ging es aber nicht. Es hat Wochen gedauert, bis ich mich dazu durchgerungen habe, mit Christoph durchzubrennen."

„Warum haben Sie so lange gezögert? Soweit ich weiß, ist das Verhältnis zwischen Ihnen und Ihrem Vater nicht das allerbeste."

„Das stimmt ... Aber unser Verhältnis", Alexandra schaut ihre Mutter an, „ist sehr gut. Ich wollte nicht, dass Mama sich Sorgen macht. Außerdem haut man nicht so einfach ab – zumindest ich nicht."

„Und was gab letztendlich den Ausschlag, dass Sie es doch getan haben?", will die Oberkommissarin wissen.

„Mein Vater. Eine Woche, bevor ich abgehauen bin, hat er einen tierischen Stress gemacht weil ich eine halbe Stunde zu spät nach Hause gekommen bin. Ich war zusammen mit Chris auf einer Geburtstagsfeier. Das war 'ne echt megageile Party – da ist es eben ein bisschen später geworden. Daraufhin hat er von mir verlangt, jeden Abend spätestens um acht Uhr zu Hause zu sein – auch an den Wochenenden – und das vier Wochen lang. Da hatte ich die Schnauze voll und hab mich entschieden, Yasmins Rat zu folgen und abzuhauen. Mein Vater sollte endlich kapieren, dass er mich nicht mehr einsperren kann." Alexandra hat sich richtig in Rage geredet.

„Chris war wahrscheinlich begeistert."

„Ne, das war er eben nicht", widerspricht Alexandra. „Er hat mir abgeraten. Er war der Ansicht, ich solle bis zu meinem achtzehnten Geburtstag die Bälle flach halten. Da hat es das erste Mal so richtig zwischen uns gekracht."

„Chris scheint ja ein sehr verantwortungsbewusster junger Mann zu sein."

„Das ist er. Er hat sich Sorgen um mich gemacht. Er meinte, dass mein Vater mir nach der Aktion das Leben erst recht zur Hölle machen würde."

„Und trotzdem haben Sie sich durchgesetzt."

„Ja, Paul und ich haben solange auf Chris eingeredet, bis er mitgemacht hat. Er musste einfach mitmachen – ohne ihn hätte ich das nicht durchgezogen."

„Paul?" Jetzt wurde es interessant.

„Ja. Ich war nach der Schule bei Chris – das war, glaube ich, am Dienstag bevor wir abgehauen sind. Seine Mutter war nicht da, nur er und Paul. Paul hatte gekocht und hat mich eingeladen zum Essen dazubleiben. Paul kann verdammt gut kochen – ich kenne jedenfalls niemanden, der es besser kann." Alexandra wirft einen erschrockenen Blick auf ihre Mutter. „Tut mir leid, Mama, aber er kocht wirklich gut."

Frau Bering nimmt es mit einem Lächeln hin.

„Paul meinte auch, dass ich mir nicht alles gefallen lassen sollte. Und zu Chris sagte er, dass er sich wie ein Mann benehmen und zusammen mit mir durchbrennen soll. Ich bräuchte schließlich jemanden, der auf mich aufpasst."

„Und dann hat Chris mitgemacht", ergänzt Katja.

„Na ja, wir haben noch eine ganze Weile auf ihn einreden müssen."

„Wer hat dann alles Weitere geplant? Paul?"

„Nein, das waren Yasmin und ich."

„Wie? War Yasmin etwa auch dabei – ich meine, an diesem Dienstag?" Katja ist ein wenig verwirrt.

„Nein, sie war nicht dabei", erklärt Alexandra. „Aber wir haben das vorher schon einige Male durchgespielt. Yasmin ist ziemlich gut darin, solche Dinge zu planen."

Daran hat die Oberkommissarin keinen Zweifel.

„Ich habe Chris und Paul meinen ... ähm, ich meine, unseren Plan erklärt", fährt Alexandra fort. „Chris hat nur genickt, und Paul hat mir noch ein paar nützliche Tipps gegeben."

„Was waren das für nützliche Tipps", hakt Katja nach.

„Er meinte, ich sollte mein Handy besser zu Hause lassen, weil man es möglicherweise orten könnte. Das ist mir echt schwer gefallen."

„Noch etwas?"

„Ja, ich sollte mich auf gar keinen Fall zu Hause melden, damit meinem Vater ‚der Arsch so richtig auf Grundeis geht'."

„Hatten Sie irgendwann mal den Eindruck, dass Paul eigene Pläne verfolgt?", will Katja nun wissen.

„Sie meinen die Erpressung?"

„Ja, genau die meine ich. Zunächst gingen wir sogar noch von einer Entführung aus."

„Nein, absolut nicht!"

„Wann haben Sie von der angeblichen Entführung erfahren?"

„Yasmin hat mich angerufen und es mir erzählt. Ich dachte erst, sie will mich verarschen", berichtet Alexandra. „Aber wann das genau war, weiß ich nicht mehr. Ich weiß nur, dass es ein herrlicher, sonniger Tag war und dass wir am Strand waren. Und ich weiß, dass sie uns mit dieser Räuberpistole die Laune gründlich verdorben hat – besonders Chris."

„Wieso Chris?"

„Ich habe das alles überhaupt nicht so ernst genommen, aber Chris schon. Heute glaube ich, dass er gleich etwas geahnt hat." Alexandra wirkt plötzlich sehr nachdenklich.

„Was geahnt hat?"

„Na ja, dass sein Bruder dahinter stecken könnte. Es gab ja nicht viele, die von unserer ... Reise wussten. Und als Yasmin später noch mal angerufen und mir erzählt hat, dass sogar sie selbst verdächtigt wird, mit dem Erpresser oder

Entführer unter einer Decke zu stecken, habe ich sofort zu Hause angerufen, um meinen Eltern zu sagen, dass es keine Entführung gibt. Am nächsten Tag haben wir uns dann um den Rückflug gekümmert."

„Hatten Sie irgendwann mal das Gefühl, dass Chris mehr wusste, als er Ihnen gesagt hat?", fragt Katja weiter.

„Sie meinen, das Chris und Paul ...?" Alexandra bleiben die Worte im Hals stecken.

„Genau das meine ich."

„NEIN, ausgeschlossen, so etwas würde Chris niemals tun", faucht Alexandra die Oberkommissarin erbost an. „Wenn Chris vorher etwas geahnt hätte, hätte er alles getan, um Paul davon abzubringen, und er wäre nie mit mir abgehauen."

„Sind sie da ganz sicher."

„Hundert Prozent!"

„Mal was ganz anderes – wie hat Ihr Vater eigentlich auf Chris reagiert? Schließlich weiß er nun, dass er Ihr Freund ist und dass Sie zusammen abgehauen sind", wechselt Katja das Thema.

„Er hat noch gar nicht reagiert – das kommt später."

„Aha?!" Die Oberkommissarin schaut Alexandra fragend an.

„Gestern hat wahrscheinlich erst mal die Freude überwogen, dass ich wieder da bin. Heute wollte er mich eigentlich hierhin begleiten. Aber dann hat jemand angerufen. Es ging wohl um ein wichtiges Geschäft – was weiß ich. Ich weiß nur eins: Geld ist für ihn das Wichtigste, Geld und Profit. Das ist wichtiger als seine Familie, auch wichtiger, als die Tochter zu einem Polizeiverhör zu begleiten. Geld ist sein Gott und Profitgier seine Religion."

„Findest du nicht, dass du jetzt ein wenig übertreibst?", wirft Frau Bering ein.

„Nein, das finde ich gar nicht. Mich betrachtet er doch auch nur als Investment. Deshalb versucht er, mich von Typen wie Chris fernzuhalten. So ein Habenichts aus einer Hartz-IV-Familie ist nicht gut genug für die Tochter vom erfolgreichen Franz-Josef Bering. Wenn es der Sohn eines Millionärs wäre, dann sähe das ganz anders aus. Dann könnte er der letzte Kotzbrocken sein, dumm wie Brot und hässlich wie Quasimodo – Hauptsache er erbt das Vermögen."

„Alexandra, jetzt wirst du aber ungerecht", fährt Frau Bering ihre Tochter an.

„Ach, Mama, mach dir doch nichts vor. Darf ich dich an unseren letzten gemeinsamen Urlaub erinnern?"

„Was ist denn da passiert?", mischt sich Katja ein.

„Mein Vater ist mitten im Strandurlaub auf Geschäftsreise gegangen, stellen Sie sich das mal vor", entrüstet sich Alexandra. „Wir waren ja schon einiges gewohnt. Dass er ständig mit Geschäftsfreunden telefoniert oder den ganzen Tag vor seinem Laptop sitzt, war für uns schon fast normal. Aber als er uns erklärt hat, dass er mal eben für ein paar Tage nach Mexico City fliegen muss, um irgendeinen Deal unter Dach und Fach zu bringen – das war die absolute Krönung."

„Ganz so schlimm war das nun auch wieder nicht", sagt Alexandras Mutter.

„Hallo? Nach der Aktion war der Urlaub gelaufen. Du hast danach wochenlang kein Wort mehr mit ihm gesprochen. Ich kann mich noch ganz genau daran erinnern, ich war damals nämlich kein kleines Kind mehr. Immerhin war ich schon vierzehn." Und an Katja gerichtet ergänzt

Alexandra: „Das war dann aber auch das letzte Mal, dass ich mit meinem Vater in den Urlaub gefahren bin."

„Das kann ich gut verstehen. Ich hätte mich auch bedankt, wenn mein Vater mitten im gemeinsamen Urlaub mal eben um die halbe Welt geflogen wäre", bemerkt Katja beiläufig.

„Ganz so schlimm war es nicht. Wir waren im Urlaub auf Jamaika. Von da aus ist es nicht allzu weit nach Mexiko", erklärt Frau Bering.

„Da haben Sie natürlich recht", stimmt Katja ihr zu. „Aber was mich interessieren würde, ganz privat, im Sommer soll es da sehr heiß werden, habe ich gehört. Mein Freund und ich denken nämlich darüber nach, auch mal dort Urlaub zu machen."

„Wir waren Ende Dezember, Anfang Januar dort. Da war es noch nicht so heiß. Man konnte es ganz gut aushalten. Ansonsten kann ich Ihnen Jamaika wirklich ans Herz legen. Es ist sehr schön da", gibt Frau Bering bereitwillig Auskunft.

„Danke für den Tipp. Ich denke, das reicht erst mal für heute. Wenn ich noch eine Frage habe, rufe ich Sie an." Die Oberkommissarin steht auf und geleitet Mutter und Tochter aus dem Verhörraum. Während Katja den beiden Frauen gedankenverloren nachschaut, wird eine weitere Tür geöffnet und Brixmeier tritt, begleitet von Christoph Gellhaus, auf den Flur. Er ist ebenfalls mit seiner Befragung durch und scheint mit dem Ergebnis ganz zufrieden zu sein.

„Ach, Herr Gellhaus, hätten Sie noch eine Minute für mich?", spricht Katja Alexandras Freund an.

Der schaut die Oberkommissarin verdutzt an und würgt ein verunsichertes „Ja" heraus.

Katja führt Christoph Gellhaus in den Verhörraum, den sie eben erst verlassen hat. Hauptkommissar Brixmeier schaut ihr verständnislos hinterher. Katja schließt die Tür, macht sich aber nicht die Mühe, sich hinzusetzen.

„Herr Gellhaus", sagt sie und schaut dem jungen Mann dabei direkt ins Gesicht. „Als wir Sie verdächtigt haben, an der Erpressung beteiligt gewesen zu sein, hat Ihr Bruder, ohne zu zögern, ein umfassendes Geständnis abgelegt." Katja macht eine kleine Pause. „Außerdem habe ich erfahren, dass er sich immer um Sie gekümmert hat. Er hat Sie zur Schule geschickt, er hat für Sie gekocht, er ist mit Ihnen zum Arzt gegangen, wenn sie krank waren – er hat alles für Sie getan, was normalerweise eine Mutter für ihren Sohn tut."

Christoph sagt nichts, nickt aber zustimmend.

„Was glauben Sie, warum er das getan hat?", will Katja dann von ihm wissen.

„Weil ... weil ich nicht so ein Versager werden soll, wie alle anderen in der Familie", gibt der Angesprochene kaum hörbar zurück.

„Und? Halten Sie Ihren Bruder für einen Versager?"

Die Oberkommissarin muss sich eine Weile gedulden, bis ihr Gegenüber sich zu einer Antwort durchringt. „Nun ja, was würden Sie von jemandem halten, der die Schule geschmissen hat, dann die Lehre, der sich ständig mit schrägen Gestalten rumtreibt und einen Bockmist nach dem anderen baut? Diese idiotische Erpressungsnummer ist ja nur die Spitze des Eisbergs."

„Für diese Erpressungsnummer wird er sich verantworten müssen, da führt kein Weg dran vorbei. Ich war bei der Vernehmung Ihres Bruders dabei, und ich habe den Eindruck gewonnen, dass Paul im Grunde kein schlechter

Mensch ist. Ihm fehlt nur jemand, der zu ihm hält, und zwar jemand, der nicht zu diesen schrägen Typen gehört. Herr Gellhaus, jetzt ist es Ihr Bruder, der Hilfe braucht. Ich bitte Sie, lassen Sie ihn nicht im Regen stehen – Ihr Bruder liebt Sie nämlich."

Für einen Moment erfüllt bleischwere Stille den Raum.

„Das ist alles, was ich Ihnen sagen wollte. Sie können jetzt gehen." Die Oberkommissarin wartet ab, bis Christoph Gellhaus den Verhörraum verlassen hat, dann geht sie in ihr Büro, wo die Kollegen bereits auf sie warten. Und während dort über die Ergebnisse der Befragungen gesprochen wird, verlässt ein junger Mann nachdenklich das Präsidium.

„Na, Frau Oberkommissarin, wat hatten Se denn noch mit dem Chellhaus zu quatschen", empfängt Hauptkommissar Brixmeier seine Mitarbeiterin. „Lassen Se uns doch mal an Ihren neuen Erkenntnissen teilhaben."

„Da gibt's keine neuen Erkenntnisse", erwidert Katja. „Ich habe ihn nur gebeten, sich ein bisschen um seinen Bruder zu kümmern."

„Is mir da irjendwat entchangen? Sind wir neuerdings auch für dat seelische Chleichjewicht unserer Kleinkriminellen zuständig, oder ham Se heute nur ihre soziale Ader?"

Dieser alte, elende, gefühllose ostwestfälische Klotz. Katja hat mit einem Mal das unstillbare Verlangen, ihrem Chef an die Gurgel zu springen. Okay, das mit der Gurgel überlegt sie sich kurzfristig anders, ganz unkommentiert kann und will sie Brixmeiers Spruch jedoch nicht im Raum stehen lassen. In aller Eile durchsucht sie ihr verbales Waffenarsenal nach der geeigneten Munition, um Brixmeier eine gehörige Salve vor den Bug zu ballern. Toni zieht schon den Kopf ein. Er kennt Katja inzwischen ganz gut und weiß genau, dass sie jetzt in etwa so friedfertig ist wie eine entsicherte Handgranate. Katja ist drauf und dran, das Feuer zu eröffnen, da kommt ihr der Hauptkommissar zuvor.

„Abba wahrscheinlich ham Se sogar recht, Frau Kollejin", grunzt er versöhnlich. „So übel scheint mir dieser Paul Chellhaus charnich zu sein. Is vielleicht chanz jut, wenn er einen hat, der ihm ein bisschen dat Händchen hält."

Katja traut ihren Ohren nicht. Hat dieser Kanisterkopp gerade tatsächlich eine menschliche Regung gezeigt? Nun, wenn das so ist, können die Torpedos im Rohr bleiben. Katja hebt ihre Gefechtsbereitschaft auf, und der Betriebsfrieden bleibt erhalten.

„Wir können wohl davon auschehen, dat unser Erpresser die Wahrheit jesacht hat." Brixmeier hatte offenbar nichts von Katjas Generalmobilmachung mitbekommen. „Ich chlaube nich, dat sein kleiner Bruder wat jewusst hat. Paul Chellhaus hat die Sache chanz allein ausjeheckt und durchjezogen. Oder ham Sie wat anderes rausjefunden, Frau Oberkommissarin?"

„Nein, Alexandra Bering hat die Aussage von Paul Gellhaus bestätigt. Ich gehe ebenfalls davon aus, dass sein Bruder nicht das Geringste mit der Erpressung zu tun hatte."

„Na also, dat is doch mal 'ne chute Nachricht", meint der Hauptkommissar zufrieden. „Ermittlungen abjeschlossen, Fall jelöst, Täter einjebuchtet. Dann können wir uns jetz voll und chanz auf unseren anderen Fall konzentrieren. Wie sieht's aus, Toni, hasse dat Passwort jeknackt?"

„Bisher noch nicht", antwortet Toni zerknirscht.

„Wat is los mit dir? Is heute nich dein Tach?"

„Alexandra Westerbach hat sich mit dem Passwort deutlich mehr Mühe gegeben als die meisten anderen", erklärt Toni. Sein Ego ist anscheinend leicht angekratzt.

„Sach bloß, die hat dich ausjetrixt?", legt Brixmeier den Finger gnadenlos in die Wunde.

„Wenn ich mich mal kurz einmischen dürfte", fährt Katja forsch dazwischen. „Ich hätte da möglicherweise noch eine wichtige Information."

„Worauf warten Se noch, Frau Kollejin. Schießen Se los", fordert Brixmeier sie auf.

„Toni, du solltest mal die Passagierlisten der Flüge von Kingston, Jamaika, nach Mexico City und zurück überprüfen. Und zwar im Zeitraum vom 26. Dezember 2010 bis 3. Januar 2011. Es würde mich nicht allzu sehr wundern, wenn du dabei auf den Namen Franz-Josef Bering stoßen würdest."

Katjas Mitstreiter schauen sie ebenso überrascht wie verständnislos an. „Würden Se uns freundlicherweise darüber aufklären, wie Sie zu dieser Annahme kommen?" Es ist der Hauptkommissar, der unverzüglich eine Erklärung verlangt.

Die Oberkommissarin schildert in kurzen Sätzen, was sie bei der Befragung über den letzten gemeinsamen Urlaub der Berings erfahren hat. Je weiter ihr Bericht fortschreitet, desto interessierter hängen die Kollegen an ihren Lippen.

„Toni, wie lange brauchste, um dat zu überprüfen?", will Brixmeier wissen, nachdem Katja alles gesagt hat.

„Das geht ziemlich schnell – ich weiß ja jetzt, wo ich suchen muss."

„Dann mach dich mal hurtich anne Arbeit, und wir zwei beide, Frau von Sternberch, hören uns mal 'n bisschen inne Nachbarschaft von Berings ehemaligen Büro um. Vielleicht kann sich einer der Anwohner an irjendwelche unjewönliche Dinge erinnern", kommandiert der Hauptkommissar und schickt sich an, das Büro zu verlassen.

„Was denn jetzt, Erwin? Doch zuerst die Passagierlisten? Und was ist mit dem Passwort?" Toni ist sichtlich verwirrt.

„Zuerst die Passagierlisten von Jamaika nach Mexiko, dann dat Passwort", sagt Brixmeier. „Und wenn wir zurückkommen, will ich zwei Erfolchsmeldungen hören – verstanden?"

Es ist mal wieder nicht leicht, in der Innenstadt einen Parkplatz zu ergattern – zumindest nicht für einen normalen Autofahrer. Aber wer verpasst schon einem Polizeiwagen ein Knöllchen? Hauptkommissar Brixmeier hat jedenfalls keine Hemmungen, sein gummibereiftes Kasperltheater mitten im Parkverbot abzustellen. Es folgt eine kurze Besprechung mit Katja. Die Beamten stimmen sich ab, wer welche Straßenseite übernimmt, und dann ist mal wieder Klinkenputzen angesagt.

Überall zeigen die Polizisten Alexandra Westerbachs Bild herum, überall fragen sie, ob jemand am besagten Wochenende vor vier Jahren etwas Ungewöhnliches beobachtet hat, und überall erhalten sie die gleiche Antwort.

Nur wenige können sich an die junge Frau erinnern, aber niemand hat irgendetwas Ungewöhnliches gehört oder gesehen – ist ja auch schon eine ganze Weile her. Gerade Brixmeier findet diesen Teil der Polizeiarbeit höchst unbefriedigend, und das spiegelt sich nur zu deutlich in seiner Laune wider. Je öfter er seine Fragen herunterbetet und je öfter er die gleichen, ach so frustrierenden Antworten bekommt, desto schwerer fällt es ihm, noch einigermaßen freundlich zu bleiben.

Nach etwas über einer Stunde hat die Tortur Gott sei Dank ein Ende, und der Hauptkommissar stiefelt zurück zum Wagen, dem, wie nicht anders zu erwarten, keine gebührenpflichtige Verwarnung unter den Scheibenwischer geklemmt worden ist. Das hätte auch noch gefehlt – es reicht vollkommen, dass es angefangen hat zu regnen. Brixmeier steigt ein, macht es sich bequem, was auf dem durchgesessenen Fahrersitz eines alten Golf so gut wie unmöglich ist, und wartet. Seine Laune ist in etwa vergleichbar mit der von Graf Dracula, dem jemand die Jungfrau für den kleinen Biss zwischendurch geklaut hat.

Endlich sieht er die Oberkommissarin im Rückspiegel. Sie kommt im Laufschritt auf den Dienstwagen zu – der Regen ist inzwischen stärker geworden.

Mit den Worten: „Na, Kaffeekränzchen endlich beendet", empfängt der Hauptkommissar knurrend seine Kollegin. Katja ist verärgert und beißt spontan zurück.

„Ja, Kaffeekränzchen beendet", sagt sie. „Und Sie? Sie hat wohl niemand zum Kaffeekränzchen eingeladen, oder weshalb versprühen wir plötzlich so einen erfrischenden Charme?"

„Na ja, immer die chleiche Scheiße." Brixmeier klingt nun etwas zahmer. „Da rennste dir die Hacken ab und keiner hat wat jesehen oder chehört. Und die Westerbach scheint auch kaum einer zu kennen. Und ... wie war's bei Ihnen?"

„Tja, Chef, vielleicht sollten Sie sich wirklich hin und wieder zum Kaffeekränzchen einladen lassen", meint Katja grinsend. „Da erfährt man manchmal hochinteressante Dinge."

Brixmeier wird hellhörig. „Sang Se bloß, Sie ham wat."

„Ich denke schon." Mehr gibt die Oberkommissarin aber nicht preis.

„Und …?", hakt der Hauptkommissar ungeduldig nach.

„Können wir das nicht im Büro besprechen?", schlägt Katja vor. „Dann muss ich es nicht zweimal erzählen."

„Wat chlauben Se …", platzt es aus Brixmeier heraus, doch dann hält er abrupt inne. Er muss sich eingestehen, dass seine Kollegin recht hat. Mit einem missmutigen Grunzen auf den Lippen dreht der Hauptkommissar den Zündschlüssel.

„Aufwachen Toni, wir sind widda da", dröhnt Brixmeier, noch während er die Bürotür aufreißt. „Wat hasse für uns?"

„Etwas, das dir gefallen wird."

„Rede keine Arien, spuck's aus!"

„Ich habe die Passagierlisten der Flüge von Kingston nach Mexico City überprüft." Toni redet nicht gleich weiter, was Brixmeiers Nerven nicht gut bekommt.

„Ja, und?", faucht er seinen Kollegen an.

„Katja hatte recht. Franz-Josef Bering ist am 29.12.2010 von Kingston, Jamaika, nach Mexico City geflogen. Dort ist er auf einen Inlandflug umgestiegen. Und jetzt ratet mal, wo der hinging."

„Acapulco!" Die Antwort kommt zweistimmig.

„Richtig", bestätigt Toni. „Und am 31.12. ging es auf dem selben Weg zurück. Acapulco nach Mexico City, umsteigen, Mexico City nach Kingston."

„Dat heißt im Klartext, unser Freund Franz-Josef Bering befand sich an dem Tach, als die Postkarte abjeschickt wurde, nachweislich in Acapulco."

„Genau so ist es."

„Chute Arbeit, Toni. Ich claub, ich muss dich beizeiten doch mal knutschen." Über Brixmeiers Gesicht zieht sich ein breites Grinsen. „Und wat macht die CD?"

Toni zuckt mit den Schultern. „Tut mir leid, Erwin. Die ist echt 'ne harte Nuss."

„Dat mit dem Knutschen nehme ich zurück." Der Ausdruck des Bedauerns in der Mimik des Hauptkommissars kommt nicht wirklich überzeugend rüber. „Nun zu Ihnen, Frau Sternberch, Sie wollten uns auch wat erzählen."

„Ich war vorhin unter anderem bei einem gewissen Herrn Eberhard Tennhagen. Er ist Frührentner und wohnt in einem Haus schräg gegenüber von Berings ehemaligem Büro", beginnt Katja ihren Bericht. An den Hauptkommissar gewandt fährt sie verschmitzt grinsend fort: „Das war übrigens der mit dem Kaffeekränzchen. War richtig gemütlich. Kuchen hat es auch gegeben – selbst gebacken, gar nicht mal schlecht."

„Kommen Se zur Sache, Frau Kollejin", knurrt Brixmeier.

„Herr Tennhagen ist am Sonntag. den 9. Mai 2010, morgens gegen vier Uhr nach Hause gekommen.

„Jetzt sang Se bloß, der kann sich heute noch so jenau an dat Datum und die Uhrzeit erinnern", wirft Brixmeier ein.

„Er kam von der Geburtstagsfeier eines Freundes, und der hat am 8. Mai Geburtstag. Herr Tennhagen weiß sicher, dass die Feier an einem Samstag war, und das letzte Mal war der 8. Mai 2010 ein Samstag. Bei der Uhrzeit ist er sich nicht ganz sicher."

„Chut, also er kam morjens chegen vier Uhr nach Hause. Und weiter ...?"

„Gerade als er seine Haustür öffnen wollte, ging die Tür von Berings Versicherungsbüro auf, und Franz-Josef Bering kam heraus – um den Unterarm ein Handtuch gewickelt und die Kleidung voller Blut. Herr Tennhagen ist sofort zu ihm und hat ihn gefragt, ob er helfen kann. Bering hat ihn gebeten, ihn ins Krankenhaus zu bringen. Das hat Herr Tennhagen auch sofort gemacht."

„Wat, so besoffen, wie der war?", fragt Brixmeier.

„Wieso besoffen?"

„Sie haben eben jesacht, dat der vonne Jeburtstachsfeier jekommen is. Und dat mojens um vier. Da wollen Se mir doch nich erzählen, dat der noch nüchtern jewesen is." Brixmeier fixiert Katja mit so einem typischen Dat-kön-nen-Se-einem-erzählen-der-seine-Hose-mitte-Kneifzange-zumacht-Blick.

„Herr Tennhagen darf aus gesundheitlichen Gründen keinen Alkohol trinken", klärt Katja ihren Chef auf.

„Dat dürfen wir alle nich, und wir saufen trotzdem", meint der Hauptkommissar.

„Er nicht!", kontert die Oberkommissarin, dann fährt sie mit ihrem Bericht fort: „Auf dem Weg zum Krankenhaus hat Herr Bering ihm erzählt, dass er im Büro mit einigen Freunden einen guten Geschäftsabschluss gefeiert hat. Nachdem der letzte Gast weg war, wollte er noch etwas aufräumen. Dabei ist ihm ein Glas zerbrochen, und eine Scherbe hat sich so tief in sein Handgelenk gebohrt, dass wahrscheinlich die Pulsader verletzt wurde. Es soll auf jeden Fall tierisch geblutet haben."

„Und dann?"

„Herr Tennhagen hat Bering in der Notaufnahme vom St. Ansgar abgeliefert. Er hat gewartet, bis sie ihn verarztet haben, und dann hat er ihn nach Hause gefahren. Herr Bering hat ihm einen Hundert-Euro-Schein zugesteckt, und Herr Tennhagen hat sich mit einem Taxi wieder auf den Heimweg gemacht."

„Mit welchem Auto hat Tennhagen Bering ins St. Ansgar jebracht?", will der Hauptkommissar wissen.

„Mit Berings Cayenne. Herr Tennhagen hat ausdrücklich betont, dass er damals das erste Mal in seinem Leben einen Porsche gefahren hat und dass ihm so ein Auto auch gefallen würde."

„Nich janz die Preisklasse für einen Frührentner", grunzt Brixmeier. „Is ihm in oder an dem Wagen wat Unjewöhnliches aufjefallen?"

„Nur dass der Wagen ziemlich dreckig gewesen ist. So, als wäre Bering kurz zuvor damit über einen Acker gefahren."

„Oder über einen Feldweg …", ergänzt Toni.

„Herr Tennhagen fand das aber nicht ungewöhnlich, weil der Cayenne schließlich ein Geländewagen ist", sagt Katja.

„Ein Cheländewagen für Schicki-Micki-Tussis und arrogante Chroßkotze, die überall rumfahren, nur nich im Chelände. Da könnten se sich womöchlich ihre schicken Luxus-Treterchen dreckich machen", gibt Brixmeier seinen Senf dazu.

„Nur kein Sozialneid", wirft Toni dazwischen.

„Ach, leck mich doch …" Der Hauptkommissar macht eine wegwerfende Handbewegung. „Und Sie, Frau Sternberch? Welche Schlüsse ziehen Sie aus Ihren neuen Erkenntnissen?"

„Also, ich könnte mir folgenden Tatablauf vorstellen", erklärt Katja ihre Theorie. „Bering erschlägt Alexandra Westerbach in seinem Büro mit einem Golfschläger – da gibt es doch so welche mit ziemlich rundem Kopf. Das würde exakt zu dem Verletzungsmuster passen. Ich denke, das geschah im Affekt. Die Leiche packt er in sein Auto und fährt damit zum Wölberg, wo er sie im Unterholz entsorgt. Daher der Dreck am Auto. Vorher hat er Alexandra ausgezogen, um die Identifizierung zu erschweren. Die Kleidung, den Schmuck und auch die Tatwaffe hat er irgendwo anders verschwinden lassen, was durchaus auch erst einige Tage später geschehen sein kann. Schließlich ist er zu seinem Büro zurückgekehrt, um alle Spuren zu beseitigen. Dort hat er erkannt, dass es so gut wie unmöglich ist, alle Blutspuren restlos zu entfernen. Deshalb musste eine andere plausible Erklärung für das viele Blut her."

„Da chlauben Se doch wohl selbst nich dran."

„Warum nicht?"

„Ne, ne, Frau Sternberch. Sie haben offensichtlich ein paar Krimis mehr jesehen, als Ihnen chut tut." Brixmeier schüttelt verständnislos den Kopf.

„Tja, Katja, da muss ich Erwin recht geben", mischt sich Toni ein. „Du kannst doch nicht wirklich glauben, dass sich Bering absichtlich eine Glasscherbe in den Arm gerammt hat – die Nerven hat der nicht."

„Und ich denke, dass Menschen zu einigem fähig sind, wenn sie nicht wegen Mord oder zumindest Totschlag in den Knast wandern wollen", gibt Katja gereizt zurück. „Außerdem passt alles zusammen."

„Nicht chanz", widerspricht der Hauptkommissar.

Katja funkelt ihn missbilligend an.

„Dat Motiv, Frau von Sternberch. Wo ist dat Motiv? Warum hätte Franz-Josef Bering Alexandra Westerbach umbringen sollen?" Brixmeier spricht nun betont leise.

„Das Motiv finden wir auf der CD. Da gehe ich jede Wette ein."

„Dat vermuten Sie – aber wissen tun wir dat nich."

Bevor Katja noch etwas sagen kann, geht die Tür auf und Kriminalrat Lange kommt rein. „Gibt es was Neues im Mordfall Westerbach", will er auch sogleich wissen.

„Dat kann man wohl sagen", dröhnt Brixmeier laut-stark. Dann setzt er seinen Chef über die aktuellen Ent-wicklungen in Kenntnis. Katjas Theorie behält er aber aus gutem Grund für sich.

Trotzdem bereitet es dem Kriminalrat sichtlich Magen-schmerzen, dass Brixmeiers Abteilung ihre Ermittlungen aus-schließlich auf Franz-Josef Bering fokussiert. „Was ist mit diesem Hellseher?", fragt Lange verärgert. „Ich habe Ihnen doch gesagt, dass Sie ihn sich noch einmal vornehmen sollen."

„Dat is Zeitverschwendung. Der hat alles jesacht, wat er weiß", knurrt Brixmeier.

„Brixmeier, ich sage es Ihnen ein letztes Mal", fährt der Kriminalrat ihn wütend an. „Ich will, dass Sie diesem Hell-seher noch mal nach allen Regeln der Kunst auf den Zahn fühlen. Und zwar gleich morgen. Und noch was, Brixmeier: Lassen Sie dabei die Samthandschuhe zu Hause."

„Soll ich 'n Jeständnis aus ihm raus foltern?", keift der Hauptkommissar zurück.

„Nein, das sollen Sie nicht. Es würde mir völlig reichen, wenn Sie bei der Vernehmung dieselbe Hartnäckigkeit an den Tag legen würden, mit der Sie einen der angesehensten Bürger dieser Stadt verfolgen." Mit hochrotem Kopf ver-lässt Lange das Büro und knallt die Tür hinter sich zu. Brix-meier kommt nicht einmal dazu, seinem Ärger lautstark Luft zu machen, da fliegt die Tür auch schon wieder auf.

„Fast hätte ich es vergessen: Brixmeier, wenn Sie mor-gen mit dem Hellseher fertig sind, erstatten Sie mir persön-lich Bericht – und zwar unverzüglich."

Dann fällt die Tür wieder ins Schloss.

Nach dieser heftigen Auseinandersetzung herrscht für eine Weile absolute Stille im Büro. Es ist Brixmeier, der als erster die Sprache wiederfindet.

„Ich weiß nich, wie et euch cheht. Ich für meinen Teil habe die Schnauze jestrichen voll für heute. Ich fahre jetz nach Hause, bevor ich noch wat sage, wat ich später bereuen könnte. Bis morjen."

„Soll ich diesen Thallasarih für morgen früh ins Präsidium bestellen?", will Toni noch wissen.

„Nein, für morjen Nachmittach. Morjen früh ham wir noch wat anderes vor", antwortet der Hauptkommissar im Rausgehen. Dann fliegt die Tür ein weiteres Mal krachend zu.

Während Katja darüber nachdenkt, welchen Belastungen die Bürotüren hier ausgesetzt sind, schaut Brixmeier – genau wie Lange kurz zuvor – noch mal rein.

„Ach Toni, tu mir bitte einen Jefallen und knack endlich dieses vermaledeite Passwort."

Auch den nächsten Belastungstest übersteht die Tür ohne Probleme. Nun sind Katja und Toni allein im Büro.

„Kann ich dir irgendwie helfen?", fragt Katja.

„Wenn du eine Expertin im Knacken von Passwörtern bist, gern."

„Tut mir leid, damit kann ich nicht dienen."

„Dann hilfst du mir am meisten, wenn du auch nach Hause fährst. Derartige Dinge kann ich am besten erledigen, wenn hier alles ruhig ist. Trotzdem danke."

„Ja, dann ... Ich wünsch dir auf jeden Fall einen schönen Abend."

„Ich dir auch."

Katja verlässt nun auch das Büro und schließt die Tür hinter sich ganz, ganz leise und gefühlvoll.

Schwarzgeld

„Sie können chleich einsteigen, Frau von Sternberch, wir müssen los", kommandiert der Hauptkommissar, als Katja am nächsten Morgen ihre Maschine auf dem Parkplatz abstellt.

Ohne Fragen zu stellen, steigt sie ein. Ihren Helm schmeißt sie kurzerhand auf den Rücksitz. Dass ihr Chef mal wieder eine Laune hat, die selbst einen Eisbär erfrieren lassen würde, ist ihr nicht entgangen.

„Was ist passiert?", fragt sie, nachdem sie feststellen muss, dass Brixmeier sein Schweigegelübde von sich aus wohl nicht beenden wird.

„Toni", knurrt er missmutig.

„Was ist mit Toni?"

„Der kricht diese verdammte CD nich jeknackt."

„Dann wird es wohl nicht so ganz einfach sein."

„Muss wohl ...", grunzt der Hauptkommissar, dann schaltet er wieder auf Funkstille um. Wenig später biegt er auf den Parkplatz zum St. Ansgar Krankenhaus ein. Katja kann sich an fünf Fingern ausrechnen, was er hier will – aber wieso musste er deswegen so eine Hektik machen?

An der Information bekommt Brixmeier nicht die gewünschte Auskunft. Man schickt ihn zur Verwaltung. Dort kann man ihm seine Frage beantworten. Die Beamten erfahren, welcher Arzt in der Nacht vom 8. auf den 9. Mai 2010 in der Notaufnahme Dienst hatte.

„Ist Dr. Jäger im Haus?", will der Hauptkommissar dann noch wissen.

„Ja, ist er", sagt die Mitarbeiterin der Verwaltung und

beschreibt den Beamten den Weg zu der Station des Arztes.

Brixmeier fühlt sich nicht besonders wohl in seiner Haut, während er durch die Flure geht. Er sieht Krankenhäuser am liebsten von außen.

„Was kann ich für die Höxteraner Polizei tun?", fragt Dr. Clemens Jäger, nachdem Brixmeier sich und seine Kollegin vorgestellt hat.

„In der Verwaltung haben wir erfahren, dass Sie in der Nacht vom 8. auf den 9. Mai 2010 Dienst in der Notaufnahme hatten", beginnt der Hauptkommissar die Befragung.

„Tja", Dr. Jäger guckt ein wenig hilflos, „ich könnte das nicht mit Bestimmtheit sagen, aber wenn die Verwaltung das sagt, wird es wohl so gewesen sein."

„Kennen Sie Herrn Franz-Josef Bering?", fragt der Hauptkommissar weiter.

„Den kenne ich allerdings." Dass sich Dr. Jägers Gesicht bei der Nennung des Namens leicht verfinstert hat, fällt der Oberkommissarin sofort auf.

„Nach unseren Informationen wurde Herr Bering in der besagten Nacht von einem Nachbarn mit einer stark blutenden Wunde in die Notaufnahme jebracht", fährt Brixmeier fort.

„Das kann ich bestätigen. Zumindest, dass er vor ein paar Jahren einmal nachts hier war und dass er eine ziemlich stark blutende Verletzung hatte."

„Können Se uns etwas Chenaueres über die Art seiner Verletzung sagen?", fragt der Hauptkommissar weiter.

„Ich könnte schon", antwortet der Doktor lächelnd. „Haben Sie denn einen richterlichen Beschluss?"

Hauptkommissar Brixmeier sagt nichts.

„Tja, dann tut es mir leid, aber auch hier gilt die ärztliche Schweigepflicht."

„Da kann man dann wohl nix machen", grunzt Brixmeier überraschend locker. Er verabschiedet sich und geht zur Tür.

Katja fragt sich verwirrt, wieso sie überhaupt hierhergekommen sind. Sie sagt aber nichts, sondern folgt ihrem Chef mit einem etwas komischen Gefühl in der Magengegend.

„Ach, Herr Hauptkommissar", meldet sich Dr. Jäger.

Brixmeier hält inne, dreht sich um und schaut den Arzt forschend an.

„Ja?"

„Wissen Sie", sagt Dr. Jäger, „wenn Sie so häufig in der Notaufnahme arbeiten, bekommen Sie einige Verletzungen zu sehen. Und jede Verletzung erzählt ihre eigene Geschichte, die ich als erfahrener Arzt zu deuten weiß – fragen Sie Ihren Rechtsmediziner, der wird Ihnen das bestätigen. Jeder Patient hat ebenfalls eine Geschichte zu erzählen, wie es zu der jeweiligen Verletzung gekommen ist."

„Ja, und ...?"

„In den meisten Fällen passen diese Geschichten zusammen, aber in einigen, wenigen Fällen wollen sie ganz und gar nicht zusammenpassen."

„Und chenau dat war bei Franz-Josef Bering der Fall?", mutmaßt der Hauptkommissar, nachdem er ein paar Sekunden über die Worte des Arztes nachgedacht hat.

„Das haben Sie gesagt", erwidert Dr. Jäger ausdrücklich. „Ich unterliege, wie Sie wissen, der Schweigepflicht."

Für einen Moment breitet sich Stille im Raum aus.

„Kann es vielleicht sein, dass Sie Herrn Bering nicht besonders mögen?", mischt sich nun Katja ein.

„Wie kommen Sie darauf?" Dr. Jäger grinst über das

ganze Gesicht. Dann greift er sich bedeutungsvoll an seine Brust, nimmt sein Namensschild ab und steckt es in die Tasche. „So, jetzt bin ich eine Privatperson", sagt er. „Und als Privatperson sage ich Ihnen nun meine ganz private Meinung: Ich halte Herrn Franz-Josef Bering für ein überhebliches und selbstverliebtes Arschloch – Sie verzeihen mir diese etwas rüde Ausdrucksweise."

„Schon gut", meint die Oberkommissarin. „Eine derart rüde Ausdrucksweise gehört bei einem Großteil unseres Klientels zum Standardvokabular."

„Verstehen Sie mich bitte nicht falsch", beeilt sich Dr. Jäger zu sagen, während er sich das Namensschild wieder ansteckt. „Selbstverständlich behandele ich jemanden wie Herrn Bering genauso gewissenhaft wie zum Beispiel Sie oder jeden anderen – völlig unabhängig von dem, was ich privat von ihm halte."

„Beruhigend zu wissen", gibt Katja zurück. „Darf man denn erfahren, weshalb Herr Bering – sagen wir mal – nicht zu Ihrem engeren Freundeskreis gehört?"

„Hat er Sie mit irjendwelchen Finanzjeschäften übers Ohr jehauen?", poltert Brixmeier dazwischen.

„Nein, das kann man wirklich nicht sagen", widerspricht der Arzt vehement. „Als Anlageberater war er ein As, und wahrscheinlich ist er's heute immer noch. Wo bekommen Sie in diesen Zeiten noch eine Rendite von zehn Prozent oder mehr auf Ihre Einlagen. Ich habe keine Ahnung, wie er es angestellt hat, aber in finanziellen Dingen hatte er offenbar schon immer ein goldenes Händchen."

„Und was ist dann das Problem?", will Katja wissen.

„Meine Frau ist fünfzehn Jahre jünger als ich, und man kann durchaus sagen, dass sie sehr attraktiv ist. Herr Bering war anscheinend der Meinung, dass er sich neben seiner Provision noch eine weitere Belohnung verdient hat."

„Er hatte also wat mit Ihrer Frau?", schlussfolgert Brixmeier.

„Er hätte gern was mit meiner Frau gehabt, aber da hat er sich gewaltig verschätzt." Über das Gesicht des Arztes zieht sich erneut ein breites Grinsen. „Sie hat ihn eiskalt abblitzen lassen und mir brühwarm von seinen geschickten, aber offenkundigen Annäherungsversuchen erzählt. Daraufhin habe ich alle Kontakte zu ihm abgebrochen. Mit derartigen Leuten mache ich keine Geschäfte – zehn Prozent hin, zehn Prozent her."

„Dat nenn ich mal konsequent. So, jetzt müssen wir abba wieder. Einen schönen Tach noch, Herr Doktor", verabschiedet sich Brixmeier ein weiteres Mal.

„Bevor ich es vergesse", bremst ihn Dr. Jäger noch einmal aus. „Ich habe es hier gelegentlich sogar mit Verletzungen zu tun, die so aussehen, als hätte sie sich der Patient selbst beigebracht."

„Aber ob das bei Herrn Bering der Fall war, dürfen Sie uns selbstverständlich nicht sagen – wegen der ärztlichen Schweigepflicht?", vermutet Katja geheimnisvoll lächelnd.

„Das sehen Sie vollkommen richtig", bestätigt der Arzt. „Aber sagen Sie, hat sich der smarte Herr Bering etwa einer Straftat schuldig gemacht?"

„Tut mir leid", antwortet die Oberkommissarin. „Laufende Ermittlungen. Da gibt es so etwas wie eine polizeiliche Schweigepflicht."

„Eins zu null für Sie!", sagt Dr. Jäger lachend. „Und jetzt muss ich mich wieder um meine Patienten kümmern."

Die Kriminalbeamten verabschieden sich nun endgültig und verlassen das Büro von Dr. Clemens Jäger.

„Na, wer sachts denn. Hat sich doch chelohnt, hier hinzukommen", sagt der Hauptkommissar auf dem Weg zum Parkplatz, und er ist sichtlich zufrieden. „Hut ab, Frau Kollejin, Sie hatten doch den richtigen Riecher. Da hat sich unser Freund die Verletzung chlatt selbst beijebracht."

„Das hat der Doktor nicht gesagt."

„Abba wie er dat nich jesacht hat ..."

Die Beamten steigen in den Dienstwagen, um ins Büro zurückzufahren – wie Katja zunächst glaubt. Als Brixmeier plötzlich abbiegt, schaut sie ihn verwundert an.

„Hier geht's aber nicht zum Präsidium", sagt sie.

„Ach, wat Se nich sagen."

Wenige Minuten später hält der grün-weiße Golf vor der Jugendstilvilla der Berings. Die Beamten klingeln, und Frau Bering öffnet die Tür, noch bevor der schwermütige Nachhall des Röhrengongs verklungen ist.

„Wir hätten noch 'n paar Fragen. Ist Ihr Mann auch da?" Brixmeier hält sich nicht mit langen Begrüßungsreden auf.

„Tut mir leid", antwortet Frau Bering. „Er ist gerade nicht da, aber ich erwarte ihn jeden Augenblick zurück. Wenn Sie kurz hereinkommen wollen."

Die Beamten folgen Frau Bering in den Salon, und Katja findet sich kurz darauf erneut in einem dieser Sessel wieder, die jeden zu verschlingen drohen, der sich hineinsetzt. Und wie immer, wenn sie in solch einem gepolsterten Ungetüm sitzt, fühlt sie sich wie ein Mädchen von zehn oder zwölf Jahren.

„Sang Se, Frau Bering", grunzt der Hauptkommissar, „können Sie sich noch an den frühen Morgen des 9. Mai 2010 erinnern? Es war ein Sonntach."

„Aber ich bitte Sie, Herr Hauptkommissar. Das ist vier Jahre her. Können Sie sich noch genau daran erinnern, was

Sie an irgendeinem Morgen vor vier Jahren gemacht haben?"

„Ihr Mann is von jemandem aus der Nachbarschaft seines ehemalijen Büros – einem jewissen Herrn Eberhard Tennhagen – nach Hause jebracht worden. Er war verletzt. Muss 'ne ziemlich blutije Sache chewesen sein."

„Ach das! Ja natürlich kann ich mich daran erinnern. Ich konnte nur mit dem Datum nichts anfangen. Ich hatte noch geschlafen und bin von den Stimmen wach geworden. Ich fand es schon sehr ungewöhnlich, dass mein Mann um diese Zeit jemanden mit nach Hause gebracht hatte. Ich habe solange gewartet, bis Herr Tennhagen gegangen war, dann bin ich aufgestanden, um zu sehen, was los ist. Franz-Josef war inzwischen ins Bad gegangen. Als ich ihn sah, habe ich einen Wahnsinnsschreck bekommen. Er sah aus, als hätte er ein Schwein geschlachtet – völlig blutverschmiert. Dann habe ich seinen verbundenen Arm gesehen."

„Es war der linke, nicht wahr?", fragt Katja.

Frau Bering muss einen Moment überlagen. „Ja, es war der linke", bestätigt sie dann. „Franz-Josef hat mir aber sofort gesagt, dass alles halb so schlimm ist. Er hatte sich übel an einer Glasscherbe verletzt. Gott sei Dank hat ihn Herr Tennhagen sofort ins Krankenhaus gefahren. Trotzdem war mir nicht mehr nach Schlafen. Ich habe meinem Mann beim Ausziehen und Waschen geholfen – das ist mit nur einer Hand ja nicht so ganz einfach. Danach habe ich ihn ins Bett gebracht. Ich habe mich dann auch wieder hingelegt, aber, wie ich schon sagte, schlafen konnte ich nicht mehr. Also habe ich versucht, etwas zu lesen. Das wollte jedoch auch nicht klappen – ich war total durch den Wind. Franz-Josefs Auto haben wir ein paar Tage später reinigen lassen – der Beifahrersitz war allerdings so sehr mit Blut verschmiert, dass er ausgetauscht werden musste. Die Wunde ist aber gut verheilt, und als schließlich der Verband abkam, war alles wieder in Ordnung. Mal abgesehen von einer kleinen Narbe und einer ganzen Reihe dummer Sprüche, die sich Franz-Josef von unseren Freunden und Bekannten anhören musste – von wegen zwei linke Hände – Sie verstehen?"

Der Hauptkommissar nickt. In dem Moment öffnet sich die Tür, und Herr Bering betritt den Salon. Er macht kein Hehl daraus, dass er über das erneute Erscheinen der Polizei mehr als verwundert ist. Mit dem Auftauchen seiner Tochter und der Verhaftung des Erpressers ist der Fall für ihn erledigt – und das sagt er den Polizisten auch ziemlich ungehalten.

„Es chibt immer noch den unjelösten Mord an Alexandra Westerbach", klärt der Hauptkommissar ihn auf.

„Ich glaube, ich habe Ihnen schon mal erklärt, dass ich nicht das Geringste mit der Sache zu tun habe", sagt Herr Bering, und er bleibt dabei ungewöhnlich – ja, fast schon bedrohlich – ruhig.

„Ich weiß, abba es is uns zu Ohren jekommen, dass Sie rein zufällig in der Nacht, in der Frau Westerbach verschwunden und möchlicherweise ermordet worden is, blutüberströmt in die Notaufnahme des St. Ansgar jebracht wurden."

„Das war ein Unfall. Ich habe mit ein paar Freunden ein erfolgreiches Geschäft gefeiert. Wir haben ein bisschen was getrunken. Als sie weg waren, habe ich noch ein paar Gläser weggeräumt. Dabei ist mir eins kaputt gegangen, und ich habe mich unglücklich an einer Scherbe verletzt", erwidert Bering, der jetzt deutlich aufgebrachter ist.

„Wie kricht man et eijentlich hin, dat man sich mit einer einfachen Chlasscherbe so verletzt, dat man blutet wie ein abjestochenes Schwein? Dat müssen Sie mir mal erklären."

„Mein Gott, eine ungeschickte Bewegung, und schon ist es passiert. Sie glauben gar nicht, wie schnell so etwas gehen kann. Aber was hat das mit dem Mord an Alexandra Westerbach zu tun? Das müssen Sie mir jetzt erstmal erklären." Bering schaut Brixmeier herausfordernd an.

„Chanz einfach. Wir ermitteln in alle Richtungen und verfoljen alle Spuren. Und wenn eine Spur hierhin führt, dann kommen wir zu Ihnen und klären ab, wat an der Sache dran is", entgegnet der Hauptkommissar und er bleibt betont sachlich dabei.

„Was, bitte schön, hat mein damaliges Missgeschick mit einer Spur in Ihrem Mordfall zu tun? Ich fürchte, ich kann Ihnen da nicht so ganz folgen."

„Sehen Se, Herr Bering, Frau Alexandra Westerbach wurde erschlagen. Wahrscheinlich mit einem Cholfschäger – aber dat is nur eine Vermutung. Sicher ist, dass es eine Menge Blutspuren jecheben haben muss. Und Blutspuren lassen sich nur äußerst schwer beseitigen – eijentlich charnich. Die Spurensicherung findet immer wat. Aber wenn man Blutspuren nich beseitigen kann, dann kann man zumindest dafür sorjen, dat es eine andere Erklärung dafür chibt."

Franz-Josef Bering erweckt den Eindruck, als könne er nicht glauben, was jetzt und hier geschieht. Er fixiert den Hauptkommissar zunächst mit einem ungläubigen Blick. Doch diese Unsicherheit währt nur einen kurzen Augenblick. Dann mutiert er zu einer Raubkatze, die wild entschlossen ist, nicht mehr länger mit ihrer Beute zu spielen.

„Herr Hauptkommissar, Sie wollen doch wohl nicht damit andeuten, dass Sie mich des Mordes an Alexandra Westerbach verdächtigen?" Bering funkelt Brixmeier an, als wolle er ihm gleich die Eingeweide herausreißen.

„Ich will damit andeuten, dat es noch ein paar offene Fragen chibt", antwortet der Hauptkommissar gelassen. Dabei hält er dem vernichtenden Blick seines Gegenüber stand.

„Wissen Sie eigentlich, mit wem Sie es zu tun haben?", brüllt Bering nun los. „Sie glauben wohl, bloß weil Sie so einen dämlichen Dienstausweis haben, können Sie sich alles erlauben. Aber da haben Sie die Rechnung ohne den Wirt gemacht, meine Geduld ist jetzt definitiv zu Ende. Ich sorge dafür, dass Sie mit sofortiger Wirkung von dem Fall abgezogen werden. Ab morgen dürfen Sie – wenn Sie viel Glück haben – in Ihrer Dienststelle noch die Briefmarken ablecken."

„Wenn Sie meinen." Brixmeier gibt sich ungerührt.

„Das meine ich nicht nur", bekräftigt sein Gegenüber immer noch aufgebracht. „Um es in Ihrem proletenhaften Vokabular auszudrücken: Ich verwette sogar meinen Arsch darauf. Und jetzt machen Sie, dass Sie hier rauskommen."

Brixmeier erhebt sich betont gemächlich aus dem Sessel. „Frau Sternberch, ich chlaube, et is besser, wenn wir jetz chehen. Ich habe alles chehört, wat ich hören wollte. Frau Bering, ich wünsche Ihnen noch einen schönen Tach." An den Herrn des Hauses gerichtet ergänzt er ungerührt: „Bemühen Sie sich nich, wir wissen, wo et rauscheht."

„Haben Sie sich jetzt nicht ein bisschen zu weit aus dem Fenster gelehnt?", will Katja von ihrem Chef wissen, als sie neben ihm auf dem Beifahrersitz Platz genommen hat.

„Wieso?"

„Was glauben Sie, was der jetzt macht?"

„Wat sollte er machen?"

„Der greift zum Telefon und ruft seine einflussreichen Freunde an."

„Möchlich."

„Dann dauert es nicht mehr lange, bis unser lieber Herr Kriminalrat einen auf die Mütze kriegt."

„Möchlich."

„Und dann steht der bei uns auf der Matte und macht uns zur Schnecke."

„Möchlich."

Katja sagt nichts mehr. Sie hat keinen Bock auf ein weiteres Möchlich.

Die Frage, ob Toni endlich das Passwort geknackt hat, erübrigt sich, als Katja und Brixmeier ihr Büro betreten. Auf Tonis Platz sitzt Hauptkommissarin Judith Raschdorf, eine Kollegin, die sich mit allen erdenklichen Spielarten der Wirtschaftskriminalität bestens auskennt. Sie richtet ihren Blick wie gebannt auf den Bildschirm. Toni hat es sich auf einem anderen Stuhl bequem gemacht. Er sitzt schräg versetzt hinter ihr und schaut ihr interessiert über die Schulter.

„Tach, Judith, wat verschafft uns denn die Ehre deines Besuchs?", grummelt Brixmeier. Katja hört sofort heraus, dass das Verhältnis zwischen ihrem Chef und Hauptkommissarin Raschdorf nicht das beste ist. Als Grund kann sie sich nur Brixmeiers antiquiertes Frauenbild vorstellen, denn sie selbst hat Judith bei ihrem Einstand als eine äußerst sympathische Kollegin kennengelernt.

„Geldwäsche, Beihilfe zur Steuerhinterziehung, und das in Millionenhöhe. Glückwunsch, ihr habt da einen ganz großen Fisch an der Angel", sagt die Hauptkommissarin bedächtig, ohne dabei vom Bildschirm aufzublicken.

Ein breites Siegergrinsen ziert Brixmeiers Gesicht, da fliegt plötzlich die Tür auf.

„BRIXMEIER", brüllt Kriminalrat Lange wutschnaubend. „Ich habe mich mittlerweile damit abgefunden, dass Ihnen meine Anweisungen scheißegal sind, aber die Nummer, die Sie sich heute geleistet haben, kann, will und werde ich nicht mehr durchgehen lassen."

„Welche Nummer?", fragt der Hauptkommissar scheinheilig. Dass Langes Kopf so rot ist, als würde er jeden Augenblick explodieren, beeindruckt ihn nicht weiter.

„Welche Nummer? Wollen Sie mich verarschen? Sie marschieren bei Franz-Josef Bering rein, bezichtigen ihn des Mordes und fragen mich: Welche Nummer?" Lange stiert Brixmeier an, wie eine Schlange ihre Beute, die sie gleich mit Haut und Haaren vertilgen wird. „Wissen Sie, was in den letzten Minuten bei mir los war? Wissen Sie, wer mich alles angerufen hat? Es ging los mit Berings Anwalt. Und ich sage Ihnen, dieser Dr. Griefhahn ist einer der widerwärtigsten Typen, die mir je über den Weg gelaufen sind. Als Nächstes hatte ich den Landrat am Apparat, dann den Bürgermeister und zu guter Letzt auch noch Staatsanwalt Dr. Gruber. Und alle haben nur einen bescheidenen Wunsch: Dass ich Sie von dem Fall abziehe – und genau das werde ich tun. Frau Oberkommissarin von Sternberg, Sie übernehmen ab sofort die Leitung der Ermittlungen im Fall Alexandra Westerbach, und Oberkommissar Allwisser wird Ihnen assistieren. Sie, Brixmeier, nehmen sich für den Rest des Tages frei. Morgen früh um Punkt acht Uhr haben Sie einen Termin mit Dr. Gruber, bei mir im Büro. Ich weiß nicht, was der mit Ihnen anstellen wird, aber ziehen Sie sich schon mal warm an. Ich kann Ihnen da nicht mehr helfen."

„Bestens", meldet sich Hauptkommissarin Raschdorf, die Langes Wutausbruch emotionslos verfolgt hat. „Dann kann der Herr Staatsanwalt mir gleich einen Durchsuchungsbeschluss unterschreiben. Im Übrigen halte ich es, mit Verlaub, für keine gute Idee, den Kollegen Brixmeier von dem Fall abzuziehen."

Erst jetzt bemerkt der Kriminalrat die Kollegin aus der anderen Abteilung. „Was führt Sie denn hierher, Frau Raschdorf?", fragt er verwundert.

„Ich schaue mir an, was unsere Kollegen in die Finger bekommen haben. Und ich muss sagen, das ist fast so gut wie sechs Richtige im Lotto. Ich habe mir zwar erst einen groben Überblick verschafft, aber ich glaube, es ist nicht übertrieben, zu behaupten, dass Brixmeiers Abteilung auf den größten Fall von Wirtschaftskriminalität gestoßen ist, den wir seit Jahrzehnten in Höxter hatten."

„Würden Sie mich bitte mal aufklären ..." Langes Stimmen bebt immer noch vor Erregung.

„Wir haben hier eine Daten-CD, die offenbar aus dem Büro von Franz-Josef Bering stammt. Der gute Herr Bering hat das saubere Geld unbescholtener Bürger benutzt, um im großen Stil Schwarzgeld zu waschen – um es mal salopp zu sagen. Der Bürgermeister, der Landrat, Staatsanwalt Dr. Gruber und und und ... Ach, Herr Kriminalrat, Sie stehen ja auch auf der Liste."

„Wie? Was? Was denn für eine Liste?" Lange wird plötzlich nervös.

„Die Liste all der braven Mitmenschen, die in Zeiten der Finanzkrise eine hohe und sichere Rendite gemacht haben und so dafür gesorgt haben, dass Berings zwielichtige Geschäfte richtig gut liefen." Frau Raschdorf gibt sich keine Mühe, den eindeutig zweideutigen Unterton zu unterdrücken.

„Soll das heißen, dass ich mich strafbar gemacht habe?" Der Kriminalrat muss sich hinsetzen, und das Farbenspiel in seinem Gesicht hätte jedem Chamäleon Respekt abgerungen.

„Sofern Sie Ihre Kapitalerträge dem Finanzamt gemeldet und brav versteuert haben, haben Sie nichts zu befürchten. Ein schaler Beigeschmack bleibt allerdings."

„Wieso?", will Lange wissen.

„Ich bitte Sie, Herr Kriminalrat. Renditen von über zehn Prozent, ohne Risiko ... und das in dieser Zeit. Wer glaubt, dass es dabei mit rechten Dingen zugeht, muss schon ein wenig naiv sein – um es mal vorsichtig auszudrücken." Die Hauptkommissarin ist anscheinend der Meinung, dass ein bisschen schlechtes Gewissen hier nicht schaden kann. „Toni, kannst du mir eine Kopie davon machen?"

„Klar, sofort."

„Und wo kommt dat Schwarzcheld her?", fragt Brixmeier.

„Handwerker, Geschäftsleute, vermögende Privatleute, die dem Fiskus die Steuern nicht gönnen, vielleicht auch der eine oder andere Drogendealer oder Zuhälter. Um das genau herauszufinden, muss ich die Daten erst analysieren."

„Wat meinste, Judith, cheben die Daten auf der Scheibe ein brauchbares Mordmotiv ab?"

„Aber hallo", antwortet die Gefragte mit vielsagendem Augenaufschlag. „Wenn das kein Mordmotiv ist, was dann?"

„Chef", wendet sich Brixmeier an Kriminalrat Lange, „wir brauchen den Durchsuchungsbeschluss sofort. Wohnhaus, alle Fahrzeuje und Berings ehemalijes Büro."

„Ich kümmer mich darum", sagt Lange ungewöhnlich leise.

„Sagt mir Bescheid, wenn's losgeht", wirft Frau Raschdorf ein, dann entschwindet sie mit der Kopie der Daten-CD.

Bevor Lange geht, kommt er noch mal auf den Hauptkommissar zu. „Eine Frage, Brixmeier. Wo haben Sie die CD her?"

„Is aus dem Nachlass von Alexandra Westerbach."

„Und wieso wusste ich nichts davon?"

„Toni musste ersmal dat Passwort knacken. Wir wollten sicherchehen, dat da keine Märchen oder Kinderlieder drauf sind, bevor wir die Pferde scheu machen."

„Verstehe", Lange nickt zustimmend. „Aber die Nummer bei Bering wäre trotz alldem nicht nötig gewesen. Das hätte uns allen eine Menge Ärger erspart."

„Möchlich", grunzt Brixmeier, während Lange geräuschlos das Büro verlässt. „Toni, ruf den Hellseher an und sach den Termin für heute Nachmittach ab. Wir haben Wichtigeres zu tun. Und Sie, Frau von Sternberch, wat denken Sie?"

„Falsches Geld", sagt sie nachdenklich.

„Wie? Wat? Falschet Cheld? Sie reden in Rätseln, junge Frau."

„Falsches Geld, kein Falschgeld – hat Thallasarih gesagt. Sie erinnern sich, Herr Hauptkommissar?"

„Ähm, jaaa ...", so verhalten, wie die Antwort kommt, erinnert er sich natürlich nicht daran.

„Er hat Schwarzgeld gemeint", erklärt Katja.

„Möchlich.“

Da kommt selbst – oder gerade – Hauptkommissar Brixmeier aus dem Staunen nicht mehr raus. Es ist keine halbe Stunde vergangen, seit der Kriminalrat ihn ans Kreuz nageln wollte, und nun hält er den gewünschten Durchsuchungsbeschluss in der Hand.

„Toni, sach der Kavallerie Bescheid, sie sollen ihre Hühner satteln. Wir treffen uns in zehn Minuten vor der Villa Bering. Sie sollen einen Abschleppwagen mitbringen. Und verchiss nich, unsere Wirtschaftskriminelle und ihre Orjelpfeifen auch einzuladen.“ Gut, dass Hauptkommissarin Raschdorf den Spruch nicht gehört hat. Sie mag es gar nicht, wenn Brixmeier sie als Wirtschaftskriminelle und ihre Kollegen – in Anspielung auf ihre auffällig abgestuften Körpergrößen – als Orgelpfeifen bezeichnet.

Als die Beamten bei Berings ankommen, stellen sie fest, dass der Finanzhai offenbar auch über hellseherische Fähigkeiten verfügt. Das polizeiliche Rollkommando wird nämlich nicht vom Hausherrn persönlich, sondern von dessen scharfzüngigem Anwalt empfangen. Einem gut dressierten Pitbullterrier gleich, stellt sich dieser Dr. Griefhahn der geballten Staatsmacht in den Weg und verlangt die richterliche Anordnung. Eine Bitte, der Brixmeier mit sichtlichem Vergnügen nachkommt. Nachdem Berings Rechtsbeistand das Papier eingehend geprüft und einige Telefonate getätigt hat, tritt er zähneknirschend zur Seite und lässt die Polizei ihre Arbeit machen.

Franz-Josef Bering selbst beobachtet den Vorgang schweigend aus dem Hintergrund, wobei sein Gesicht dem einer ägyptischen Mumie immer ähnlicher wird.

Die Beamten sind wirklich fleißig. Kistenweise schleppen sie Aktenordner aus dem Haus und sie beschlagnahmen ohne Ausnahme alle Computer und Datenträger.

Hauptkommissarin Raschdorf ist in ihrem Element. Beweise für Betrug, Steuerhinterziehung und vergleichbare Delikte zu finden, ist ihre Leidenschaft, und der kommt sie mit der sagenumwobenen Gründlichkeit einer deutschen Beamtin nach. Nichts entgeht ihrem geschulten Blick und ihre Mitarbeiter nehmen eher etwas zu viel als zu wenig mit.

Brixmeier verfolgt das ganze Spektakel mit einer gewissen Genugtuung, aber wirklich interessieren tut es ihn nicht. Er sucht etwas anderes. Er sucht Beweise für einen Mord.

Als schließlich Berings Cayenne von der Kriminaltechnik auf den Haken genommen wird, zeigt sein Besitzer Nerven.

„Was soll das denn?", entrüstet er sich lautstark. „Wieso nehmen Sie ihn mit? Den Wagen meiner Frau haben Sie doch auch an Ort und Stelle durchsucht."

„Man könnte den Eindruck gewinnen, Sie wollen hier ein Exempel statuieren", mischt sich Dr. Griefhahn ein, wobei er den Hauptkommissar mit stechendem Blick fixiert.

„Dat wollen wir nich", grunzt der Hauptkommissar. „Ihren Wagen wollen wir uns nur chern etwas chenauer angucken, und dat cheht nur in der Kriminaltechnik. Abba ich verspreche Ihnen hoch und heilich, dat Se ihren Porsche unbeschädicht zurückerhalten werden. Und wenn nich – Sie ham ja einen chuten Anwalt. Ich bin überzeucht, dat der die Kripo Höxter dann auf 'nen saftijen Schadenersatz verklagen wird."

Bering dreht sich um, zieht seinen Anwalt außer Hörweite und redet mit ihm. Er scheint extrem ungehalten zu sein. Dr. Griefhahn zuckt nur hilflos mit den Schultern.

Die Leute von Hauptkommissarin Raschdorf rücken schließlich ab, und auch Brixmeier und Katja machen sich auf den Rückweg ins Präsidium. Hier können sie nichts mehr ausrichten. Im Wegfahren sieht Katja, dass Bering immer noch mit seinem Anwalt streitet. Ganz offensichtlich ist er nicht erbaut davon, dass sein hochbezahlter Rechtsbeistand diese Aktion nicht verhindern konnte. Letztendlich wird Herr Bering von Hauptkommissarin Raschdorf freundlich aber bestimmt gebeten, sie auf die Dienststelle zu begleiten. Aber das bekommt Katja nicht mehr mit.

„So, wie ich dat sehe, hat da chrade jemand seinen Arsch verloren, den er vorhin noch so chroßspurig verwettet hat", grunzt Brixmeier zufrieden.

„Und ich bin mal gespannt, wie Sie diese Wettschulden eintreiben wollen", entgegnet Katja.

Voller Zuversicht, den arroganten Versicherungsfuzzi wegen Mordes dranzukriegen, betreten die beiden Beamten das Büro. Toni sieht sich leider genötigt, ihrer Euphorie einen kräftigen Dämpfer zu verpassen.

„Die Durchsuchung in Berings ehemaligem Büro hat nichts gebracht", erklärt er seinen Kollegen.

„Wieso dat denn nich?", will der Hauptkommissar wissen. „Und wieso sind die überhaupt schon feddich? Normalerweise cheht dat doch charnich so schnell."

„In Berings Büro hat es etwa zwei Wochen nach Alexandra Westerbachs Verschwinden einen Wasserrohrbruch gegeben. Die ganze Etage stand unter Wasser und musste komplett renoviert werden. Es wurde alles rausgerissen:

Fußboden, Tapeten, Sanitäreinrichtungen ... Sogar die gesamte Elektrik wurde erneuert. Und das im Erdgeschoss liegende Ladenlokal wurde gleich mitgemacht. Es war alles so durchnässt, dass das Trocknen der Wände und Decken mehrere Wochen gedauert hat. Ich denke, wenn wir da noch was finden wollen, müssen wir die ganze Hütte abtragen."

Brixmeier überlegt einen Moment. „Vielleicht auch nich", sagt er dann.

„Was hast du vor?", fragt Toni.

„Treib mir alle auf, die an den Renovierungsarbeiten beteiligt waren. Maler, Tapezierer, Klempner und alle, die da sonst noch zu tun hatten. Ich will chenau wissen, wo die chrößten Blutlachen chewesen sind."

„Dann sollten wir aber auch alle die befragen, die das Büro unmittelbar nach Berings Unfall gesehen haben. Allen voran das Reinigungspersonal", schlägt Toni vor.

„Chute Idee. Dann finde mal raus, wer damals für Bering chearbeitet hat, und vor allem, wer da jeputzt hat", ordnet der Hauptkommissar an. „Hoffentlich ham wir bei seiner Ancheberkarre mehr Chlück."

„Was meinen Sie, Herr Hauptkommissar, war das mit dem Wasserschaden ein Zufall?", meldet sich nun Katja.

„Chlauben Sie, dat es einer war?", lautet die Gegenfrage.

„An solche Zufälle glaube ich grundsätzlich nicht."

„Ich auch nich", grunzt Brixmeier. „Nur der Form halber, Toni, überprüf doch mal, ob es Hinweise auf Manipulation jecheben hat."

„Das können wir uns wohl schenken", meint Toni. „Wer kann einen Versicherungsschaden besser vortäuschen als ein Versicherungsheini. Der weiß doch genau, wie die Burschen arbeiten."

„Da wirste wohl Recht haben, aber mach's trotzdem."

Die Tür geht auf und ein bestens gelaunter Kriminalrat kommt rein.

„Glückwunsch, da haben Sie ja doch den richtigen Riecher gehabt – ausgezeichnete Arbeit. Das gilt natürlich für Sie alle", sagt Lange. „Bering sitzt jetzt bei Hauptkommissarin Raschdorf und singt wie ein Vögelchen."

„Hat er den Mord auch schon jestanden?", fragt Brixmeier.

„Mord, hören Sie doch auf mit Ihrem Mord. Es geht um Geldwäsche und Beihilfe zur Steuerhinterziehung."

„Wandert er wenichstens in Untersuchungshaft?"

„Er ist geständig, wir haben erdrückende Beweise, es besteht weder Flucht- noch Verdunklungsgefahr. Also wird er bis zur Gerichtsverhandlung auf freiem Fuß bleiben." Für den Kriminalrat ist damit das Thema durch, für Brixmeier aber noch lange nicht.

„Er hat Alexandra Westerbach umjebracht", dröhnt er los. „Die Beweise sprechen eine klare ..."

„Indizien, Brixmeier. Was Sie haben, sind Indizien – mehr nicht. Die nimmt Ihnen jeder Jura-Student auseinander, und Franz-Josef Bering lässt sich nicht von Jura-Studenten vertreten. Bringen Sie richtige Beweise. Bringen Sie mir Zeugen, die gesehen haben, wie er die Leiche weggeschafft hat, bringen Sie mir Spuren aus seinem Büro oder seinem Auto, oder bringen Sie mir die Mordwaffe. Wenn wir ihm die eindeutig zuordnen können, besorge ich Ihnen persönlich den Haftbefehl."

„Jeder Otto-Normalverbraucher würde bei der Beweislage schon längst jesiebte Luft atmen", entrüstet sich der Hauptkommissar.

„Dass will ich jetzt nicht gehört haben", gibt Lange zurück und verschwindet – nicht mehr ganz so gut gelaunt – aus dem Büro.

„Toni, ruf Judith an. Wenn die mit dem Bering feddich is, soll se ihn zu uns schicken. Ich will unsern Saubermann auch noch 'n bissken wat fragen."

Etwa zwei Stunden später sitzen Hauptkommissar Brixmeier, Oberkommissarin von Sternberg, Franz-Josef Bering und Dr. Klaus Griefhahn im Verhörraum.

„Herr Bering, wat haben Sie in der Nacht vom 8. auf den 9. Mai 2010 jemacht?", fragt Brixmeier.

„Das weiß ich doch heute nicht mehr", antwortet Bering flapsig. „Oder wissen Sie etwa noch, was Sie in irgendeiner Nacht vor vier Jahren gemacht haben?"

„Wenn ich mir in der Nacht eine Chlassscherbe so tief in den Arm jerammt hätte, dat man mich danach inne Notaufnahme bringen musste, dann wüsste ich dat."

„Ach, die Nacht meinen Sie." Bering überlegt kurz. „Wie ich Ihnen schon sagte, gegen Abend habe ich mit ein paar Geschäftsfreunden auf einen guten Abschluss angestoßen."

„Haben die Jeschäftsfreunde auch Namen?"

„Reinhard Dressler, Markus Specht und Dr. Hermann Bach."

„Und bis wann waren die Herrschaften da."

„Dr. Bach ist als Letzter gegangen. Das muss so um zehn gewesen sein. Die beiden anderen sind ungefähr eine halbe Stunde früher gegangen. Ich hatte mit Dr. Bach noch was zu besprechen."

„War Frau Westerbach auch dabei?", will Brixmeier wissen.

„Frau Westerbach hatte zu dem Zeitpunkt nichts mehr in meinen Büro zu suchen", erklärt Bering mit Nachdruck.

„Ich hatte ihr fristlos gekündigt, wie Sie wissen."

Der Hauptkommissar nickt bedächtig. „Wann haben Se Frau Alexandra Westerbach denn dat letzte Mal jesehen?", bohrt Brixmeier weiter nach.

„Das muss ein oder zwei Tage vorher gewesen sein. Sie hat mich auf der Straße angesprochen und sich für den Datenklau entschuldigt. Dann hat sie gefragt, ob ich mir das mit der Kündigung nicht noch mal überlegen könnte."

„Dat konnten Se aber nich ..."

„Selbstverständlich nicht."

„Und dat se schon jede Menge Daten jesammelt und auf CD jebrannt hatte, wussten Sie nicht?"

„Woher?"

„Wäre doch möchlich, dat se versucht hat, Sie damit zu erpressen."

„Das hat sie nicht", widerspricht Bering. „Auch wenn Sie daraus liebend gern ein Mordmotiv konstruieren wollen."

„Es gibt dafür nicht den geringsten Beweis", mischt sich Dr. Griefhahn angriffslustig ein. „Sie stochern doch nur im Dunkeln."

„Ist doch aber ein chutes Motiv", legt Brixmeier nach.

„Das mag ja durchaus sein, aber ich habe mit dem Mord an Alexandra Westerbach nichts zu tun", beteuert Bering.

„Was haben Se jemacht, als Ihr Besuch wech war?"

„Ich hatte noch einige Unterlagen aufzuarbeiten."

„Mitten inne Nacht?"

„Da hat man die meiste Ruhe."

„Kann dat jemand bezeujen?"

„Nein!"

„Sie waren also von abends zehn Uhr bis zum nächsten Morjen chegen vier Uhr allein im Büro und haben Unterlagen aufchearbeitet", fasst Brixmeier die Aussage zusammen.

„Nein, ich bin zwischendurch einmal weggefahren."

„Sie hatten wat jetrunken", bemerkt Brixmeier.

„Ein Glas Champagner, vielleicht zwei. Und das bereits Stunden vorher", rechtfertigt sich sein Gegenüber.

„Und wohin sind Se jefahren?"

„Ich bin einfach so durch die Gegend gefahren."

„Einfach so, mitten inne Nacht?"

„Ja, beim Autofahren kann ich am besten nachdenken."

„Und Sie sind allein jefahren?"

„Ja."

„Wo sind Se denn überall herjefahren?"

„Das weiß ich nicht mehr."

„Und dann?"

„Bin ich ins Büro zurück."

„Warum nich nach Hause?", hakt Brixmeier gnadenlos nach.

„Weil ich im Büro noch nicht fertig war. Ich habe bis etwa halb vier an meinen Unterlagen gesessen. Danach wollte ich noch die Gläser wegräumen. Dabei ist es passiert."

„Sie haben sich verletzt."

„Ja!"

„Und dann?"

„Ich habe die Verletzung notdürftig mit einem Handtuch verbunden und bin dann auf die Straße."

„Da ham Se dann den Herrn Tennhagen jetroffen."

„Ja", bestätigt Bering.

„Wat hätten Se eijentlich jemacht, wenn Se ihn nich zufällig jetroffen hätten?", will der Hauptkommissar nun wissen.

„Ich hätte versucht, selber zum St. Ansgar zu fahren. Wie Sie wissen, fahre ich einen Automatik."

„Besser, dat Se es nicht versucht haben. Den Rest kennen wir ja", brummt Brixmeier.

„Dann können wir ja wohl jetzt gehen", meint Berings Anwalt und steht demonstrativ auf.

„Einen Augenblick noch", stoppt ihn der Hauptkommissar. Er redet aber nicht gleich weiter, sondern macht es etwas spannend. „Wissen Sie, wie ich dat sehe?", fragt er dann.

„Nein, aber ich bin überzeugt, Sie werden es mir und meinem Mandanten gleich verraten", antwortet Dr. Griefhahn mit verbissener Miene.

„Nachdem Ihre Jeschäftsfreunde wech waren, ham Se Besuch von Frau Westerbach bekommen. Die hat damit chedroht, mit ihrem Wissen zur Polizei zu chehen. Es kam zum Streit, und Sie ham zum Cholfschläger jechriffen und zujeschlagen. Dat hat Alexandra Westerbach nich überlebt. Die Leiche ham Se dann chut verpackt und in Ihr Auto jeladen, sind zum Wölberch jefahren und ham se dort abchelecht. Ach ja, Sie ham se vorher noch ausjezogen und ihr sämtlichen Schmuck abjenommen – um eine möchliche Identifizierung zu erschweren. Vom Wölberch sind Se wieder in ihr Büro, um die Blutspuren zu beseitigen. Da haben Se dann jemerkt, das dat charnich so einfach is. Sie sind auf die Idee jekommen, dat eine andere Erklärung für dat viele Blut her muss. Sie ham ein Chlass jenommen, es zerschlagen und sich eine Scherbe ordentlich tief in den Arm jerammt. Dann ham Se die Nummer mit dem Verletzten abjezogen und sich von Ihrem Nachbarn in die Notaufnahme bringen lassen."

„Das glauben Sie doch selber nicht", giftet Berings Anwalt den Hauptkommissar an.

„Warum nich? Sie chlauben char nich, wozu Menschen fähich sind, um nich wejen Mord oder Totschlach in den Knast zu wandern."

„Das ist alles nur Spekulation. Sie können nichts davon beweisen."

„Wat nich is, kann noch werden." Brixmeier bleibt betont gelassen.

„Dann strengen Sie sich mal an. Ich wünsche Ihnen noch einen schönen Tag." Dann verlässt Dr. Griefhahn endgültig den Verhörraum. Sein Klient folgt ihm. Bevor er die Tür hinter sich schließt, dreht sich Bering noch mal um und grinst die Beamten überheblich an. „Sie haben eine wahrhaft blühende Fantasie, Herr Hauptkommissar. Haben Sie schon einmal darüber nachgedacht, Kriminalromane zu schreiben? Sie hätten eine große Zukunft."

„Ich mach jetz Feierabend", dröhnt Brixmeier, als er nach der Vernehmung ins Büro zurückkommt. „Außerdem komme ich morjen ein bisschen später."

„Da hast du aber Glück gehabt", sagt Toni.

„Wieso?"

„Kriminalrat Lange hat eben angerufen. Dein Termin mit Dr. Gruber morgen früh fällt aus."

„Ich weiß."

„Woher?" Toni schaut seinen Chef fragend an.

Der tippt sich bedeutungsvoll an die Nase. „Mein chuter, alter Kriminalistenriechkolben", sagt er leise und grinst von einem Ohr bis zum anderen. „Toni, du weißt, watte zu tun hast, und Sie, Frau von Sternberch, kümmern sich um Berings Jeschäftsfreunde. Vielleicht is einem von denen irjentwat Unjewöhnliches aufjefallen."

„Versprechen Sie sich etwas von der Befragung?", fragt Katja zaghaft nach.

„Nich wirklich", grunzt Brixmeier, dann fliegt krachend die Tür hinter ihm zu.

Spurensuche

Am Mittwochmorgen ist es relativ ruhig im Büro. Toni und Katja sind allein, und beide telefonieren schon eine ganze Weile. Toni hat zunächst Berings Versicherung an der Strippe und versucht, detaillierte Informationen zu dem Wasserschaden in Berings Büro zu bekommen. Er fragt sich bis zu dem Gutachter durch, der sich den Schaden vor Ort angesehen hat. Von dem erfährt er, dass es keinen Hinweis auf Versicherungsbetrug gab – und das, obwohl aufgrund der Schadenhöhe sehr akribisch geprüft wurde.

Katja nimmt sich währenddessen Berings Geschäftsfreunde vor. Die bestätigen allesamt Berings Aussage. An besondere Vorkommnisse kann sich nach so langer Zeit jedoch keiner mehr erinnern.

Die beiden Beamten sind nicht sonderlich überrascht. Mit einem solchen Ergebnis haben sie im Grunde gerechnet. Während sie sich noch über den Fall unterhalten, bekommt Toni eine neue Nachricht auf den Bildschirm. Er öffnet sie und überfliegt die Zeilen. Dabei legt sich seine Stirn in Falten wie ein frisch angelegtes Spargelfeld.

„Oh-ohhh ...", sagt er mit einem leichten Kopfschütteln, „das wird Erwin gar nicht gefallen."

„Was wird ihm nicht gefallen?", fragt Katja.

„Ich habe hier den Bericht von der KTU. Es geht um Berings Auto." Toni redet nicht weiter.

„Ja, und?" Katja ist neugierig.

„Nichts!"

„Wie, nichts?" Katja schaut ihren Kollegen fragend an. „Lass dir doch nicht alles aus der Nase ziehen."

Noch bevor Toni antworten kann, geht die Tür auf und

ein arbeitseifriger Hauptkommissar sorgt mit einem dröhnenden „Morjen" dafür, dass selbst die Kollegen zwei Büros weiter vor Schreck fast vom Stuhl fallen.

„Wie siehts aus? Habta wat rausjekricht?", will er dann auch gleich wissen.

„Welche Nachricht willst du zuerst hören?", fragt Toni mit verkniffener Miene. „Die schlechte, die schlechtere oder die ganz schlechte."

„Chanz vorsichtich, Toni, du willst mir doch wohl nich schon am frühen Morjen die Laune verderben", knurrt der Hauptkommissar ihn gespielt feindselig an.

„Das wird sicher nicht passieren", antwortet Toni. „Schau mal auf die Uhr, es ist schon fast Mittag."

„Nu sei mal nich so kleinlich und spucks aus. Ich hätte chern die chute Nachricht zuerst."

„Es gibt keinerlei Hinweise auf Manipulation, was den Wasserschaden in Berings Büro betrifft."

„Okay, und weiter?"

„Berings Geschäftsfreunde können wir ebenso vergessen", wirft Katja emotionslos ein.

„Dat überrascht mich nich", grunzt Brixmeier. „Und die chanz schlechte Nachricht ...?"

„Die KTU hat in Berings Wagen nicht die geringste Blutspur entdeckt. Weder im Kofferraum, noch auf der Beifahrerseite. – absolut nichts", verkündet Toni mit zerknirschter Miene.

„Dat kann charnich sein", brüllt der Hauptkommissar ungehalten los. „Sind die alle besoffen?" Wütend greift er zum Hörer und ruft selbst in der Kriminaltechnik an. Nachdem er die erste Schimpfkanonade losgelassen hat – die Jungs in der KTU sind derartigen Kummer gewöhnt –, konzentriert er sich aufs Zuhören. Dabei wird sein Gesicht immer länger und er immer ruhiger. Schließlich legt er wortlos auf und stiert ein paar Sekunden lang Löcher in die Luft.

„Scheiße!" Brixmeiers geradezu ohrenbetäubende verbale Entladung versetzt die Kollegen in den Nachbarbüros erneut in Alarmbereitschaft.

„Dabei war ich mir so sicher ...", fügt er deutlich leiser hinzu. „Habt ihr schon rausjekricht, welche Firmen an der Beseitigung des Wasserschadens beteilicht waren?"

„Nein, bisher noch nicht", antwortet Toni. „Und nein, wir kennen auch noch nicht die Namen der damaligen Mitarbeiter von Franz-Josef Bering – auch nicht die der Reinigungskräfte. Aber wir machen uns unverzüglich an die Arbeit."

„Darum möchte ich auch chebeten haben, und seht zu, dat wir mit den Leuten so schnell wie möchlich einen Ortstermin machen", kommandiert der Hauptkommissar. „Ich muss ersmal anne frische Luft."

„Ist dir inzwischen was aufgefallen?", fragt Toni seine Kollegin, nachdem Brixmeier das Büro verlassen hat.

„Nein, was denn?"

„Immer, wenn er nicht weiter weiß, muss er an die frische Luft."

„So hat halt jeder seine ganz persönliche Macke", meint Katja grinsend. „Lass uns anfangen, damit wir was vorzuweisen haben, bevor er die ganze frische Luft weggeatmet hat. Du die Firmen und ich die Mitarbeiter?"

„Alles klar, so machen wir's."

Die beiden Beamten greifen erneut zu ihren Telefonhörern, um zu versuchen, dem heutigen Tag wenigstens ein halbwegs brauchbares Ermittlungsergebnis abzuringen.

Als der Hauptkommissar, der inzwischen mehr als genug frische Luft getankt hat, endlich wieder auf der Bildfläche erscheint, können ihm seine beiden Mitarbeiter zumindest einen Teilerfolg melden. Noch heute Nachmittag findet ein Ortstermin in den Räumen des ehemaligen Versicherungsbüros Bering statt. Der Malermeister Ferdinand Brakhahne und Frau Ivana Kalyskaya, die vor vier Jahren noch als Vierhundert-Euro-Kraft für Franz-Josef Bering gearbeitet hat, haben ihr Kommen zugesagt. Herr Manfred Otte-Gerhardt, Steuerberater und derzeitiger Mieter, ist ebenfalls informiert.

Gegen drei Uhr finden sich alle Beteiligten im Steuerbüro Otte-Gerhardt ein. Hauptkommissar Brixmeier und Oberkommissarin von Sternberg bringen noch einige Kollegen von der Spurensicherung mit.

Die Beamten lassen sich von dem Malermeister und der ehemaligen Reinigungskraft die Stellen zeigen, an denen sich die größten Blutlachen befunden haben. Frau Kalyskaya braucht einen Moment, um sich zu orientieren – das Büro sieht heute ganz anders aus als vor vier Jahren -, dann aber ist sie sich sicher.

»Hier, auf dem Boden unterhalb des Fensters, befand sich das meiste Blut. Ich habe fast den ganzen Morgen gebraucht, um alles wieder einigermaßen sauber zu kriegen«, erläutert sie den Umstehenden.

»Was befand sich damals in diesem Raum?«, fragt Katja.

»Das war das Büro des Chefs.«

»Sie meinen, Herrn Berings Büro?«, hakt die Beamtin noch mal nach.

»Ja. Da stand sein Schreibtisch. Die Wand da drüben war voller Aktenschränke und gleich hier, in der Ecke, stand ein Schrank, in dem er private Sachen aufbewahrte.«

Da war auch ein Safe drin." Während Frau Kalyskaya redet, läuft sie durch den Raum und zeigt, wo die Möbelstücke genau standen.

„Bewahrte Herr Bering hier auch seine Cholfausrüstung auf?", will Brixmeier wissen.

„Ja, er hatte so eine graue Golftasche mit einer ganzen Menge Schläger. Die stand meistens neben dem Schrank", weiß Frau Kalyskaya zu berichten. „Eigentlich gehörte sie in den Schrank. Ich habe sie auch immer da reingestellt, bevor ich hier sauber gemacht habe. Aber beim nächsten Mal stand sie wieder daneben."

„Ach, Herr Hauptkommissar", meldet sich der Steuerberater zaghaft zu Wort.

„Ja", grummelt Brixmeier.

„Als ich das Büro übernommen habe, stand hier so ein Pappkarton rum. Der war voller Kleinkram: Kugelschreiber, Büroklammern, Heftstreifen – all so'n Zeug eben."

„Ja, und?", fragt Brixmeier ungeduldig nach.

„Da waren auch eine ganze Menge Fotos dabei. Die müssen von irgendeiner Feier hier im Büro gewesen sein."

„Ham Se die noch?" Der Hauptkommissar ist mit einem Mal sehr interessiert.

„Ich hatte Herrn Bering deswegen angerufen, aber er wollte sie wohl nicht wiederhaben. Weggeworfen haben wir sie, soviel ich weiß, aber auch nicht. Ich müsste gerade mal meine Mitarbeiterin fragen."

„Tun Se dat", kommandiert Brixmeier. „Und wenn Se die noch haben, bringen Sie se am besten chleich mit."

Voller Tatendrang verlässt Herr Otte-Gerhard den Raum.

Der Hauptkommissar wendet sich nun an den Malermeister „Herr Brakhahne, Sie haben nach dem Wasserschaden hier alles rausjerissen?"

„Ja, das habe ich: Fußböden, diverse Wandverkleidungen, Tapeten – alles war hin."

„Chab es irjendwo noch Blutspuren zu sehen?"

„Oh ja, das Blut war unter die Fußleiste und bis unter den Teppich geflossen. Die Spuren waren noch ziemlich deutlich zu sehen", erinnert sich der Malermeister. „Mein Lehrling fand das so eklig, dass ihm schlecht wurde. Ich habe ihn dann woanders eingesetzt. Sonst hätte er mir noch die ganze Bude vollgekotzt."

„Wat meinen Sie, ist da heute immer noch wat zu sehen?", fragt Brixmeier, obwohl er weiß, dass sich seine Kollegen ohnehin unverzüglich daran machen werden, akribisch nach allen noch vorhandenen Spuren zu suchen – völlig egal, wie die Antwort des Malermeisters ausfällt.

„Wir haben damals die Teppichkleberreste entfernt, den Boden geglättet und mit einer Grundierung versehen. Danach war von den Blutspuren nicht mehr viel übrig, aber ..."

„Wat, aber?", hakt Brixmeier ungeduldig nach.

„Zwischen Estrich und Wand gibt es einen Dämmstreifen. Den haben wir selbstverständlich nicht entfernt. Da könnten Sie womöglich noch was finden."

„Jungs", wendet sich der Hauptkommissar an die Leute von der Spurensicherung, „ihr habts jehört – auf chehts."

In der Zwischenzeit ist der Steuerberater zurückgekommen und hat Katja den Pappkarton übergeben. Die sichtet den Inhalt, und es ist ihrem Gesicht anzusehen, dass sie sehr zufrieden ist.

„Sie werden doch nicht den ganzen Fußboden aufreißen?", fragt Herr Otte-Gerhard die Beamtin mit einem verstörten Gesichtsausdruck.

„Es tut mir leid", sagt Katja mitfühlend. „Das lässt sich nicht umgehen. Es geht immerhin um die Frage, ob hier ein Mensch getötet wurde. Aber ich denke, der Schaden wird sich in Grenzen halten. Und – vielen Dank für Ihre Hilfe." Die Oberkommissarin deutet auf den Pappkarton und wirft dem schüchtern wirkenden Mann ein wohlwollendes Lächeln zu, das der sogleich erwidert.

Malermeister Brakhahne und Frau Kalyskaya werden nicht mehr gebraucht und können gehen. Brixmeier und Katja überlassen den mutmaßlichen Tatort der Spurensicherung und fahren ins Präsidium.

In ihrem Büro treffen die beiden Kriminalbeamten auf einen auffallend gut gelaunten Kollegen. Katja ist zwar erst seit gut zwei Wochen hier, aber dennoch kennt sie Toni Allwisser inzwischen recht gut. An der Nasenspitze kann sie ihm ansehen, dass er auf etwas sehr Interessantes gestoßen sein muss.

„Na Toni, du hast doch wat für uns!?" Auch Brixmeier kann die Mimik seines Kollegen ziemlich treffsicher deuten.

„Ich weiß jetzt, warum wir keine Blutspuren in Berings Auto gefunden haben", verkündet er überlegen grinsend.

„Ja, und?" Wie immer, wenn Toni es ganz besonders spannend machen will, reagiert der Hauptkommissar leicht genervt.

„Das ist gar nicht sein Auto."

„Hasse irjendwelche Drogen jenommen?"

„Nein, das habe ich sicher nicht", stellt Toni klar. Nach kurzem Überlegen fährt er fort. „Ich habe mich vielleicht etwas missverständlich ausgedrückt. Ich wollte sagen: Das Fahrzeug, das wir untersucht haben, ist nicht dasselbe, das zum Tatzeitpunkt auf Franz-Josef Bering zugelassen war."

Brixmeier schaut Toni immer noch ungläubig an. „Schwarzer Porsche Cayenne, und dat Kennzeichen is auch datselbe."

„Aber die Fahrgestellnummer ist 'ne andere."

„Und woher hasse diese Weisheit?"

„Straßenverkehrsamt – schon mal gehört?" Toni kostet seinen Triumph noch einen kleinen Moment aus, dann erklärt er: „Am 29.6.2010 hat Franz-Josef Bering seinen schwarzen Porsche Cayenne, Baujahr 2009, abgemeldet – der Wagen war gerade mal ein halbes Jahr alt. Dann hat er einen schwarzen Porsche Cayenne, Baujahr 2009, angemeldet. Das Kennzeichen hat er beibehalten. Ich habe mit dem Händler gesprochen. Beide Fahrzeuge haben exakt die gleiche Ausstattung und sind auch sonst nahezu identisch. Bestellt hat er den neuen übrigens am 12.5.2010."

„Gerade mal drei Tage nach dem Mord", wirft Katja ein.

„Ja, gerade mal drei Tage nach dem Mord", wiederholt Toni. „Und Bering hat ordentlich Druck gemacht. Er wollte den neuen Wagen so schnell wie möglich haben. Der Händler hat sich über diesen seltsamen Fahrzeugtausch auch ziemlich gewundert."

„Und um das Ablenkungsmanöver perfekt zu machen, hat unser Freund seinen alten Cayenne von innen gründlich reinigen und den Beifahrersitz austauschen lassen", ergänzt Katja.

„Und als der Neue schließlich da war, hat er die beiden Fahrzeuge ausgetauscht, ohne dass es jemand bemerkt hat – nicht mal seine Frau", ergänzt Toni.

Für ein paar Sekunden herrscht eine nachdenkliche Stille im Büro – aber nur für ein paar Sekunden.

„Verdammte Scheiße!", bollert Brixmeier wutentbrannt los. „Weißte, wat dat heißt, Toni?" Der Hauptkommissar stiert seinen Kollegen mit hochrotem Kopf an. Toni versteht nicht.

„Der hat die elende Karre nach Kasachstan vertickt oder inne Mongolei", poltert Brixmeier ungehalten weiter.

„Eher nach Russland", sagt Toni.

„Nach Russland, nach Kasachstan, inne Mongolei, dat is doch wohl scheißejal. Jedenfalls isse wech, und wir werden se nicht finden."

„Sei doch nicht immer so pessimistisch, Erwin", versucht Toni seinen Chef zu beruhigen.

„Pessimistisch? Ich will diesen Versicherungsfuzzi wegen Mord drankriejen. Und wenn die in seinem ehemaligen Büro nix finden, dann können wir dat verjessen. Dann haben wir nix in der Hand – rein charnix. Die paar Indizien schlägt uns der Staatsanwalt rechts und links umme Ohren. Und wenn der et nich macht, dann macht es Berings Rechtsverdreher." Brixmeier rennt wie ein angeschossener Tiger im Büro hin und her.

„Mit etwas Glück ..."

„Chlück? Wir brauchen handfeste Beweise, kein Chlück", schneidet der Hauptkommissar Toni barsch das Wort ab.

„Vor etwa zwei Jahren ist Igor Borisov, ein Geschäftsmann aus St. Petersburg, nach Deutschland – genauer gesagt nach München gezogen", berichtet Toni betont gelassen. „Seinen PKW, einen schwarzen Porsche Cayenne, Baujahr 2009, hat er aus Russland mitgebracht und in München angemeldet."

Brixmeier ist plötzlich ganz ruhig. Er geht zu seinem Kollegen und fixiert ihn mit einem durchdringenden Blick.

„Willst du damit sagen …?" Seine Stimme ist ungewöhnlich leise.

„Ja, genau das will ich damit sagen", antwortet Toni. „Es hat noch nie geschadet, wenn man ab und an mal einen Schuss ins Blaue wagt." Er macht eine bedeutungsvolle Pause, bevor er fortfährt. „Der Porsche Cayenne von Igor Borisov hat im Mai 2010 Franz-Josef Bering gehört."

„Biste sicher?", fragt der Hauptkommissar ungläubig.

„Ganz sicher!"

„Und wie bisse dahinter jekommen?"

„Ich habe einfach im Zentralen Fahrzeugregister nach der entsprechenden Fahrgestellnummer gesucht. Wie ich schon sagte: Das war ein Schuss ins Blaue – aber wie ihr seht, habe ich damit genau ins Schwarze getroffen", erklärt Toni.

„Und? Hasse schon …?"

„Ja, Erwin, ich habe bereits mit den Kollegen in München gesprochen und ihnen selbstverständlich alle erforderlichen Informationen zukommen lassen. Sobald es etwas Neues gibt, werden sie sich sofort melden, aber …", Toni macht eine bedeutungsvolle Pause, „… aber nicht vor morgen früh."

„Weisse wat, Toni?" Brixmeier grinst nun von einem Ohr zum anderen.

„Ne, aber ich befürchte, du wirst es mir gleich sagen."

„Wenn die in München wat finden – ich meine, Blutspuren und so …" Nun macht es der Hauptkommissar spannend. „Dann knutsch ich dich wirklich."

„Mögen die Götter es verhindern", würgt Toni hervor.

Die Tür geht auf und Langes Sekretärin schaut rein.

„Herr Hauptkommissar, hätten Sie gerade mal ein paar Minuten Zeit für mich?", fragt sie freundlich lächelnd.

„Wat chibts?"

„Könnten wir das vielleicht in meinem Büro ...?"

„Schon chut, Miss Moneypenny, ich komme ja ..." Miss Moneypenny, alias Marianne Hasenbein verdreht die Augen und verschwindet. Hauptkommissar Brixmeier folgt ihr, und wieder einmal fliegt die Bürotür krachend zu.

„Das muss echte Liebe sein ...", seufzt Katja, nachdem im Büro Ruhe eingekehrt ist.

„Was? Brixmeier und Miss Moneypenny?" Toni guckt ziemlich verdattert aus der Wäsche.

„Nein! Brixmeier und du", stellt Katja klar. „Wen will er denn immer wieder knutschen?"

„Das solltest du nicht so ernst nehmen." Toni winkt ab. „Was glaubst du, wie oft er das schon angekündigt hat?"

„Wer weiß, vielleicht macht er es diesmal wahr", meint Katja süffisant, wobei sie Toni schelmisch angrinst. „Wenn ja, wäre ich wirklich gern dabei."

„Freu dich da nicht zu früh", erwidert Toni. „Aber mal was ganz anderes: Ist dir eigentlich aufgefallen, dass sich unser Herr Hauptkommissar in den beiden letzten Wochen sehr verändert hat?"

„Ne, wie denn? Ich kannte ihn ja vorher gar nicht."

„Ich schon ...! Und glaub mir, er hat sich verändert." Jetzt ist es Toni, der Katja breit angrinst und sich keine besondere Mühe gibt, den eindeutig zweideutigen Unterton zu verbergen. „Und ich habe den Verdacht, es liegt an dieser jungen, taffen und überaus attraktiven Oberkommissarin, die seit gut zwei Wochen unser Team verstärkt."

„Könnte es sein, dass du jetzt etwas zu dick aufträgst?"

„Nein, das glaube ich ganz und gar nicht. Aber eins würde mich interessieren?" Tonis Grinsen wird immer breiter.

„Und das wäre?"

„Hat er dir eigentlich schon Kartoffeln angeboten?"

„Hääää...!?" Katja war sich hundertprozentig sicher, dass sie zu jeder Zeit – völlig gleichgültig, was passiert – die absolute Kontrolle über ihre Mimik hat. Hätte sie jetzt in einen Spiegel geschaut, hätte ihr Spiegelbild sie gnadenlos eines Besseren belehrt.

„Offenbar noch nicht", schließt Toni aus der Reaktion seiner Kollegin. „Aber ich denke, es wird nicht mehr lange dauern."

„Toni, du sprichst in Rätseln."

„Dann will ich dich mal aufklären." Wieder zieht sich ein breites Grinsen über Tonis Gesicht. „Der Hauptkommissar ist nämlich ein begeisterter Hobby-Bauer – oder Hobby-Landwirt, wenn dir dieser Ausdruck besser gefällt. Er baut Kartoffeln an, rein biologisch, bessere kriegst du in keinem Laden. Damit versorgt er inzwischen das halbe Präsidium."

„Nur das halbe Präsidium?"

„Nun ja, es gibt Kollegen, die wollen nicht, und es gibt Kollegen, mit denen Brixmeier nicht klarkommt", erklärt Toni „Also, wenn er dir seine Kartoffeln anbietet, dann hat er dich ohne Wenn und Aber akzeptiert."

„Und du willst mich jetzt nicht verarschen?"

„Katja, sieh mich an und sag mir: Können diese Augen lügen?" Toni schaut seine Kollegin mit einem so treudoofen Dackelblick an, dass es ihr sichtlich schwerfällt, ernst zu bleiben.

„Ihr habt hier in Ostwestfalen eine wirklich seltsame Art, eure Zuneigung zu zeigen", stellt Katja belustigt fest. „Kartoffeln – so was Verrücktes ist mir bis jetzt noch nie untergekommen. Versorgt er Hauptkommissarin Raschdorf auch mit Kartoffeln?"

„Ja, das tut er. Aber es hat ziemlich lange gedauert, bis es soweit war. Sie hat es nicht leicht gehabt, als sie hierhin versetzt wurde. Dein Vorgänger, Hauptkommissar Riepschläger war mindestens genauso frauenfeindlich wie Erwin. Und die beiden haben sich gegenseitig hochge- schaukelt. Als Judith zur Hauptkommissarin befördert wurde, hättest du die alten Bollerköppe mal erleben sollen. Für die war das schon fast Gotteslästerung. Irgendwann hat Judith sie mal so richtig vor die Wand laufen las- sen – danach war Ruhe. Die Herren Hauptkommissare wa- ren zwar tödlich beleidigt, aber nach einer gewissen Zeit entspannte sich die Lage."

„So ganz entspannt kamen mir die beiden aber nicht vor", meint Katja nachdenklich.

„Das darfst du nicht so eng sehen", entgegnet Toni. „Das gehört zu ihrem Liebesspiel dazu."

„Wenn du das sagt, ich kenne mich mit dem Balzverhal- ten ostwestfälischer Hauptkommissare schließlich nicht aus."

Die Tür geht auf, und der Hauptkommissar kommt missmutig reingestiefelt. „Hab ich wat verpasst?", will er wissen. Die überaus aufgeräumte Stimmung im Büro ist ihm natürlich nicht entgangen.

„Nein, nicht wirklich", antwortet Toni.

Fluchtversuch

Donnerstagmorgen. Toni telefoniert gerade, als Katja ins Büro kommt. Mit den Kollegen in München, wie sie schnell registriert. Brixmeier ist noch nicht da, erscheint aber kurz darauf und donnert den Anwesenden sein gefürchtetes Morjen in voller Lautstärke um die Ohren.

Im Freistaat müssen sie jetzt glauben, dass Höxter mitten in einem Erdbebengebiet liegt, schießt es Katja durch den Kopf.

„Chute Nachrichten?", fragt der Hauptkommissar, nachdem Toni sich bei seinem Gesprächspartner für die Informationen bedankt und sich freundlich verabschiedet hat.

„Das kann man wohl sagen", antwortet der mit zufriedenem Gesichtsausdruck. „Die haben Blutspuren in dem Fahrzeug gefunden – auf der Beifahrerseite und im Kofferraum. Zwei unterschiedliche Blutspuren."

„Und?", Brixmeier ist neugierig.

„Nix und! Die DNA-Analyse läuft noch. In vierundzwanzig Stunden wissen wir mehr."

Der Hauptkommissar gibt ein missmutiges Grunzen von sich. Natürlich ist ihm klar, dass er jetzt kein aussagekräftiges Ergebnis erwarten konnte, aber – so ist er eben.

„Ich finde es ganz erstaunlich, dass die so schnell einen richterlichen Beschluss bekommen haben", bemerkt Katja ganz beiläufig.

„Haben sie nicht", widerspricht Toni. „Herr Borisov – der jetzige Besitzer – hat sich überaus kooperativ gezeigt, als er erfahren hat, dass in seinem Cayenne möglicherweise ein Mordopfer transportiert wurde. Er wollte es seiner Familie nicht zumuten, weiterhin mit dem Auto zu fahren, wenn sich dieser Verdacht bestätigt."

„Wat? Ein zartbesaiteter Russe? Hätte nich chedacht, dat et sowat überhaupt chibt." Der Hauptkommissar schaut seinen Kollegen ungläubig an.

„Da kannste mal sehen", gibt der zurück. „Und jetzt wird er sich wohl ein neues Fahrzeug zulegen müssen."

Der Hauptkommissar will noch etwas sagen, da klingelt sein Telefon.

„Brixmeier", meldet er sich mit dröhnender Stimme. Dann hört er aufmerksam zu, und absolut nichts in seiner Mimik lässt erahnen, was ihm gerade mitgeteilt wird. Er selbst ist zudem nicht gerade gesprächig. Außer einem rauen „Ja", das er hin und wieder in den Hörer grunzt, gibt er nichts von sich. Schließlich legt er auf und sieht seine Kollegen mit einer undurchschaubaren Miene an.

„Mach es nicht so spannend", fordert Toni ihn auf.

„Dat war das Labor", rückt Brixmeier mit der Sprache raus. „Die ham tatsächlich Blutspuren in Berings ehemaligen Büro jefunden, in der Dämmung zwischen Estrich und Wand – wie unser Malermeister jesacht hat."

„Und? Von wem?", fragt Toni neugierig.

„Immer langsam mit die junge Pferde", dämpft Brixmeier Tonis Wissbegierde. „Die sind hier auch nich schneller als unsere bayrischen Kollegen. Morjen wissen wir mehr."

„Das heißt, wir können nur abwarten und Däumchen drehen." Toni zieht ein Gesicht, als hätte er genüsslich in eine Zitrone gebissen. „Das gefällt mir gar nicht."

„Mir auch nich", pflichtet ihm der Hauptkommissar bei. „Und deshalb chehe ich jetz persönlich zum Staatsanwalt und versuche, ihm einen Haftbefehl aussem Kreuz zu leiern." Brixmeier steht auf und verlässt polternd das Büro.

„Ich wäre da nicht zu optimistisch", ruft ihm Toni nach.

„Dat werden wir ja sehen!", dröhnt es vom Flur zurück.

„Wollen wir wetten?", fragt Toni seine Kollegin.

Die schaut ihn nur fragend an.

„Ich kann nämlich auch hellsehen, musst du wissen." Toni grinst von einem Ohr bis zum anderen.

„Von einem Allwisser habe ich nichts anderes erwartet", kontert Katja. „Und was siehst du in deiner Kristallkugel?"

„Es dauert nicht lange, dann wird ein in Würde ergrauter Hauptkommissar mit hochrotem Kopf hier reingepoltert kommen, und er wird fluchen wie ein Kanalarbeiter."

„Weil es mit dem Haftbefehl nicht klappt?"

„Genau!", antwortet Toni. „Und uns wird er dann wieder die Ohren volljaulen."

„Aber das bist du doch gewöhnt."

„Stimmt auch wieder." Toni macht eine bedeutungsvolle Pause und schaut Katja mit so einem seltsam vorwitzigen Blick an. Er sieht aus wie ein Schuljunge, der eine Gemeinheit ausheckt, um damit seine neue Klassenkameraden zu ärgern. „Sag mal, Katja, wie war es denn eigentlich so in Bielefeld?", fragt er dann mit scheinheiligem Interesse.

Katja entgeht nicht, dass Toni etwas im Schilde führt. Sie wird misstrauisch. „Wie darf ich die Frage verstehen?"

„Einfach so ... Ich bin halt ein bisschen neugierig."

„Wie soll es da schon gewesen sein?", versucht Katja zu antworten. „So, wie in jeder anderen Polizeidienststelle, nehme ich mal an – nichts Besonderes. Die Arbeit war ähnlich wie hier – die übliche Polizeiroutine. Vielleicht war da etwas mehr los. Bielefeld ist ja auch geringfügig größer. Ansonsten gab es da nette Kollegen und auch weniger nette. Wir hatten da sogar einen Brixmeier. Der hieß aber Pfeiffer und war nicht in meiner Abteilung – Gott sei Dank. Du siehst, es war nicht viel anders als hier."

„Na ja", druckst Toni rum, „man hört ja so einiges."

„So? Was hört man denn?", will Katja wissen. Sie ist nun sehr hellhörig geworden.

„Man hört, dass die Kollegen in Bielefeld etwas speziell sein sollen."

„Darf man fragen, woher du dieses Wissen hast?"

„Ich war letztes Jahr auf einem Lehrgang in Düsseldorf", erklärt Toni. „Da war unter anderem auch ein Hauptkommissar aus Münster ..."

„Ach, daher weht der Wind!", fällt Katja ihm ins Wort. „Ich hätte es mir eigentlich denken können. Die Münsteraner sollen mal schön die Bälle flach halten. Wenn irgendwer etwas speziell ist, dann sind die es. Und wenn dir einer von diesen Schmalspurkomikern noch mal etwas über Bielefeld erzählen sollte, glaub ihm kein Wort."

„Das klingt ja nach echter Liebe."

„Ich kann dir sagen ...", holt Katja aus. Sie hätte gern mehr erzählt, und Toni hätte sicherlich gern mehr erfahren, doch leider bereitet das Klingeln seines Telefons diesem überaus interessanten Gespräch ein jähes Ende.

Der Oberkommissar nimmt den Hörer ab und während er der Stimme am anderen Ende der Leitung aufmerksam zuhört, schleicht sich ein spitzbubenhaftes Grinsen in seine Züge. Mit den Worten „Ich werde es ihm ausrichten, sobald er hier aufkreuzt", legt er auf und wendet sich wieder seiner neuen Kollegin zu.

„Wie war das nun zwischen Münster und Bielefeld?", greift Toni den Faden wieder auf. „Ich hatte das Gefühl, es würde gerade richtig spannend werden."

„Also, da gibt es 'ne Story, die muss ich dir unbedingt erzählen", nimmt Katja einen neuen Anlauf. „Es ist ungefähr zwei Jahre her, da ..."

Da fliegt die Tür auf, und Hauptkommissar Brixmeier kommt mit ungesund rotem Kopf hereingestiefelt. Die Bielefeld-Münsteraner Lach- und Sachgeschichten müssen wohl oder übel auf einen späteren Zeitpunkt vertagt werden. Begleitet wird der Auftritt von einer endlosen Kanonade derber Flüche und Verwünschungen, von denen der überwiegende Teil die Grenzen des Anstands weit hinter sich lässt.

„Lass mich raten", sagt Toni, „kein Haftbefehl."

„Chlaub mir, die haben alle immer noch einen jehörigen Schiss vor dem und seinem Kettenhund von Rechtsverdreher", entrüstet sich Brixmeier.

„Und wie sieht es mit einer vorläufigen Festnahme aus?", schlägt Katja vor. „Wir können ihn dann vierundzwanzig Stunden festhalten. Bis dahin sollte entweder hier oder in München ein Ergebnis vorliegen."

„Netter Versuch, Frau von Sternberch, aber da bin ich auch schon draufjekommen – keine Chance." Brixmeier steht kurz vor dem nächsten Wutausbruch. „Staatsanwalt Dr. Chruber hat jedes weitere Vorjehen chegen unseren Freund ausdrücklich untersacht, solange es keine handfesten Beweise chibt."

„Schöne Scheiße", bringt es Toni auf den Punkt. „Aber ich hätte da was für dich. Etwas, das dich wieder aufmuntern wird – ganz bestimmt sogar."

„Da bin ich abba jespannt."

„Die Werkstatt hat eben angerufen. Sie haben für deinen alten Granada tatsächlich noch Ersatzteile bekommen. Frag mich aber nicht, aus welcher archäologischen Ausgrabung die stammen." Obwohl seine Kollegen ahnen, dass das noch nicht alles war, schweigt Toni.

„Ja, und ...?", hakt Brixmeier ungeduldig nach.

„Morgen kannst du dein altes Schlachtschiff abholen."

„Jott sei Dank!" Die Freude über diese Nachricht ist dem Hauptkommissar anzusehen. Sein Gesicht erstrahlt, als wäre in diesem Augenblick die Sonne aufgegangen. „Dat wird auch allerhöchste Zeit. Ich bin et leid, mit dieser dreimal vermaledeiten Keksdose durch die Chejend zu jückeln." Dann wird Brixmeier schlagartig wieder ernst. „Eins sach ich dir abba, Toni, wenn du weiter meinen chuten alten Chranada so schlecht machst – von wejen archäologische Auschrabungen und so –, dann hab ich dich nich mehr lieb." Nach einer Pause fügt er drohend hinzu: „Und merk dir, dann is auch nix mehr mit abknutschen. Ejal, wat für tolle Ermittlungserchebnisse du bringst."

„Katja, du hast es gehört, er hat es versprochen", hält Toni nachdrücklich fest.

„Überlejen Sie sich, wat Se jetzt sagen, Frau von Sternberch", grunzt der Hauptkommissar angriffslustig, noch bevor Katja den Mund aufmachen kann. „Sie ham doch bestimmt noch wat zu tun. Ich meine Papierkram und so. Sie müssen nich meinen, dat Se sich auffe faule Haut lejen können, bis die im Labor so weit sind. Also, worauf warten Se noch?"

Leider hat Brixmeier nur zu recht. Es sind noch einige Berichte zu vervollständigen – und wenn nicht jetzt, wann dann? Außerdem geht der Hauptkommissar mit gutem Beispiel voran. Auch bei ihm ist in den letzten Tagen einiges liegen geblieben. Mit einem Mal ist es sehr still im Büro. Nur das unermüdliche Klappern von Katjas und Tonis Tastaturen lässt erkennen, dass hier gearbeitet wird. Brixmeier hingegen bemüht seinen Kugelschreiber. Er hat es nicht so mit dem Computer und lässt seinen Bericht später von Toni abtippen.

Knapp eine Stunde mühevoller Papierkrambewältigung haben die Beamten hinter sich gebracht, da erdreistet sich Toni, die andächtige Stille zu unterbrechen.

„Erwin, ich habe hier was entdeckt, das dich sicher interessieren wird." Tonis Stimme klingt ziemlich aufgeregt.

„Dann raus damit", fordert Brixmeier seinen Kollegen auf.

„Morgen früh um sieben Uhr zwanzig fliegt vom Flughafen Schiphol in Amsterdam eine KLM-Maschine in Richtung Buenos Aires ab."

„Und, wat cheht uns dat an?"

„Rate mal, welchen Namen ich auf der Passagierliste gefunden habe?"

Es ist plötzlich ohrenbetäubend still im Büro. Brixmeiers Augen werden zusehends größer, während er seinen Kollegen ungläubig anstiert. Auch Katja hat ihre Arbeit unterbrochen und schaut Toni wie hypnotisiert an."

„Doch nicht etwa ...?", würgt der Hauptkommissar hervor.

„Genau der", bestätigt Toni.

„Schwingen Se Ihre Hufe, Frau Sternberch, da will einer verduften. Toni, wir brauchen einen weiteren Einsatzwagen – und zwar sofort, und druck die Passagierliste aus, damit wir wat für den übervorsichtigen Herrn Staatsanwalt haben." Brixmeier ist unterdessen aufgesprungen und hetzt zur Tür. Katja lässt ihre Arbeit liegen und folgt ihm.

„Wird gemacht, Chef", ruft Toni noch hinterher, doch der Hauptkommissar hat das Büro bereits verlassen.

Wieder einmal liegt der Nachhall des Röhrengongs schwer in der Luft. Wie so häufig, ist es auch diesmal Frau Bering, die die Tür öffnet. Und sie staunt nicht schlecht darüber, dass die Kriminalbeamten diesmal von zwei uniformierten Kollegen begleitet werden.

„Tach, Ist ihr Mann zu Hause?", will Brixmeier wissen.

„Nein." Frau Bering wirkt beunruhigt.

„Isser etwa auf Jeschäftsreise nach Buenos Aires?"

„Nein, er ist nur mal eben in die Stadt – was besorgen. Aber wie kommen Sie auf Buenos Aires?" Frau Bering schaut Hauptkommissar Brixmeier verständnislos an.

„Sie wissen also nix davon, dat Ihr Mann für morjen einen Flug von Amsterdam nach Buenos Aires jebucht hat?", bohrt Brixmeier weiter nach.

„Das kann gar nicht sein. Das hätte er mir gesagt."

„Anscheinend chibt es einiges, wat Ihr Mann Ihnen nich jesacht hat."

In dieser Sekunde fährt Herr Bering mit seinem Cayenne in die Einfahrt. Er scheint etwas zu ahnen. Noch ehe die Polizeibeamten reagieren können, legt er den Rückwärtsgang ein und gibt Gas. Auf der Straße rammt er um ein Haar einen vorbeikommenden Kleintransporter, dann jagt er mit quietschenden Reifen auf und davon.

„Scheiße!", brüllt der Hauptkommissar und rennt zu seinem Wagen zurück, wo er, trotz des anfänglichen Vorsprungs erst nach seiner Kollegin ankommt. Als die Polizisten die Verfolgung aufnehmen, ist Bering schon um die nächste Straßenecke und außer Sichtweite.

„Cheben Sie eine Fahndung raus", dröhnt Brixmeier. Doch den Spruch hätte er sich sparen können, Katja ist bereits dabei, alle nötigen Maßnahmen in die Wege zu leiten.

„Fahren Sie zum Präsidium!", sagt sie, und die Tonart,

die sie dabei anstimmt, klingt eindeutig nach Befehl – was den Hauptkommissar sehr irritiert.

„Ham Sie jetzt dat Kommando hier?", faucht er sie an.

„Wollen Sie einen Porsche etwa mit diesem Ochsenkarren verfolgen?", keift die Oberkommissarin zurück.

Brixmeier muss – wenn auch nur widerwillig – zugeben, dass Katja nicht ganz unrecht hat. Er grummelt irgendetwas Unverständliches in seinen Bart, aber er steuert in Richtung Präsidium. Auf dem Weg dahin erfahren die beiden Kriminalbeamten über Funk, dass ein schwarzer Porsche Cayenne Höxter auf der B 239 in Richtung Marienmünster mit hoher Geschwindigkeit verlassen hat. Zwei Streifenwagen haben die Verfolgung aufgenommen und ein dritter kommt dem Flüchtenden aus Richtung Marienmünster entgegen.

Als Katja und ihr Chef den Parkplatz des Präsidiums erreicht haben – die Oberkommissarin will gerade aussteigen –, erregt ein weiterer Funkspruch ihre Aufmerksamkeit. Eine Streife meldet einen weiteren schwarzen Porsche Cayenne. Der ist auf der L 755 in Richtung Lütmarsen unterwegs, ebenfalls mit auffallend hoher Geschwindigkeit. Da es sich bei dieser Streife jedoch um eine Fahrradstreife handelt, sieht man – verständlicherweise – von einer Verfolgung des Porsches ab.

„Habt ihr ein Kennzeichen?", brüllt Brixmeier missmutig in das Funkgerät.

„Negativ", krächzt es aus dem Lautsprecher.

„Ist an dem Fahrzeuch in Richtung Lütmarsen einer dran?"

„Negativ!"

„Wir übernehmen." Brixmeier und Katja werfen sich einen kurzen Blick zu, dann steigt die Oberkommissarin aus und läuft zu ihrer Maschine. Der Hauptkommissar tritt das Gas bis zum Bodenblech durch und schafft es sogar, die Vorderräder des alten Golf zum Durchdrehen zu bringen, was von einem lauten Quietschen begleitet wird. Um sich die nötige Vorfahrt zu verschaffen, bedient sich Brixmeier der Sirene und des Blaulichts. Er hat die Stadtgrenze gerade hinter sich gelassen, da jagt unter markerschütterndem Gebrüll ein dunkler, gespenstischer Schatten an ihm vorbei. Der Hauptkommissar wirft einen zweifelnden Blick auf den Schaltknüppel, um sicherzugehen, dass er nicht etwa den Rückwärtsgang eingelegt hat. Als er – gerade mal einen Wimpernschlag später – wieder auf die Straße schaut, ist dieses Teufelsweib von Kollegin bereits hinter der nächsten Kurve verschwunden. Brixmeier mag sich überhaupt nicht vorstellen, wie es wäre, jetzt bei ihr auf dem Sozius zu sitzen.

Katja ist in ihrem Element. Außerorts holt sie alles aus ihrer Hayabusa heraus, was auf einer öffentlichen Straße vertretbar ist. Dass alle anderen Verkehrsteilnehmer sich nur im Zeitlupentempo zu bewegen scheinen und erbarmungslos überholt werden, ist unter den gegebenen Umständen normal. Am Kreisverkehr vor Lütmarsen entscheidet sie sich dafür, der L 755 weiter zu folgen. Bei der Ortsdurchfahrt zügelt sie ihre Maschine, wobei sie sich jedoch nicht ganz an die vorgeschriebene Höchstgeschwindigkeit hält. Am Ortsausgang gibt sie den vier Zylindern ihres Wanderfalken, wonach sie verlangen. Die gefühlte Zeitspanne, die bis zum Passieren des Ortsschilds Ovenhausen vergeht, schrumpft daher auf nur wenige Sekunden. Während sie durch das Dorf fährt, wundert sie sich ein wenig darüber, dass sie das gesuchte Fahrzeug bisher noch nicht eingeholt hat. Entweder muss es ziemlich schnell unterwegs sein, oder der Kollege von der Fahrradstreife hatte Halluzinationen. Als Katja ein Stück aus Ovenhausen heraus ist – die Strecke ist hier gut überschaubar -, erblickt sie weit vor sich einen schwarzen Geländewagen, der gerade hinter einer Kurve aus ihrem Gesichtsfeld verschwindet. Wieder gibt sie ihrer Hayabusa die Peitsche, dass sie nur so über den Asphalt dahinfliegt. Mitten im Wald kommt sie endlich auf Schlagdistanz an den davoneilenden Porsche heran – und die Ernüchterung jagt durch ihre Eingeweide wie ein elektrischer Schlag. Das amtliche Kennzeichen des Cayenne beginnt mit den Buchstaben LIP. Um ganz sicher zu gehen, überholt Katja den Geländewagen. Am Steuer sitzt eine nicht mehr ganz junge, unnatürlich blonde Frau. Schicki-Micki-Tussi on Tour, denkt Katja. Ein Stück weiter an einer Einmündung – offenbar die Zufahrt zu einem Steinbruch – stoppt sie ihre Maschine, um hier auf ihren Kollegen zu warten. Der schwarze Porsche rauscht mit beachtlichem Tempo an ihr vorbei.

Katja muss sich einige Minuten gedulden, bis ihre Nachhut mit Blaulicht und Sirene erscheint. Brixmeier hat inzwischen Verstärkung bekommen. Die Oberkommissarin erkennt die Kollegen Bender und Großknecht, denen sie bei der Geschwindigkeitskontrolle auf der Rückfahrt von Detmold das erste Mal begegnet ist. Die Streifenwagen halten.

„Jetz sang Se bloß, der is Ihnen entkommen." Hinter der Verärgerung, die der Mimik des Hauptkommissars zu entnehmen ist, glaubt Katja eine Spur von Schadenfreude zu erkennen. Mit wenigen Worten klärt sie ihren Vorgesetzten über den Sachverhalt auf.

„Scheiße! Dann können wir nur hoffen, dat die Anderen mehr Chlück haben." Die Schadenfreude in Brixmeiers Gesicht ist verschwunden – der Ärger bleibt.

Wieder ertönt die verzerrte Stimme aus dem Funkgerät. Sie meldet, dass der Flüchtende von der B 239 abgebogen und nun offenbar in Richtung Bremerberg unterwegs ist.

Ein siegessicheres Grinsen huscht über das Gesicht des Hauptkommissars. „Wer sachts denn, er kommt chenau auf uns zu", grunzt er und gibt einige Anweisungen über Funk, um sicherzustellen, dass ein weiterer möglicher Fluchtweg gesperrt wird.

„Im Tal zwischen Bremerberch und Eilversen kann er nich so schnell fahren. Da kriejen wir ihn", kommandiert er.

Katja ist natürlich die Erste, die nach Eilversen abbiegt, und sie ist die Erste, die sich einen Überblick über das Tal verschafft. Diese Stelle ist hervorragend geeignet, ein Fahrzeug zu stoppen. Sie können den Flüchtigen frühzeitig sehen, und ihn mit der Straßensperre, die sie direkt hinter einer scharfen Kurve errichten können, überraschen. Katja bringt ihre Maschine in Sicherheit, denn sie hat so eine Ahnung, dass hier gleich die Fetzen fliegen könnten.

Brixmeier und die beiden uniformierten Kollegen blockieren derweil die Straße mit ihren Dienstfahrzeugen. Schließlich begeben sich die beiden Kriminalbeamten an eine Stelle, von der aus man das ganze Tal und besonders die Straße gut überblicken kann. Sie müssen nicht allzu lange warten, da sehen sie einen schwarzen Porsche Cayenne heranrauschen.

„Es cheht los", grunzt der Hauptkommissar und gibt den Uniformierten Zeichen, sich in Sicherheit zu bringen. Für den Fall, dass es Bering nicht gelingt, sein Fahrzeug unter Kontrolle zu halten, verlässt er ebenfalls die Straße. Er traut seinen Augen nicht, als er zurückschaut.

Die Oberkommissarin hat sich breitbeinig mitten auf

der Fahrbahn aufgebaut. Regungslos wie eine römische Heldenstatue steht sie da. Sie hat ihre Dienstwaffe gezogen und zielt auf die Kurve. Brixmeier sieht genauer hin und stellt fest, dass es sich nicht um die übliche Dienstwaffe, sondern um einen schweren Smith & Wesson Revolver handelt.

„Machen wir jetz einen auf Dirty Harry?", brüllt er seiner jungen Kollegin zu, doch die reagiert nicht. „Fräuleinchen, ist Ihnen eijentlich klar, dat Sie rückwärts durche Luft fliejen, wenn Se dat Ding abfeuern?"

„Nennen Sie mich gefälligst nicht Fräuleinchen", giftet Katja aggressiv zurück.

„Is ja jut", lenkt Brixmeier ein. „Abba kommen Se da jetz wech." Doch Katja rührt sich nicht von der Stelle.

„Dat is ein Befehl!", legt der Hauptkommissar lautstark nach, doch es ist bereits zu spät. In diesem Moment kommt der schwarze Cayenne um die Kurve und fährt direkt auf die Oberkommissarin zu. Sie erkennt sofort, dass Bering am Steuer sitzt, dann geht alles rasend schnell.

In kurzer Folge zerreißen drei Schüsse die ländliche Idylle. Das erste Projektil durchschlägt den Kühler des Fluchtfahrzeugs. Weißer Dampf quillt unter dem schweren Geländewagen hervor. Ein lautes metallisches Scheppern lässt nach dem zweiten Schuss darauf schließen, dass der Motor tödlich getroffen wurde und nun sein Leben aushaucht. Die dritte und letzte Kugel reißt die Motorhaube aus ihrer Verankerung. Sie fliegt auf, nimmt dem Fahrer die Sicht und eine mächtige weiße Dampfwolke hüllt in Sekundenbruchteilen das ganze Fahrzeug ein.

Bering verliert die Kontrolle über den schweren SUV. Er rammt Brixmeiers Golf und katapultiert ihn ein paar Meter weiter in den Straßengraben. Dann kommt er selbst von der Straße ab, pflügt etwa zwanzig Meter über einen Acker und durchbricht schließlich die Umzäunung einer angrenzenden Wiese. Die Kühe, die bis dahin friedlich wiederkäuend das Geschehen auf der Straße ignoriert haben, fliehen nun in allerhöchster Panik vor dem klappernden, fauchenden und qualmenden schwarzen Ungetüm.

„Das glaubt uns kein Mensch", kommt es dem fassungslosen Polizeiobermeister Großknecht über die Lippen. Und während Hauptkommissar Brixmeier kopfschüttelnd und mit gezogener Waffe die Straße schnellen Schrittes überquert, wagen sich die ersten Anwohner aus ihren Häusern, um zu sehen, was da gerade in ihrem verschlafenen Nest passiert.

Katja, die sich sofort nach dem dritten Schuss mit einem eindrucksvollen Hechtsprung in Sicherheit gebracht hat, ist augenblicklich wieder auf den Beinen und jagt ihrer angeschlagenen Beute nach. Der Porsche kommt mitten auf der Wiese zum Stehen. Ein letztes Klappern, ein letztes leises Röcheln, dann stirbt der Motor endgültig. Mit der Waffe im Anschlag steht die Oberkommissarin schräg hinter dem Auto und beobachtet jede Bewegung des Fahrers. Dann öffnet sich die Fahrertür. Bering steigt umständlich aus. Er scheint benommen zu sein und – er hält eine Pistole in der Hand. Katja ist in höchster Alarmbereitschaft.

„Lassen Sie die Waffe fallen", bellt sie Bering an.

Der reagiert jedoch nicht. Halb verwirrt, halb berechnend schaut er Katja an. Er behält die Pistole in der Hand, aber er richtet sie nicht auf die Beamtin. Er ist sich offenbar nicht im Klaren darüber, was er tun soll.

„Denken Sie nicht einmal daran", droht die Oberkommissarin. „Lassen Sie die Waffe fallen – SOFORT!"

Bering scheint zu sich zu kommen. Er gibt den Widerstand auf, und die Pistole fällt fast lautlos ins Gras.

„Jetzt gehen Sie ein paar Schritte vom Fahrzeug weg," befiehlt Katja, die schwere Smith & Wesson immer noch auf Bering gerichtet. Er tut, was sie sagt.

„Flach auf den Boden legen! Die Arme weg vom Körper!"

Bering folgt widerspruchslos, und sofort hechtet Katja zu ihm und drückt ihm ihr rechtes Knie in den Rücken. Wenig zimperlich packt sie Berings linke Hand und die Handschellen klicken das erste Mal. Das ganze wiederholt sich mit der Rechten. Und noch während die Handschellen ein zweites Mal zuschnappen, kommt ein schrilles „Iiiihhh!" über Katjas Lippen.

„Bei uns auf dem Land nennt man dat Kuhscheiße", erklärt Brixmeier, der mittlerweile auch den Ort des Geschehens erreicht hat, mit schadenfrohem Grinsen.

Jetzt sieht es auch die Oberkommissarin – vor allem riecht sie es. Franz-Josef Bering ist bei der Aktion mit der rechten Hand mitten in einem frischen, noch dampfenden Kuhfladen gelandet. Das hat sie in ihrem Diensteifer glatt übersehen und auch eine Portion von der warmen, stinkenden Masse abbekommen. Die versucht sie jetzt, so gut es geht, im Gras abzuwischen.

„Machen Sie sich nix draus, Frau Kollejin, ein jewisser Duft von Wildnis und Abenteuer passt chanz chut zu Ihnen – und vor allem zu Ihrer Arbeitsweise", lästert Brixmeier munter weiter.

„Ich lache, wenn ich mal Zeit habe", gibt Katja ärgerlich zurück.

„Ich werd Sie daran erinnern." Dann wendet sich Brixmeier an Großknecht und Bender, die inzwischen auch herangekommen sind. Er deutet auf Franz-Josef Bering, der immer noch regungslos auf dem Boden liegt. „Schafft ihn ins Präsidium. Aber macht ihn vorher sauber, sonst stinkt eure Karre wochenlang nach Kuhstall."

Die Angesprochenen helfen Bering zunächst auf die Beine, und während sie ihn zu ihrem Streifenwagen führen, werfen beide der Oberkommissarin einen ehrfürchtigen Blick zu.

Katja von Sternberg, die zwar die Kuhscheiße, nicht aber den Duft von Wildnis und Abenteuer losgeworden ist, geht zusammen mit ihrem Chef zurück zur Straße.

„Sang Se mal, Frau Kollejin", spricht Brixmeier sie an. „Ham Sie vielleicht auch mal jelernt, einen Tatverdächtigen einfach nur festzunehmen?"

Katja schaut den Hauptkommissar verständnislos an.

„Ich meine", fährt er mit todernster Miene fort, „ohne dat Autos explodieren oder Motorräder durche Luft fliejen – einfach nur festnehmen und chut?"

„Sie werden es nicht glauben", kontert Katja schlagfertig, „aber in Bielefeld hatte ich die Verdächtigen schon so weit, dass sie sich in meiner Gegenwart die Handschellen selber angelegt haben."

„Und warum klappt dat hier nich?"

„Muss wohl an der Gegend liegen."

Sie erreichen die Straße. Zwei weitere Streifenwagen sind eingetroffen. Der Hauptkommissar schlendert gemächlich zu dem alten Golf, der diesen Einsatz mit einem Totalschaden bezahlt hat und nun abseits im Graben liegt – das Blaulicht funktioniert aber noch.

„Wenn ich mir vorstelle, dat mein chuter, alter Chranada jetz da liegen würde ..." Brixmeier schüttelt bedächtig den Kopf. „Dat würde mir dat Herz zerreißen."

„Was für eine glückliche Fügung, dass er in Detmold den Geist aufgegeben hat", bemerkt die Oberkommissarin.

„Dat war wohl Vorsehung."

„Meinetwegen auch das. Aber, Vorsehung hin, Vorsehung her – wenn Sie nichts dagegen haben, fahre ich jetzt zurück ins Präsidium."

„Tun Se, wat Se nich lassen können."

„Soll ich Sie mitnehmen?", fragt Katja.

„Lassen Se mal jut sein, ich fahre mit denen." Brixmeier deutet auf die Streifenwagen. „Wir treffen uns in einer Stunde im Büro."

„Alles klar!"

„Und Frau von Sternberch, tun Se mir einen Jefallen."

„Ja?" Katja schaut ihren Chef fragend an.

„Waschen Sie sich vorher – abba chründlich."

Katja sagt nichts. Stattdessen wirft sie Brixmeier zum Abschied eine finstere Grimasse zu. Dann setzt sie ihren Helm auf, startet den Motor und peitscht ihre Maschine in einem mörderischen Tempo durch das Tal zwischen Eilversen und Bremerberg. Während der Hauptkommissar ihr nachdenklich hinterher schaut, glaubt er so ein unangenehmes Ziehen in der Leistengegend zu verspüren.

Überführt

Toni empfängt Katja mit einem breiten Grinsen, als sie das Büro betritt. Es hat eine ganze Weile gedauert, bis sie ihren betörenden Duft endlich losgeworden ist.

„Wie ich gehört habe, wäre Clint Eastwood stolz auf dich", stichelt er gleich los.

„Ach ja, sagt man das?"

„Deine ... nennen wir es mal Festnahme ist bereits im ganzen Präsidium rum."

„Es ist doch immer wieder beruhigend, zu wissen, dass wenigstens der Buschfunk tadellos funktioniert."

„Der funktioniert immer dann ausgezeichnet, wenn unsere beiden Komiker Oliver Bender und Hardy Großknecht mit von der Partie sind. Was die wissen, ist im ungünstigsten Fall eine Stunde später durch alle Abteilungen, den Hausmeister eingeschlossen", klärt Toni seine Kollegin auf.

Die hat keine Lust mehr auf dumme Sprüche und wechselt das Thema: „Wo steckt eigentlich Brixmeier?"

„Der ist mit Bering im Verhörraum. Wenn du willst ..."

„Nein danke, das muss jetzt nicht sein. Gibt es was Neues aus dem Labor – oder aus München?", will Katja wissen.

„Nein! Du weißt doch, vierundzwanzig Stunden."

„Dann macht das doch überhaupt keinen Sinn. Bering und sein sauberer Herr Anwalt werden irgendwelche Märchen zum Besten geben und uns aussehen lassen wie die Doofen."

„Und sie werden euch verklagen", ergänzt Toni. „Nach der Nummer, die du da abgezogen hast."

„Ist anzunehmen", pflichtet Katja ihm bei. „Das Verhör

ist jedenfalls reine Zeitverschwendung, und hier wartet noch eine Menge Papierkram auf mich."

Toni versteht den Hinweis. Er hält ab sofort die Klappe und lässt seine Kollegin da weitermachen, wo sie vor ein paar Stunden aufgehört hat.

Die wohltuende Ruhe, die sich im Büro ausbreitet, ist nicht von langer Dauer. Mit dem üblichen Getöse poltert der Hauptkommissar herein – und seine Laune ist unterirdisch.

„Wollte bloß für ein paar Tage einen Jeschäftsfreund in Buenos Aires besuchen", dröhnt Brixmeier wütend los.

„Hat er das tatsächlich behauptet?" Tonis Frage ist eher rhetorischer Natur.

„Hat er", bestätigt der Hauptkommissar. „Und er will uns verklagen."

„Das wundert mich nicht", meint Toni. „Schließlich hat er oft genug damit gedroht."

Die Tür geht auf und Kriminalrat Lange kommt rein. „Einen schönen Mist haben Sie uns da eingebrockt, Brixmeier." Er macht allerdings nicht den Eindruck, dass er sauer ist.

„Wat sollten wir machen? Wenn wir nich sofort jehandelt hätten, dann hätte sich dat Bürschchen chanz heimlich nach Südamerika abjesetzt", verteidigt sich der Hauptkommissar.

„Sie haben völlig richtig gehandelt", sagt Lange. „Bering wird bis morgen unser Gast sein, aber wenn wir bis dahin nichts Handfestes gegen ihn haben – dann Gnade uns Gott."

Der Kriminalrat wendet sich ab, um den Raum zu verlassen. Er hat die Türklinke schon in der Hand, als er sich noch einmal umdreht. „Ach, Brixmeier, mir ist jetzt klar, was sie mit Nitroglyzerin gemeint haben." Dabei wandern seine Augen für den Bruchteil einer Sekunde in Richtung Katja.

Die hat den verräterischen Blick mitbekommen.

„Wie hat er das denn gemeint?", will sie von ihrem Chef wissen, nachdem Lange die Tür hinter sich geschlossen hat.

„Keine Ahnung!", antwortet der Hauptkommissar mit nicht gerade überzeugend gespielter Unschuldsmiene. Katja lässt es gut sein, doch sie nimmt sich vor, ihn bei der nächsten sich bietenden Gelegenheit noch einmal darauf anzusprechen.

Am Freitagmorgen trudelt Katja ungewöhnlich früh im Büro ein. Dennoch ist sie die Letzte. Brixmeier und Toni sind schon da, und sie scheinen richtig gut gelaunt zu sein.

„Gibt es was zu feiern?", fragt Katja neugierig.

„Hier! Sieh es dir selber an." Toni reicht ihr ein paar zusammengeheftete Blätter. Es ist der Laborbericht über die Blutspuren, die in Berings ehemaligem Büro gefunden wurden. Katja überfliegt die Zeilen und findet schon bald den Grund für die gute Laune ihrer Kollegen. Die Blutspuren stammen tatsächlich von Alexandra Westerbach.

„Na also, wer sagt's denn?", meint Katja knapp.

„Jetz bin ich jespannt, wat unser Freund dazu sacht", grunzt Brixmeier zufrieden. „Sobald sein Rechtsverdreher da is, cheht et mit der Befragung los."

Knapp eine halbe Stunde später sitzen sie zu viert im Verhörzimmer. Bering mit seinem Anwalt auf der einen Seite des Tisches, Hauptkommissar Brixmeier und Oberkommissarin von Sternberg ihnen gegenüber.

„Sie haben kein Recht, meinen Mandanten noch länger hier festzuhalten", eröffnet Berings Anwalt das Duell.

„Wir haben dat Recht, ihn exakt vierundzwanzich Stunden hier festzuhalten – und die sind noch nich um", grunzt der Hauptkommissar unbeeindruckt zurück.

„Aber wenn sie um sind, dann ist Ihre Karriere beendet, das verspreche ich Ihnen", keift Dr. Griefhahn zurück. „Ich werde persönlich dafür sorgen, dass Sie keine Jagd mehr auf unbescholtene Bürger machen. Und das gilt gleichermaßen auch für Sie, Frau Oberkommissarin."

„Tun Se, wat Se nich lassen können. Abba bis et soweit is, machen wir unsere Arbeit – und Sie werden uns nich davon abhalten." Dann wendet sich Brixmeier an Bering und fordert ihn auf, in allen Einzelheiten zu schildern, was in der Nacht vom 8. auf den 9. Mai 2010 passiert ist.

„Das habe ich Ihnen doch alles schon erzählt", erklärt Bering ungehalten.

„Dann erzählen Sie es eben noch mal – Sie können sich ruhig Zeit lassen", entgegnet der Hauptkommissar.

Bering fängt widerwillig an zu berichten. Seine Aussage unterscheidet sich nicht von der, die er vor drei Tagen bereits gemacht hat, aber das wundert die Beamten nicht. Sie hören geduldig zu. Nur ab und an wirft Brixmeier eine Frage ein.

„Und Alexandra Westerbach, stand die chleich, nachdem der letzte Ihrer Jeschäftsfreunde jechangen war, vor der Tür, oder erst später?"

„Ich hatte sie, wie Sie wissen, fristlos entlassen, und sie hatte Hausverbot. Sie war überhaupt nicht da", antwortet Bering gereizt.

„Sind Se da chanz sicher?", hakt der Hauptkommissar nach.

„Hundertprozentig sicher."

„Dann fahren Se mal fort."

Wieder hat Bering nichts Neues zu berichten. Als er auf seine nächtliche Fahrt zu sprechen kommt, mischt sich Katja ein.

„Sagen Sie, Herr Bering, ist Ihnen vielleicht inzwischen eingefallen, wo Sie herumgefahren sind?"

„Ich glaube, ich bin an der Weser entlanggefahren."

„In welche Richtung?"

„Richtung Bad Karlshafen." Bering scheint sich plötzlich sehr genau erinnern zu können. „Von Bad Karlshafen aus bin ich nach Uslar gefahren und dann durch den Solling über Neuhaus und Boffzen nach Höxter zurück."

„Dat is ja nich mal eben so umme Ecke – und dat Chanze nur aus purer Langeweile?" Der Hauptkommissar ist skeptisch.

„Wie ich Ihnen bereits sagte – beim Fahren kann ich am besten nachdenken."

„Und über wat haben Se nachchedacht?"

„Das weiß ich doch heute nicht mehr."

„Hat Sie irjendwer jesehen? Ham Se unterwechs jetankt, oder ham Se an so 'ner Fast-Food-Bude einen Zwischenstopp einjelecht?", will Brixmeier wissen.

„Es war mitten in der Nacht. Mich hat keiner gesehen, und ich habe weder getankt noch etwas gegessen."

„Oder sind Se vielleicht irjendwo jeblitzt worden."

„Nein, verdammt noch mal!", brüllt Bering.

„Nu werden Se mal nich chleich so ajressiv", keift der Hauptkommissar zurück.

„Ich bitte um Verzeihung, aber Ihre ganz spezielle Art von Gastfreundschaft zerrt ein wenig an meinen Nerven", gibt Bering kleinlaut zu.

Es war nicht nur Berings plötzlicher Ausraster – die Oberkommissarin hat schon bei dem Wort geblitzt bemerkt, das der sonst so beherrschte Versicherungstyp fast unmerklich zusammengezuckt und danach kreidebleich geworden ist. Ihr kommt eine Idee. Sie steht auf und geht zur Tür. Auf Brixmeiers fragenden Blick sagt sie nur: „Entschuldigen Sie mich bitte einen Moment, ich muss mal für kleine Mädchen."

Der Hauptkommissar fordert Bering auf, seine Schilderung fortzusetzen, was der auch tut. Brixmeier hört aufmerksam zu und unterbricht sein Gegenüber erst an der Stelle, als er sich die Verletzung zugezogen hat.

„Wat ich noch nich chanz verstehe: Wie isset chenau zu der Verletzung jekommen?"

„Wie Sie bereits wissen: Ich habe die Gläser weggeräumt, da ist mit eins runtergefallen und natürlich kaputt gegangen", erklärt Bering leutselig. „Ich will also die Scherben aufheben. Dabei habe ich mich wohl etwas ungeschickt angestellt. Die Glasscherbe muss scharf gewesen sein wie eine Rasierklinge. Ich habe nichts gespürt. Ich habe es erst gemerkt, als mir das Blut über die Hand lief. Als ich gesehen habe, was passiert ist, habe ich die Scherbe instinktiv herausgezogen. Das machte es aber noch schlimmer – von da an spritzte das Blut richtig aus der Wunde. Ich war total geschockt. Es hat einige Sekunden gedauert, bis ich begriffen habe, was passiert ist."

„Deshalb war die Blutlache so chroß", bemerkt Brixmeier.

In diesem Moment betritt Katja wieder den Raum und setzt sich leise auf ihren Platz.

„Ja genau", bestätigt Bering.

„Und weiter?"

„Als ich wieder einigermaßen klar bei Verstand war, habe ich mir die Wunde sofort mit der Hand zugehalten und bin zur Toilette. Da habe ich mir ein sauberes Handtuch um das Handgelenk gewickelt und bin dann schnell runter auf die Straße. Den Rest kennen Sie ja."

„Dat is richtich, den Rest kennen wir", sagt Brixmeier. „Um noch mal auf Ihr Missjeschick zurückzukommen. Wo jenau is dat passiert?"

„Wie ich sagte, in meinen Büro."

„Wo jenau in Ihrem Büro?", hakt der Hauptkommissar nach.

„Also, wo das nun ganz genau war ...?" Bering guckt etwas ratlos aus der Wäsche.

„Vielleicht kommt Ihnen dabei die Erinnerung zurück." Der Hauptkommissar schiebt einen Stapel Fotos über den Tisch.

„Wo haben Sie die denn her?" Bering wirkt auf einmal sehr verunsichert.

„Die ham Se beim Auszuch in Ihrem Büro zurückchelassen", erklärt Brixmeier. „Ihr Nachmieter, der Herr Otte-Cherhard, wollte sie Ihnen zurückcheben, aber Sie wollten se nich haben. Da haben wir se eben jenommen. Und jetz schauen Se sich die Fotos in aller Ruhe an, und sagen Se mir, wo chenau Ihr Missjeschick passiert ist."

Während sich Herr Bering die Fotos ansieht, klopft es an der Tür. Toni Allwisser kommt rein und reicht Katja einige Schriftstücke. Er sagt kein Wort, aber ein triumphierendes Lächeln ziert sein Gesicht. Katja wirft einen kurzen Blick auf die Unterlagen, und, siehe da, das triumphierende Lächeln scheint ansteckend zu sein.

„Hier! Genau hier ist es passiert." Bering schiebt ein Foto über den Tisch und zeigt auf die Stelle, an der er sich angeblich so schwer verletzt hat.

Der Hauptkommissar nickt zufrieden. „Ja", sagt er, „dat

deckt sich mit der Aussage Ihrer ehemalijen Putzfrau. Da war tatsächlich ein ziemlich chroßer Blutfleck."

„Sie sehen, mein Mandant sagt die Wahrheit", meldet sich jetzt Dr. Griefhahn zu Wort. „Ich sehe keinen Grund, warum Sie ihn noch länger hier festhalten."

„Sachte, sachte, wir sind noch nich feddich", bremst ihn der Hauptkommissar freundlich, aber bestimmt aus. „Da wäre ja auch noch der Wasserschaden vom 22.5.2010. Der hat fast alle Spuren beseiticht, und ich kann einfach nich chlauben, dass dat ein Zufall war."

„Ich höre wohl nicht richtig! Wollen Sie meinem Mandanten auch noch einen Versicherungsbetrug unterstellen?" Berings Anwalt kommt nun richtig in Fahrt.

„Herr Dr. Chriefhahn, wenn Versicherungsbetruch alles wäre, wat ich Ihrem Mandanten vorwerfen würde, könnte er sich entspannt zurücklehnen", kontert Brixmeier. „Es cheht hier um Mord, schon verjessen?" Nach einer kurzen Pause fährt der Hauptkommissar fort. „Wie ich schon sachte, hat der Wasserrohrbruch fast alle Spuren beseiticht. Abba fast alle Spuren heißt eben nich alle Spuren. Die Spusi hat an der Stelle", Brixmeier tippt mit dem Zeigefinger auf das Foto, „in der Dämmschicht zwischen Estrich und Wand alte Blutspuren jefunden."

„Und?" Dr. Griefhahn schaut Brixmeier herausfordernd an.

„Die Blutspuren konnten zweifelsfrei Alexandra Westerbach zujeordnet werden." Der Hauptkommissar schiebt dem Anwalt den Laborbericht hin. „Und jetz bin ich richtich jespannt, wie Se dat erklären wollen."

„Ich möchte mit meinem Mandanten unter vier Augen sprechen", verlangt Dr. Gtiefhahn im Befehlston.

„Dat können Se haben", sagt Brixmeier und steht auf.

„Dann können Sie mit Ihrem werten Mandanten gleich noch etwas besprechen", wirft Katja ein.

„Und was?", will Dr. Griefhahn wissen.

„Ihr Mandant ist am 9.5.2010 um exakt zwei Uhr dreizehn mit vierundneunzig Kilometer pro Stunde in einer Siebziger-Zone geblitzt worden." Katja übergibt Berings Anwalt die Unterlagen, die sie eben von Toni erhalten hat. „Und er ist nicht an der Weser geblitzt worden, auch nicht im Solling, sondern auf der B 252 zwischen Nieheim und Steinheim, und zwar auf der Höhe von Eichholz. Das ist gerade mal einen Kilometer vom Fundort der Leiche entfernt. Tja, auf die Erklärung bin ich gespannt."

Katja und Brixmeier begeben sich in ihr Büro. Dort empfängt sie ein bestens gelaunter Toni Allwisser.

„Ihr kommt wie gerufen", sagt er grinsend. „Schaut mal, was gerade eben von den Kollegen aus München gekommen ist."

Er nimmt ein paar Blätter aus dem Drucker und reicht sie dem Hauptkommissar. Der überfliegt die Zeilen und sofort zieht sich ein breites Siegerlächeln über sein Gesicht.

„Damit ham wir ihn endchültich", grunzt er leise und gibt die Papiere an Katja weiter.

Sie schaut sich die Unterlagen etwas genauer an. Als sie damit fertig ist, meint sie: „Unser lieber Herr Bering wird seinen Anwalt jetzt bitter nötig haben."

„Sagen wir et ihm jetzt chleich, oder cheben wir ihm noch ein paar Minuten?", fragt Brixmeier süffisant.

„Wenn Sie mich fragen ... reine Zeitverschwendung", gibt Katja zurück.

„Da ham Se auch wieder recht."

„Wir sind noch nicht fertig", faucht Dr. Griefhahn die Beamten an, als sie den Verhörraum betreten.

„Wir auch nich", kontert der Hauptkommissar, während er auf seinem Stuhl Platz nimmt. „Abba wenn wir feddich sind, werden Se viel Zeit haben, mit Ihrem Mandanten unter vier Augen zu reden – viel mehr, als Ihnen lieb sein wird."

„Das wird Konsequenzen haben", droht Griefhahn.

Brixmeier geht nicht darauf ein. Er wendet sich an Herrn Bering: „Wir haben uns ziemlich jewundert, dat wir in Ihrem Wagen keine Blutspuren jefunden haben."

„Ich finde das überhaupt nicht erstaunlich, schließlich habe ich keine Leiche damit transportiert", entgegnet der Angesprochene.

„Et chab abba auch keine Spuren auf der Beifahrerseite, und wenn man Herrn Tennhagen chlauben darf, hat es, trotz Ihres Handtuchs, eine chanz schöne Schweinerei jecheben."

„Der Wagen ist von einer Spezialfirma gründlich gereinigt worden, und der Beifahrersitz wurde sogar ausgetauscht."

„Niemand reinicht ein Auto so chründlich, dat keine Spuren zurückbleiben – auch eine Spezialfirma nich. Warum cheben Se nich einfach zu, dass dat chanze Fahrzeuch ausjetauscht wurde?", fragt der Hauptkommissar direkt.

„Was soll das denn jetzt?" Dr. Griefhahn ist irritiert. Sein Blick wandert nervös zwischen dem Hauptkommissar und seinem Mandanten hin und her.

„Wie sieht's aus, Herr Bering, wollen Se Ihrem Anwalt nich mal reinen Wein einschenken?" Brixmeier wartet kurz ab, doch von Franz-Josef Bering kommt keine Reaktion. „Et is doch richtich, dat am 29. Juni 2010 Ihr Fahrzeuch abjemeldet und dafür ein anderes, exakt baugleiches Modell auf Ihren Namen zujelassen wurde? Sogar Ihr altes Kennzeichen haben Sie behalten."

„Es gab andauernd technische Probleme mit dem Wagen, aber ansonsten war ich sehr zufrieden mit dem Cayenne." Berings Antwort klingt alles andere als überzeugend.

„Chibt's bei Porsche keine Charantie – der Wagen war doch noch kein halbes Jahr alt?"

Bering sagt nichts.

„Und dann ham Se den alten Wagen nach Russland verkauft", fährt der Hauptkommissar fort.

„Ist das verboten?"

„Nein, isset nich!", antwortet Brixmeier. „Ist Ihnen ein jewisser Igor Borisov bekannt? Er is Jeschäftsmann und hat bis vor zwei Jahren in St. Petersburch jewohnt."

„Kenn' ich nicht." Berings Miene wirkt versteinert.

„Der hat nämlich damals Ihr Auto jekauft, falls et Sie interessiert."

„Sie wollen doch wohl nicht sagen, dass Sie die Spur des Fahrzeugs bis nach St. Petersburg verfolgt haben?", wirft Dr. Griefhahn zweifelnd ein.

„Dat war charnich nötich. Dat Auto is sozusagen von chanz allein zurück nach Deutschland jekommen. Herr Borisov is vor unjefähr zwei Jahren nach München jezogen. Sein Auto hat er mitjebracht und dort anjemeldet. Eine Anfrage in Flensburch hat ausjereicht, um dat herauszufinden. Und jetz raten Se mal, wo die Karre chrade steht?"

Herr Bering zuckt lediglich mit den Schultern.

„Die steht bei der Kripo München, und unsere bayrischen Kollejen habe sie sich chründlich vorjenommen. Und stellen Se sich mal vor, die ham auf der Beifahrerseite und auch im Kofferraum einije alte Blutspuren jefunden. Die Spuren von der Beifahrerseite konnten nich zujeordnet werden. Abba ich denke, dat ändert sich, sobald wir eine Verjleichsprobe von Ihnen haben." Der erfahrene Kriminalbeamte registriert nun auch die kleinste Regung in Berings Gesicht. „Richtich interessant ist abba die Blutspur im Kofferraum. Da haben wir nämlich eine DNA-Verjleichsprobe – und deshalb wissen wir, dat sie ohne Zweifel von Alexandra Westerbach stammt." Brixmeier macht ganz bewusst eine weitere Pause, bevor er den Sack endgütig zumacht. „Tja, Herr Bering, dat reicht chanz locker für einen Haftbefehl und für eine Mordanklage. Und jetzt ham Se mehr als jenuch Zeit, um sich mit Ihrem Anwalt unter vier Augen zu beraten."

„Es war ein Unfall. Ich wollte sie ganz bestimmt nicht töten, das müssen Sie mir glauben", platzt es plötzlich aus Bering heraus.

Hauptkommissar Brixmeier schaut sein Gegenüber immer noch an, als wolle er bis tief in die dunkelsten Kammern seiner Seele blicken. „Dann verraten Se uns doch mal, wie es zu diesem ... Unfall jekommen is?"

„Sie sagen jetzt besser gar nichts mehr", meldet sich Dr. Griefhahn eindringlich zu Wort.

Bering beachtet ihn nicht. Er überlegt noch einen Moment, dann redet er: „Es war etwa zehn Minuten, nachdem Dr. Bach gegangen war, da stand Alexandra plötzlich vor der Tür. Sie schien ziemlich durch den Wind zu sein, da habe ich sie eben reingelassen. Es wäre besser gewesen, wenn ich es nicht getan hätte. Sie hat mich wieder bekniet, die Kündigung rückgängig zu machen. Das habe ich selbstverständlich abgelehnt. Als sie gemerkt hat, dass sie damit keinen Erfolg hat, hielt sie mir diese CD unter die Nase. Ich hab mir natürlich sofort angesehen, was darauf war. Sie sagte mir, dass das nur eine Kopie sei und dass sie das Original an einem sicheren Ort versteckt habe. Ich hätte nie gedacht, dass sie so weit gehen würde."

„Wieviel hat sie denn von Ihnen verlangt?", fragt Katja.

„Es ging ihr nicht um Geld."

„Um wat denn?", will der Hauptkommissar wissen.

„Sie hat von mir verlangt, dass ich mich von meiner Frau scheiden lasse", erklärt Bering.

„Und dat kam für Sie nich in Frage", sagt Brixmeier.

„Selbstverständlich nicht, ich liebe meine Frau!"

„Es chibt Leute, die behaupten, dat Sie in erster Linie dat Bankkonto Ihrer Frau lieben."

„Das ist blanker Unsinn", widerspricht Bering. „Ich liebe meine Frau und meine Tochter, und ich würde mich niemals von ihnen trennen. Das wollte Alexandra nicht verstehen."

„Und dann?"

„Sie blieb stur und drohte damit, mit der CD zur Polizei zu gehen. Wir haben gestritten – ziemlich heftig sogar. Und plötzlich ...", Bering stockt. „Ich weiß gar nicht, wie es passiert ist, plötzlich hatte ich den Golfschläger in der Hand, und sie lag auf dem Boden. Alles war voller Blut. Das habe ich nicht gewollt. Das müssen Sie mir glauben, Herr Hauptkommissar."

„Sie hätten Hilfe rufen können", bemerkt Katja.

„Sie war tot. Ich habe es sofort gesehen."

„Und weiter ...?", drängt Brixmeier.

„Als ich begriffen habe, was passiert ist, war mir sofort klar, dass sie verschwinden musste. Ich bin also nach Hause gefahren und habe ein paar Müllsäcke und einen Spaten geholt – wir haben da sehr große und stabile Müllsäcke für Gartenabfälle."

„Hat Ihre Frau nichts gemerkt?", will Katja wissen.

„Die hat wohl schon geschlafen", antwortet Bering. „Als ich wieder im Büro war, habe ich sie – also Alexandra – in einen Müllsack gesteckt und zum Auto getragen. Ich hatte es am Hintereingang abgestellt, damit mich niemand sieht. Dann habe ich sie in den Kofferraum gelegt. Ich bin noch mal ins Büro gegangen, um den Rest zu holen und um abzuschließen."

„Welchen Rest?", fragt der Hauptkommissar.

„Ich hatte Alexandra ..." Ein weiteres Mal kommt Bering ins Stocken. Er schluckt. „Na ja, ich hatte sie ausgezogen und ihr sämtlichen Schmuck abgenommen. Ich dachte, dann wird sie nicht so schnell identifiziert, wenn man sie doch finden sollte. Ihre Sachen und den Golfschläger habe ich in einen zweiten Müllsack gepackt. Dann bin ich losgefahren."

„Und warum ausjerechnet zum Wölberch?", fragt Brixmeier.

„Ein Jahr zuvor hatte mich ein Geschäftsfreund zu einer Treibjagd in die Gegend eingeladen. Dabei ist mir diese verwilderte Stelle aufgefallen. Ich habe mir gedacht, dass man sie da nicht entdecken wird."

„Und die Rechnung wäre chlatt aufjechangen, wenn der Herr Hellseher nich jewesen wäre", stellt Brixmeier fest. Bering nickt, sagt aber kein Wort. „Sie ham also die Leiche dort verchraben?", fährt der Hauptkommissar fort.

„Ich bin nicht besonders tief gekommen. Der Boden war sehr steinig und die Zeit wurde knapp."

„Dann sind Se nach Höxter zurückjefahren – und dat so schnell, dat Se jeblitzt worden sind?"

„Nein, dass heißt ja, ich bin geblitzt worden, aber ich bin nicht nach Höxter gefahren, sondern in Richtung Hameln. Da habe ich bei einer etwas abgelegeneren Weserbrücke angehalten, um den Sack mit der Kleidung und dem Golfschläger zu entsorgen."

„Sie ham die Tatwaffe und Frau Westerbachs Sachen also inner Weser versenkt?"

„Ja", antwortet Bering. „In den Sack hatte ich noch ein paar schwere Bruchsteine vom Wölberg gepackt. Ich musste schließlich dafür sorgen, dass er untergeht und so lange wie möglich unten bleibt. Das hat ja auch ganz gut funktioniert. Danach bin ich nach Höxter zurück."

„Und da sind Se auf die Idee jekommen, sich 'ne Scherbe in den Arm zu rammen."

„Ja", sagt Bering leise. „Es war einfach zu viel Blut. Das hätte ich nie spurlos weggekriegt."

„Ich muss schon sagen: Sie haben Nerven." Brixmeier lehnt sich zufrieden zurück. „Aber sang Se mal: Wenn Se die Leiche in einen stabilen Plastiksack jepackt haben, wie sind dann die Blutspuren in den Kofferraum jekommen?"

„Das weiß ich auch nicht", antwortet Bering, und er wirkt nun irgendwie erleichtert. „Ich nehme an, dass der Plastiksack beschädigt war. Vielleicht ist es auch beim Ausladen am Wölberg passiert. Ich habe die Blutspuren im Kofferraum erst ein paar Tage später bemerkt. Natürlich habe ich sie sofort, so gut es ging, beseitigt. Und mir daraufhin den neuen Wagen bestellt."

„Und Ihr Büro ham Se unter Wasser jesetzt, um alle Spuren zu verwischen", meint Brixmeier mit nachdenklicher Miene.

„Sie werden es nicht glauben, Herr Hauptkommissar, aber mit dem Wasserschaden hatte ich wirklich nichts zu tun. Es war ein ganz normaler Wasserrohrbruch. Verschleiß, wie der Gutachter festgestellt hat. Für mich war es wie ein Wink des Schicksals."

„Abba die Karte aus Acapulco, die Alexandra Wester-bach ancheblich jeschrieben hat, dat war'n Sie? Dafür ham Se mal eben Ihren Familienurlaub auf Jamaika unterbrochen und sind nach Mexiko jeflogen."

Bering sagt nichts, aber er nickt zustimmend.

„Und woher haben Sie gewusst, dass sich Theo Tiemann alias Tristan Thallasarih zu der Zeit in Acapulco aufhielt?", fragt Katja.

„Das habe ich nicht gewusst", antwortet Bering.

„Was denn? Noch ein Wink des Schicksals?"

Der Versicherungsmakler zuckt wortlos mit den Schultern.

Dr. Griefhahn hat mit versteinerter Miene dagesessen und sich das Geständnis seines Mandanten angehört. Jetzt meldet er sich kleinlaut zu Wort. „Wenn Sie nichts dagegen haben, würde ich nun gern allein mit Herrn Bering reden."

„Kein Problem", sagt der Hauptkommissar und steht auf.

„Ich hätte nur noch eine Frage, Herr Bering." Katja wirft ihrem Gegenüber einen forschenden Blick zu. „Wussten Sie eigentlich von Alexandra Westerbachs Schatztruhe?"

„Was für eine Schatztruhe?"

„So eine kleine, verzierte Holzkiste, in der sie ihre Kindheitserinnerungen aufbewahrt hat. Poesiealben, die ersten Liebesbriefe, Fotos und solche Sachen", erklärt die Oberkommissarin. „Darin hatte sie die CD versteckt."

„Ich hatte keine Ahnung", antwortet Bering. „Mir hat sie nie etwas von einer Schatztruhe erzählt."

„Sicher nicht?"

„Ganz sicher nicht."

„Danke, das war es dann auch schon." Katja steht auch auf und folgt ihrem Chef. Der gibt dem Uniformierten, der vor der Tür steht, die Anweisung, Bering wieder in seine Zelle zu bringen, sobald der Anwalt weg ist.

Als Brixmeier und Katja in ihr Büro kommen, redet der Kriminalrat gerade mit Toni.

„Na, Brixmeier, haben wir ihn?", will Lange sofort wissen.

„Wir ham ihn", dröhnt der Hauptkommissar breit grinsend. „Unser Versicherungsfuzzi hat ein umfassendet Jeständnis abjelecht."

„Gute Arbeit! Meine Dame, meine Herren, ich erwarte Ihre Berichte", sagt der Kriminalrat bestens gelaunt. „Ich werde mich unverzüglich um den Haftbefehl kümmern. Versprochen ist versprochen!" Dann verlässt er das Büro.

Im gleichen Atemzug schaut eine junge Beamtin rein. „Herr Hauptkommissar, da sind zwei Herrschaften, die Sie sprechen wollen."

In Höxter angekommen

„Immer rein damit", grunzt Brixmeier. Die Beamten wundern sich nicht schlecht, als Tristan Thallasarih und seine Partnerin Lady Cassandra das Büro betreten.

„Wat verschafft uns die Ehre?", erkundigt sich Brixmeier.

„Wir wollten nur wissen, ob Sie uns noch brauchen", sagt Thallasarih. „Wir sollten uns doch zur Verfügung halten."

„Dat hat sich cherade eben erledicht. Sie sind entlastet und können hinchehen, wohin Se wollen. Vielleicht brauchen wir Sie später als Zeujen vor Jericht. Aber wennet soweit is, wird die Staatsanwaltschaft Ihnen eine freundliche Einladung zukommen lassen."

„Sie haben also den Täter?"

„Ja, den ham wir."

„Das freut mich."

„Warum? Weil Sie jetzt aussem Schneider sind?", fragt der Hauptkommissar herausfordernd.

„Nein, weil ich der Meinung bin, dass derjenige, der für Alexandras Tod verantwortlich ist, zur Rechenschaft gezogen werden muss", antwortet Thallasarih.

„Und dat sagen ausjerechnet Sie. Soviel ich weiß, ham Se Frau Westerbach nich chrade mit Samthandschuhen anjepackt", hält Brixmeier dagegen.

„Da haben Sie vollkommen Recht, Herr Hauptkommissar. Ich habe sie sehr schlecht behandelt, sie sogar geschlagen. Ich habe damals viel falsch gemacht", gibt der Hellseher unumwunden zu. „Aber glauben Sie mir, das alles bedaure ich heute zutiefst. Und am allermeisten schmerzt es mich, dass ich mich bei Alexandra nicht mehr dafür entschuldigen kann, was ich ihr angetan habe."

„Da chibt es abba noch ihre Familie, vielleicht sollten Sie es mal da versuchen", schlägt Brixmeier vor.

„Das werde ich tun, verlassen Sie sich darauf", versichert Tristan Thallasarih. „Und jetzt verabschieden wir uns – die Arbeit ruft. The show must go on."

„Widdasehn, Herr Thallasarih", grunzt der Hauptkommissar.

„Ich muss noch eine Frage loswerden, Herr Thallasarih", bremst Katja die Abschiedszeremonie aus.

„Selbstverständlich. Wie könnte ich es wagen, einer so schönen Gesetzeshüterin eine Antwort schuldig zu bleiben."

„Wussten Sie eigentlich von Alexandras Schatztruhe?"

„Nein, absolut nicht. Der Begriff ist mir, im Zusammenhang mit Alexandra, das erste Mal im Verlauf unserer Séance begegnet. Und selbst da wusste ich nicht, was genau damit gemeint war – ich weiß es bis heute nicht mal", erklärt der Gefragte.

„Aber wenn Sie nichts von der Schatztruhe wussten, ebenso wie Herr Bering und alle anderen Teilnehmer der Séance, die Alexandra Westerbach ja gar nicht kannten – wie ist Lady Cassandra dann darauf gekommen?"

„Sehen Sie, Frau Oberkommissarin", ein seltsames Lächeln verleiht Thallasarihs Gesicht nun einen fast übernatürlich erscheinenden Glanz, „es gibt Dinge zwischen Himmel und Erde, die entziehen sich der normalen menschlichen Logik und – bei allem gebotenen Respekt – auch Ihrem zweifelsfrei messerscharfen kriminalistischen Sachverstand. Dabei sollte man es auch belassen. Und nun wünsche ich Ihnen allen noch einen schönen Tag."

Es bleibt einige Minuten ruhig, nachdem Thallasarih und Lady Cassandra das Büro verlassen haben. Es ist, als würden die letzten Worte des Hellsehers noch wie eine übernatürliche Erscheinung über den Köpfen der Anwesenden schweben und ihre Wirkung entfalten.

„Feierabend!" Brixmeiers dröhnendes Organ unterbricht jäh die andächtige Stille. „Chehn wir noch einen trinken? Dat ham wir uns nach dem Fall doch wohl redlich verdient."

„Aber hallo, und du gibst einen aus", stimmt Toni zu. „Schließlich hast du es mir zu verdanken, dass du ab nächste Woche keine Parksünder aufschreiben musst."

„Halt mal schön deinen vorlauten Rand, Toni", bellt der Hauptkommissar zurück. „Und wie sieht es mit Ihnen aus, schöne Jesetzeshüterin?"

„Ich bin dabei", sagt Katja knapp und funkelt ihren Chef gespielt-angriffslustig an.

Ein paar Stunden später finden sich alle bei Hennes ein. Er ist der Inhaber von Brixmeiers Stammkneipe. Sein Lokal ist bei vielen Polizeibeamten beliebt, weil der Wirt früher einer der Ihrigen war. Die Kneipe hat er aufgemacht, nachdem er infolge eines schweren Unfalls in den vorzeitigen Ruhestand versetzt worden war.

„Sag mal, Hennes, haben sie dir auch ins Knie geschossen", will Katja wissen, nachdem sie das vierte Bier intus hat. Sie hat natürlich gleich bemerkt, dass das linke Bein des Wirtes steif ist.

„Seh' ich etwa genau so blöd aus wie der da?" Hennes zeigt auf Toni. „Nee, das war ein Motorradunfall im Dienst. Also, Prinzessin, fahr immer schön sachte mit deiner Karre. Es macht sich bei so anmutigen Beinen nicht gut, wenn die Knie zertrümmert sind."

„Woher weißt du, dass ich Motorrad fahre – und woher willst du wissen, ob ich anmutige Beine habe? Ich sitze ja nicht in Unterwäsche hier", gibt Katja schlagfertig zurück.

„Deine Heldentaten auf dem Motorrad haben sich bis zu mir rumgesprochen, man kann sie sogar im Internet nachlesen", antwortet Hennes grinsend. „Und was deine Beine betrifft: Das ist lupenreine kriminalistische Intuition – ich war ja auch mal bei eurem Verein. Aber das mit der Unterwäsche ist eine gute Idee. Ich sollte einen Tag einführen, an dem meine Gäste nur in Unterwäsche hier reinkommen." Er wirft dem Hauptkommissar einen zweifelnden Blick zu und ergänzt: „Mit Ausnahmen."

„Hau bloß ab und sieh zu, dat du die nächste Runde ranschaffst – wir verdursten", dröhnt Brixmeier ihn an, und zu Katja gewandt sagt er mit väterlicher Stimme: „Nehmen Se sich vor dem in Acht, schöne Jesetzeshüterin, der is im Süßholzraspeln jenau so chut wie dieser Hellseher."

„Womit wir beim Thema wären", wirft Katja ein. „Jetzt sagen Sie mal, Chef, glauben Sie Thallasarih eigentlich? Ich meine, dass es ihm leid tut, dass er Alexandra Westerbach damals grün und blau geschlagen hat."

„Wissen Sie, Frau Kollejin, so übel, wie ich mal chedacht habe, ist der Bursche charnich", antwortet Brixmeier. „Ich habe ihm heute Auge in Auge chegenüber jestanden, und mein alter Kriminalistenriechkolben hat mir jesacht, dat der Typ es ehrlich jemeint hat. Ja, ich chlaube ihm."

„Ach, wo wir gerade bei ehrlichen Menschen sind." Über Katjas Gesicht huscht ein schelmisches Grinsen. „Was hat der Kriminalrat gestern gemeint, als er von Nitroglyzerin gesprochen hat?"

„Ich hab nicht die cheringste Ahnung", antwortet Brixmeier.

„Herr Hauptkommissar, wir wollten doch nicht lügen. Ich sehe Ihrer alten Kriminalistenriechkolbenspitze an, dass Sie mehr wissen, als Sie zugeben wollen", bohrt Katja ohne Gnade nach.

„Ihnen kann man wohl nix vormachen."

„Scheint so!"

„Also chut. Sie erinnern sich doch bestimmt noch an den Tach, als wir zu den Westerbachs jefahren sind", beginnt der Hauptkommissar.

„Als Ihr Granada verreckt ist?"

„Nein, als ich mich auf Langes Befehl bei den Westerbachs entschuldijen musste. Er hat auch von mir verlangt, dat ich Sie mitnehme. Etwas weibliches Einfühlungsvermöjen könnte nich schaden, hat er jemeint."

„Ein wirklich gescheiter Mann, unser Kriminalrat." Katja kann ein zufriedenes Grinsen nicht unterdrücken.

„Die Sternberch, hab ich damals zu ihm jesacht, die hat unjefähr soviel Einfühlungsvermöjen wie 'ne Kettensäje – abba eine, die mit Nitrochlyzerin läuft."

„Wie liebenswürdig!", gibt Katja mit gespielt beleidigter Miene zurück.

„Ja, unser Erwin kann ein richtiger Charmebolzen sein", gibt Toni seinen Senf dazu.

„Tun Se mal nich so unschuldich, Frau Sternberch", grunzt Brixmeier, während er Toni einen vergifteten Blick zuwirft. „Ich möchte charnich wissen, wat Se dem Kriminalrat hinter meinem Rücken über mich erzählt ham."

„Ich? Nichts! Naja, so gut wie nichts." Katja guckt, als könne sie kein Wässerchen trüben.

„Wat heißt ‚so chut wie'?", hakt Brixmeier streng nach.

„Nun, Lange hat mich ganz zu Anfang mal gefragt, wie

ich mit Ihnen klarkomme. Da habe ich ihm gesagt, dass wir uns noch nicht ganz einig sind."

„Einich worüber?", will der Hauptkommissar wissen.

„Wer von uns beiden die Titanic und wer der Eisberg ist."

„Der ist nicht schlecht", wirft Toni lachend ein.

„Und, wissen Se et inzwischen?"

„Also, wenn ich schon die Kettensäge sein darf", antwortet Katja huldvoll. „Dann überlasse ich Ihnen die Rolle des Eisbergs."

„Damit sollten wir ja wohl quitt sein", grunzt Brixmeier.

„Vielleicht noch nicht ganz", bemerkt Toni.

„Wieso, chibt es da noch irjendwat, von dem ich nix weiß?"

„Möglich." Toni macht es spannend.

„Spuck's schon aus!"

„Erwin, du erinnerst dich doch bestimmt noch an den Tag, als unsere heißblütige Kollegin den Möchtegern-Erpresser in die Weser befördert hat?"

„Jaaa ...!"

„Am selben Tag kam eine ganz merkwürdige Anzeige rein."

„Ach!"

„Da hat jemand beobachtet, wie ein Motorradfahrer entgegen der Fahrtrichtung in die Obere Mauerstraße gefahren ist", weiß Toni zu berichten. „Und dann hat er vor dem Altenheim eine richtige Zirkusnummer abgezogen, hat den Motor aufjaulen lassen und ist auf einem Rad gefahren. Und das alles mit deutlich überhöhter Geschwindigkeit."

„Watte nich sachst. Hat man denn dat polizeiliche Kennzeichen erkannt?"

„Leider nicht – zumindest nicht vollständig", antwortet Toni. „Aber es war wohl eine Bielefelder Nummer."

„Frau Kriminaloberkommissarin von Sternberch", wendet sich der Hauptkommissar an seine Kollegin, „haben Se vielleicht ganz zufällig 'ne Vermutung, wer dat jewesen sein könnte?"

Katja setzt die luxuriöseste Version ihres Treudoof-Dackelblicks auf und sagt mit unschuldiger Stimme: „Ich habe nicht die leiseste Ahnung."

„Es chibt ja auch so viele Motorradfahrer in Bielefeld", stellt Erwin seufzend fest.

„Das ist allerdings wahr", pflichtet Katja ihm bei, „und manchmal verirrt sich sogar einer von ihnen nach Höxter."

Brixmeier schaut seiner jungen Kollegin ein paar Sekunden in die Augen. „Darauf trinken wir einen", sagt er dann, und an den Wirt gerichtet dröhnt er: „Hennes, wo bleibt die nächste Runde?"

Weitere zwei oder drei Runden später – der Alkohol macht Katja schon ganz schön zu schaffen – spürt sie einen heißen Atem dich an ihrem rechten Ohr.

„Essen Se chern Kartoffeln?"

Katja schaut verdutzt zur Seite und mitten in Brixmeiers breites Gesicht. „Ja, eigentlich schon", antwortet sie.

„Die können Sie in Zukunft bei mir beziehen, wenn Se wollen. Beste Bio-Qualität aus eijenem Anbau – und dat zu einem unschlagbar chünstigen Preis."

„Sie wollen mir Katoffeln verkaufen?" Katja spielt die Ahnungslose, und es gelingt ihr trotz des Alkoholpegels sehr gut.

„Ich beliefere fast dat chanze Präsidium", erklärt der Hauptkommissar. „Is 'n Hobby von mir."

„Ja, wenn das so ist ..."

„Abba", deutet Brixmeier mit erhobenen Zeigefinger an.

„Was aber?"

„Abba Sie müssen beie Ernte mithelfen, wie alle anderen Kollejen auch. Hinterher chibts dann 'ne chroße Party, und mein Frau kocht – und die kocht verdammt chut."

„Aber mein Freund und ich haben nur eine Mietwohnung", gibt Katja zu bedenken. „Wo sollen wir da mehrere Zentner Kartoffeln unterbringen?"

„Kein Problem", beruhigt Brixmeier. „Die können Se bei mir einlagern und nach Bedarf abholen. Dat machen andere auch, und der Service is im Preis inbechriffen."

Der Hauptkommissar streckt ihr die Hand hin.

„Einverstanden", sagt die Oberkommissarin und schlägt ein, um das Geschäft zu besiegeln.

„Wissen Se wat, Frau Oberkommissarin." Brixmeiers Stimme klingt mit einem Mal sehr dienstlich, seine Mimik sagt aber etwas ganz anderes. „Jetz, wo wir sojar Jeschäftspartner sind, sollten wir uns eijnetlich auch duzen, oder wie sehen Sie dat?"

Damit hat Katja nicht gerechnet. „Mir soll es recht sein", sagt sie nach kurzem Zögern. „Ich heiße Katja."

„Und ich heiße Erwin."

„Das muss besiegelt werden", fordert Toni nachdrücklich.

„Wie meinste dat?", fragt Brixmeier.

„Er meint, dass wir Brüderschaft trinken sollen", klärt Katja ihren Chef auf.

„Ganz genau!", bestätigt Toni.

„Wie ...? Etwa so richtich? Mit abknutschen und so?" Die Gesichtszüge des Hauptkommissars geraten etwas außer Kontrolle.

„Wenn schon, denn schon", legt Katja erbarmungslos nach.

Brixmeier merkt, dass er aus der Nummer nicht mehr raus kommt. „Wat trinken Se ... ähm ... ich meine, wat willste denn trinken, Katja?"

„Was wohl ...? Nitroglyzerin natürlich."

„Ich chlaube nich, dat Hennes sowat da hat."

„Dann nehme ich einen Wodka."

Brixmeier bestellt lautstark zwei Wodka, und als die da sind, schreiten die beiden zur Tat. Allerdings muss sich der Hauptkommissar mit einem hauchzarten Küsschen auf die Wange zufrieden geben – was ihm ganz recht zu sein scheint.

„Da kannste mal sehn', Erwin. Unsere neue Kollegin ekelt sich vor nichts", kommentiert Toni die Szene lachend.

„Sei bloß vorsichtich, Kolleje, sonst schreibst du ab nächste Woche Parksünder auf", droht Erwin. Und an Katja gerichtet sagt er: „Du solltest schnellstens deine Maschine ummelden."

„So, Katja, und ich glaube, ich muss mal ein ernstes Wort mit dir reden." Das Lachen ist aus Tonis Gesicht verschwunden, als er nun seine Kollegin anspricht.

„Hää?" Katja schaut wie ein Fragezeichen.

„Wir duzen uns schon seit Wochen, aber mit mir hast du keine Brüderschaft getrunken", erklärt Toni gespielt beleidigt. „Ist dir ein angeschossener Oberkommissar etwa nicht gut genug?"

„Hennes, noch zwei Wodka", brüllt Katja durch die Bude, und kurz darauf wiederholt sich das Verbrüderungszeremoniell.

„Hast recht, Toni, Katja ekelt sich wirklich vor charnix." Diesmal ist es Erwin, der diesen Spruch zum Besten gibt.

„Und wo wir chrad so schön dabei sind", Brixmeier wirft einen schelmischen Blick auf Toni. „Weißte noch, wat ich dir versprochen habe, wenn die Kollejen aus München den entscheidenden Hinweis liefern?"

Toni zuckt zusammen. Der Schreck steht ihm ins Gesicht geschrieben. „NEIN!", brüllt er entsetzt.

„Dooooch!"

„NEIN!"

„Dooooch!"

Toni will aufspringen und sich in Sicherheit bringen. Doch Erwin ist schneller und packt den Oberkommissar mit seinen Schwerarbeiterpranken. Ehe Toni sich versieht, hat ihm der Hauptkommissar einen dicken, feuchten und geräuschvollen Schmatz auf die Wange gedrückt.

Dann lässt sich Erwin schwerfällig in seinen Stuhl fallen. Er grinst sein Opfer an und sagt: „Dat musste sein, Toni. Versprochen is versprochen."

An der Theke sitzen zwei Beamte, die die ganze Szene mit zunehmendem Interesse verfolgt haben.

„Hast du das gerade gesehen, Hardy?", fragt Oliver Bender kopfschüttelnd.

Hardy Großknecht sagt erstmal nichts. Als er endlich seine Sprache wiederfindet, haucht er wie in Trance: „Das glaubt uns kein Mensch."

Historische Romane im Verlag Jörg Mitzkat:

Grimm, Hubertus
Der Novize aus Corvey
360 S.; 19 x 12 cm; br;
978-3-940751-87-4
12,80 Eur[D]

Schröder, J. F.
Apokalypse 1626
Mitten im Dreißigjährigen Krieg zwischen Harz und Weser
292 S.; 19 x 12 cm; br;
978-3-940751-88-1
12,80 Eur[D]

Bellmer, Wolfgang
Elise und ihre Schwäche für den aufrechten Gang
Band I der Elise-Trilogie
448 S.; 21,5 x 13,5 cm; gebunden
978-3-95954-008-7,
19,80 Eur[D]

www.mitzkat.de